KB115146

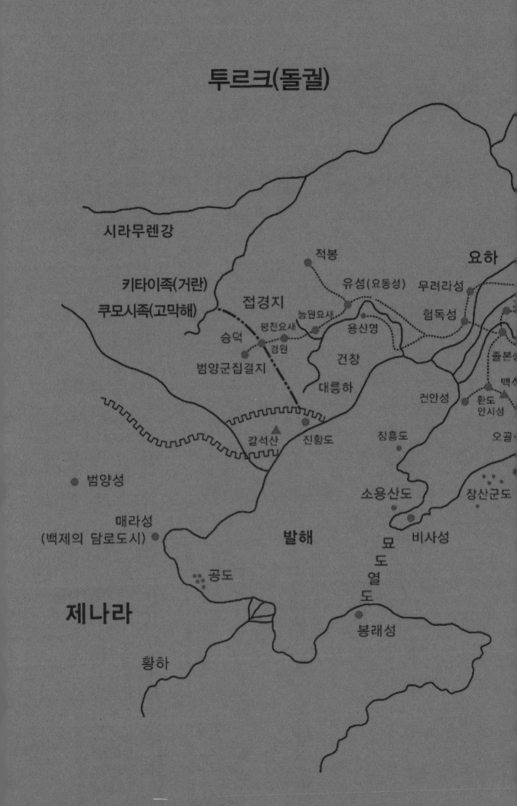

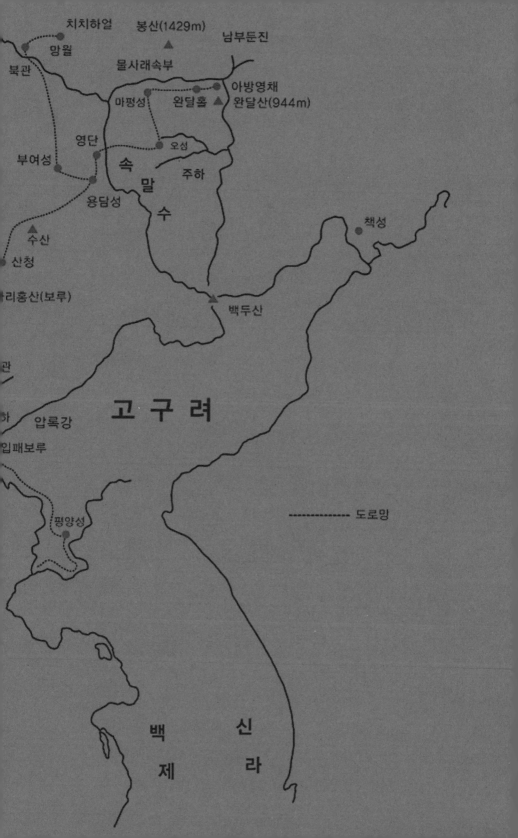

고구려 연대기 1

솔롱고스의 초원길

고구려 연대기1 솔롱고스의 초원길

ⓒ 표광배, 2016

2016년 5월 18일 초판 1쇄 발행

지은이 / 표광배
펴낸이 / 길도형
디자인 / 우디
인쇄 / 천일문화
제책 / 제일문화
펴낸 곳 / 도서출판 장수하늘소
출판등록 / 제406-2007-000061호
주소 / 경기도 파주시 회동길 445-4 301호
전화 / 031-8071-8667
팩스 / 031-8071-8668
이메일 / jhanulso@hanmail.net

ISBN 978-89-94627-53-3 04810
　　　978-89-94627-52-6(세트)

책값은 뒤표지에 있습니다. 이 책 내용의 무단 전재 및 복제를 금합니다.
파손된 책은 구입한 서점에서 바꾸어 드립니다.

이 도서의 국립중앙도서관 출판예정도서목록(CIP)은 서지정보유통지원시스템 홈페이지
(http://seoji.nl.go.kr)와　국가자료공동목록시스템(http://www.nl.go.kr/kolisnet)
에서 이용하실 수 있습니다. (CIP제어번호 : CIP2016010645)

고구려 연대기 1

솔롱고스의 초원길

장수하늘소

나는 왜 『고구려 연대기』를 썼는가

충북 충주시 가금면 용전리 입석 마을에 가보면, 그 곳에는 높이 2미터 가량의 비석이 서있다. 흔히 '중원고구려비'라고 불리는 비석이다. 중국 지안에 있는 광개토태왕비를 그의 아들인 장수태왕이 부왕의 위업을 천하에 알리려 세운 것이라면, 중원고구려비는 장수태왕의 손자인 문자명태왕이 할아버지의 위업을 세상에 알리려 세운 비문이다. 다시 한 번 고구려 천하를 세상에 알린 이 위대한 왕들에 대해 우리가 알게 된 것은 바로 그 비문을 통해서일 것이다. 문자명태왕이 중원의 도성이었던 국원[1])에 세운 비문을 읽어 보면 고구려 사람들은 자신의 나라를 '고려'라 부르고 있다.

옛날 우리 조상들은 스스로를 천손으로 생각하면서 긍지와 자부심을 가졌고 스스로를 세상의 중심으로 보면서 주변을 사해 또는 사이四夷라 불렀다. '고려'라는 고상한 나라 이름은 본래 '구루'라는 옛 고구려의 말에서 유래했는데, 그 뜻은 성城이었다고 한다. 우리

---

1) 중원中原이나 국원國原은 사실상 같은 뜻이다. 나라의 중심을 뜻하는 이 지명은 이 곳이 고구려의 남도임을 말해 준다.

조상들은 자신들의 나라가 하나의 크고 견고한 요새이기를 바랐는지도 모른다. 고구려 사람들은 사방으로 진출했고, 그 곳에 방어 기지인 성을 쌓았다. 이것은 정말 자랑할 만한 것인데, 고구려 사람들의 축성법은 그야말로 당대 최고였다. 그들은 들여쌓기2)나 치雉3) 그리고 옹성甕城4) 구조를 창안했다. 중국인들의 성은 고구려 사람들이 세운 성처럼 튼튼하지 못해 오래 가지 못했다.

고구려를 세운 우리 조상들은 자신들이 세운 나라의 뿌리를 조선이나 부여로 생각했다. 부여 사람들 역시 자신들의 뿌리를 조선이라 생각했다. 흔히 고조선이라고 말하는 나라인데 단군왕검이 세운 최초의 국가 말이다. 간단히 말하면 고구려는 스스로 조선의 정통성을 이어받은 나라라고 생각하고 있었다. 고구려는 할아버지 나라 뻘인 조선으로부터 도시와 성을 세우는 방법을 전수 받았고, 말을 달려 할아버지 나라의 옛날 영토를 조금씩 회복하고 있었다. 고구려를 세운 시조 추모왕은 다물多勿이라는 확고한 건국 이념을 가지고 있었다. 그 말 속에는 할아버지 나라였던 조선의 땅들을 다시 되찾아보자는 뜻이 담겨 있었다. 바로 고토회복의 위업이었다.

고구려 사람들이 얼마나 땅 독이 올랐는지 그 발자취를 찾다 보면 놀라는 경우가 많다. 『브리태니커 백과사전』을 출판한 회사에

---

2) 들여쌓기란 성벽의 높이가 높아져 하중이 커지면 무너지기 쉬운데 그것을 방지하기 위해 성벽의 하단을 계단 형식으로 쌓아 올리는 것을 말한다.
3) 성벽에서 돌출된 부분으로 대개 50미터 간격으로 되어 있다. 치와 치 사이를 침입 하는 적군에게 화살 공격에 효과적이다.
4) 옹성 구조는 성벽이 성문을 둥그렇게 둘러싸는 구조를 말한다. 한쪽이 열려 있지만 그 곳으로 침입하는 적들은 사방에서 화살 공격을 받게 된다.

서 발행한 지도책인 『브리태니커 아틀라스』라는 책이 있다. 필자는 그 책에 표기된 지명을 보다가 놀라운 지명을 찾을 수 있었다. 그 책에는 러시아의 중남부인 바이칼 호수와 몽골의 서북쪽에 있는 훈룬치 호수와 부이르 호수 사이에 칭기즈칸의 성벽[5]이라는 지역이 표기되어 있다. 지도상에서 길이가 천오백 킬로미터 이상 되어 보이는 이 토성은 그 이름처럼 칭기즈칸이 세운 것이 아니다. 몽골 사람들과 같은 유목 민족들은 할 일 없이 토성을 세우거나 하지 않는다. 그 근거로 현지에서 살아가고 있는 몽골 사람들은 아직도 그 성을 고려성이라 부른다는 사실이다.

이 위대한 성은 만리장성을 능가한다. 이 장성은 지금까지 한 번도 수리한 적 없지만, 최소한 천오백 년에서 이천 년 이상을 버틴 놀라운 건축물이다. 만리장성은 춘추전국시대 이후 진나라 시황제가 어느 선에서 완공한 이후 수를 헤아릴 수 없을 만큼 증축하거나 개축해 왔기 때문이다. 지금은 우리가 건축한 위대한 장성이 고려라는 이름 대신에 공식적으로 칭기즈칸의 장성으로 불리고 있다. 시간은 흐를 것이고 그 성의 이름은 점점 잊혀 갈 것이다. 고구려는 지금도 그렇게 사라져 가고 있다는 사실을 기억하자.

2016년 5월

표광배 拜

---

5) *WALL OF ZENGHIS KHAN* 이란 지명으로 러시아와 몽골의 국경 지역에 있다. 『*Britannica Atlas*』 78쪽. *Lake Baykal Region*. 1969, 1970, 1972, 1974, 1977, 『*ENCYCLPEDIA BRITANNICA*』, *INC.*

대막리지 서문

나는 대고구려국의 전 도원수 을지문덕이다. 고구려의 위대한 국선이자 나의 스승이셨던 을밀 선달께서는 귀천에 임하시어 고구려의 승전을 기록으로 남기라는 유지를 주셨다. 이에 나는 보잘 것 없는 문장이나마 스승의 뜻을 받들고자 이렇게 지필묵을 들었다.

수와의 대전이 끝나고 지금의 천하 정세는 더욱 복잡해지고 있다. 감히 상국을 침탈했던 수는 멸망했지만 무인년6)에 서방에는 당이 들어섰다. 당년, 공교롭게도 수를 평정하고 천하의 진정한 군주로 입지를 세우신 본국의 무원태왕(영양태왕)께서 승하하셨다. 폐하의 뒤를 이어 그 동생께서 보위를 이었으니 바로 영류태왕이시다. 나는 새 임금을 알현하고 선왕의 서방 원정 유지를 주청했으나, 금상께서는 동서화평의 뜻을 굽히지 않았다. 안타까운 것은 장차 당나라가 서방을 평정하고 대륙의 새로운 주인이 된다면 화평은 없을 것이라는 사실이다. 어쨌든 새 임금의 신임을 받지 못한

---

6)서기 618년.

나는 실각하여 왕성을 떠날 수밖에 없었다. 하지만 꿈에도 그리던 세속에 귀거래하게 되었으니 그 또한 큰 기쁨이라 할 수 있을 것이다. 결국 이것도 하늘의 뜻이요, 사람의 길이 아니겠는가?

지금 우리나라의 사서로는 삼성三聖[7]의 역사가 망라된 『유기留記』와 그것을 요약하고 그 이후의 역사를 첨삭한 이문진[8] 박사의 『신집新集』이 있다. 하지만 『유기』는 고구려 이전의 역사를 기록한 서책이고 신집에는 많은 전쟁사가 누락되어 있어서 부족한 감이 없지 않다. 이제 고구려 대부의 중책을 벗어 홀가분한 나는 많아진 여가를 이용하여 도깨비의 적통을 양성하고 틈틈이 『신집』의 아쉬움을 조금씩이나마 채우고자 한다.

이제부터의 이야기는 평원태왕의 집정기인 대덕 연간 이후부터 여수대전麗隋大戰이 있었던 영양태왕 집정기까지 대략 육십여 년 동안의 역사를 중심으로 일어났던 주변국들과의 교류, 그리고 전쟁들을 기술한 것이다. 내가 이제까지 문무에 치우치지 않고 경학에 전념했다고는 하나 문장의 졸속함과 천박함이 많을 것인즉 후학들은 너무 질책하거나 조소하지 말기를 바란다.

우리나라에는 단군조선 이래로 전해져 온 신비롭고도 영험한 『유기』라는 서책이 있었다. 『유기』에는 신들의 경전, 군왕들의 치세, 현자들의 잠언, 시인들의 시가 등의 주옥같은 문장들이 담겨 있는데, 그것들은 마치 살아 있는 것처럼 서로 어울려 조화를 이루니 독자들은 그 서책에서 천지의 기운이 활동운화活動運化하듯 살

---

7) 환인, 환웅, 단군을 가리킨다. 삼신三神이라고도 한다.
8) 영양태왕 때의 태학박사, 『신집新集』이란 사서를 남겼다.

아 움직임을 느낄 수 있을 것이다. 고구려 백성들은 우리의 『유기』를 자랑스러워하고 사해의 이족들은 우리의 보물을 시기하기도 혹은 부러워하기도 한다. 서책 『유기』는 전화로 한때 유실되기도 했으나 지금은 다행스럽게도 우리의 비장고秘藏庫에 잘 보존되어 있다. 그렇게 되기까지는 『유기』를 찾아내어 잘 보존한 태학박사 이문진 선달의 공을 잊으면 안 될 것이다.(이문진 박사는 나의 작은 스승이기도 하다.) 이 이야기의 시작이 『유기』에서 비롯되는 것은 『유기』의 중요성을 강조하기 위함이며, 그것을 중심에 두고 일어난 일련의 사건들을 피력하기 위함이다.

을묘년(619年) 시월.

전 수정토도원수 대당주 대막리지

을지문덕 上書

주요 등장 인물

평원태왕平原太王　　평강상호태왕平康上好太王 혹은 연호를 따라서 대덕태왕大德太王이라고도 불린다. 이름은 양성陽成이다. 선왕인 양강상호태왕陽康上好太王(양원태왕)의 유지에 따라 강력한 왕권을 세우고자 집념을 불태운다. 근사라나近思邏那와 같은 북방 군부 세력 또는 신흥 귀족인 연씨 집안 등 친왕 세력에게 힘을 실어 주면서 기존의 구 귀족들을 압박하는 정치력을 펼친다. 그는 귀족들이 힘으로 맞설 경우 물러서지 않고 강경하게 밀어붙이다가도 적당한 협상안으로 반발을 최소화하는 능력을 발휘한다. 나라의 가뭄과 흉년을 극복하고자 산천에서 기도하다가 먼저 죽은 영화왕후를 너무 사랑한 나머지 새로 국혼을 맺은 여정왕후에게는 소극적인 모습을 보이는 순정파이기도 하다. 맥궁 솜씨가 매우 뛰어나 가히 당대의 주몽이라 할 만하다.

연자유淵子遊　　병부령 연광淵廣의 아들. 강한 승부욕을 지녔으나 평소 낭만적이고 긍정적인 성품의 군인. 부하들의 뜻에 따라 함께 잘 어울려 술과 가무를 즐기는 모습이지만 담판석상이나 전투에서는 매우 냉철하면서도 과감한 모습을 보인다. 투르크 제국의 도성 외투겐, 적지 한복판에서 당대의 영웅 무칸카간과 마주한 자리에서도 두려움 없이 자신의 의견을 관철시키는 용기와 담력을 갖춘 사람이다. 전설적인 대당주 근사라나와 함께 뛰어난 용병술로 고구려 서북방을 평정하며 새로운 별로 떠올랐다. 북평양이라고도 불리는 봉황성에서 태어났으며 그 지역의 명문 경당인 호당虎堂의 장선長先으로 활동했다. 연씨 집안 가무家武인 신무도神武道의 고수로 무예가 출중하다.

고맥성高驀成　　보통 상부왕上部王으로 불리는데 정식 호칭은 동부청룡대왕東部靑龍大王이다. 평원태왕의 친동생으로 남부의 막강한 군권을 쥐고 있다. 상부 고씨 수장인 고승성의 양자로 들어가 정통 귀족들의 입장과 권력을 대변한다. 침착하고 냉철한 성품으로 생각을 겉으로 드러내지 않으며 자신의 뜻을 관철시키기 위해 굽히지 않는 집념을 불사르는 인물이다. 동갑내기 군부 경쟁자인 연자유가 부하들과 격의 없이 지내는 반면 그는 왕족으로서 군율을 중시하고 엄격한 모습을 보인다. 연자유가 북부에서 공을 세웠다면 남부에서 백제와 신라를 상대로 이름을 날렸다. 환도성의 명문 경당인 도당 출신으로 왕실 무예의 일인자로 알려져 있다

고승성高承成　　상부 고씨와 구 귀족을 대표하는 인물로 날로 강해지는 왕권 견제에 여념이 없다. 평원태왕의 숙부로 고추가古鄒加이며, 대의원 대가회의大加會議 의장으로 강한 리더십의 소유자이다. 중요 정치적 사안에 대해 빠른 판단으로 자신의 세력을 하나로 결집시키는 능력이 좋다. 그는 자신의 도움으로 집권한 평원태왕이 그것에 상응하는 대가를 지불하지 않았다며 역전의 기회를 노리고 있다. 양자인 상부왕 고맥성이 자신의 군권과 정치력으로 태왕을 압박해 주기를 바라며 자신의 권력을 실어 준다. 친손자인 고준수

를 평강공주와 국혼을 맺게 하여 권력을 더욱 공고히 하려는 야심도 가지고 있다.

왕산악王山岳 고구려의 재상으로 우막리지이며 음악에 조예가 깊고 성품이 온화하고 절도가 있다. 전설적인 선인先人이었던 소달소불所達召弗의 제자로 신선과 비슷한 외모를 하고 있다. 태왕의 스승이기도 한 그는 온전한 왕권을 위해 전력을 다하며 구 귀족들을 견제하고자 온 힘을 다한다.

고흘高紇 고구려의 서쪽 큰 성읍인 유성의 욕살이자 서부군 원수로 551년 투르크 군의 침공에 맞서 대승을 거둔 명장이다. 상부 고씨의 일원으로 귀족 세력에 속해 있는 인물이지만, 왕명은 지엄한 것이므로 충성을 다해야 한다는 사고의 소유자이다. 국적과 출신 성분을 가리지 않고 유능한 장교들을 발탁하는 합리적인 리더십도 갖추었다. 제나라 대군의 압박과 성읍 내부의 반란 세력에 맞서 유성을 지켜 내고자 최선을 다하는 인물이다.

연태조淵太祚 연자유의 아들이고 연개소문의 아버지이다. 아버지를 닮아 낙천적이면서도 침착한 십삼 세의 소년으로 투르크 제국의 무칸카간의 눈에 들어 사랑받게 된다. 초원의 전사인 아시나툴리와 호형호제하며 지내게 되고 무칸카간의 막내딸인 아시나이낙과 사랑하는 사이가 된다. 장차 고구려와 투르크를 연결하는 중요한 역할을 한다.

아시나툴리(阿史那突利) 무칸카간의 조카. 운둘칸의 투둔발로 지역군을 총괄하는 사령관이기도 하다. 뛰어난 무예와 용맹함으로 초원에 이름을 떨쳐, 투르크의 적으로부터는 두려움과 경외의 대상이다.

무칸카간(木汗可汗)　초원의 맹주. 형인 이리카간 아시나부민과 함께 강력한 적인 초원 제국 라란을 제압한 뒤 남방 주나라와 제나라를 압박하며 당대의 영웅으로 떠오른 인물이다. 잔인하고 포악한 인물로 알려져 있어서 주변의 두려움을 사고 있으나, 고구려 사절단을 끌어들이는 솜씨 등 외교적 수완도 뛰어나다는 평가를 받는다. 그의 진면목에 대해서는 잘 알려져 있지 않다.

고소의高召義　제나라의 제후인 범양왕으로 실권자인 태상황 고담의 조카. 아버지인 문선제가 죽고 보위가 숙부 고담에게 넘어가자 목숨을 부지하려 숨죽이고 있다가 요동 정벌을 빌미로 태상황의 윤허를 받아 업도를 탈출한다. 등주의 숨은 지사인 고보령, 고법량 등을 찾아가 함께 범양군을 조직한 뒤 고구려 유성을 취한 뒤 천하를 손에 쥐겠다는 야심을 가진다. 그는 우선 아버지의 황위를 되찾아 기울어 가는 제나라를 재건하겠다는 집념에 불타 있다.

고보령高保寧　등주에서 숨어 지내다 범양왕 고소의에게 발탁되어 범양군 대원수에 임명된다. 천성적으로 치밀한 성격에 계책이 뛰어난 인물로 적지인 유성에 과감하게 들어가 적정을 살피는 배짱도 가지고 있다. 범양군의 장수들을 단번에 제압하고 자신에게 충성하도록 하는 실력파이기도 하다. 상대의 심리를 한 눈에 파악하고 파고 들어가는 재주가 탁월하다.

차례

초원의 공포

경오년인 550년에 백제 원정이 있었고, 이태 전 비사성에서 밀원의 소요가 있었다.

그리고 열여섯 해 지난 566년, 그러니까 대덕大德[9] 팔년 이월.

시라무렌 강(서요하) 상류의 초원 지대에서 소금이 많이 생산되면서 소금의 채굴과 거래를 둘러싼 주변 토호 세력들의 쟁투가 치열해져 가고 있었다. 아직 북풍이 몰아치고 있어 겨울의 찬 기운이 가시지 않았고 하늘을 뒤덮은 시커먼 구름이 거칠게 흐르고 있었다. 토호들의 욕망을 부추기는 요사스런 기운이 사방에서 일어났고, 그럴수록 천지의 기운은 거칠어져 갔다. 거센 바람이 아직 녹지 않은 채 초원을 뒤덮은 눈더미를 흩날리는 탓에 마치 눈보라가 몰아치는 것만 같았다. 이월이라고는 하지만 분명 이곳은 북풍한설의 계절이었다.

시라무렌 강 북쪽 북방 유목민들의 거주지에는 천막집인 게르들이 달빛을 받은 채 흩날리는 눈가루 사이로 희미하게 모습을 드러

---

9) 평원왕 때의 연호. 고구려는 태왕이라는 명칭으로 칭제했으며 연호가 있었다. 황제라는 칭호를 쓰지 않은 것은 태왕이라는 독자적 왕호에 자부심을 가지고 있었기 때문이었고, 시조 추모왕에 대한 예우 때문으로도 보인다.

냈다. 늦은 밤 그들의 마을인 영營 주위에는 겨우 불씨를 반짝이는 모닥불의 흔적만이 보일 뿐 어둠과 적막에 싸여 있었다. 생명의 흔적이라고는 모두 사라져 버린 폐촌과도 같은 이곳의 분위기는 누가 보아도 유쾌할 리 없었다. 살을 에는 추위에 경계를 서야 할 몇몇 전사들이 몸을 웅크린 채 졸고 있었다. 다만 범이나 늑대 같은 보이지 않는 존재들로부터의 두려움 때문인지 그들이 키우는 가축들만이 거친 숨소리를 내며 낑낑거리고 있었다. 이따금씩 선잠을 깬 개들이 짖는 소리도 눈 덮인 초원 먼 곳으로 퍼져 나갔다.

이곳의 유목 종족은 많은 영이 모여 하나의 부部를 이룰 정도로 규모가 컸다. 그들은 주로 시라무렌 강의 북쪽에 영을 이루었는데 주변에는 나지막한 구릉들이 울타리처럼 둘러서 있었다. 이런 지형에 마을을 형성한 것은 겨울의 세찬 북풍을 막기 위한 방편이었다. 추위를 막기에도 좋았지만 둘러싸여 있는 구릉을 방어벽으로 이용할 경우 이곳은 확실히 방어하기 쉬운 구조였다. 반대로 경계를 소홀히 했을 경우에는 오히려 적에게 포위되기도 쉬운 지형이었다. 그런데 문제는 구릉 위를 지켜야 할 경계병들이 지금 추위와 배고픔으로 졸고 있다는 것이었다. 자신들의 숫자를 믿었는지 어쩌면 안심하고 있는 것도 같았다.

시라무렌 강 상류 지역은 당시 중국인들이 막북이라 불렀던 곳의 동북쪽으로 고구려 군대가 주둔하여 간접 통치하는 고구려의 속지였다. 그런 만큼 이곳 주변에는 고구려군의 크고 작은 군영과 보루가 곳곳에 흩어져 있었다. 하지만 원주민은 거란이라고도 불리는 키타이 족[10]과 키타이의 한 부족으로 해奚라 불리는 쿠모시 족이 주로 거주하고 있었다. 그들은 유목 종족으로 말타기와 활쏘기에 능했으며 천성이 용맹해서 거칠 것이 없었다. 키타이 족과 쿠모시 족 가운데 일부는 중국 제나라의 눈치를 보는 이들도 있었지만, 영락태왕 이후 대부분은 고구려의 지배를 받고 있었다.

하지만 키타이 족과 쿠모시 족은 새로운 강적을 맞닥뜨렸다. 북방 유목 지대의 맹주였던 라란 제국11)을 물리치고 강대한 세력으로 등장한 투르크 제국12)이 바로 그들이었다. 투르크 제국은 서서히 키타이 족과 쿠모시 족을 압박해 들어왔다. 키타이 족과 쿠모시 족은 세력 면에서 투르크 제국의 상대가 되지 않았다. 결국 키타이 족과 쿠모시 족은 투르크 족에게 자신들의 초지를 내주고 계속 밀려나는 신세가 되고 말았다.

예나 지금이나 유목민들에게 초지는 목숨 줄이나 마찬가지다. 초지를 잃는다는 것은 가축들의 먹이를 잃는 것이고 가축들이 굶어

---

10) 흔히 거란으로 불리며 광개토태왕 비문에 보이는 비려의 후신으로 보고 있다. 선비의 잔존 세력이 후대에 들어 거란이 되었다고 보기도 하지만 확실하지 않다. 나중에 십 부의 연맹을 형성하여 주변의 강국 사이에서 근근이 살았다. 그들은 분명 고구려의 세력 아래서 살았고 일종의 제후 세력이었다.

11) 유연柔然 또는 연연蝡蝡으로 불렸던 선비, 몽골 계통의 종족. 이들이 투르크에게 밀려 오늘날 아프카니스탄에 있던 에프탈리테와 동맹을 맺은 것은 552년 이후이다. 에프탈리테가 서투르크의 이스테미에게 멸망하자 이들의 일부는 무시무시한 악마가 되어 동유럽으로 밀려들어가게 된다.

12) 투르크에 대한 중국식 명칭은 돌궐이지만 중국인들은 자신들을 제외한 모든 종족을 오랑캐라 생각하고 낮춰 불렀다. 투르크의 민족적 계통은 확실한 것이 없다. 552년 아시나씨의 수장인 부민과 그의 동생인 이스테미에 의해 제국이 건설되었다. 오늘날 터키는 분명 이들과 관련 있으며, 이들은 유목 제국들 중 최초로 문자를 발명하여 비문에 남겨 놓았다. 그들의 문자는 게르만 계 부족들이 사용했던 룬Rune 문자와 비슷했기 때문에 룬 돌궐어(Runic Turkic) 문자로 불렸다. 그들이 사용한 문자는 8세기 초의 비문들에 국한되어 있다고 한다. 『유목민족제국사』 53쪽, 뤽콴텐. 민음사.

죽는 것을 뜻했다. 유목민들에게 가축은 곧 생명이었다. 결국 투르크 제국의 압박을 견디지 못한 키타이 족의 몇몇 부족은 중국 제나라 쪽으로 남하하면서 제나라 변경을 습격 약탈하기에 이르렀다.

제나라(북제)의 황제는 문선제였다. 그는 키타이 족과 쿠모시 족이 제나라 변방을 약탈하는 일이 잦아지자 더 방치할 수만은 없다고 판단하기에 이르렀다. 그는 북방 민족의 자국 영토 침공과 약탈을 빌미로 대대적인 북벌을 감행했다. 제나라의 대규모 원정으로 키타이 족과 쿠모시 족은 큰 타격을 받았다. 키타이 족과 쿠모시 족 가운데 일부는 제나라에 투항하는 사태까지 벌어졌다.[13]

투르크의 압박과 북제의 공격에 결과적으로 이제까지 상존하던 키타이 족의 십 부 연맹은 사실상 와해되어 사방으로 흩어졌다. 십 부 가운데 하나인 다이헤 씨족은 시라무렌 강 주변의 고구려 속지에서 유목을 하며 여러 곳에서 마을을 이루며 살고 있었다.

키타이 부족의 추장을 막하불이라 불렀는데 막하불은 여러 영을 거느리고 있었고, 각 마을의 우두머리는 수령이라고 했다. 이곳 시라무렌 강 동쪽 편의 키타이 부를 책임지고 있는 막하불은 여러 부족의 막하불 가운데에서도 가장 현명하고 용맹하기로 이름난 다이헤시푸로였다.

십삼 년 전 시푸로의 아버지이자 전임 막하불이었던 웅구는 주변 정세에 밝아 문선제의 북벌을 눈치 챌 수 있었다. 그는 자기 부

---

13) 문선제는 북제의 초대 황제로 서기 550~560년까지 재위했다. 553년에 있었던 문선제의 친정으로 키타이 족은 십만여 구에 이르는 인명 피해와 잡축 십만여 두를 노획당하는 큰 피해를 입었다. 문선제의 키타이 족 토벌에 관한 내용은 『북제서北濟書』 권4, 문선제기, 천보 4년 9월조에 나온다.

의 백성을 이끌고 안전한 대흥안령산맥(개마대산) 남부로 달아났다. 시간적인 여유가 있었다면 다른 부족에게도 그 사실을 알렸을 테지만 그럴 여유가 없었다. 웅구 덕분에 다이혜씨족은 문선제의 토벌에서 살아남을 수 있었다.

부족을 이끄는 다이혜시푸로는 놀랍게도 스물 두 살의 젊은이였다. 웅구가 병들어 죽자 부족 회의의 장로들과 원로들은 압도적으로 그의 아들 다이혜시푸로를 지지했다. 시푸로는 그렇게 오천 구미를 이끌어야 할 키타이 족의 막중한 책임을 떠맡게 되었지만 거리낌 없이 그것을 받아들였다. 그는 자신과 막하불의 자리를 놓고 경쟁을 벌였던 사촌 치레이루오를 과감하게 등용하여 위기령에 임명하고 부족의 수비를 맡는 중요한 군사적 권한을 주었다. 시푸로는 치레이루오를 경쟁자보다는 부족을 이끌 중요한 인물로 보았던 것이다. 하지만 치레이루오의 생각은 달랐다. 그는 자신의 능력을 알아주지 않는 부족의 장로들과 수령들에 대해 불만을 가지고 있었다. 그래서 그는 위기령으로서 외적으로부터 부족을 지키는 일에 최선을 다해야 함에도 그 일을 등한시했다. 언제든 기회가 온다면 시푸로를 죽이고 그의 자리를 차지할 생각뿐이었다.

잠자던 다이혜시푸로는 악몽에 놀라 눈을 떴다. 온몸이 식은땀으로 흠뻑 젖어 있었다. 그는 헐레벌떡 일어나 가죽 외투를 입고 신을 신은 후 급히 병장기를 챙겨 수령들을 불러 모았다. 시푸로의 참군 누쿠즈가 각 영을 돌면서 수령들과 장로들을 소집했다. 누쿠즈가 돌아오고 얼마 있지 않아 십 수 명의 수령들과 장로들이 시푸로를 찾았다. 시푸로는 한 사람이 빠져 있는 것을 알았다.

"위기령 치레이루오가 보이지 않는구나!"

그의 말에 다른 수령이 입을 열었다.

"지금 북쪽 구릉 위에서 경계를 서고 있는데 가서 불러 오겠소."

시푸로는 고개를 저었다.

"아니야. 그럴 필요까지야 없지. 다만 좋지 않은 꿈을 꾸었을 뿐이다. 꿈에 그놈들이 나타났다."

제일 영 수령인 부케모가 물었다.

"누구 말이오?"

다이혜시푸로는 생각하기도 싫다는 얼굴이었다. 두려움을 모르는 강한 용사였지만 그런 그에게도 예외가 있는 모양이었다.

"툴리와 리코였다. 정말로 무시무시한 모습이었지. 그들의 칼날에 우리 본영이 초토화되었다. 꿈이 너무나 사실 같아."

제오 영의 수령 라푸가 괜한 걱정이라는 얼굴로 답했다.

"아직까지 그들이 크게 움직였다는 척후 보고는 없었소. 그들은 이곳에서 수 천 리 떨어진 운둘칸이나 외투겐에 있을 것이오. 그놈들이 두려운 건 사실이나 그냥 꿈일 뿐이니 너무 걱정하지 마시오."

하지만 시푸로의 생각은 달랐다.

"워낙 신출귀몰한 놈들이다. 이 지역에 고구려 군영이 몇 군데 있기는 하지만, 그들의 숫자가 적어 전력상 중과부적이다. 경계를 해서 나쁠 것이 없다. 어쨌거나 우리 키타이의 십 부 연맹이 와해된 상황이니 우리 부족은 우리 스스로 지켜야 할 처지다."

키타이 족은 오래 전부터 초원에서 날래고 용감하기로 이름을 떨치고 있던 종족이었다. 특별히 십 부의 부족들 중에서도 웅구가 이끌었던 다이헤씨족은 그 용맹함이 남달랐다. 그런 다이헤씨족의 최고 무사인 시푸로조차도 몸서리치는 자들이 바로 투르크 족이었다. 투르크 족에는 초원의 부족들에게 악명을 떨치는 맹장들이 있었으니 그들이 바로 툴리와 리코였다. 투르크의 선봉대장인 툴리와 리코는 제국의 변방 지역을 돌면서 투르크에 투항하지 않은 주변 종족들을 위협하고 습격하는 기동 부대의 지휘관들이었다. 특별히 툴리는 당시 투르크 제국의 황제 무칸카간의 조카로 용병술의 귀재로 소문나 있었다.

시푸로는 잠시 생각에 잠겼다. 그것을 보던 참군 누쿠즈가 입을 열었다. 그는 항상 시푸로를 수행하고 있었으므로 그의 마음을 잘 알고 이해했다.

"이 모든 것이 치레이루오 때문 아니겠소? 막하불께서 그를 배려해 주시는 것은 부족의 화합을 위해 보기 좋은 일이라 할 수 있지만, 그만큼 책임을 져야 하는 일이 아니오? 이제 막하불께서는 오천 명의 식구를 책임진 대인이시오. 부족의 평화와 안녕을 위해서 화근을 없애는 것도 나쁘지 않을 것이오."

참관 누쿠즈는 시푸로와의 권력 싸움에서 진 치레이루오를 위기령과 같은 중책으로 중용할 것이 아니라 당장에라도 그를 죽이거나 추방하라는 조언을 하고 있었다. 그는 시푸로의 불안한 마음을 바로 읽고 있었던 것이다. 시푸로 역시 사촌에 대한 연민의 정 때문에 내린 자신의 오판을 후회하고 있었지만, 추장으로서 한 번 내린 결정을 쉽게 번복할 수도 없었다. 그는 심란한 마음 때문에 혼자 있고 싶어졌다.

그는 참군과 수령들에게 경계를 게을리하지 말라는 명령을 내린 뒤 해산시켰다. 수령들은 늦은 밤 갑작스런 호출에 중요한 일이 있는 줄 알고 왔다가 별일이 아님을 알고는 짜증이 났다. 하지만 시푸로의 그런 우려가 쉽게 넘길 수 있는 문제도 아니었다. 그들은 투덜거리면서도 그의 명령을 받아들였다. 시푸로는 어렸지만 매사에 신중했고 그의 판단은 항상 정확했던 것이다. 시푸로는 분명 뛰어난 호걸이었지만 아직 나이가 어려서인지 많이 우유부단했고, 그래서 남모르게 고민에 휩싸여 있을 때가 많았다. 어쨌거나 그의 어깨에 수 천 명의 목숨이 달려 있었기 때문에 오히려 그것이 당연한 미덕일지도 몰랐다. 키타이 부락에서의 작은 소동은 이렇게 소동으로 그치며 곧 조용해졌다.

시푸로가 그렇게 불안한 마음에 잠 못 이루고 있을 때 필마단기의 병사가 키타이 부락으로 달려오고 있었다. 중무장이 아닌 간단한 전투복 차림이 뭔가 기동성을 필요로 하는 것처럼 보였다. 오른쪽 옆구리에는 신분을 알리는 기치를 꽂아 세웠고, 왼쪽 옆구리에는 장검을 차고 있었다. 그는 수상한 첩보를 전하고자 급히 달려오는 고구려의 전령이었다.

그를 제일 먼저 발견한 것은 구릉 위에서 진을 치고 있던 위기령 치레이루오였다. 그는 누구보다도 강한 집중력과 놀라운 시력을 가지고 있었다. 하지만 치레이루오는 달려오는 기병이 고구려의 전령인지까지는 확인할 수 없었다. 어두운 밤이었고 거리가 멀었기 때문이었다. 그가 할 수 있는 일이라곤 멀리서 달려오는 기병을 기다리는 일이었다. 사실 그는 급할 것이 없었다.

그러나 구릉 멀지 않은 곳에서 고구려의 전령을 숨어서 지켜보는 또 다른 무리들이 있었다. 그들은 놀랍게도 수백, 아니 수천을 헤아리는 병력이었다. 키타이 족 부락을 기습하기 위해 조심스럽게 숨어 있는 매복병이 분명했다. 그들은 풀숲에 말을 주저앉히고 조심스럽게 숨어 있었지만, 말의 거친 숨소리와 이따금씩 짤랑이는 금속성 소리 때문에 적막이 깨지고는 했다. 어느 순간 구름 속에 갇혀 있던 초승달이 잠깐 모습을 드러냈다. 고구려 전령은 자신의 오른쪽에 많은 무리들이 공격 대기를 하고 있는 것을 눈치 챘다. 간담이 서늘해졌지만 지금으로서는 더욱 빨리 달리는 방법밖에는 없었다. 하지만 지친 말이 힘이 부치는 모양이었다.

　매복병들은 키타이 족과는 다른 유목민 복장을 하고 있었다. 유목민들로서는 보기 드문 중무장을 하고 있었고, 기치와 복장이 예사롭지 않을 정도로 화려했다. 그들은 분명 키타이 족은 아니었다. 황야를 떠도는 민병대가 아니라 제국의 정규군이었던 것이다. 기치에는 황금으로 된 암컷 이리의 머리 모양 장식이 있었다. 그들은 바로 투르크 제국의 전사들이었다.

　고구려 전령은 이제 아주 가까워진 키타이 부락을 향해서 혼신을 다해 달렸다. 그러나 안타깝게도 얼마 후 요란한 소리를 내면서 날아온 수십 대의 화살에 외마디 비명을 지르면서 말에서 떨어지고 말았다. 멀리서 그것을 바라보던 치레이루오는 너무 놀라 입을 떡 벌린 채 서 있었다. 매복병들은 말들을 일으켜 세우며 달려 나가기 시작했다. 공격이 시작된 것이다.

　"이게 도대체 무슨 변이냐? 저 놈들이 어떻게 여기까지 숨어들

수 있었단 말이냐!"

치레이루오는 자신도 모르게 소리쳤다. 투르크 매복병들이 일제히 명적을 날리기 시작했다. 광막한 초원의 밤 적막을 깨며 명적화살 소리들이 요란하게 날아올랐다.

그렇게 공격 신호가 떨어지자 후미에 있던 투르크 병사들도 말을 일으켜 세워 올라탔다. 사방에서 횃불이 일어났고, 일렁이는 횃불들이 초원을 뒤덮었다. 거대한 불새가 긴 날개를 펼치고 먹이를 향해 달려드는 것처럼 횃불들은 키타이 족의 부락을 향해 내닫기 시작했다. 믿을 수 없는 일이 치레이루오 앞에 펼쳐지고 있었다. 저토록 많은 중무장 기병들이 어떻게 키타이 진영 깊숙이까지, 그 것도 경계병들의 감시망을 감쪽같이 뚫고 접근할 수 있었느냐 하는 것이었다.

수천 명에 달하는 중무장 기병들은 일제히 함성을 질러 댔고, 초원은 삽시간에 투르크 기병들의 함성과 말발굽 소리로 뒤덮였다. 그러자 다시금 후방 본대의 진격을 알리는 뿔나팔이 초원 가득 울려 퍼졌다. 투르크 기병들은 무서운 속도로 키타이 진영을 향해 돌격해 왔다. 수천 명의 투르크 병사들은 흩어져서 돌격해 왔지만 신기할 정도로 대오가 정연했다.

치레이루오는 그런 투르크의 기세를 당해 낼 가망이 없음을 직감했다. 그의 머리가 기민하게 상황 판단에 들어갔다. 이곳에 남아 투르크 군대를 막는다고 해도 분명 오래 버티지 못하고 전멸할 것은 자명한 일이었다. 그러나 설령 살아남는다고 해도 경계를 게을리 했다는 질책을 피할 수도 없음도 분명했다. 부족은 자신에게 패장으로서의 책임을 물어 참수형이나 추방이라는 불명예를 줄 것이 틀림없었다. 어차피 자신을 버리고 시푸로를 막하불로 선택한 부족이었다. 그에게는 더 이상의 미련이 없었다. 그는 자신을 따르는 몇 명의 부하들만을 모아 서남쪽으로 달아나기 시작했다. 경계를 책임진 치레이루오가 달아나자 나머지 키타이 족의 번군들은 당황하지 않을 수 없었다. 그들은 적에 대한 방어를 포기하고 말을 집어타고는 능선 남쪽 아래 있는 부락을 향해 달리기 시작했다. 하지만 그들 대부분은 뒤에서 날아오는 화살에 맞아 땅바닥에 나뒹굴어야 했다. 함성과 말발굽 소리, 비명소리가 능선 아래 부락까지 울려 퍼지고 있었다. 부락 사람들은 그제서야 전란이 자신들을 덮치고 있음을 깨달았다.

투르크 기마 군단의 횃불이 이제까지 키타이 족을 보호해 주었던 높다란 구릉의 능선을 둘러쌌다. 그리고 바람을 가르는 무서운 소리와 함께 화살이 키타이 부락의 겔들로 쏟아져 내렸다. 불화살을 맞은 겔은 환한 불꽃을 일으키며 타오르기 시작했다. 수령들은 비록 꿈이었다고는 하지만 시푸로의 선견에 다시 한 번 놀라고 있었다. 그들은 침착하게 적의 침입에 대처했다. 대처는 간단했다. 적의 공격을 막는 한편 일사불란하게 부락을 탈출하는 것이었다.

시푸로는 어느새 말을 몰아 수령들을 지휘하고 있었다. 그는 노약자와 부녀자들의 탈출을 돕기 위해 부대를 몇 대로 나누었다. 자신과 함께 적의 선봉 부대를 막아내는 부대, 자신들이 퇴각할 경우 엄호할 수 있는 부대, 그리고 백성들을 인솔하는 부대가 그것이었다. 시푸로의 엄호 부대는 일단 백성들을 인솔하면서 본 부대와 어느 정도 거리를 유지했다. 이렇게 시간을 끄는 작전을 수행하면서 시푸로는 갑자기 치레이루오가 보이지 않는다는 사실을 깨달았다.

"치레이루오는 도대체 어디 있느냐?"

시푸로가 분개하며 찾았지만 치레이루오는 보이지 않았다. 시푸로는 차라리 그가 용감하게 싸우다 전사했기를 바라는 마음이었다. 그러나 부하의 답변은 시푸로의 바람을 저버렸다.

"치레이루오는 투르크 기병대의 기습을 받자마자 부하 몇 명을 데리고 달아나 버렸습니다. 번병들 말로는 고구려 전령이 투르크의 기습을 알리려고 우리에게 달려오다가 투르크 놈들의 화살에 맞아 죽는 것을 보고는 곧바로 줄행랑을 쳤다고 합니다."

시푸로는 화를 억누를 수 없었다. 이것이 치레이루오를 신뢰한 결과였단 말인가? 어찌 됐든 키다이는 이제껏 자신을 키워 준 부족이었다. 혈육과 친지와 친구들이 있는 부족을 자기 하나 목숨 부지하자고 헌신짝처럼 배신하고 달아난 치레이루오를 결코 용서할 수 없었다. 그러나 시푸로는 지금 그것에 집착할 여유가 없었다.

"부족을 배신한 치레이루오는 지옥 끝까지라도 쫓아가서 처단할 것이다! 허나 지금은 부족민의 생명과 안전이 최우선이다. 어쨌거나 고구려 전령이 왔다는 것은 가까이에 고구려 원병이 있음이다. 서둘러 고구려 원군에게 지원을 요청하라. 나는 백성들과 함께 뒤따라 갈 것이다. 고구려 원군이 도착할 때까지만 버티자. 고구려군이 나타나면 투르크 놈들도 우리를 어쩌지 못할 것이다."

시푸로는 선봉에 서서 쏟아지는 화살을 향해 달려들었다. 쏟아지는 화살을 방패로 막으며 적의 공격로를 차단해야 했다. 드디어 투르크 전사들이 창과 칼을 휘두르면서 달려들었다.

시푸로는 우선 투르크 부대의 선봉에 서 있는 사내를 살펴보았다. 긴 팔다리에 잘록한 허리, 그리고 날카로운 눈매에 홍조를 띤 소년의 얼굴을 하고 있었지만, 수천의 투르크 전사들은 그의 명령에 따라 일사불란하게 움직이고 있었다. 창을 휘두르는 모습이 마치 사냥감을 쫓는 늑대를 보는 듯했다. 투르크 족은 늑대를 숭배했는데, 그는 마치 늑대신과 같은 모습이었던 것이다. 그 나름 초원을 호령하는 천하의 용사 시푸로도 투르크 전사의 모습을 보는 순간 알 수 없는 긴장감으로 전율해야 했다.

"꿈이 사실이었어. 툴리가 나타났다. 초원의 늑대 아시나툴리다."

시푸로가 외치자 키타이 족 전사들의 얼굴에 두려움이 일기 시작했다. 시푸로는 부하들에게 큰 소리로 말했다.

"우리는 다이헤씨족의 용맹한 전사들이다. 초원에서는 헛된 이름을 인정하지 않는다. 부족을 생각해서라도 우리의 목숨을 걸어야 한다. 물러서지 마라!"

시푸로 또한 누구인가. 비록 소수 부족의 우두머리이지만 초원을 누비며 용맹을 떨친 키타이 부족의 최고 전사였다. 두려움을 떨쳐낸 시푸로가 적과 맞서기 위해 선봉으로 나서며 명령하자 키타이 기병들도 대오를 갖추고 거침없이 앞으로 나아갔다.

시푸로의 수신호가 떨어지자 키타이 전사들은 투르크 전사들을 향해 몸을 던졌다. 마침내 두 무리의 교전이 시작되었다. 밤하늘을 찢는 함성과 고막을 찢는 쇳소리에 천지가 진동했다. 가끔씩 비명이 들려 왔고 화살과 창칼에 맞은 군마들이 나가떨어졌다. 무슨 일이 있어도 부족을 살려야 한다는 키타이 족 전사들의 결기가 제국 기병의 공격을 끈질기게 막아 세웠다. 동료 전사들의 죽음을 보자 분노가 일었고 분노는 자신의 목숨마저 거침없이 던지게 했다.

투르크 기병대는 예상 밖의 거센 저항에 당황하며 주춤거렸다. 하지만 선두에 선 아시나툴리가 창을 휘두르며 독려하자 사기를 되찾았다. 툴리의 창이 춤출 때마다 달려드는 키타이 전사들이 추풍낙엽처럼 휩쓸려 나갔다. 툴리의 마상 무예는 실로 대단했다. 그를 막아내지 못하면 키타이의 전열이 무너지는 것은 시간 문제였다. 그러나 그를 막을 수 있는 키타이 전사는 오직 시푸로밖에 없었다. 시푸로는 시간이 갈수록 전세가 불리해지자 자진해서 툴리를 막아섰다.

드디어 초원을 떨게 만들던 두 젊은 맹수가 창과 창을 세우고 맞붙는 찰나였다. 열여덟 살 툴리와 스물두 살 시푸로, 둘은 정말로 만만치 않은 상대였다. 툴리는 키타이 족 사람들 중에 이토록 용맹한 자가 있다는 사실에 놀라는 얼굴이었다. 툴리가 다소 경계하는 모습을 보이자 그 모습에 힘을 얻었는지 시푸로는 득의양양해서 툴리의 급소를 노리면서 들어왔다. 하지만 곧 툴리는 어렵지 않게 그의 창을 막아 냈다. 두 장수의 말이 어우러지며 창을 휘두른 지 삼십여 합이 지났지만 승패가 쉽게 가려지지 않았다. 하지만 불리한 처지의 시푸로가 밀리기 시작했다. 툴리의 창끝을 어렵게 막아내는 동안 시푸로는 온통 땀으로 뒤범벅이 되어 있었다.

그때였다. 멀리 서쪽에서 뿔 나팔 소리가 들려왔다. 그 소리에 놀란 것은 시푸로였다. 우회한 투르크의 또 다른 부대가 서쪽에서 모습을 드러냈다. 그 부대의 선두에는 한 눈에도 알아볼 수 있는 웬 거인이 무지막지하게 생긴 월도月刀를 휘두르고 있었다. 그들은 미리 양면 공격을 준비했던 것이다.

"빌어먹을, 리코다!"

초원의 전차 아시나리코가 모습을 나타낸 것이다. 키타이 족 전사들은 단지 그의 등장만으로도 모두들 흔들렸다. 이제 시푸로에게는 시간이 없었다. 그는 부하들에게 퇴각 명령을 내렸다. 물론 툴리는 추격을 하겠지만 물욕이 많은 리코는 전리품부터 챙기려 들 것이었다. 시푸로의 명령에 키타이 족 전사들은 미리 준비라도 한 듯 놀라운 속도로 달아나기 시작했다.

툴리는 군사들을 이끌고 달아나는 키타이 족의 뒤를 공격했다. 무엇보다도 시푸로를 사로잡아야 했다. 여의치 않으면 사살이라도 해야 했다. 실패하면 시푸로는 훗날 큰 근심거리가 될 것이 분명했다. 그러나 추격은 쉽지 않았다. 시푸로를 엄호하기 위해 후방에 배치한 키타이 족 사수들이 쏘아 대는 화살이 빗발치듯 쏟아지고 있었다. 투르크 기병들은 키타이의 궁병대 때문에 좀처럼 앞으로 나아가지 못했고, 그 틈을 타서 시푸로의 부대는 빠르게 멀어져 갔다. 툴리는 리코의 부대가 자신을 도와주었으면 했지만, 그들은 부락을 약탈하고 전리품을 챙기느라고 정신이 없었다.

툴리는 수신호로 부하 지휘관을 불렀다. 그러자 사냥을 마친 늑대처럼 온 몸이 피투성이가 된 한 장수가 툴리 앞으로 나왔다. 날렵하게 생긴 그는 누가 보아도 인상적인 외모를 가지고 있었다. 그는 같은 마을에서 함께 자란 툴리의 친구이기도 했다.

"투둔발14) 저하, 모투핀이 여기 있소."

툴리는 모투핀에게 노약자들과 부녀자들 때문에 기동력이 떨어진 키타이 족을 우회해서 측면을 치라고 명령했다. 모투핀은 툴리의 생각을 간파하고 뿔 나팔을 불었다. 모투핀의 신호에 따라 부대원들이 곧바로 대오를 갖추어 키타이 족을 추격하기 시작했다.

모투핀은 머리를 끄덕여 신호를 보내고 한 손에는 창을 든 채 키타이 족의 측면으로 달려들었다. 그와 동시에 툴리도 키타이의 후방을 거칠게 공격하기 시작했다.

고구려군의 주력 부대가 있는 유성까지는 노루기호 산맥을 우회하여 낙랑평원을 지나야 하는 꽤 먼 거리였다. 이 상태로 부락민 모두가 동행하다가는 전멸을 면치 못할 게 분명했다.

툴리와 모투핀 부대는 커다란 원을 그리면서 키타이 족을 한 곳으로 몰아 포위하고는 몰려 있는 키타이 족을 향해 화살을 날리기 시작했다. 어린아이들과 노약자들이 화살에 맞아 죽어 가고 있었다. 만약 리코의 부대까지 협공한다면 상황은 절망적이었다.

"최후의 한 사람까지 가족과 부족을 위해 싸우다 죽자!"

그렇게 시푸로의 외침이 들렸고 뒤이어 멀리서 커다란 뿔 나팔 소리가 들려 왔다. 시푸로가 뿔 나팔소리에 대해 잠시 생각하고 있는데 참장 누쿠즈가 소리쳤다.

---

14)투르크의 지방 단위였던 투둔을 지배하는 지방관으로 5등관에 해당한다. 투르크는 최고 지배자를 카간(可汗 Qagan)이라 불렀고 그가 황제이다. 그리고 한 지방을 다스리는 왕을 예후라 불렀으며 카간의 형제나 아들, 친척들을 쉐드나 테긴이라 불렀다.

"고구려군이다!"

투르크 전사들도 고구려 군의 뿔 나팔 소리를 들었다.

"빌어먹을, 뫼클리 놈들입니다!"

모투핀이 고구려군의 기치를 보고 툴리에게 말했다. 툴리의 얼굴이 찡그려졌다. 투르크 사람들은 고구려를 '뫼클리'라 불렀다.

"유성 욕살 고흘의 기치인 것 같은데요. 그가 맞다면 지금 상황에서 접전을 벌이는 것보다는 후일을 도모하는 게 나을 것입니다."

툴리는 고개를 끄덕이더니 주저없이 창을 들어 신호를 보냈다.

그러자 모투핀의 부하가 뿔 나팔을 불었고, 그 소리에 초원을 뒤덮고 있던 투르크 전사들이 일사불란하게 퇴군하기 시작했다.

그렇게 투르크 군대가 물러가자 죽다 살아난 키타이 족의 시푸로는 자신의 진영을 풀고 고구려의 구원군들을 맞이했다. 고구려군은 황급히 오느라고 중무장한 상태는 아니었다. 시푸로는 고구려군의 맨 선두에 나타난 사내를 바라보면서 감탄해 마지않았다. 송충이 같은 짙은 눈썹에 날카로운 눈에서는 섬광이 튀어나오는 것 같았고, 검붉은 볼에 잘 다듬은 콧수염은 대단히 인상적이었다. 솥뚜껑 같은 커다란 손은 거칠어 보였지만 그의 체격과 잘 어울렸다.

시푸로는 그 사내에게 다가가서 마상에서 인사를 먼저 건넸다.

"나는 다이헤씨 부족의 시푸로요. 이렇게 도와주셔서 정말로 고맙소. 그리고 그대의 나라, 위대한 고구려가 이제 나그네가 된 우리 종족을 받아 주셨으면 합니다."

사내는 이제 솜털을 갓 벗은 젊은 시푸로에게 군례를 올렸다.

"시푸로 막하불과 부족민들을 진심으로 환영합니다. 본관은 유성15) 욕살16) 서부원수보국대장군 중리위두대형 고흘이올시다."

551년 신성으로 쳐들어온 투르크의 대군을 백암성 지역으로 유인해 패퇴시킨 고구려의 명장, 그가 바로 고흘이었다. 고흘은 거지나 다름없는 키타이 족의 다이헤 시푸로 막하불에게 진심을 담아 예를 갖추고 있었다. 시푸로도 고흘의 명성을 잘 알고 있었던 까닭에 그의 환대에 몸 둘 바를 몰랐다.

"장군의 명성과 인품은 익히 들어 알고 있었습니다만, 작은 종족의 추장을 이렇게 극진히 맞아 주시다니요."

"별 말씀을 다하시오. 키타이가 고구려의 제후국으로 태왕폐하께 충성을 다하는 한 본관 고흘은 키타이의 막하불을 키타이의 왕후로 인정할 것이오. 당장의 문제는 투르크의 군대를 쫓긴 했으나 이 많은 사람들의 의식주올시다. 우리도 급히 군대를 내어 달려온 까닭에 물자가 없어 걱정입니다."

"저희에게도 준비해 둔 것이 어느 정도 있습니다. 일단 그것으로 며칠간의 식량은 조달될 것입니다."

시푸로는 모든 물자가 바닥나는 그 며칠 뒤가 걱정이었지만, 고흘은 그를 안심시켰다.

"일단 유성으로 가면 걱정이 없소이다. 유성은 이 지역에서 제일가는 도시로 사해의 만물이 집결하는 대처가 아니겠소? 부족의 일거리를 찾고 나면 먹고 입는 문제는 어렵지 않게 해결할 수 있을

---

15) 오늘날의 중국 자오양(朝陽). 당시 그 곳에 고구려 시장이 있었다고 중국 역사서인 신당서에서 밝히고 있다.
16) 고구려의 지방 장관으로 중국의 도독이나 절도사에 해당되었다. 역시 지방장관이었던 도사나 처려근지는 욕살보다는 작은 고을을 다스렸다.

것입니다. 게다가 우리에게 막하불 부족의 용맹함을 빌려 주신다면 우리 고구려로서도 큰 짐을 덜게 될 것입니다."

고구려는 키타이 족을 먹여 주고, 키타이 족은 고구려의 유성을 지켜 주는 조건으로 두 사람은 그렇게 의기투합할 수 있었다. 유성은 흔히 요동성으로도 불렸던 요동의 여러 성들 가운데 하나였다.

고흘은 시푸로와의 대화가 끝나자 곁에 있던 부장이자 위당주 대라수에게 근심스런 얼굴로 물었다.

"도대체 무엇 때문일까? 투르크가 군사를 일으켜 키타이를 기습한 이유 말이야. 우리와 싸우고자 함인가? 우리의 관심을 끌어 보자는 것인가? 만약 놈들이 우리와 싸울 심산이었다면 이렇게 키타이 족을 동쪽으로 밀어내는 것으로 끝내지는 않았을 텐데 말일세."

대라수도 걱정되기는 마찬가지였다.

"큰일입니다. 자칫 잘못되면 투르크 기병대와 우리가 직접 대치해야 하는 상황이 벌어질 것입니다. 그리 되면 남쪽의 제나라를 막는 게 쉽지 않아집니다. 이미 유성에는 제나라의 세작들이 우리의 약점을 살피기 위해 눈에 불을 켜고 있다는 보고가 지속적으로 올라옵니다."

"우리가 당장 할 수 있는 것은 지금의 상황에 대해 세세하게 기록하여 조정에 알리는 것밖에는 없구나. 모든 것은 태왕폐하께서 판단하시고 우리는 그것에 따르면 될 것이다."

고흘은 그렇게 답하고는 시푸로에게 다시 다가가 말했다.

"병력이 충원되기까지는 일단 투르크의 도발을 막하불께서 직접 막아 주셔야 할 것 같소이다. 이렇게 어려운 상황에 염치없는 청을 하게 되었습니다."

고흘의 말에 복수심에 불타는 시푸로는 이를 악물면서 답했다.

"우리가 불의의 기습으로 곤궁한 처지에 있게 된 것은 사실이지만, 우리 군사들이 날래고 용맹한 만큼 욕살께서는 조금도 걱정하지 마십시오. 더욱이 욕살의 군대가 뒤를 받치고 있는 만큼 결코 물러서는 일은 없을 것입니다."

고흘은 굶주리고 지친 키타이 부족민을 위해 우선 식량부터 나눠 주고 숙영을 할 수 있도록 편의를 베풀었다.

다음날 고흘은 자신의 병력으로 하여금 후위를 맡겨 투르크의 움직임을 경계하도록 하고 시푸로와 함께 동쪽의 유성으로 무리를 이끌었다. 수많은 수레와 소와 말, 양떼들이 일제히 움직이는 광경은 가히 장관이었다. 키타이 부족민들은 분위기가 어느 정도 진정되자 투르크의 기습으로 목숨을 잃은 부족민과 군사들의 시신을 수습했다. 두려움으로부터 벗어난 그들은 이제 한결 가벼운 마음으로 부상당한 이들을 수레에 싣고 고구려군의 인도에 따라 발걸음을 옮겼다. 고흘은 상번군 당주 수도량이 홀로 유성을 지키고 있는 것이 걱정이 되어 걸음을 재촉했다. 언제 제나라의 기습이 있을지 모르기 때문이었다.

치레이루오는 마지막까지 따라온 부하 네 명과 함께 정신없이 초원을 내달렸다. 자신의 행동에 배신감을 느낀 시푸로가 추격대를 보냈을지도 모르기 때문이었다. 이제 그가 살아날 방법은 제나라의 영주로 가거나 아니면 고구려의 유성이나 험독[17]으로 가는 길밖에 없었다. 하지만 쉽사리 길을 정할 수가 없었다. 시푸로의 부락이 투르크의 공격에도 살아남았다면 유민을 이끌고 고구려 쪽으로 갈 것이 분명했다. 고구려 쪽으로 길을 잡는 것은 시푸로에게 스스로 목을 내놓는 위험천만한 일이었다. 그렇다고 키타이 족을 유별나게 차별하는 북제로 가는 것도 썩 내키지 않았다. 치레이루오는 어쨌거나 자신에게 닥친 절망적인 상황에 대해 스스로를 탓하지 않았다. 모든 것이 시푸로와 그를 추종하는 부락의 장로들 때문이라고 여겼다. 언젠가 기회가 온다면 부족의 막하불 자리를 되찾겠다는 결심을 몇 번이고 되새겼다. 그 때가 되면 시푸로를 추종했던 모든 세력을 숙청하고 자신만의 독립 部를 구성하겠다는 각오를 다졌다. 그러나 당장은 목숨마저도 위태로운 배신자 신세였다.

"어디로 가실 것이오?"

갑갑증에 걸린 부하 하나가 먼저 물었다.

"지금 우리에게 목적지가 따로 있겠는가? 기회가 온다면 몸을 팔아 용병이나 되어야 하겠지. 우리는 날래고 용맹하니 어딜 가든 박대를 당하지는 않을 것이다."

"그럼 유성으로 가지요. 그 곳의 욕살 고흘은 용병들을 차별하지 않고 자기 수하들과 똑같이 대우한다고 하지 않소."

그렇게 말하는 부하를 보고 치레이루오는 콧방귀를 뀌었다.

"사라잔, 네 놈이 용맹하기는 하나 머리에는 똥만 들었구나. 시

---

17) 요하 건너 대안현 신개하향에 있는 손성자성이다. 이곳이 한나라의 험독이라는 것이 중국 학자들에 의해 밝혀졌다. 험독은 요동성에서 의무려산으로 가는 일직선상에 놓인 성으로 고조선의 왕검성으로도 알려져 있으나, 왕검성은 더 남쪽에 있었을 것으로 추정된다.

푸로가 부락민들을 인솔해서 누구에게 가겠느냐? 그 놈도 유성으로 갈 게 뻔한데, 우리가 제 발로 놈의 아가리 속으로 들어가자는 말이냐? 이 얼척 없는 놈아!"

면박을 당한 사라잔은 더 이상 대꾸하지 못하고 뒤로 물러났다.

그들은 남쪽으로 말을 몰았다. 일단 동쪽으로 향하고 있을 시푸로를 피하기 위해서라도 어쩔 수 없었다. 남쪽은 제법 높직한 구릉이 앞을 가로막아 먼 곳까지 시야가 확보되지 않았다. 치레이루오는 불길한 생각이 들었는지 사라잔에게 명령했다.

"우리는 쫓기는 입장이라 항상 조심하지 않으면 안 된다. 구릉 너머를 살펴보고 와라."

사라잔은 치레이루오의 명령에 따라 말을 몰아 앞으로 달려 나갔다. 그러나 얼마 달리지도 못하고 바람을 가르는 요란한 소리와 함께 낙마하며 땅바닥으로 고꾸라졌다. 누군가 활을 쏜 것이다. 치레이루오는 그 모습을 보고 소스라치게 놀랐다. 치레이루오와 부하들은 급히 말머리를 돌려 반대 방향으로 달리기 시작했다. 하지만 곧이어 날아드는 화살 세례에 부하들이 하나둘씩 비명을 지르며 말에서 떨어져 나갔다.

구릉 위에는 십여 명의 전사들이 매복해 있었다. 시푸로가 치레이루오를 찾는 한편 투르크 군의 움직임을 염탐하기 위해 파견한 정찰 부대였다. 그들은 치레이루오를 발견한 뒤 조심스럽게 추적하다가 구릉 뒤쪽에서 몸을 숨긴 채 기다리고 있었던 것이다. 정찰 대원들은 치레이루오의 몇 명 안 되는 부하들을 전멸시켰고, 곧이어 치레이루오가 탄 말한테도 화살 두 대가 연거푸 꽂혔다. 말은 비명을 지르면서 요동치고는 곧바로 나뒹굴었다. 치레이루오도 말과 함께 땅바닥에 내동댕이쳐졌다. 말이 버둥거리며 일어서려 했지만 소용없었다. 치레이루오는 겨우 몸을 일으켜 병장기를 집어 들었다. 손잡이가 길고 날 몸통이 두꺼운 대도였다. 곧이어 말 탄 전사들이 그를 에워쌌다.

"부족을 배신한 더러운 놈, 저 놈을 잡아라. 막하불께서 배신자의 머리를 원하신다."

우두머리로 보이는 자의 명령이 떨어지자마자 기마 전사들이 창을 누이고 달려들었다.

"애송이들아, 얼마든지 덤벼라."

치레이루오는 여유 있는 몸놀림으로 전사들을 태우고 달려드는 말들의 다리를 잘라 버렸다. 말이 쓰러질 때마다 전사들도 땅바닥에 내동댕이쳐졌다. 그럴 때마다 치레이루오는 번개같이 달려들어 그들의 명줄을 끊어 놓았다. 무예로만 보자면 치레이루오는 다이헤 부족 안에서도 손꼽히는 전사였다. 몇 명이 그렇게 당하자 정찰대의 우두머리가 손짓을 했다. 그러자 전사들이 활을 잡고 화살을 먹였다. 포위된 상태에서 화살 공격을 막을 방법이 없었다. 곧바로 화살이 날아왔다. 치레이루오는 날아드는 화살들을 칼로 튕겨 버렸다. 그렇지만 뒤에서 날아오는 화살까지는 어떻게 할 수가 없었다. 화살 하나가 그의 오른쪽 어깨에 이어 다른 하나가 그의 허벅지에 박혔다. 그는 잡고 있던 칼을 놓치고 무릎을 꿇었다. 어깨에 박힌 화살을 뽑으려고 했지만 마음대로 되지 않았다. 전사들은 치레이루오를 산 채로 잡으려는 것 같았다. 만약 그렇지 않다면 화살이 치레이루오를 고슴도치로 만들었을 것이다. 이제 천하의 치레이루오도 꼼짝없이 시푸로의 포로가 될 수밖에 없는 상황이었다. 치레이루오는 모든 것을 체념한 채 소리를 질러댔다.

"더 이상 모욕하지 말고 나를 죽여라."

정찰 대원들은 덫에 걸린 짐승을 희롱하며 주위를 돌고 있었다. 치레이루오는 이제 그들의 처분을 기다려야 했다.

그때였다. 구릉 위로 눈에 띄게 호화로운 기수의 모습이 나타났다. 말에는 온갖 금장과 비단이 둘러져 있었고 기수 역시 멀리 있었지만 범상치 않아 보였다. 마치 하늘에서 방금 내려온 신장神將의 모습이었다. 기수는 말안장에 끼워 두었던 커다란 활을 꺼냈다. 분명 고구려 정규군이 쓰는 맥궁이었지만 훨씬 더 커 보였다.

정찰 대원 누구도 아직 그의 존재를 알아채지 못했다. 그들이 치레이루오를 막 포박하려던 참이었다. 사내는 활에 살을 먹인 채 천천히 다가왔다. 정찰 대원들이 뒤늦게 그 사내를 발견했지만, 제법 먼 거리에 있는 사내에게 별 관심을 두지 않았다. 저렇게 먼 거리에서 활이 무슨 소용이 있겠는가 싶었지만, 그 생각이 잘못되었음이 곧바로 확인되었다. 대기를 찢는 소리와 함께 화살 하나가 우두머리의 목을 뚫었다. 우두머리는 말에서 떨어져 잠시 켁켁거리더니 곧 절명하고 말았다. 우두머리를 잃은 전사들은 당황했다. 그들이 그렇게 머뭇거리고 있는 사이 계속해서 화살이 날아들었고 전사들은 외마디 비명을 지르면서 하나씩 쓰러져 갔다. 실로 놀라운 활이요, 뛰어난 활솜씨가 분명했다.

말에서 쓰러진 전사들이 벌써 서너 명을 넘어서고 있었다. 뒤늦게 상황을 파악한 키타이 전사들이 말머리를 돌려 사내에게 달려들었다. 하지만 사내는 까딱하지 않고 더 빠른 손놀림으로 활을 쏘아 댔다. 키타이 전사들의 희생이 만만치 않았다. 키타이 전사들이 함성을 지르며 사내에게 달려들었다. 사내는 창을 휘두르며 달려드는 키타이 전사 서너 명에 맞서 양쪽에 초승달 모양의 날이 달린 묵직한 창을 휘두르면서 마주쳐 왔다.

키타이 전사들은 사내의 대담함에 질린 나머지 말을 돌려 달아나기 시작했다. 맨 뒤에 남아 있던 전사가 치레이루오를 향해 달려들어 자신이 할 수 있는 마지막 임무를 수행하려 하고 있었다. 그러나 그의 칼날이 치레이루오의 목에 채 닿기도 전에 화살이 날아와 역시 그의 목도 꿰뚫어 버렸다. 전사는 말에서 떨어졌다.

화살에 맞은 채 땅바닥에 주저앉아 있던 치레이루오는 영문을 몰라 어리둥절했고, 여전히 자신의 생사에 대해 절망적이었다. 시푸로에게 사로잡혀 온갖 모욕을 당하며 죽어 가는 것이나 갑자기 나타난 사내에 의해 목이 잘리나 죽기는 매 한 가지라고 생각했다.

치레이루오가 여전히 절망적인 감정에 빠진 채 부상당한 몸을 일으켜 세웠다. 어떻든 사내의 등장으로 자신의 운명이 좀 더 연장된 것만은 분명했다. 치레이루오는 불편한 몸으로 예를 갖췄다. 사내가 어떤 반응을 보이든 그게 맞다는 생각이 들었다. 사내가 천천히 치레이루오에게 다가왔다. 치레이루오는 사내의 얼굴을 똑바로 바라보고자 했지만, 그의 등 뒤에서 쏟아지는 강렬한 햇살 때문에 사내의 용모가 실루엣으로만 다가섰다. 사내가 먼저 말을 꺼냈다. 낮고 굵직한 목소리가 마치 염라대왕이 말하는 것 같았다.

"다이혜씨족의 비루한 거렁뱅이 치레이루오를 드디어 찾았구나. 하늘이 도왔다. 조금만 늦었으면 네 놈은 이미 목이 잘렸거나 시푸로의 노리갯감이 되었을 게야. 안 그러냐? 하하하."

치레이루오는 통증을 참아 가며 겨우 그의 말을 받았다.

"뉘시오? 우리 키타이 족은 아닌 것 같소만, 어찌 나를 아시는지? 왜 나를 살린 것이오?"

"치레이루오, 나는 일찍부터 네 놈을 눈여겨봐 왔다. 간단히 말해 너는 쓰레기이고 나는 쓰레기를 거두는 청소부이니라. 나는 사해에 흩어진 쓰레기들을 긁어모아 새로운 생명을 주는 사람이다. 내가 지금 네 놈에게 새 생명을 주었으니, 이제부터 너는 나에게 그 생명을 바쳐야 할 것이다. 물론 그리 하면 언젠가는 네가 원하는 것을 얻을 수 있을 것이고. 하하하."

치레이루오는 자신을 잘 알고 있는 사내의 얼굴을 똑바로 보려했지만 헛수고였다. 치레이루오는 얼굴을 일그러뜨린 채 사내에게 말했다.

"나는 다른 욕심은 없소. 나는 부족을 배신한 것이 아니라 그들에게 버려진 것이오. 나는 우리 부족 주인의 자리를 되찾고 싶을 뿐이오."

치레이루오의 말에 사내가 다시 한 번 크게 웃으며 말했다.

"바로 그것이다. 나는 잃어버린 내 나라 고구려를 되찾을 것이고, 너는 네 종족을 되찾을 것이다. 어쨌거나 투르크의 카간이 고구려와 접촉하려고 좀 위험한 방법을 쓴 것 같구나. 나는 카간의 계산이 잘못되었음을 알도록 해 줄 것이다. 내 계획대로만 된다면 고구려와 투르크는 서로 싸우게 될 것이고, 나는 그 틈을 이용해서 고구려가 다시 나의 나라가 되도록 할 것이다. 제나라 놈들도 분명 내가 던진 미끼를 물 것이다. 나는 결국 잃었던 내 자리를 다시 찾을 것이고, 조정은 수광태월님을 보위에 올리게 될 것이다. 지금 고구려 태왕과 귀족들이 갈등이 심한 만큼 승리는 쉽게 주어질 것이다. 이 모든 것이 수광태월 님의 뜻이니라."

치레이루오는 햇살 사이로 드러난 그의 얼굴을 희미하게나마 살필 수 있었다. 그는 덩치가 그리 크지 않았지만 치레이루오에게는 무척이나 커 보였다. 어느 순간 사내의 몸에서 전광電光이 뿜어져 나와 사방으로 흩어졌다.

밀려드는 전운

대덕 팔 년인 566년 이월 하순, 투르크 제국의 기병들이 키타이 족 다이헤씨 족을 습격한 지도 벌써 스무 날이 지났다. 안학궁[18]이 있는 평양에도 좀 이른 감이 있지만, 봄기운이 물씬했다.

겨우내 얼어붙었던 대동강 얼음도 풀려 강물이 다시금 흐르고, 강을 가로지르는 안학대교[19] 주변에는 형형색색으로 꽃단장한 수레들이 따뜻한 봄 햇살을 즐기고 있었다. 수레를 가지지 못한 대부분의 백성들은 대부들과 부자들의 호화스런 꽃수레들을 부러워했

---

18) 안학궁은 두꺼운 외벽으로 둘러져 있는데 궁성 한 변의 길이는 622미터이고, 면적이 38만 제곱미터에 스물한 채의 궁궐과 서른한 채의 회랑에 둘러싸인 거대한 궁궐이다. 안학궁의 중궁인 내전의 경우 앞면이 87미터, 옆면이 27미터나 되는데 지붕의 치미만 해도 2.1미터나 되는 엄청난 규모를 자랑한다. 다른 궁궐과 비교해 봤을 때 경복궁 근정전이 30.14미터, 황룡사 중금당 터가 49미터, 발해 상경용천부 제1 절터가 50.66미터인 점은 참고할 만하다. 더욱이 오늘날 엄청난 규모를 자랑하는 북경 자금성의 태화전도 60미터인 점을 감안한다면, 안학궁의 중궁 규모를 짐작할 수 있다.

19) 428년에 안학궁성 남쪽의 대동강 가에 놓인 길이 375미터, 너비 9미터의 큰 다리였다. 두꺼운 깔판과 난간까지 설치된 다리로 대동강 남쪽에서 다리를 건너면 직선으로 안학궁성의 남문에 이르게 되도록 도로가 뻗어 있었다. 이 도로는 돌을 넓찍하게 다듬어 깐 포장도로였다고 한다. 고구려는 강에 다리를 많이 놓았고, 나루와 포구도 발달했다.

다. 그렇지만 물론 백성들은 백성들대로 하늘이 내려준 공평한 햇살과 대동강의 풍광을 만끽하고 있었다.

안학대교는 목조 다리였지만 다리와 연결된 도로망은 잘 다듬은 화강암으로 포장되어 있었다. 포장도로 양옆에는 잘 꾸며진 배수로도 있었다. 다리가 끝나고 포장도로가 나타나면 도로 좌측에는 위양성이라는 오래된 토성이 있고, 오른쪽에는 고방산이 버티고 있었다. 이 포장도로를 따라 북쪽으로 십 리 남짓 못 미쳐 왕성인 안학궁이 웅장한 자태를 드러낸다. 안학궁은 고구려의 정궁이다. 그 웅장함은 세 개의 문으로 된 대웅삼문에서 시작된다. 대웅삼문이란 교웅敎雄, 율웅律雄, 선웅禪雄이라는 이름의 대문들로 모두 안학궁의 정문 구실을 했다.

대웅삼문 앞에는 광장이 있고 좌우로는 관청들이 길게 늘어서 있었다. 안학궁 대웅삼문 앞의 광장은 고구려 사람이라면 모르는 이가 없었다. 만통장萬通場이란 이름의 이 광장에는 늘 많은 사람들이 모여 들었고, 그런 만큼 이곳은 자연스럽게 민심이 모이고 소통하는 장소가 되었다. 대부들이나 관리들은 물론 태왕의 직속 승관(승지)들도 이곳에서 백성들의 민심을 파악했다. '만통장은 민심'이라는 말에서 보듯 고구려의 정치는 만통장에서부터 시작됐다고 해도 과언이 아니었다. 백성들은 특별히 만통장 한가운데의 방문소라는 벽보판에 관심이 많았는데, 나라의 사정을 알 수 있는 관보가 주로 붙었기 때문이었다.

봄기운이 물씬한 바로 그날, 나들이를 나온 사람들 말고도 많은 이들이 만통장의 중앙에 있는 방문소 주변에 근심스런 표정으로 모여들었다. 그것을 의식했는지 왕궁 입구와 관서 주변에는 평소보다 많은 금군과 순군들이 혹시 일어날지도 모를 불상사에 대비하고 있었다. 분명 국가적으로 비상한 상황이 벌어지고 있음을 백성들도 직감하는 분위기였다.

그것은 얼마 전 초원의 새로운 강자로 떠오른 투르크가 고구려의 신하국인 키타이를 습격하면서 공공연한 사실이 되었다. 전란은 시대를 막론하고 두려운 일이다. 백성들은 혹시 있을지 모를 전쟁 소식에 귀를 기울이고 있었다. 전쟁이 시작되면 동원령이 내려질 것이고, 전쟁의 와중에 수많은 사람이 죽거나 다치는 거야 명약관화하지 않은가. 게다가 당장 한 해 농사를 시작해야 하는 마당에 전란이 터지면 큰 부담이 아닐 수 없었다.

국가적으로도 이미 안학궁 남서쪽에 새로운 도성인 장안성을 짓고 있었다. 가히 동북아 최대 규모의 도성이었다. 그런 만큼 연일 수많은 백성들이 부역에 동원되었고, 막대한 건축 비용 때문에 아무리 고구려라고 해도 전쟁을 치르기에 부담스러웠다. 태왕은 가뭄이 들거나 하면 잠시 공사를 중단하는 조치를 내리기도 했지만, 이 거대한 축성은 이미 십사 년 동안이나 지속되고 있었다.[20]

---

20) 고구려는 왕권을 강화하는 차원에서 요동 지역의 도성들을 포기하고 평양으로 천도했다. 선임 태왕들은 평양에서 신진 관료들을 대거 등용하면서 새로운 세력을 구축했지만 귀족들은 자신의 권세와 기득권을 유지하기 위해 지속적으로 신진 세력을 견제했다. 하지만 평양 천도 이후 귀족들의 권세가 주춤해진 것이 사실이었다. 평양성의 안학궁은 천도 당시부터 원래 외벽이 없었다. 그러다가 551년 투르크의 침략 후 외벽의 필요성을 느낀 조정은 안학궁 서남쪽에 장안성을 축성하기 시작했다. 고구려는 동천태왕 때나 고국원태왕 시절에 외침으로 왕궁과 관서를 모두 잃었던 경험이 있었다. 당시 장안성 일부 구간의 축성 책임자는 소형小兄의 관등에 있는 문달文達이었다. 축성 책임자는 자신의 이름을 축벽 아래에 새겨야 했는데, 만약 2년 안에 성벽이 무너지면 그 축성 책임자가 처벌을 받았다.

"빌어먹을! 아직 축성도 끝나지 않았는데 또 다시 전란이라니, 이거 죽으라는 거 아닌가?"

"이제 겨우 굶주림을 잊어 가는데 전란이라니 말도 안 돼!"

"그래도 금상폐하께서는 지금까지 백성들의 편의를 위해 노력을 아끼지 않았는가?"

"그야 그렇지. 음식을 줄이시고 산천에 나아가서 몸소 기도하는 현군이시니까."

"투르크 놈들은 우리와 무슨 원한이 있다고 이 난리람?"

"이미 우리를 공격한 전력이 있는 놈들일세."

백성들은 만통장 방문소에 삼삼오오 모여들어 그렇게 근심을 나누고 있었다.

그때, 안학궁으로 이어지는 큰 도로에 수많은 수레들이 나타났다. 호화로운 금장과 은장 등으로 치장한 수레들은 사신이 그려진 깃발을 휘날리고 있었다. 이토록 화려한 행차의 주인공들은 고구려를 대표하는 왕후장상일 것이 분명했다. 갑자기 나타난 수레들과 호위 기병들 때문에 남쪽 삼문 앞 광장은 더욱 어수선해졌다. 백성들은 꼬리를 물고 이어지는 수레 행렬을 구경하려고 큰길가로 모여들었다. 금군과 순군들은 분주하게 움직이며 수레들을 궁성 안으로 안내했다.

"저것 보라고! 모두들 대가, 대부들의 수레야. 아마 궁궐에서 대가회의라도 열리는 모양일세. 난리가 나긴 난 모양일세 그려."

"그렇다면 머지않아 동원령이 떨어지겠구먼."

"제길, 이제 올해 농사는 어떻게 되는 건가? 종쳤네, 종쳤어."

대가회의는 고구려의 대표적인 의결 기구였다. 나라에 중요한 일이 생기면 왕후장상들이 모여 일의 가부를 정했다. 대가회의 수장은 고구려의 왕후장상과 공경대부들이 추대한 대대로였다. 대대로는 삼등관 이상의 고관들만을 소집하여 나라의 중대사를 의결하니 태왕의 권한을 능가하는 위치였다. 대가회의는 단군조선 시절부터 오부의 대가들이 모여 나랏일을 의논한 것에서 시작되었으니 참으로 오래된 전통이었다.

대가회의가 열리는 장소는 안학궁이 축성되던 때부터 서궁에 마련된 대의원이었다. 대의원은 대가회의를 위해 별도로 지어진 건물로 주요 사안들은 언제나 그 곳에서 의결되었다. 대가회의는 일종의 상명하달식 의결 기구였으며 화백和白을 원칙으로 했다. 대가회의에서 결정된 일은 조정 회의 등에서 형식적인 절차를 거쳐야 했지만, 조정 대신들 대부분이 대가의 직책을 겸했으므로 단지 통과 의례일 뿐이었다.

자라 보고 놀란 가슴 솥뚜껑 보고도 놀란다고 백성들은 대가회의가 달갑지 않았다. 대가회의가 열리면 군역 동원령이 떨어지거나 전쟁 지원을 위한 부역에도 동원되어야 하기 때문이었다. 농사일로 바쁜 백성들이 전쟁이나 성 쌓는 일에 동원되면 나라에서도 그만큼의 조세 손실을 감수해야 했다. 농사가 풍년이어야 세입이 늘고 국고에 쌓여 있는 곡식도 잘 보관할 수 있어서 나라가 부강해지는 법이니까. 이제 백성들은 전란에 대한 자신들의 추측이 틀리기만을 바라면서 여전히 만통장 방문소 앞을 서성이고 있었다. 하지만 백성들의 우려는 사실이 되어 가고 있었다.

태왕은 투르크가 적봉 동북쪽 시라무렌 강 상류 쪽에서 유목으로 살아가는 키타이 족을 습격했다는 급보를 접하고는 전율하지 않을 수 없었다. 태왕은 유성 욕살 고흘이 상부 고씨 집안의 한 사람으로 자신의 정치적 반대파였지만, 그가 사사로운 감정에 치우치는 소인이 아님을 잘 알고 있었다. 친위 기구인 위왕원에서는 고흘이 믿을 수 없는 사실을 전했다 하여 그 진위를 가리겠다고 했지만, 태왕이 나서 그것을 말렸다.

"고흘은 고구려군의 원수로 믿을 만한 사람이다. 우선은 이 사실을 오부의 귀족들에게 알려야 한다. 대가회의를 열도록 하라."

대가회의를 태왕이 발의하는 경우는 드물었지만, 이번 사안은 나라의 안위가 달린 일이었다. 곧이어 태왕의 지엄한 명을 받은 사령들이 대가회의를 소집하고자 사방의 귀족들을 찾았다. 일반적으로 대가회의는 대의원의 의장인 대대로나 조정 관부인 의정원[21]의 수장인 막리지가 소집했으므로 태왕이 직접 회의를 소집한 것에 귀족들도 긴장하지 않을 수 없었다. 의정원 소속 관리들 가운데서도 고관들은 대의원의 일을 겸임하는 자들이 많았으므로 도성 가까운 곳에 사는 그들은 어렵지 않게 회의에 참석할 수 있었다. 하지만 지방의 욕살들이나 도사들은 먼 길을 와야 했다. 그들은 자신들의 세를 과시하고자 호화로운 수레에 많은 사병들을 대동했다. 만통장 평양의 백성들은 동맹 기간이 아님에도 그들이 도성에 모일 때면 나라에 큰 일이 생겼음을 직감할 수 있었다. 이제 평양에는 궁성에

---

21) 고구려의 관부는 의정원과 승봉원으로 되어 있었다. 사간의 일은 대의원에서 했기 때문에 사간원을 따로 두지 않았다. 궁궐 내부의 일은 내시관들로 구성된 시봉부에서 맡았다.

입성하지 못한 귀족들의 사병들로 장사진을 이루었다. 어쨌든 키타이 족은 영락(광개토) 태왕에게 복속된 이후 줄곧 고구려의 신하국으로 충성을 다한 만큼 투르크가 그들을 공격했다는 것은 곧 고구려를 친 것과 다름없었다. 그 소문은 이미 온 나라로 퍼져 나갔고. 고구려 사회 전체는 분노로 들끓었다.

대가회의는 안학궁 서궁에 있는 대의원 회당에서 열렸다. 태왕이 주관하는 회의인 만큼 회의실 한가운데 상석 뒤에는 까만 바탕에 금색 삼족오가 그려진 휘장이 위엄 있게 드리워져 있었다. 삼족오는 고구려의 왕실을 상징하는 국조로 사실상 태양을 뜻했다.

이미 회의실로 들어온 왕후장상과 귀족들은 긴 탁자를 두고 각각 작위와 서열에 따라 정해진 자리에 앉아 사태의 심각성에 대해 논의하고 있었다. 그들은 태왕이 입실하기 전까지 서로 자신의 주장을 관철시키려 언성을 높여 가며 열변을 토하고는 했다. 그러나 어쨌든 대의원의 분위기는 무거웠다.

잠시 후 시봉부[22) 상시[23)인 가국유원이 태왕 입회를 알렸다. 왕후장상들은 태왕을 맞이하려고 모두 자리에서 일어섰다. 곧이어 승봉원[24) 도승령[25) 수려막지의 인도를 받으며 태왕이 들어왔다. 시봉부와 승봉원은 모두 근왕 기구로 태왕의 집무를 보필하는 비서 기관들이었다. 태왕이 입실하자 모두들 큰 절을 올리며 "만세, 만세, 만만세!"를 외쳤다.

---

22) 내시부.
23) 내시부 우두머리를 상시上侍라 했고 다음으로 중시中侍, 하시下侍가 있었다.
24) 태왕의 비서실.
25) 승봉원의 우두머리. 밑으로 좌승령과 우승령을 두었고 밑으로 승위들이 있었다.

흔히 평원왕으로 알려진 평강상호태왕은 당년 서른일곱 살로 정력이 넘치는 용안에 기골이 장대했다.

고구려의 태왕들이 그랬듯이 그는 짙은 눈썹에 매의 눈을 가지고 있었고, 잘 다듬은 콧수염이 그의 좋은 풍채와 잘 어울렸다. 하지만 매서운 눈매와 어우러진 날카로운 콧날은 그가 고집이 세고 지기 싫어하는 성격의 소유자라는 것을 말해 주고 있었다. 머리에는 백라관을 쓰고 있어 그 사이로 많은 머리숱이 보였고, 자색 바지저고리에 황색 두루마기를 입고 있었다. 황색 외투는 황제를 상징하는 옷이었다. 왕후장상들은 태왕이 자리에 앉는 것을 보고서야 자신들도 의자에 앉았다. 태왕은 참석한 대신들을 둘러본 뒤 잠시 생각에 잠기는 것 같았다. 모두들 흥분되고 격앙되어 있었지만 일단은 회의를 소집한 태왕의 태도를 살피는 눈치였다.

얼마간의 시간이 지나고 침묵하고 있던 태왕이 입을 열었다.

"이렇게 왕후장상과 공경대부들을 모두 한 자리에서 뵈니 반갑기 그지없소이다. 모두들 건강하신 것 같아 짐 또한 기쁘오. 다만 이 자리가 좋은 일로 모인 것이 아니라 짐의 마음이 가볍지 않소."

"황공하옵니다!"

태왕의 말에 귀족, 대부들이 동시에 입을 열었다.

"지금 본국의 서북 초원 지대에서는 우려할 일들이 벌어지고 있소. 과거 제나라가 우리의 속국인 키타이 국을 토벌하는가 하더니 이제는 투르크 족까지 우리의 맹방이었던 라란 제국을 멸망시켰소. 더군다나 이번에는 그 사나운 투르크 족이 본국의 속지 속민인 키타이 족과 쿠모시 족을 남방이나 동쪽으로 압박하여 쫓아내고 있다 하오. 지금 우리는 제나라보다도 더 무서운 상대인 투르크와의 직접 대면을 피할 수 없게 되고 말았소. 장차 그들이 우리의 적이 되느냐 우방이 되느냐에 따라 우리 고구려의 운명이 적지 않은 영향을 받을 것이외다. 즉 평화냐 전쟁이냐를 결정해야 할 상황에 이를 수도 있다는 뜻이오. 자, 주변국들의 일을 관장하시는 예부령께서는 누구보다도 투르크 족에 관하여 잘 알고 있을 것이니 예부령의 고견을 듣고 싶소이다."

의정원 봉빈부[26] 수장인 예부령 국소화는 국내성 출신으로 태왕의 모후인 여령태후의 작은 오라비였다. 따라서 그는 태왕의 작은 외숙이었던 것이다. 국씨 집안은 여령태후 국씨가 선왕인 양원태왕의 왕후로 간택되면서 정치계의 주역으로 떠오르기 시작했다. 지금은 상부 고씨, 부씨 집안과 더불어 고구려의 가장 유력한 집안의 이인자가 되었다.

하지만 태왕의 갑작스런 질문에 외국과의 일을 관장하는 예부령 국소화는 당황한 표정이었다. 그는 봉빈부의 관리들이 작성한 두루마리 문서를 황급히 꺼내 들고는 뒤져 나갔다.

"폐하의 분부 받들어 대의원장좌동부대부주국대장군태대형[27] 예부령 국소화가 답변 올리겠나이다. 에, 투르크는 우리의 동맹국이었던 라란 제국을 멸망시켰을 뿐만 아니라 우리가 라란 제국과 공동 경영했던 지두우[28]마저도 강탈해 간 도적들입니다. 게다가 그

---

26) 봉빈부는 외부 관서 명칭으로 의례, 제사, 교육, 외교 업무를 담당했다. 특별히 중요한 업무인 외국 사신을 담당하는 일은 사빈시를 두어 관장하게 했다.
27) 대의원 장좌란 대가회의 대의원 소속 장좌라는 뜻이고 동부대부란 동부의 대부라는 뜻이며 주국대장군은 대외적 직함을 뜻한다. 태대형은 고구려의 관등으로 작위에 해당하며 예부령은 곧 의정원 소속 직책이다.

무도한 놈들은 선왕 폐하의 집정기에 감히 우리 내지에까지 대군을 보냈으니 무엇을 더 말할 수 있으리까?"

태왕은 국소화의 어정쩡한 답변에 얼굴을 찡그렸다. 태왕은 회의 준비가 되어 있지 않은 게으른 신하에게 질책의 시선을 보냈다.

"비록 시일이 촉박했지만 예부령께서는 회의 준비를 하지 않으셨소이다. 지금 남부를 대표하시는 예부령이 내놓은 답을 모르는 대신들이 어디 있겠소? 짐은 나태한 관리가 아무 거리낌 없이 녹봉을 받아 가는 것을 커다란 악덕으로 생각하고 있소이다."

태왕의 말에 늙은 대신의 얼굴이 벌겋게 변했다. 태왕이 집권한 지 팔 년째가 되면서 고구려에는 새로운 모습이 보이기 시작했다. 그것은 태왕의 태도였다. 태왕이 예전과는 다르게 감히 왕후장상들을 질책하는 모습을 보이기 시작한 것이다. 귀족들은 태왕의 그러한 태도를 좋아하지 않았으나 일단은 지켜보는 중이었다.

태왕은 외숙부이기도 한 예부령에게 다시 기회를 주었다.

"좋소. 나태한 신하에게 한 가지 더 묻겠소. 투르크의 왕인 무칸카간은 신비한 인물로 알려져 있는데 그에 관한 봉빈부의 견해를 들었으면 합니다."

당시 초원의 정복자로 이름을 날렸던 무칸카간이었지만, 실상 고구려에 알려진 것은 별로 없었다. 회의 준비가 되어 있지 않은 예부령은 다시 난색을 표했다. 그는 스스로를 진정시키면서 다시 두루마리를 뒤적이기 시작했다. 그는 원하는 자료가 눈에 보이지 않

---

28) 몽골의 초이발산 지역으로 추정된다. 속지는 고구려가 당주와 주둔군을 두고 그 지역의 토속민에게 자치권을 준 뒤 조공을 받던 지역을 말한다. 내지는 직접 관리와 군대를 파견하여 세금을 걷으며 통치했던 지역을 말한다.

자 식은땀까지 흘리고 있었다.

"무 무칸카간은 성정이 잔혹한 자로 사람 죽이기를 즐겨하여 항상 군사를 내어 주변의 민간을 습격한다고 들었습니다. 과거 환도성에서 주리가 반란을 일으켰던 그 해[29]에는 북해[30] 이북에 잔존해 있던 라란 제국의 마지막 군대마저 격파하였고, 이태 전에는 주나라와 연합하여 제나라의 요충지인 진양을 약탈하였다 합니다. 에, 이런 사실로 보아 무칸카간은 한 마디로 호전적이고 피를 좋아하는 흉포한 자임에 틀림없사옵니다."

태왕은 이미 모두에게 알려진 사실을 앵무새처럼 읊조리는 예부령의 말에 혀를 찼다. 결국 곁에 있던 서부대인이자 병부령인 연광[31]이 입을 열었다.

"신 대의성장좌보국대장군태대형 서부대인 병부령 연광이 아룁니다. 무칸카간의 이름은 시진이고 투르크의 개국자인 일리카간 부민의 차남입니다. 그는 자신의 형이자 이세 카간이었던 콜로가 급사하자 그의 뒤를 이어 투르크 제국의 제삼대 카간으로 즉위했습니다. 제나라 사람들은 그를 얀두라고도 부릅니다. 무칸카간은 초원의 부족들을 모두 평정한 용맹한 군주이지만, 그것 말고는 알려진 것이 거의 없는 형편입니다. 따라서 예부령조차도 그에 관하여 파악하기 힘들었을 것입니다. 어쨌거나 제나라가 무칸카간을 폭력적이고 잔인한 인물로 평가하는 것은 그들이 피해자이기 때문 아니겠습니까? 제나라는 주나라와 동맹을 맺은 투르크가 매우 부담스

---

29) 환도성에서 일어난 주리의 반란은 557년에 있었다.
30) 바이칼 호수.
31) 연개소문의 증조부. 연개소문의 조부는 연자유, 아버지는 연태조다.

런 입장입니다. 우리가 투르크 족을 제대로 알기 위해서는 사절을 투르크에 직접 파견하는 길이 상책일 것입니다. 잘 모르는 것을 두려워하는 것이 인지상정 아니겠습니까? 무칸카간은 우리가 알고 있는 것보다 더 잔인한 폭군일 수도 있겠지만 오히려 덕이 많고 어진 사람일 수도 있다는 뜻입니다."

부리부리한 눈에 양옆으로 치솟은 눈썹이 사천왕을 닮은 병부령 연광이 그렇게 말했다. 그의 말에는 예부령을 변론하는 것이기도 했고, 질타하는 생각도 함께 담겨 있었다. 조용하던 장내가 금방 소란스러워졌다. 그것은 뜻밖의 의견에 대한 대신들의 항변이었다.

연광은 봉황성32) 출신으로 당년 쉰여섯 살이었다. 547년에 있었던 현성왕자의 반란을 평정하는 데 공을 세워 대부의 반열에 올랐다. 지방의 수장이었던 연광은 조정에 출사한 뒤 군사에서 탁월한 능력을 발휘하여 인정을 받았다. 결국 그는 병부령 관직에까지 올랐음은 물론 신흥 귀족으로는 이례적으로 태대형의 관등에 서부 대인의 관작까지도 받았다. 오부의 대가가 된 것이다. 당시 고구려에서는 능력을 인정받아 직책이 높은 관리가 되더라도 삼등관 이상의 관등에 오르는 것은 매우 이례적인 일이었던 것이다. 어쨌든 그는 평소 강한 자에게 굽히지 않았고 약한 자에게는 덕이 많아 백성들의 칭송이 자자했다.

연광의 말이 끝나자 자신의 차례를 기다렸다는 듯이 그와 연배가 비슷해 보이는 사람이 입을 열었다.

"병부령께서는 참으로 이상한 말씀을 하시오. 투르크 족속은 무

---

32)오늘날 중국 단둥 북쪽의 펑성(鳳城). 오늘날까지 지명이 남아 있다.

도하게도 신성과 백암성 등 도성의 코앞에까지 군사를 이끌고 와서 우리를 위협했던 도적들이오. 병부령은 아무 근거도 없이 투르크 족속의 괴수인 무칸카간을 높이고 있소. 무칸카간은 주변 나라들을 멸망시키고 그 인민들을 학살하고 있소. 그런 잔혹한 인물더러 덕이 있을 수 있다니, 참으로 무도한 발언이 아니겠소? 게다가 그 자는 이번에 우리의 속국인 키타이를 공격했소. 오늘의 회의는 그러한 무칸카간의 도발 행위를 어떻게 응징할 것인가에 초점을 맞춰야 할 것이오."

그는 흥분했는지 얼굴을 씰룩거렸다. 그는 태왕의 숙부이자 대의원 상좌인 고승성이었다. 고승성은 상부, 그러니까 동부의 대인이었으며 왕의 반열이라 할 수 있는 고추가의 작위도 가지고 있었다. 고승성은 현재 공석으로 있는 대대로의 자리를 꿈꾸고 있었다. 대대로는 대의원의 최고 수장으로 명예직이었지만 의정원의 막리지보다도 더 높은 직위에 해당하는 고구려 최고의 재상 직이었다. 대대로가 되자면 대개 대대로를 하겠다는 상대자가 나와서 경합을 하게 되는데 통상 힘이 있는 집안이 그 자리에 올랐다. 경합자가 없는 경우에는 태왕이 형식적으로 임명하였다. 태왕은 보통 고추가의 작위를 가진 사람을 대대로에 임명했지만 현재 태왕은 무슨 까닭인지 대가회의의 수장을 임명하지 않고 있었다. 그것은 고승성의 처지에서도 매우 불쾌한 처사였다.

고승성의 말이 끝나자 곁에 있던 젊은 귀공자가 입을 열었다. 그는 정말 구별하기 힘들 정도로 태왕과 닮아 있었다.

"신, 상부왕이 폐하께 아룁니다. 신도 병부령의 신중한 고견을 이해합니다만, 이제 우리 고구려는 투르크 족의 행태를 방관하고만 있어서는 안 될 것 같아 다른 의견을 드립니다. 오늘까지 우리 고구려는 투르크의 크고 작은 도발에 침묵으로 일관해 왔습니다. 해서 어쩌면 그들은 우리 고구려를 만만하게 여길지도 모릅니다. 당금 그들의 키타이 족에 대한 도발에 합당한 응징이 없다면 그들의 무도한 도발이 지속될 것입니다. 신이 알기로 우리 고구려와 투르크 족 사이에는 현재에도 적지 않은 사私무역33)이 이뤄지고 있다 들었습니다. 그들이 우리와의 사무역을 통해서 얻는 많은 이익은 큰 은의라 할 수 있습니다. 이제 우리는 투르크 족을 응징하는 차원에서 그들과의 사무역 등 모든 소통을 끊어 우리의 확고한 의지를 보여 주십시오. 가능하다면 그들과의 접경 지역인 개마대산 주변에서의 군사적 시위도 나쁘지 않을 것입니다. 그것만이 단호한 우리의 입장을 드러내는 것이며 차후로 투르크 족이 우리를 업신여기지 못하게 하는 방책이 될 것입니다."

상부왕 고맥성은 선왕인 양원태왕의 셋째 아들이었고 태왕의 막내 동생이었다. 양원태왕은 막내아들 고맥성을 자신의 동생인 고승성의 양자로 입적시켜 정치나 군사 활동에 자연스럽게 참여할 수 있도록 배려했다. 상부왕은 이후 군문에 들어가 자신의 입지를 굳혀 갔다. 특히 그는 근사라나가 백제 원정에 실패한 이후 남영의 실세가 되었다.

보위에 오른 태왕은 동생인 맥성을 주군왕州郡王에서 상부왕34)

33) 9세기 신라 흥덕대왕 비문의 편린片鱗에 무역지인간貿易之人間이라는 문자들이 남아 당시에 무역이란 말이 쓰였음을 확인해 주고 있다.
34) 고자高慈의 묘비명에 보면, '고구려는 연의 모용씨와 싸워 대패하여 나라가 장차

으로 승작시켰고, 건위대장군 아리주남영대당주 겸 원수라는 군직
도 겸임하게 했다. 상부왕 고맥성은 태왕과 태자에 이어 고구려의
서열 삼위에 있었다.

병부령 연광은 상부왕의 발언이 끝나자 그의 말을 받았다. 그들
은 서로 상대방의 주장을 공박하고 있었다.

"신이 상부왕 전하와 고추가 전하의 깊은 고견을 어찌 이해하지
못하겠습니까? 하지만 강경한 행동 뒤에는 많은 부담을 감수해야
합니다. 지금 백성들은 점점 공사 기간이 길어지고 있는 장안성 축
조에 지쳐 있는 상태입니다. 이런 상황에서 전란을 조장하거나 동
원령을 내리는 등의 긴장을 초래한다면 인민들은 생업을 놓아야
하고 따라서 민심은 이반할 것입니다.

또한 지금의 고구려가 있기까지는 무역의 힘이 컸습니다. 우리가
투르크와의 사무역을 끊는다면 곧 서방과의 통로를 끊는 것이니
그것은 스스로 올무에 걸리는 것과 다르지 않습니다. 게다가 내지
에서 수 천리 떨어진 개마대산에서 군사적 시위를 하는 것도 현실
적이지 못한 행동입니다. 지금 우리의 주적은 서방의 제나라이니까
요. 믿을 만한 소식에 따르면 범양왕 고소의라는 젊은 왕족이 제나
라 왕과 협잡해서 군사를 일으키고 있다 합니다. 그들의 저의가 무

멸망하려 하였을 때 고자의 20대 조상인 밀密은 분연히 창을 잡고 홀로 적진에
들어가 목을 벤 자가 무척 많았다. 이로 인하여 연나라 군대를 파하고 나라를 보
전할 수 있었다. 이를 왕으로 삼고자 하였으나 세 번 사양하고 받지 않았다.'는 구
절이 있어 고구려에도 왕이라는 작위가 있었음을 말해 주고 있다. 또 『삼국사
기』 권9, 보장왕 상上에 '왕의 휘는 장藏(보장寶藏이라고도 함)이다. 나라를 잃었
기 때문에 시호가 없으며 건무왕의 아우 태양왕의 아들이다'라는 기록이 있는데
보장왕의 아버지가 왕의 작위를 받았음을 알 수 있다.

엇이겠습니까? 그들은 가깝게 우리의 문물 요충지인 유성은 물론 멀게는 고구려의 사직을 위협하고자 함입니다. 우리가 유성을 잃는 다면 그것은 두 다리를 잃는 것과 같으니 당장 큰일이 되는 것입 니다. 물론 투르크 족이 과거 우리의 속지를 빼앗고 내지를 습격한 사실은 분노할 일입니다. 하지만 과거에 집착한 나머지 앞의 큰일 을 생각지 않는다면 우리는 더 많은 것을 잃을 것입니다.

신은 투르크가 키타이를 공격한 것에 대해 곰곰 생각했습니다. 감히 말씀드리건대 무칸카간이 무리수를 두면서까지 키타이를 기 습한 것은 우리의 이목을 끌기 위한 일종의 계책인 것입니다."

연광의 말에 대가회의에 참석한 많은 공경대부들이 다시 웅성거 렸다. 연광은 주변이 조용해지기를 기다려 다시 입을 열었다.

"투르크나 키타이 족은 초원을 삶의 터전으로 삼아 살아가는 유 목 종족입니다. 두 종족은 초원을 사이에 두고 생사를 다투는 경쟁 을 할 수밖에 없는 처지입니다. 투르크는 자신들의 초지를 확보하 고자 키타이를 어느 선까지는 압박하고 밀어내야 하는 것입니다. 그것이 바로 투르크가 키타이를 공격한 외견상의 이유입니다. 결국 투르크의 압박으로 키타이 족은 우리 고구려의 서쪽 변경까지 쫓 겨 왔고, 부모의 나라인 고구려에 자신들의 억울함을 하소연했습니 다. 무칸카간도 그러한 상황을 모를 리 없습니다. 그렇다면 그의 의도가 무엇이겠습니까? 우리와의 전쟁일까요? 만약 우리와의 전 쟁을 원하는 것이 아니라면 다른 의도가 있다는 뜻입니다. 그것은 바로 우리 고구려와의 서먹한 관계를 타개하기 위한, 변칙적이긴 합니다만 일종의 방편이 아니었을까요? 어쩌면 그들은 조금은 과감한 군사적 행동으로 우리 이목을 집중시키려 하고 있는지도 모릅니다. 그것은 우리와 수교하고자 하는 의도와 상통하는 것입니다. 어쨌거나 투르크는 지금 무슨 이유인지는 확실치 않지만 자신들의 배후를 안정시키려는 정치적 행동을 하고 있다는 사실입니다. 우리는 그것이 무엇인지를 알아내야 할 것입니다."

연광의 장황한 설명을 지루하게 듣던 내부령 국만화가 조소하는 말투로 입을 열었다. 그는 예부령 국소화의 형이자 남부의 대인이었다. 날카로운 인상에 마음까지 좁아 대인의 명망을 가지고 있지 못하다는 평을 받는 인물이었다.

"병부령께서는 참으로 요사스런 말씀을 하십니다! 가까이하고자 하는 나라를 공격해서 그들의 주목을 끄는 외교도 있다는 말씀이오? 혹시 그것이 오랑캐의 법도란 말씀입니까?"

고승성을 중심으로 하는 반대파들은 연광에게 일방적인 공세를 가했다. 하지만 연광은 자신의 뜻을 굽히지 않았다.

"그렇습니다. 그것이 우리 이목을 끄는 가장 빠른 방법이니까요."

연광은 그렇게 당당하게 말한 뒤 국만화를 쏘아보았다. 연광의 매서운 눈초리에 국만화는 슬쩍 고개를 돌리고 말았다.

분위기가 가열되자 듣고만 있던 태왕이 입을 열었다.

"병부령의 말씀에도 일리가 있다고 생각하오만."

태왕의 말에 재부령이자 북부대인인 부영돈이 반박했다.

"폐하, 대의원장좌태대형영도군 북부대인 재부령 부영돈이 아룁니다. 투르크 족속이 누구입니까? 그들은 한낱 초원에서 말이나 양을 키우면서 이웃 부락을 습격 약탈하면서 먹고 사는 야만의 무리들입니다. 그들에게 무슨 계책이나 뜻 따위가 있겠습니까? 투르크가 키타이 족을 기습 공격한 것은 눈앞의 전리품 때문입니다."

부영돈은 국내성 출신이었는데 금상태왕의 할머니인 자안태후의 조카였다. 과거 국상이자 무소불위의 권력을 휘둘렀던 부수개의 장남으로 현재는 부씨 집안을 대표하는 인물이다. 부영돈은 현재 조금씩 힘을 잃어가는 집안의 재기를 위해 온 힘을 쏟고 있었다. 조정에는 부씨 집안의 도움으로 출사한 사람들이 많이 있었다. 인맥은 부씨 집안의 힘이요, 마지막 희망이었다. 부영돈은 요즘 들어 새로운 실세로 떠오르기 시작한 은殷씨 집안과의 관계를 도모하고 있었다. 은씨 집안은 왕후의 가문이었다.

부영돈의 말에 태왕 좌측의 상석에 있던 의정원 막리지 왕산악이 그제야 입을 열었다.

"초원에서 살아가는 자들이라고 해서 우리가 생각하는 것처럼 야만스럽지는 않소이다. 초원에서 살아가는 이들의 마음을 담은 시 한 수를 전하겠소.

음산 아래로 칙륵천이 흐르고 (敕勒川陰山下)
하늘은 장막인양 온 들을 뒤덮었네 (天似穹廬籠蓋四野)
하늘은 푸르고 들은 끝이 없는데 (天蒼蒼野茫茫)
바람에 풀 누울 때 소와 양들이 보이는구나 (風吹草低見牛羊)

흔히 〈칙륵가〉라 불리는 이 노래는 유목민들의 사랑과 평화를 끌어안는 성품을 담고 있소. 그들은 이웃의 부락을 습격하는 것은 그들의 말이나 양을 먹여 살리기 위한 생존의 한 방편이자 그 곳의 법도이기 때문이오. 어떻게 보면 우리 고구려와 같은 정착민들의 생각에는 그들의 빠른 생활이 사납고 거칠어 보일지도 모르겠소. 하지만 정작 그들을 가까이서 볼 경우 그들이 노인을 공경하고 가족을 사랑하며 나그네를 대접하는 좋은 품성을 가지고 있다는 것을 확인할 수 있을 것이오. 본관은 이미 여러 차례에 걸쳐 초원을 둘러봤소이다. 투르크 족 역시 지금까지 북방의 초원에서 살아왔던 다른 유목 민족들처럼 거침없는 계책으로 인구와 물자가 풍부한 한족의 영토를 침탈했소. 침탈? 침탈이라는 표현은 적당하지 않은 것 같소. 왜냐? 오히려 서방의 한족은 스스로를 중화라 칭하면서 거침없는 팽창 정책으로 유목 민족들을 초지에서 쫓아 내지 않았소이까. 유목 민족들이 한족의 땅을 공격하는 것은 자신들의 땅을 되찾기 위한 노력일 따름이오. 사실상 지금 서방의 한족 영토를 다스리는 것은 지금까지 자신들이 변방으로 내몰았던 선비족이지만. 어쨌거나 뛰어난 문명을 자랑한다는 한족들은 지금 선비족의 지배를 받으며, 그보다 더욱 야만스럽다는 투르크 족을 두려워한 나머지 조공을 바치는 신세가 되고 말았지요. 그럼에도 누가 투르크 족을 야만스럽다 치부할 수 있겠소?

우리는 자만으로 가득 찬 한족의 기록물들을 읽고 들으면서 그들이 적대하듯 투르크 족을 적대하고 있으니 그것은 편견이 아니겠소? 우리는 병부령의 말처럼 투르크 족의 의도를 잘 파악한 뒤에 필요한 조치를 취해야 할 것이오. 불필요한 전란보다는 상생의 길을 모색해야 하는 것이 좋은 방법인 것이오. 이미 우리 백성들은 온갖 부역과 징세로 어려움을 겪고 있으니 동원령과 같은 또 다른 부담을 줘서는 안 될 일이오. 귀족들이야 기분에 들떠서 쉽게 전쟁을 운운한다지만, 어디 귀족들만으로 전쟁이 가능하겠소?

병부령의 말처럼 무엇보다도 우리는 우리의 숙적인 제나라와의 결전을 감당해야 할지도 모를 어려운 상황이오. 그뿐이겠소? 소시모리의 현신을 꿈꾸는 수광태월의 무리들이 현성왕자와 주리를 사주하여 반란을 일으켰고, 그들의 잔당이 우리의 사직을 위협하고 있소. 잔당? 아니지, 어쩌면 그들의 본당인지도 모르겠소. 그들이 북방에서 다시 힘을 키우고 있는 속말부와 손이라도 잡는 날이면 정말 안팎으로 큰 일이 생길 것이오. 각설하고 지금 우리는 새로운 적을 만들 상황이 아니라는 사실이외다. 한 가지 희망적인 것은 우리 변방을 침탈한 투르크가 우리의 주적인 제나라와도 앙숙이란 사실이오. 만약 우리 고구려가 투르크와 동맹을 맺을 수 있다면 확실한 우군을 얻는 셈이 아니겠소? 폐하, 폐하께서는 병부령의 의견을 받아들이시고 투르크의 본심을 파악하셔야 할 것입니다."

그의 목소리는 나이에 비해 탁하지 않았다. 음악을 즐겨하기 때문일까? 왕산악은 검은 티 하나 없이 아름답게 빛나는 백발과 역시 은색의 긴 수염을 멋지게 늘어뜨려 외모가 마치 신선 같았다. 왕산악은 국정에서는 고구려의 재상이었지만 예악에도 조예가 깊어 천음의 도를 깨우친 악성이기도 했다. 그의 거문고 연주는 천하에 모르는 사람이 없을 정도로 유명해서 외국 사신들이 고구려에 오면 그의 연주를 청하기 위해 줄을 설 정도였다.

그는 평양 출신으로 일찍이 명문 경당인 선당의 선달이었던 소달소불 문하에서 천학天學을 공부했고 을밀과도 동문수학했다. 그는 을밀보다 네 살이 많았지만 허물없이 지내 왔던 사이였다. 이제 왕산악도 예순아홉의 노령이었고 따라서 국정 은퇴를 눈앞에 두고 있었다. 조정의 대부들은 그가 현재 공석인 대대로의 직위에 오를 수 있을 것인가 하는 문제에 관심을 두고 있었다. 간단히 말해 고추가 고승성의 정치적 라이벌 관계에 있었던 것이다. 하지만 그에게는 고추가가 거느리고 있는 막강한 사병 세력도 재력도 없었다.

왕산악이 온화하면서도 무게 있는 어조로 말을 마치자 태사 유망이 입을 열었다.

"과거 조선국 시절부터 북방의 유목 민족들은 우리의 우방으로 한족을 견제해 왔소이다. 한족이 사는 대륙은 인구가 많고 물자가 풍부하여 우리 고구려도 혼자서 상대하기 벅찼습니다. 지금 투르크가 막북의 광활한 초원을 지배하고 한족으로부터 조공을 받고 있다고는 하지만, 인구가 적고 물자가 곤궁하니 언젠가는 외로운 신세가 될 것입니다. 순망치한, 즉 입술이 없으면 이가 시린 법입니다. 두 나라는 입술과 이의 관계가 되어 한족의 행보에 관심을 가져야 할 것입니다."

당년 환갑이 된 태사 유망은 개모성 출신이었으나 젊어서 졸본의 명문 경당이었던 본당에서 본무本武를 전수받았다. 환도성이 두 자루의 칼(이도류二刀流)을 다루는 무예를 기본으로 한다면, 본당은 한 자루의 칼(일도류一刀流)을 다루는 무예를 기본으로 했다.

이후 유망은 자신의 본무를 바탕으로 천하의 명문 경당들을 순행하면서 스스로를 시험하기도 했으며 불패의 신화를 만들기도 했다. 그는 문무를 겸비한 보기 드문 인물이었고 지금은 왕가의 스승으로 있었다. 그는 가능하면 제자를 두지 않았는데 실로 놀라운 천재를 만남으로써 자신의 생각을 바꾸었다. 그 제자가 바로 매달과 현무였다. 매달은 현재 근위대 육위의 대장이었고, 대종의 아들인 현무는 태자부에서 태자 원元의 사선단 도법 무사로 지냈다.

왕산악과 유망의 말을 듣고 있던 고승성은 잘 참고는 있었지만, 얼굴이 벌겋게 상기되어 가는 것마저 감출 수는 없었다. 그는 그들의 말이 끝나기를 기다리고 있었다. 그는 원래 호방한 사람이었으나 권력이 자신에게 집중되자 점점 성격이 옹졸하게 변해 가고 있었다.

"참으로 답답하오. 투르크가 우리의 속국을 공격했소이다. 더 이상 무엇을 논한단 말이오. 폐하께서는 당장에 동원령을 내리시고 투르크 족과의 개전을 선언하셔야 합니다."

지금 고승성은 자신의 의견을 관철시키고자 고집을 피우고 있었다. 연광이 불쾌하다는 듯 얼굴을 찌푸렸다. 사실 예전에는 고승성의 상부 고씨 집안과 연광의 연씨 집안은 매우 좋은 관계였다.

선왕인 양원태왕은 어머니 자안태후와 부씨 집안이 국정을 쥐고 흔들자 그들의 세력을 견제하려고 동생인 고승성과 은밀한 동맹을 맺었던 것이다. 당시 왕자로서 정치적 입지 없이 방황하던 고승성은 그것을 통해 새로운 활력을 찾을 수 있었다. 고승성은 앞장서서 군사력과 경제력을 갖춘 동맹 세력을 찾았는데 바로 봉황성의 연씨 집안이었다.

554년 고승성은 비밀리에 연광을 방문했고 태왕의 뜻을 전했다.

두 집안은 친왕 세력으로 태왕을 보필했고, 그 덕분에 부씨 집안의 권세는 서서히 힘을 잃어 갈 수밖에 없었던 것이다.

이후 연광은 현성왕자의 반란군을 '무려라평원'에서 토벌하는 데 성공했고, 이후 병무 부서인 군국관의 관리로 활약했다. 결과적으로 연광을 중심으로 한 연씨 집안이 주리의 반란을 진압하는 데도 수훈을 세우자 양원태왕은 연광을 파격적으로 승직시켰고, 그 결과로 오늘에 와서 병부령의 직위에까지 오를 수 있었다. 무엇보다도 파격적인 것은 태대형의 관등과 대인의 작위가 내려졌다는 사실이었다. 연광의 아들 연자유는 그 덕분에 봉황성 도사겸 도군 대당주에 임명되기도 했다. 물론 연자유가 도사가 된 것은 자신의 전공이 컸기 때문이었다. 이렇듯 연씨 집안이 갑작스럽게 득세하자 상부 고씨 집안은 점차 그들을 견제하지 않을 수 없게 되었다. 양가의 동맹 관계는 이렇듯 서서히 소원해져 갈 수밖에 없어졌다.

상부 고씨와 멀어졌다고는 해도 연씨 집안은 이제 정치적 명문가로 자리를 굳히는 상황이었을 뿐 아니라 대규모 야철冶鐵 사업으로 엄청난 축재에도 성공했다. 연씨 집안은 현성왕자의 반란을 토벌하면서 공신록에 추대되었고, 그에 대한 공록으로 야철 사업 허가를 받았다. 봉황성을 중심으로 한 야철 사업은 연광의 장남 연자유의 동생인 차남 연거수가 맡아서 했다. 연광은 야철 사업을 통해 막대한 이익이 생기자 그것으로 봉황성에 태왕을 위한 대규모 행궁을 지었을 뿐만 아니라 다스리는 지역의 백성들에게도 이익을 나누어 주어 민심을 크게 얻었다. 그 덕분에 봉황성은 태왕으로부터 북쪽의 평양성이라는 칭호를 받았고 이후 북평양이라 불리게 되었던 것이다. 결국 연씨 집안이 북평양의 창업자라는 지위까지 얻게 되자 고승성을 비롯한 상부 고씨의 입장에서는 연씨 집안이 더욱 눈엣가시가 되었다. 이제 상부 고씨는 강력해진 연씨 집안을 축출하기 위해 또 다른 외척들과 손을 잡지 않을 수 없게 되었다. 상부 고씨는 강력한 사병 조직을 가진 국씨 집안과 전통적 권문세가인 부씨 집안과 은밀히 동맹을 맺었던 것이다.

병부령 연광은 막리지 왕산악과 태사 유망의 동조에 자신감이 생겼다. 연광은 마지막으로 힘을 내어 태왕이 자신의 정책을 수용하도록 설득했다.

"개전 논의가 반복되고 있습니다. 하지만 분명 개전은 신중히 결정해야 할 일입니다. 투르크는 십만의 기병대를 거느리고 있는 초원의 강국입니다. 그들과 전쟁을 하자면 우리도 기병을 양성해야 합니다. 훈련이 잘 된 투르크의 기병과 맞서려면 어떻게 해야 하겠습니까? 우리의 기병은 부여성을 중심으로 한 북부에 일만 기, 유성과 험독을 비롯한 졸본 지역에 일만 기 정도가 있으며, 평양성과 남영에 일만 기 정도가 있어서 온 나라의 기병을 다 끌어 모을 경우 모두 삼만 기 정도가 될 것입니다. 따라서 최소한 말 칠만 필을 더 사들이고 군사 칠만을 따로 양성해야 한다는 사실입니다. 군인이야 동원령으로 모집한다고 해도 그들이 말을 잘 다루고 말 달리며 활쏘기나 말에 탄 채 창 다루기를 하기까지는 적지 않은 시간이 필요합니다. 그뿐입니까? 말은 어떻게 합니까? 말 한 필 값을 최소 은 오백 냥이라 쳐도 칠만 필의 말을 사려면 은전 삼천오백만 냥이 필요합니다. 은화 한 냥이면 양곡 한 석을 살 수 있는데,

우리는 단지 말을 사는 비용으로 양곡 삼천오백만 석의 비용을 써야 하는 것입니다. 물론 귀족들의 사재를 털면 가능하겠지요."

연광은 그렇게 말하고는 속으로 웃었다. 귀족들의 사재를 털면 된다는 연광의 말에 고승성은 자리가 불편했는지 몸을 꿈틀거렸다. 다른 귀족들도 모두 입을 다물고 헛기침을 해댔다. 연광은 그렇게 귀족들의 입을 막고는 말을 이어 나갔다.

"그렇다고 기병이 말과 군인만 있어서 되느냐? 물론 아닙니다. 값비싼 말안장과 등자, 기병용 중무기, 편자에 쓰는 쇠까지 엄청난 철이 필요합니다. 여분의 마구를 운반해야 할 수레도 있어야겠지요. 참, 이것도 아셔야 합니다. 말은 보통 하루에 한 관의 풀을 먹어치웁니다. 십만 필의 말은 하루에 삼십만 관의 풀을 먹어치우겠지요. 열흘이면 삼백만 관, 한 달이면 대략 천만 관이 필요하지 않겠습니까? 물론 군문에 있는 분들이라면 모두 알고 계시겠지만, 무엇보다도 십만의 기병에게 필요한 말은 적어도 이십만 필은 되어야 한다는 것입니다. 지금까지 말한 비용의 두 배가 든다는 뜻이지요. 당장 이번 봄부터 전쟁 준비를 한다 하여 동원령을 내리면 이제 시작할 농사는 어떻게 되겠습니까?

어쨌거나 우리가 상대해야 할 투르크 족은 제국인 제나라와 주나라조차도 두려워하는 북방의 강국입니다. 우리와 호각을 이뤘던 초원의 라란 제국도 투르크 족에 의해 무너졌습니다. 우리는 이 년 전 겪었던 가뭄으로 얼마나 많은 고생을 했습니까? 이제 겨우 굶주림을 면하는 수준입니다. 그것을 잊지 말아야 할 것입니다."

연광은 고승성 일파가 별 준비 없이 개전을 주장하는 사실을 간파하고 그것의 부당함을 역설했다. 그러자 태왕의 우측 상석에 있던 상부왕 고맥성이 미소를 지으며 발언을 시작했다.

"병부령께서는 과연 진심으로 백성을 사랑하십니다. 계산하는 능력도 놀랍고요. 하지만 본 왕이 생각하기에 그렇게 어려울 것 같지도 않소. 우리나라에 삼만 기의 기병이 있다고는 하지만 마필 수는 이미 십만이 넘는 것으로 알고 있소. 부족한 부분은 북방의 속말부와 흑수부로부터 조달하면 될 것이고, 말 먹일 풀이야 개마대산에 널려 있으니 걱정할 일은 아니지요. 게다가 조금 무리가 되더라도 전쟁에서 승리한다면 많은 전리품이 생길 것인데 무엇이 걱정이겠소? 걱정이 많으시니 한 가지 묻고 싶소이다. 진정 그들이 수교를 원하는지 전쟁을 원하는지는 우리가 알 수 없소. 그렇다면 누군가 그것을 확인해야 할 것인데 그렇게 할 용의가 있다는 말씀이오? 어쩌면 목숨을 내놓아야 할 위험한 일인데도 말입니다. 병부령께서 지금의 소임을 잠시 미뤄 놓으시고 무칸카간과 직접 만날 의향이 있으시냐 하는 말입니다."

젊고 자신감에 찬 상부왕 고맥성이 여유로운 미소를 지으며 연광에게 질문을 던졌다. 과연 연광이 자신의 주장을 위해서 고관대작의 지위도 버리고 적지에 갈 수 있겠느냐 하는 의문이 그의 생각이었다. 고맥성 입장에서는 연광이 그것을 거절해도 승낙해도 손해날 것이 없었다. 거절한다면 지금까지 말로만 떠든 것이 되는 것이고, 승낙한다면 스스로 죽으러 가는 것이기 때문이었다.

사실 병부령 연광이 외교 사절을 자처할 필요는 없었다. 그것은 태왕이 지목하거나 외무 부서인 예부 소속 봉빈부의 관할 사안이었기 때문이었다. 하지만 지금은 연광이 상부왕의 답변을 거절하기에도 곤란한 상황이 되었다.

그러나 연광은 이미 마음의 결정을 내린 상태인지 상부왕의 그러한 제안을 기다렸다는 듯한 표정을 지었다. 상부왕 고맥성은 연광의 그러한 표정을 보는 순간 아차 싶었다.

"신은 어떻게 하든 서역으로 향하는 초원의 길이 반드시 열려야 한다는 생각입니다. 상부왕 전하께서는 신이 사절의 중책을 맡아 투르크의 카간과 접견할 것을 제안하셨습니다. 만약 폐하께서 신에게 그런 중임을 맡겨 주신다면 신은 신명을 다해 그것을 감당할 것입니다. 신은 무칸카간과의 접견을 통해서 먼저 키타이를 공격한 연유를 물을 것이고, 그것이 부당한 처사였음을 밝힐 것입니다. 만약 신의 생각이 빗나가 무칸카간이 무도한 사람이라면 신은 그 곳에서 죽임을 당하겠지요. 반대로 무칸카간이 우리와의 수교를 원한다면 양국은 화친하고 초원의 길을 열 수 있을 것입니다. 신은 그 합의가 성사되면 그 지역 초원의 길에 고구려의 역참을 둘 수 있도록 제의하겠습니다. 가능하다면 각 역참에는 고구려의 당주와 군사를 주둔시키게 하여 서역으로 가는 고구려의 상인을 보호할 수 있도록 의견을 낼 것입니다. 폐하께서는 신을 투르크에 파견하시고 만약에 일이 잘못된다면 신에게 죄를 물으소서. 그들과의 전쟁은 그 뒤에 해도 늦지 않을 것입니다."

모든 대신들은 연광의 말에 웅성대기 시작했다. 고승성은 그런 연광의 말에 일침을 가했다.

"과연 병부령께서는 자신과 집안의 이문을 위해서 무던히도 노력하십니다. 사실 병부령께서는 이제까지 그러한 노력으로 서방과의 무역을 성사시켰고 막대한 부도 쌓았소. 사실 그것이 투르크 족과 화친하려는 의도 아니겠소이까?"

고승성의 말에는 뼈가 있었다. 연씨 집안이 요동 지역에서 나는 막대한 양의 철을 서방에 내다 팔고 있으며, 지금도 그것으로 큰 이익을 보고 있는 게 사실이었다. 더욱이 초원의 길이 열리면 오죽하겠냐는 노골적인 빈정거림이 담겨 있었다. 그러나 연광은 고승성의 말을 속으로 삭이며 굳이 응대하지 않았다.

그렇지만 태왕은 고추가 고승성의 언사가 심했다고 생각했다.

"짐이 생각하기에 숙부님의 말씀이 좀 과하다는 생각이 드는군요. 연씨 집안이 철 무역을 하여 많은 이익을 봤다고는 하지만, 나라의 곳간이 그 덕분에 풍성해진 것 또한 사실 아닙니까? 병부령은 지금 나라를 위해 목숨을 내놓는 길을 자처하고 있어요. 그것이야말로 보국의 대의가 아니겠습니까?"

태왕은 그렇게 일갈하고 고승성을 노려보았다. 고승성은 이제 어린 조카에서 위엄과 풍채를 갖춘 제왕으로 성장한 태왕의 모습이 생각보다 크게 느껴졌다. 지금의 태왕은 강력한 친위 부대와 적지 않은 친위 세력을 지닌 막강한 제왕이었다. 선왕인 양원태왕 시절만 하더라도 귀족들의 입김에 태왕은 자신의 의견을 관철하기 쉽지 않았지만, 지금은 사정이 많이 달라진 것이다. 격세지감이 느껴졌다. 고추가 고승성은 태왕의 눈길에 고개를 돌리면서 헛기침을 했다. 최고의 권세를 지닌 숙부의 고개를 돌린 태왕은 역시 눈에 힘을 주고 좌중을 둘러보았다. 웅성거리던 대부들도 이미 고추가 고승성이 고개를 돌리던 순간 잠잠해진 상태였다.

"그러나 짐은 이 일을 군이 병부령께 맡기지는 않을 생각이오. 병부령은 나라의 군대를 책임지는 중책을 맡고 있으니 그 자리를 공석으로 놔둘 수는 없소. 누가 과연 대임을 맡을 수 있겠소?"

태왕은 상부왕 고맥성이 병부령의 명치에 겨누었던 칼날을 다시 대신들에게 돌렸다. 예부령인 국소화는 당장 자신이 나서야 했지만 그럴 용기가 나지 않았다. 그는 슬며시 고개를 숙이고 칼날이 다른 곳으로 돌아가기를 기다렸다. 고승성은 태왕이 드러내놓고 병부령을 두둔한다고 생각했다. 고승성은 매우 못마땅했다. 상부왕 고맥성도 허탈한 얼굴을 하고 있었다.

그때 병부령 연광이 다시 입을 열었다.

"폐하, 가능하다면 신이 한 사람을 더 천거하고 싶습니다."

대신들은 연광의 뜻하지 않은 발언에 다시 한 번 놀라지 않을 수 없었다. 연광은 자신의 명치를 떠난 칼날을 다시 자신에게 돌리고 있는지도 몰랐다.

"다 아시겠지만 투르크에 가서 무칸카간을 접견하는 문제는 목숨을 걸어야 하는 일입니다. 신이 투르크와의 수교를 청했으니 그 말의 책임을 스스로 져야 할 것입니다. 폐하께서 윤허해 주신다면 신은 신의 아들로 하여금 그 중임을 감당하도록 하겠습니다."

연광의 또 다른 도발적 발언에 모든 장상들은 대단히 놀라는 얼굴이었다. 고추가 고승성과 상부왕 고맥성은 도대체 무슨 꿍꿍이속일까 하는 생각이 들었다.

"병부령의 아들이라 함은 봉황성 도사 연자유를 말함이 아닙니까? 나도 그를 기억하고 있소. 연자유는 과거 백제 원정에도 참전하였고 짐과 더불어 환도성의 반란도 평정했던 용맹한 장수가 아니겠소? 무칸카간과 접견하자면 담력이 있어 협상에서 뜻을 굽히지 않아야 하고 그에 따르는 지략도 겸비하고 있어야 할 것이오. 짐은 연자유라면 충분히 그 일을 해낼 수 있으리라 생각하오만."

태왕은 과거 남정에서 놀라운 계책으로 공을 세웠던 늠름한 소년 장수 연자유를 생각하면서 그렇게 연광의 생각에 동의했다. 대부들은 연광의 발언을 의심하면서도 그제서야 칼날이 돌아선 것을 확인한 뒤 안심하는 얼굴들이었다. 다만 한창 패기만만한 상부왕 고맥성의 얼굴에는 그늘이 드리워지고 있었다.

병부령 연광과 상좌 고승성이 정치적 라이벌 관계였다면, 그 이세들인 연자유와 고맥성은 군부의 라이벌 관계였다. 서른네 살 동갑내기인 연자유와 고맥성은 근사라나 대장군의 백제 원정으로 인연을 맺기 시작했다. 연자유는 백제 원정 당시 고맥성이 근사라나를 배후에서 돕지 않은 사실을 의롭지 못한 행위로 여기고 있었다. 연자유는 고맥성이 근사라나를 외면한 것은 한솥밥을 먹는 전우로서 있을 수 없는 일이라 생각했다. 연자유는 겉으로 표현하지 않았지만 상부왕을 비겁한 인간으로 결론지은 지 오래였다. 연자유의 그러한 결론은 본의 아니게 상부왕의 귀에 들어갔고, 서로에 대한 그러한 감정은 십오 년이 지난 지금까지도 서로에게 앙금으로 남아 있었다. 연자유는 근사라나를 암살한 배후로 상부왕 고맥성을 의심할 정도였다. 근사라나는 패전의 책임을 물어 유배되었고, 그의 유배를 주청한 것은 상부왕을 비롯한 상부 고씨 집안이었다. 근사라나는 결국 유배당하는 과정에서 독살되고 말았던 것이다.

고맥성이 남부를 방어하면서 나라에 큰 공을 세웠다면, 연자유는 북쪽의 큰 변란이었던 환도성 성주 주리의 반란을 토벌하는 데 선봉에 서서 그 이름을 날렸다. 이제 연자유가 봉황성의 도사로서 서이西夷 중국과 국경을 맞댄 서부의 군대를 지휘하고 있다면, 고맥성은 남부의 군대를 총괄하고 있다 해도 과언이 아니었다.

고맥성은 장차 상부 고씨 집안을 대표할 인물이었고, 연자유는 연씨 집안을 대표할 인물이었다. 고맥성은 환도성의 명문 경당인 도당의 장선이었고, 연자유는 새로운 명문 경당으로 떠오르고 있는 봉황성 호당의 장선이었다. 양 집안을 대표하는 두 사람의 무예 또한 고구려의 최고라고 할 만했다. 호사가들은 상부 고씨의 왕실 무예와 연씨 집안의 신흥 무예를 두고, 두 사람을 내세워 우열을 가늠하고는 했던 것이다.

566년, 결국 새해 들어 첫 번째로 행해진 대가회의는 연광의 살신성인한 강력한 주장이 받아들여지면서 그렇게 마무리되었다. 연광이 자신의 아들을 파견하여 투르크의 진의를 파악하겠다고 적극 나서는 것에 대해 반대파들은 더 이상의 반론을 내지 못했다. 그들은 내심 일이 잘못되어 연씨 집안의 잘 나가는 장남 연자유가 적지인 투르크에서 죽기를 바라는지도 몰랐다. 연자유가 죽는다면 연씨 집안이 몰락할 가능성은 물론 자신들의 뜻대로 투르크와의 전쟁을 시작할 수도 있었다. 투르크와의 전쟁이 시작된다면 정권의 주도권은 물론 자신들에게 돌아올 것이었다. 문제는 시간이었다. 그들은 시간이 모든 것을 이뤄 줄 것이라 믿었던 것이다. 일이 이렇게 되자 태왕은 쉽게 회의에 대한 결론을 내릴 수 있었다.

"짐은 실로 오랜만에 열린 대가회의를 통해서 여러 왕후장상과 공경대부들의 의견을 잘 받았소. 모두들 나라를 위하는 충심에서 고견들을 내셨으나 그것만으로는 어떤 결정을 내릴 수는 없었소. 다만 좀 성급한 주전론보다는 투르크의 진의를 아는 것이 더 시급한 사안으로 인정하지 않을 수 없었소. 지금과 같은 어려운 상황에서 막대한 전비를 들이는 일도 그렇고 지친 백성들을 동원할 수도 없기 때문이오. 일단은 시간을 두고 결정하자는 뜻에서 투르크에 사절을 파견하는 것이 좋겠소. 물론 짐은 누구보다도 투르크의 도발에 대해 불편한 심기임을 알아주기 바라오. 다만 위험한 일에 스스로 목숨을 거는 충신이 있으니 그 또한 거절하기 어렵다는 생각이오. 사절단을 보내자면 먼저 투르크에 사절의 방문을 알리는 사자를 보내야 할 것이외다. 어쨌든 시각이 촉박한 관계로 사절단의 규모는 작게 할 것이나 그 책무는 무겁게 할 작정이오. 사절단의 정사는 북평대사에 제수하여 짐이 가지고 있는 유감의 뜻을 투르크의 카간에게 충분히 전함은 물론 스스로의 판단에 따라 결정할 수 있도록 하겠소."

태왕은 사관이 정리해서 올린 회의록을 추슬러 살펴본 다음 좌중을 응시하며 조목조목 짚어 나갔다.

"이제 대가회의를 통하여 결정된 논의들을 정리하여 전하겠노라. 첫째, 투르크 족이 키타이 족을 기습 공격한 것은 분명 본국에 대한 침탈 행위이다. 차후에 그러한 침탈이 재발할 경우에는 강력히 응징할 것이나, 다만 키타이가 투르크의 초지를 침입하고 약탈

함으로써 보복 공격을 받을 때에는 예외로 할 것이다.

둘째, 양국은 과거 불행했거나 유감스러웠던 일들을 잊고 화친을 도모하며, 초원의 길을 열어 문물을 교류할 것이다. 양국의 지속적인 화평을 위해 일 년에 두 차례에 걸쳐 사절을 교환할 것이며, 교환하는 왕가의 선물은 이후 화친이 결정되면 조정할 일이다.

셋째, 더 나아가 양국은 군사적 동맹을 이루어 서로의 적을 토벌하는 데 도움을 주었으면 하는 바람이다."

태왕은 이미 투르크와의 화친을 염두에 두고 있었던 까닭에 주전론을 주장했던 강경파들은 웅성거렸다. 그러나 태왕은 조금의 미동도 없이 자신의 생각을 계속 하달했다.

"이러한 우리의 생각은 새로 임명될 북평대사가 직접 무칸카간에게 전달할 것이오. 우리의 뜻을 무리 없이 무칸카간이 받아들인다면 고구려는 라란 제국 이후 북방의 강력한 우군을 얻는 것이니 북방에 대한 근심을 크게 덜게 되는 것이오. 더욱이 서방으로 초원의 길을 다시 열어 백성의 생활은 더욱 풍성해질 것이며, 더불어 국고도 더 여유로워질 것이라 확신하오. 지금 골칫거리로 남아 있는 장안성 축조도 빨리 끝낼 수 있을 것이고, 우리를 위협하는 제나라의 군사 행동도 크게 걱정하지 않아도 된다는 뜻입니다.

짐은 북평대사의 중임을 봉황성 도사 연자유에게 맡기노라. 북평대사의 중임을 맡자면 대인의 관작과 장관의 직위를 가져야 할 것이니, 연자유를 서부의 장관인 봉황성 욕살에 제수하고 추후 서부대인 관작을 그 아비로부터 승계하도록 하라."

일사천리로 하달되는 태왕의 지시를 대가회의에 참석한 귀족들은 넋을 놓고 들어야 했다. 자신들이 투르크로의 사자로 나서지 못하는 마당에 속만 끓일 뿐이었다. 태왕은 그런 분위기를 간파하고 일찌감치 의도했던 바들을 거침없이 설파해 나갔다.

"이 자리에 모인 왕후장상과 공경대부들은 들으시오. 이제 연자유를 북평대사 보국대장군에 임명하노니 도승령은 짐의 뜻을 바로 봉황성에 전하도록 할 것이다. 이는 병부령의 천거로 이뤄지는 적법한 일인 만큼 기록에도 분명히 명시하여야 할 것이다. 더불어 병부령은 예부령과 협의하여 이번 대임에 차질이 없도록 신중을 기해야 할 것이며, 예부령께서는 봉빈부의 모든 관원들을 총동원하여 서부대인이 된 연자유가 사절단의 대사로 그 대임을 차질 없이 수행할 수 있도록 전력을 다해야 할 것이오."

태왕이 이렇게 대가회의에 대한 결론을 마무리 짓자 좌중의 귀족 대가들은 조금은 산만한 분위기가 되었다. 주변이 산만하자 시봉부 상시 가국유원이 큰 소리를 내어 주변을 집중시켰다. 강한 내공이 담긴 소리였으므로 모두들 놀라는 얼굴들이었다. 주위가 집중되자 태왕이 다시금 입을 열었다.

"아직 전할 말이 더 남았소이다. 이제 짐의 뜻이 투르크의 무칸 카간에게 전해지는 일만 남았소. 짐은 투르크와의 분쟁이 해소되고 제나라의 위협이 종식될 때까지 이제부터는 봉황성 행궁에서 정무를 볼 것이오. 따라서 상부왕 고맥성은 남영의 군사를 확고히 할 것이며, 이곳 평양 안학궁의 정무는 당분간 태자 원에게 맡길 것이니 그리들 아시기 바라오."

태왕이 당분간 북평양의 행궁인 봉황성에서 정무를 본다는 소리에 대가원의 대가들은 모두들 어안이 벙벙한 표정들이었다. 이것은 뜻밖의 소식이었기 때문이었다. 이 사실은 왕산악과 연광도 전혀 알지 못했다는 표정이었다.

"짐의 행궁 결정은 바로 이 자리에서 내렸으므로 시봉부에서는 물론 승봉원에서도 전혀 알지 못했소. 하지만 이러한 결정을 내리는 것에는 다 합당한 이유가 있었소. 바로 위왕원의 상주 때문이오. 위왕원의 상주에 따르면 투르크 문제를 차치하고서라도 북방이 매우 시끄럽다는 사실이오. 졸본성이나 안시성 주변은 물론 비사성에서 유성에 이르기까지 수광태월이라는 대적이 매라백제 등과 통교하며 내해를 어지럽히고 있고, 그것에 힘입어 제나라의 범양왕은 우리의 유성을 호시탐탐 노리고 있다 하오.

더군다나 북방의 속말부에서는 조정에 우호적이던 사력후 대인이 죽고, 성정이 거친 그의 아들 진마리가 대인이 되면서 내지의 반당들과 밀통하고 있다는 소식이니 참으로 걱정이외다. 다시 소시모리를 추종하는 반당들이 고개를 들고 있다는 말씀이오. 위왕원과 중정대가 반당들의 움직임을 추적하고 있는데 그들을 따르며 조정에도 그들과 소통하는 무리가 있다 하니 이 어찌 참담한 일이 아니오. 짐이 굳이 투르크와의 다툼을 피하고 정무를 위해 북평양으로 정무처를 옮기는 것은 나 나름의 이러한 이유들이 있음이니 대소 신료들은 짐의 마음을 헤아려 주길 바라오."

태왕의 행궁 행에는 합당한 이유가 있었지만, 고승성을 비롯한 반대파들은 행궁 역시 태왕의 독단이라 여겼다. 게다가 태왕은 반당 세력이 조정에 포진하고 있다고 했다. 그것은 반대파를 겨냥한 태왕의 간계인지도 몰랐다. 그렇다면 태왕이 평양을 비우는 이유는 무엇일까? 그것은 대성산성 군영에 포진한 상부 고씨의 친위 세력을 멀리하기 위함인지도 몰랐다. 어쩌면 태왕은 안전한 봉황성으로 자신의 거처를 옮김으로써 반대파를 일거에 제거하겠다는 생각을 하는지도 모를 일이었다. 상부 고씨와 그의 추종 세력들은 태왕의 이런 계책에 맞서는 다른 방법을 찾아야 했다. 일단 대가회의의 결정은 자신들에게 불리하게 되고 만 만큼 상부 고씨와 그를 따르는 항왕 세력들은 일단 뒤로 물러나 후일을 도모하자는 분위기였다.

어쨌거나 대가회의에 참석할 수 없었던 봉황성의 연자유에게는 정작 자신은 모르는 가운데 중책이 맡겨졌다. 하지만 병부령 연광은 자신의 아들에게 위험한 대임을 맡도록 하여 모험을 하는 대신 아들도 대가회의에 참석할 수 있는 지위에 오르도록 했다. 물론 맡겨진 대임을 성공적으로 수행했을 경우에 그렇게 될 것이다.

종회 분위기가 되자 연광은 기립하여 태왕에게 절하며 큰 소리로 이렇게 외쳤다.

"태왕폐하의 은택은 하늘에 닿았고 그 위무가 사해에 떨쳤사옵니다. 소신 등은 폐하의 뜻을 받들어 신명을 다하겠나이다."

잠시 눈치를 보던 대가, 대부들도 태왕을 위해 만세를 외치지 않을 수 없었다. 장내는 금세 만세로 소란스러워졌다.

"만세, 만세, 만만세!"

대가회의가 종회되자 병부령 연광은 막리지 왕산악과 곧바로 예부령 국소화를 만나 사절단 결성에 관한 실무적인 내용을 조율했다. 예부령은 사절단 결성에 관한 상주문을 작성하여 왕실 비서기관인 승봉원에 전하기로 했고, 막리지 왕산악은 상주문에 관한 문구를 확인한 뒤 자필 수결을 했다. 상주문은 얼마 뒤 승봉원에 전해졌고 도승령 수려막지는 그것을 검토한 뒤 승봉원 표문을 첨부하여 태왕에게 상주했다. 모든 실무에 관한 서류 절차가 마무리 되었다. 며칠 뒤 의정원과 승봉원의 절차가 마무리되고 태왕의 사자들이 봉황성으로 출발했다. 연자유에게 태왕의 특명을 전하는 사자들이었다. 이제 절차상의 문제는 종결되었다.

태왕은 조서에서 사절단 북평대사에 연자유를 임명했고, 연자유의 관속이자 봉황성 관리인 위당주 위사록과 위당주 형옥구를 부사로 임명하였다. 조정의 관리를 부사로 임명할 경우 절차상의 문제가 많고 시간도 많이 걸릴 것을 우려하여 위사록과 형옥구에게 특별 진급의 특혜가 주어졌다. 무엇보다도 투르크 행 자체가 목숨을 걸어야 하는 까닭에 자발적으로 나서는 자도 없었다. 그 덕분에 호흡이 잘 맞는 사람과 출발하게 된 연자유로서는 그보다 다행한 일이 없었다. 하지만 예부령 국소화는 상부 고씨를 대변할 수 있는 인물을 천거했다. 아마도 그는 연자유와 그 부하들을 감시하고 견제할 인물이 될 것이었다. 사실 감히 나서는 자가 없었지만 예부령 국소화는 봉빈부 박사 문술을 반강제로 서장관[35]으로 임명했다. 물론 문술은 많은 상여금을 보장받은 뒤 그 일을 수락했다. 어쨌거나 사안이 워낙 급한 탓에 모든 일은 일사천리로 진행되었다.

---

35) 정사正使, 부사副使 다음에 해당하는 3등관으로 일종의 종군 기자인 셈이다.

왕과 장수

투르크가 키타이 족을 습격하던 그 시점에 고구려의 주적 제나라에서는 새로운 정치적 행보가 진행되고 있었다.

고소의는 중국 제나라의 초대 황제였던 문선제 고양의 셋째 아들로 당년인 대덕 팔년(566년)에 열일곱 살이 되었다. 처음에 고소의가 광양왕의 작위를 받았으나 나중에 범양왕이 되었다. 고소의는 제나라 초대 황제였던 아버지 문선제가 칠 년 전 서른 살로 단명하자 숙부가 황제로 등극하는 것을 지켜봐야만 했다. 그는 목숨을 부지하기 위해서라도 숙부에게 충성하는 모습을 보였지만, 마음속으로는 마땅히 자기에게 왔어야 할 아버지의 황위를 되찾고자 하는 야심을 키우고 있었다. 그는 영지인 범양성(북경)에 웅거하면서 그 기회를 노리고 있었다. 공교롭게도 그 곳은 고구려와의 접경지였다. 그러던 중 고소의에게 기회가 찾아왔다.

564년, 서방의 주나라가 투르크와 동맹을 맺고 제나라의 전략지인 진양을 침공하여 약탈한 것이다. 제나라 황제는 동방의 고구려도 버거운 상황이었던 터라 근심이 컸다. 고소의는 이 기회를 놓치지 않았다. 그는 제나라의 황성인 업도로 달려가 이제 태상황으로 일선에서 물러난 숙부 고담36)과 그의 아들이자 현재 황제로 있는 사촌 고위37)를 친견했다. 그들을 친견하기란 쉽지 않았지만 범양 왕은 인내를 가지고 그 시기를 기다린 끝에 일을 성사시켰다.

"폐하, 우리 제나라는 대륙의 강국으로 지금까지 많은 원정을 통하여 북방을 평정하였으며 지금까지 그 위명을 떨치고 있습니다. 그러나 하청河淸 이 년38), 우리의 강성함을 시기한 서방의 주나라 도적들이 북적北狄 투르크와 야합하여 우리의 내지를 짓밟았으니 어찌 통탄하지 않겠습니까. 도적들은 우리의 장성을 넘어 감히 진양 남방의 요새인 병주에까지 이르렀습니다. 그뿐입니까? 지지난 해인 하청 삼 년에는 주나라가 독자적으로 이십만 대군을 일으켜 우리를 재침했습니다. 그러나 다행스럽게도 그들은 지난날의 은의를 생각하고 물러갔습니다.39) 지금 우리 제나라와 서방의 주나라는 중원의 패권을 다투고자 잠시 숨을 고르고 있는 상황입니다. 하지만 주나라는 지금도 황하 주변에 막대한 병력을 주둔시키는 등 호시탐탐 황도를 노리고 있고 우리의 사직을 흔들고 있습니다.

과거 겨울에 황하가 얼면 변방을 지키는 주나라의 군사들은 우리 제나라 군사들이 무서워 얼음을 깨느라 정신이 없었습니다. 황하가 얼어붙으면 우리가 공격할 것을 두려워했기 때문입니다. 하지만 이제는 그 반대가 되었습니다. 이제 우리 제나라는 지난날의 강성함을 되찾아 도적 주나라를 토벌하고 천하 통일의 대업을 이뤄야 할 것입니다. 그러자면 먼저 동쪽에 웅거하고 있는 사나운 오랑

---

36)제나라 4대 황제인 무성제武成帝, 재위 기간 561~565년.
37)제나라 5대 황제로 재위 기간 565~576년.
38)제나라 4대 황제 무성제 즉위 4년, 563년.
39)주나라의 사령관 우문호는 제나라의 인질로 잡혀 있던 자신의 모친을 풀어 주자 그 은의를 기억하여 회군했다.

캐 고구려를 먼저 제압해야 합니다. 감히 바라옵건대 폐하께서는 신에게 고구려 토벌의 중책을 맡기시어 거침없는 서방 원정의 대업을 완수하도록 발판을 마련하소서. 고구려의 서쪽 변방에 위치한 삼진은 사통팔달한 교통의 요지로 만국의 문물이 모이는 곳입니다. 신은 과거 연나라 장수 진개가 동방의 조선을 기습하여 이천여 리의 강역을 넓힌 일을 사서에서 읽어서 알고 있습니다. 폐하께서는 그렇게 신이 고구려를 평정하는 동안 서방 원정의 대업을 이루시기 바라옵니다.

폐하, 신은 이제까지 폐하의 은의를 입고 나라의 녹만을 축내면서 살아왔습니다. 이제 미천한 신에게도 보은의 기회를 내리시어 고구려의 삼진을 취하고 장차 고구려 왕도에 제의 기가 휘날릴 수 있도록 윤허하여 주옵소서."

고구려의 서방 삼진은 과거 조선의 왕검성이 있던 지역으로 유성, 험독, 무려라성 등을 가리켰다. 범양왕의 말대로 제나라가 고구려의 삼진을 취할 경우 고구려는 서방 진출의 길을 차단당함은 물론 그 지역의 풍부한 물산을 잃어 정치 경제적으로 막대한 타격을 입을 것이 자명한 일이었다. 따라서 그 곳을 제나라가 취하게 되면 두말 할 것 없이 국력에 엄청난 보탬이 될 것이니 장차 주나라와의 전쟁에서 우위를 점할 수 있는 발판을 마련하게 되는 셈이었다. 하지만 범양왕의 생각은 달랐다. 그는 황제의 윤허가 내려질 경우 합법적으로 출병한 뒤 삼진을 취하고 그 곳을 발판으로 새로운 나라를 세울 요량이었다. 그리고 나아가 숙부한테 넘어간 옥좌를 되찾으려는 야심을 가지고 있었던 것이다.

"짐이 알기로 고구려의 삼진은 매우 굳건하여 취하기가 어려운 것으로 들었다. 무슨 수로 그 일을 할 수 있단 말인가?"

고담은 정치와 군사에 별로 관심이 없었지만, 자기 아들에게 물려줄 제위를 노리고 있을지도 모를 고소의의 말을 일단 들어 보기로 했다.

"우선 일단의 병력을 주신다면 범양성을 발판으로 계책을 세운 뒤 대임을 완수할 것입니다."

고담은 병력을 달라는 말에 눈살을 찌푸렸다. 그렇지 않아도 주나라와의 전쟁 와중에 전력이 달리는 상황이었다. 그런데도 선황제의 아들로서 늘 의혹을 떨쳐 낼 수 없는 범양왕이 병력을 달라니 내킬 리가 없었다.

"병력을 달라고? 너도 알고 있겠지만 우리는 주나라와 통일 전쟁을 하고 있는 중이다. 어떻게 이렇게 긴박한 상황에서 병력을 달라 할 수 있단 말인가? 짐작컨대 불충이 아닌가?"

하지만 병력 요청은 황제의 윤허를 받기 위한 범양왕의 꾀였다.

"폐하, 황공합니다. 신의 불충을 용서하소서. 폐하께서 병력을 주실 수 없다면 신에게 신의 영지인 범양성 주변의 남구南口와 북구北口40)를 발판으로 군사를 모집하여 키울 수 있도록 윤허해 주소서. 남구와 북구 주변에는 유민과 이족들의 왕래가 잦습니다. 그들은 할 일이 없는 관계로 굶주리고 있는 형편입니다. 그대로 놓아둔다면 오히려 무리를 지어 도적이 될 것이니 그들을 국경 수비군으로 쓰는 것이 일거양득의 좋은 생각인 줄로 생각됩니다. 그들을

---

40)범양성 북방, 만리장성에 있는 성문들을 가리킨다.

활용한다면 몇 달 안에 십만의 군사를 양성할 수도 있을 것이니, 그 정도의 전력이 갖추어진다면 고구려의 삼진을 도모하는 일도 어렵지 않을 것입니다."

범양왕은 황제가 우선의 방법인 병력을 줄 수 없다면 차선의 방법인 양병은 허락할 것이라 생각했다. 제후가 황제를 위해 자기 사재를 털어 근심거리인 고구려를 토벌하겠다니 그보다 더 좋은 제안이 있을까?

고소의의 처지에서는 황제의 윤허 없이 양병했다가 역당의 죄를 뒤집어쓸 수 있는 상황인 만큼 이렇게 합법적인 양병 윤허를 얻어 낸다면 더할 나위없는 일이었다.

고담은 잠시 생각하더니 한 발짝 물러서서 범양왕 고소의를 뚫어지게 바라보았다. 그는 분명 의심의 눈초리로 조카를 보고 있었다. 형인 선황제가 급사하지 않았다면, 제위는 정상적으로 앞에 있는 조카의 것이 분명했다.

고소의는 숙부의 눈초리를 피하며 머리를 조아렸다. 고소의는 그나마 선황제의 아들이자 현 태상황의 조카라는 신분으로 영지를 하사받아 숨죽이며 지내 왔다. 말 한 마디, 행동거지 하나하나가 조심스러웠다. 그런 가운데 양병이란 말을 꺼낸 범양왕 고소의는 지금 생사의 기로에 서 있다고 해도 지나치지 않았다.

"양병이라?"

고소의는 일단 태상황이 역정 대신 생각에 잠겨 있다는 사실에 마음이 놓였다. 아울러 그의 태도가 어느 정도 누그러졌음을 확신할 수 있었다. 일단 자신의 말이 먹혀들고 있음을 직감했다. 고소의는 주저하고 있는 태상황에게 일침을 가했다.

"지금 삼을 지키는 고구려의 병력은 다 모아 봐야 대략 이만에 불과합니다. 그 가운데 절반에 해당하는 일만의 병력이 유성과 주변의 요새에 주둔하고 있습니다. 결과적으로 고구려가 자랑하는 유성과 그 곳을 지키는 일만의 군사들도 사실상 분산되어 있는 실정입니다. 우리가 유성을 기습하여 배후의 길을 끊고 무려라진과 험독진의 병력을 묶어 놓을 수만 있다면, 유성은 한 달이 못 되어 무너지고 말 것입니다. 고흘이 투르크의 기병들을 격퇴한 맹장이라 하나 신은 치밀한 작전으로 그를 무너뜨릴 자신이 있습니다."

태상황 고담은 범양왕 고소의의 말을 듣더니 크게 웃었다.

"범양왕은 확실히 아직 어려서 사려가 깊지 못하구나. 너는 한 가지 사실을 잊고 있다. 유성을 취하려면 발해 건너에 웅크리고 있는 고구려 비사성과 그들의 강력한 수군을 견제하지 않으면 안 된다. 비사성의 수군이 유성의 상번군과 협공한다면 범양왕의 계책은 실패할 것이란 뜻이다."

그렇게 태상황이 반박했지만 범양왕은 전혀 당황하지 않고 바로 답을 이어 갔다.

"과연 폐하는 제나라 백만 대군의 총사령관이십니다. 주변의 군사 동향에 대해 모든 것을 알고 계시니 말입니다. 물론 폐하의 말씀이 절대적으로 옳습니다. 허나 신이 부족하나마 그것에 대한 계책도 마련했습니다. 고구려 유성에 비사성의 수군이 있듯이 우리 제나라 육군에도 등주의 수군이 있습니다. 등주는 오래 전부터 해상 교통이 발달했을 뿐 아니라 그 곳에는 강력한 수군이 주둔하고 있었습니다. 문제는 등주의 수군이 예산 문제 등으로 점점 퇴락했다는 것입니다. 지금 등주자사로 부임한 고법량은 일찍부터 능력을 인정받았던 뛰어난 수군 지휘관입니다. 폐하께서 그를 발해수군도독으로 임명하신 뒤, 신을 돕도록 하는 칙령을 주신다면 수륙 양군이 서로 도와 고구려 토벌의 뜻을 이룰 수 있을 것입니다."

"등주의 수군으로 고구려의 수군을 견제한다?"

고담은 점점 고소의의 세 치 혀에 넘어가고 있었다. 어차피 고담으로서는 손해날 것이 없었다. 자신의 병력을 떼어 주는 것도 아니고 또 등주의 수군을 양성해 두면 분명 훗날 도움이 될 것이기 때문이었다.

"좋다. 그러면 양병을 위한 군비 정도는 마련해 두었나?"

"폐하, 그것은 신이 걱정할 문제가 아니겠습니까? 요는 제왕께서 신하에게 윤허하느냐 마느냐의 문제일 뿐입니다. 미천한 신하가 견마지로를 다할 수 있도록 윤허하여 주시옵소서."

고담은 다시 생각에 잠겼다. 그 시간이 제법 길었다. 범양왕은 등줄기에 식은땀이 흐르는 것을 느꼈다. 어차피 고담의 그늘을 벗어나지 못한다면 자신의 명줄은 숙부인 고담의 것이나 다름없었다. 고담은 눈을 가늘게 뜨고 고소의의 눈을 살폈다. 고담은 조카의 눈빛이 보통이 넘는다는 것을 느낄 수 있었다. 하지만 일단 조카인 고소의를 믿기로 생각했다.

"짐은 범양왕에게 당장 많은 지원을 할 수는 없다. 하지만 일단의 기병 이천 기와 양곡 이만 석을 하사할 것이다. 범양왕은 짐을 인색하다 생각지 말고 나라의 안위를 위해 양병에 성공한 뒤 고구려 정벌의 뜻을 이루도록 하라. 아울러 짐은 등주자사 고법량을 발해수군도독으로 임명할 것이며, 칙령을 내려 수군으로 하여금 범양왕을 돕도록 명하겠노라. 두 사람이 뜻을 모아 하나가 된다면 그 무엇인들 이루지 못할 것인가. 만약 범양왕과 도독의 군사 행동에 성과가 보인다면 짐도 친히 군사를 일으켜 동쪽의 우환거리인 고구려를 토벌할 것이다."

범양왕은 황제의 아버지이자 실권자인 태상황 고담에게서 어느 정도의 신뢰를 얻으면서도 상당한 지원을 받아 내는 데 성공했다. 기병 이천 기와 양곡 이만 석으로는 고구려 원정이 가당치도 않은 것은 분명했지만, 중요한 발판으로는 손색이 없었다. 황제 휘하의 정예 기병을 이천 기나 얻어 냈다는 것은 실로 대단한 일이었다.

이제 젊은 범양왕은 황제의 기병 지휘관과 수군 도독으로 임명된 등주자사 고법량을 자신의 사람으로 만들어야 했다. 그것은 야망이 있는 고소의로서는 당장 넘어야 할 산이기도 했다.

황군 기마 삼대 소속 장군 노창기는 미래가 보장된 중앙에서 밀려난 사실에 경악했다. 그는 이제 언제 황제에게 죽임을 당할지 모를 소년 범양왕에게 자신의 명운을 맡겨야 한다는 사실에 부글부글 끓어 올랐다. 그는 지금까지 잘 훈련된 자신의 부하들을 위로하는 한편 불편한 얼굴로 범양왕의 숙소를 찾았다.

범양왕은 이십여 명의 부하들을 거느리고 있었는데, 자신이 거느린 기병대에 비할 바 없을 정도로 행색이 초라했다. 노창기는 그래도 명색이 황족인 까닭에 말에서 내려 범양왕에게 예를 표했다.

"황군 기마 삼대 장군 노창기가 전하께 인사드립니다."

고소의는 노창기의 정중한 군례에 조금은 과장된 행동으로 황급히 말에서 내려 그를 일으켜 세웠다.

"본왕이 아직 어려 쓸데없는 호기를 부린 모양입니다. 그 덕분에 황군의 유능한 장수가 죄 없이 변방으로 쫓겨나게 되었으니, 이 일을 어찌 하면 좋단 말입니까?"

열일곱 살의 철부지인 줄 알았던 범양왕의 태도에 노창기는 놀라는 표정이었다. 노창기는 범양왕을 응시했다. 소년 황족은 전혀 미동도 하지 않고 자신의 눈초리를 미소로 받고 있었다.

지금까지 갈고닦은 무예를 바탕으로 승승장구하던 노창기였다. 이번에 범양으로 좌천되지 않았다면 그는 업도에서 가장 잘나가는 젊은 장수가 될 상황이었다. 하지만 그는 범양왕의 호기로운 태도에 마음 깊이 간직된 원망이 녹아 사라지는 느낌이었다.

"본 왕은 장군께서 업도에 남아 계속 승승장구하신다면 장차 황군 도위에 상장군이 될 것을 믿어 의심치 않습니다. 하지만 더불어 업도의 화려함과 편안함에 장군이 안주한다면 뜻하지 않은 정적의 공격으로 불귀의 객이 될 것 역시 자명한 일! 장군은 본 왕과 더불어 저 드넓은 요동을 질주하며 천하를 호령해 볼 생각은 없소이까? 만약 우리의 뜻이 맞지 않는다면 본 왕은 장군을 업도의 황군에 남아 있도록 손을 써 드릴 생각이오."

범양왕은 잔잔한 목소리로 말했지만 그의 말은 노창기의 가슴을 요동치게 하기에 모자람이 없었다. 노창기는 고소의가 비록 어리지만 이 정도의 인물이라면 함께 젊음을 불태울 수도 있겠다는 꿈이 생겼다. 그는 당장 부복하여 죄를 빌었다.

"신이 불민하여 진정한 주인을 알아보지 못했습니다. 신을 신하로 받아주신다면 평생 주군을 위하여 신명을 바칠 것입니다."

범양왕은 바로 노창기를 일으켜 세우며 그의 양손을 잡았다.

"이제 우리의 요동 원정은 성사된 것이나 다름없소이다."

고소의는 노창기와 함께 태상황으로부터 받은 기병 이천 기를 범양으로 이동시켰다. 그는 범양성의 수비 병력 오천 명을 통합하여 모두 칠천의 군사를 만들고는 범양군이라 칭했다. 고소의는 범양군을 다시 북쪽으로 이동 배치하기로 하고 범양성을 출발했다. 범양군은 은밀한 이동을 위해 야음을 틈탄 조심스런 행군으로 북구에 도착했다. 국경 지역의 고구려 세객들을 의식하지 않을 수 없었던 것이다.

북구와 남구는 만리장성의 수많은 출입문 가운데 하나였다.

만리장성은 규모면에서는 놀라운 건축물이었지만 실용성을 따지면 문제가 많은 요새였다. 장성을 철저하게 지키자면 막대한 병력과 유지비가 필요했기 때문이다. 하지만 많은 중국의 황제들은 관성에 젖어 이 장성을 개축하고 수리하는 우를 범하고 있었다. 이를테면 깨진 독에 물 붓기였다.

과거의 황제들이 만리장성에 그토록 노력을 기울인 것은 북방의 유목민을 막아 내기 위함이었다. 유목 종족은 만리장성 이남의 정착민에게는 대단한 위협적인 존재들이었다. 유목 종족들은 놀라운 기동력으로 만리장성을 따라 이동하면서 취약한 곳을 공략했다. 따라서 만리장성은 유목민들에게 일종의 조롱거리에 지나지 않았다.

고소의는 동행한 왕부의 관리들을 풀어 남구와 북구 주변을 조사했다. 남구에는 철이 많이 매장되어 있었고, 북구 북쪽의 승덕에는 적지 않은 양의 은이 채굴되었다. 고소의는 병사들과 영지 내의 백성들을 동원하지 않고, 관의 힘으로만 철과 은을 채굴했다. 특히 은의 채굴은 절대 비밀에 붙여졌다. 그것은 바로 은이 공식적으로 채굴될 경우 황제의 금고를 채우는 용도로 쓰일 가능성이 컸기 때문이었다. 어쨌든 군자금은 생각보다 쉽게 모아졌다.

고소의는 그렇게 마련된 은 오백만 냥의 전비 가운데 이백오십만 냥을 들여 군마 오천 필을 사들였고, 은 이십만 냥으로는 양곡 이십만 석을 사서 창고에 비축해 두었다. 그에게는 아직도 당장 쓸 수 있는 이백삼십만 냥의 은전이 남아 있었다. 고소의는 이 여유 자금으로 다음 계획을 세웠다. 우선 그 돈을 가지고 등주로 가기로 했다. 지금쯤 황제의 칙사가 등주자사 고법량을 발해수군도독으로 임명했을 것이 확실했다. 하지만 유명무실한 수군을 다시 일으키자면 막대한 자금이 필요했다. 그는 여유 자금으로 고법량을 사기로 결심했다.

범양왕 고소의는 그래야 이제 겨우 열일곱밖에 안 된 소년이었지만, 지금까지 황위를 찬탈한 숙부로부터 목숨을 지키기 위해 세상을 보는 눈을 길러 왔다. 그는 일백이십만 냥의 은자를 수레에 싣고 멀리 등주를 찾았다.

고소의는 노창기를 왕부 기마대 도위로 삼은 뒤 범양성에 남아 군사들을 조련하도록 했다. 범양왕은 자신의 수행원으로 왕부 어사 원위광과 범양군 대장군 원홍을 동행케 했다.

원위광은 병서를 제법 읽었으며 용병에도 재주가 있었고, 원홍은 범양성 최고의 용맹을 자랑하는 천하장사였다. 원홍은 키가 여덟 척(이 미터)41)이 넘는 거인으로 그의 힘과 용맹함을 세상이 다 아는지라 고소의는 직접 그를 찾아 중용했다. 원홍은 범양왕의 후한 대섭에 감복하여 주변의 친구들을 고소의에게 천거한 덕분에 범양왕부는 제법 많은 무장들로 들끓기 시작했다.

등주자사 고법량은 일찍부터 바닷가에서 살았던 관계로 뱃일에 일가견이 있는 사람이었다. 그는 무장이 되기로 결심한 뒤 무예를 연마하면서 훗날 바다를 제패하겠다는 야심을 키웠다. 다행히 제나라가 세워지고 그가 문선제의 먼 친척이라는 이유로 등주자사라는 뜻밖의 높은 관직을 받을 수 있었다. 하지만 등주자사는 이름뿐인 직책이었고 그의 꿈을 키울 수 있는 관직은 아니었다. 그가 등주에 부임한 뒤 당장 그 곳에서 직면한 현실은 바로 군비였다. 등주는 그야말로 물산이 풍족한 곳이었지만 황도와 가까웠던 관계로 황실의 모든 비용을 대는 금고와 같은 역할을 해야 했다. 그가 꿈꾸었던 강력한 수군을 만드는 일은 그저 말 그대로 꿈일 뿐이었던 것이다. 그는 극도의 실망감에 젖어 이후 술로 소일하고 있었다.

그런 중에 황성에서 칙사가 방문을 했고 새로운 관직이 제수되었다. 직함은 발해수군도독이었다.

"무령군 등주자사 발해수군도독! 관등과 직함이 제법 길어졌군. 조금 있으면 왕위에 오를 수도 있겠는걸. 허허!"

칙사가 돌아간 뒤 고법량은 그렇게 쓴웃음을 지으며 푸념했다.

---

41)중국의 1척은 대략 25센티미터이다.

"가용한 전투선이 스무 척도 안 되는데 발해수군도독이라는 그럴 싸한 직함을 준다고 해서 무엇이 달라진다는 뜻인가? 게다가 이제 갓 열일곱 살밖에 안 된 소년을 주인으로 섬겨야 한다고? 정말로 미칠 노릇이로군."

고법량은 칙사가 왔다고 해서 혹시 황제가 자신을 중앙으로 불러들이려는 것은 아닐까 하고 기대하기도 했었다. 하지만 모든 것이 엉뚱하게 돌아가고 있었다.

등주자사 고법량은 황제가 열일곱 살 소년인 범양왕의 혓바닥에 놀아나 자신까지 엉뚱한 일에 끌어들였다는 사실에 분통이 터졌다. 주나라와의 전쟁으로 현재 등주의 관고官庫는 텅 비어 있었다. 전투선들은 사용하지 않아 많이 상한 상태였고, 월급을 줄 수 없는 탓에 병력 또한 크게 줄어든 상황이었다. 아무것도 주지 않으면서 새로이 수군을 운용하라는 칙령은 화가 나는 일이었다. 고법량은 화가 난 나머지 관원들에게 형식적인 명령만을 내리고는 다시 술로 소일했다. 관원들 또한 명령은 떨어졌지만 당장 손을 쓸 도리가 없어서 역시 마찬가지로 매사에 손을 놓고 있었다.

고소의가 고법량을 찾아온 것은 바로 그 즈음이었다.

고법량은 낮술 탓에 불쾌해진 얼굴로 범양왕을 맞이했다. 고법량은 다만 눈앞에 나타난 사람이 열일곱 살짜리 소년으로 보기에는 좋은 체격을 지녔다는 생각이 들었다. 고법량은 자신이 잘못 본 것이 아닌가 싶어 고개를 흔들어 보았지만 마찬가지였다.

"전하께서 등주의 수군이 필요하다는 이유로 소인을 발해수군도독으로 천거하셨다 들었소. 하지만 등주에는 쓸 만한 전투선이 스무 척도 안 되니 안타까울 뿐이오."

고소의는 고주망태가 되어 버린 고법량을 노려보았다. 고법량은 희미하지만 섬뜩한 고소의의 눈빛을 보고는 자신도 모르게 자세를 바로 잡았다. 범양왕이 고법량을 향해 일갈하듯 입을 열었다.

"공께서 지금까지 나라의 녹은 염치없이 받아먹으면서도 맡은 일에는 소홀했으니 큰 죄가 아니겠소? 등주는 예부터 제나라 땅으로 양곡이 많이 나며 대륙의 물산이 집결하는 요충지였소. 이곳의 관물이 모두 황실로 들어간다는 사실은 본 왕도 알고 있으나 그럼에도 등주의 관고가 텅 비어 있다는 것은 큰 죄가 아니라 할 수 없을 것이오."

고법량은 도저히 열일곱 살이라 여겨지지 않는 소년 왕의 일갈에 정신이 번쩍 드는 느낌이었다. 그는 소년의 호통에 묵묵부답이었다. 솔직히 할 말이 없었다.

소년 왕 고소의는 고법량의 마음에 작은 변화가 일고 있음을 읽을 수 있었다. 고법량은 죄스러운 얼굴이면서도 일종의 반항이 끓어오르는 표정이었다. 고소의는 이번에는 고법량을 보면서 표정을 부드럽게 바꾸었다.

"하지만 나는 공의 입장 또한 이해하고 있소. 자고로 명군은 명신을 낳는 법이지요. 제왕이 무능하면 신하 역시 무능할 수밖에 없소. 정사가 바로 서자면 제왕은 적재적소에 능력 있는 신하를 배치해 놓고 신하는 또한 자신의 능력을 알아 준 제왕을 위해 목숨을 아끼지 않을 것이니 그것이 군신의 바른 관계가 아니겠소. 본 왕은 등주자사가 재상의 반열에 있어야 함을 알고 있소. 하지만 장차 나라가 바로 서자면 재상의 반열에 오르기에 앞서 자사의 감춰진 능력을 발휘해야 하는 것이 우선일 것이오."

범양왕 고소의는 고작 열일곱 살이었다. 어쨌거나 고법량은 정곡을 찌르면서도 시원한 범양왕의 말에 용기를 내어 질문했다.

"감춰진 능력이라시면?"

"그대가 이미 칙령을 받았겠지만 황제 폐하께서는 그대를 발해수군도독으로 임명하시었소. 폐하께서도 발해가 이미 고구려와 매라 백제의 수군에 의해 장악되어 있음을 알고 계시니 이러한 명을 내리신 어심이 무엇이겠소? 폐하께서는 이제 공께서 고구려나 백제와 같은 동이의 무리들이 가지고 있는 해상의 주도권을 되찾아오기를 바라시는 것입니다. 공이 해야 할 일은 분명 대의요, 대임이라 할 수 있을 것이지요. 만약 그 일을 성사시킨다면 공의 이름은 천하에 알려질 것이오."

고소의의 말에 고법량은 쓸쓸히 웃었다.

"칙령은 황제 폐하의 명이나 그러한 어명이 전해진 것은 전하의 뜻이 있기 때문이 아니겠습니까? 하지만 지금 등주의 수군은……."

고법량의 말이 끝나기도 전에 고소의가 맞장구를 쳤다.

"나라가 바로 서 있지 않으니 등주의 수군인들 오죽하겠소? 하지만 등주의 수군이 공과 같이 능력 있는 장수에게 맡겨진다면 얘기는 달라질 것이라 생각하오만. 맞소. 능력은 있지만 능력을 발휘하지 못한 장수에게도 해당되는 얘기일 것이오."

고법량은 고소의의 말이 무엇을 뜻하는지 이해했다. 그는 결국 고소의 앞에 엎드려 죄를 빌었다. 고소의는 고법량을 일으켜 세웠다. 고법량은 일어서서도 머리를 조아렸다.

"신은 전하의 진심이 무엇인지 알고 싶습니다. 소신에게 말씀해 주실 수 있겠습니까?"

초면에 서로가 믿을 수 있느냐 없느냐 하는 중요한 순간이었다. 고소의는 목숨을 걸고 사실을 얘기해야 하는 상황이었고, 고법량 역시 고소의를 신뢰할 수 있는가 여부를 정하는 순간이었다. 하지만 고법량은 고소의에게 스스로 신이라는 표현을 썼다. 그것은 자신이 범양왕의 신하임을 고백하는 것이기도 했다. 고법량은 고소의에게 자리를 내주었고 그들은 서로 얼굴을 맞대고 앉았다. 범양왕은 잠시 생각하더니 자신의 웅대한 포부를 풀어 놓았다.

"우리 제나라는 대륙의 강국으로 일찍이 키타이 족과 쿠모시 족을 토벌하여 북방을 평정했을 뿐 아니라 서쪽의 주나라를 압박하여 대륙의 패권을 잡았소. 하지만 능력 없는 숙부들이 황위에 오르고 나라는 갈수록 쇠약해지니 안타까운 일이오. 나는 부황이신 문선제께서 이뤘던 위업을 받들고자 지금까지 몸을 숨기어 뜻을 세우고 계책을 강구했소. 본 왕의 영지인 범양 땅은 대륙의 요충지로 농자와 유목의 무리가 맞닿아 있는 곳이오. 하지만 북쪽에 있는 투르크 족이나 쿠모시 족과 같은 사나운 유목 족속들은 다루기 어렵고 게다가 동쪽에는 강력한 고구려가 있소. 나는 우선 쿠모시 족을 토벌하고 동방의 고구려를 평정하여 새로운 발판을 마련하고자 하오. 우리는 고구려의 서쪽 경계라 할 수 있는 유성과 그 주변의 성읍들을 먼저 취하고 그 곳에서 힘을 길러 대업을 이룰 생각이오. 유성은 그야말로 요동의 노른자위라 할 수 있소. 세상의 물산이 그

곳에 모이니 그 곳을 우리의 발판으로 삼을 수 있다면 무엇을 걱정하겠소? 하지만 유성을 지키는 고홀이라는 장수는 사납기 이를 데 없는 투르크 족들도 두려워할 만큼 대단히 용맹한 지략가라고 들었소. 그는 용맹하고 잘 훈련된 부하 장수들과 병사들을 유성 주변 요새에 배치하여 제나라의 움직임은 물론 쿠모시 족이나 투르크의 움직임도 한 눈에 살피고 있다 들었소. 게다가 발해 건너 동쪽의 고구려 요새인 비사성과는 서로 돕는 형세에 있다 하니 그야말로 난공불락의 요새라 아니 할 수 없소. 우리가 유성을 취하자면 비사성의 고구려 수군들을 견제할 수 있는 강력한 수군이 필요하오. 이제 자사께서는 발해 수군도독이 되셨으니 등주의 병선들을 수리하고 군사들을 모병하여 다시금 강력한 수군을 재건해 주셔야 합니다. 등주는 고구려 수군을 견제해야 하는 것이 그 주요한 임무라 할 수 있소."

고법량은 소년 왕의 말에 모처럼 가슴이 뛰었지만 당장의 현실은 그렇지 못했다.

"전하의 뜻을 받으니 신은 가슴이 뛰고 피가 솟아오르는 느낌입니다. 하오나 이곳 등주의 병선들은 이미 말씀드렸던 것처럼 사용한 지 오래되어 많이 파손되어 있고 수병들 역시 전역한 자들이 많습니다. 그것들을 다시 일으키자면 막대한 은자가 필요한데 지금 관고는 주나라와의 전쟁으로 텅 비어 있으니 안타까울 뿐입니다."

고소의는 고법량의 말에 흡족한 미소를 지었다.

"자사께서는 나를 단순히 어린 몽상가로만 여기는 것 같소이다?"

"전하, 황공하옵니다."

"충분치는 않겠지만 우선 은자 백만 냥을 준비했소. 자사께서는 은밀히 봉래성 주변의 기술자들을 모으고 조선소를 세워 전투선을 수리하거나 새로 건조하시오. 추가로 드는 군자금은 그때그때 충분히 전하도록 하겠소. 그러니 이제 군자금 걱정은 하지 않아도 될 것입니다."

범양왕의 말에 등주자사 발해수군도독 고법량은 장차 자신이 모실 주군이 단순히 이상만을 좇는 어린아이가 아님을 깨달았다. 그의 얼굴에는 큰 기쁨이 일고 있었다.

"신이 등주자사로 있으면서 별로 한 일은 없지만 천하의 기재를 하나 알고 있습니다. 그는 강대했던 제나라가 서서히 기울어 가는 것을 안타까워하며 한탄하는 사람입니다. 무공이 탁월하고 병법에 밝으며 용병에도 조예가 깊습니다. 장차 전하께서 천하를 도모하고자 하신다면 그를 찾아가 중용하여 쓰시기 바랍니다. 삼고초려 할 만한 인물입니다."

고소의는 고법량이 천거할 정도의 인물이라면 기대 이상일 것이라는 생각이 들었다. 그의 눈은 다시 반짝거렸다.

"도독과 같은 분께서 그토록 칭찬하는 인물이라면 참으로 대단한 사람일 것이오. 그에 대해 더 듣고 싶습니다."

"그는 봉래 사람 고보령이라 합니다. 그는 주로 바다에서 배를 타거나 낚시를 즐기지요. 어쩌면 이곳 사람인 태공망 강상처럼 세월을 낚고 있는지도 모르겠습니다. 하지만 그것은 겉으로만 보이는 모습이지요. 그는 늘 바다를 살피면서 날씨의 변화를 살피고 밤에는 천문을 살핍니다. 그뿐 아닙니다. 틈만 나면 봉래성의 장시를 찾아 상인들과 술을 마시며 세상의 흐름도 파악하고는 하지요."

"당장 가 봅시다."

고소의는 고법량의 말을 듣는 순간 어떤 숙명 같은 것을 느꼈다.

고보령은 칠 척이 훨씬 넘는 키에 이목구비가 시원스럽게 생겨 어렵지 않게 눈에 띄는 인물이었다. 그가 한적한 바닷가에서 숨어 지내는 것도 어쩌면 자신의 외모를 의식한 때문인지도 몰랐다.

고보령은 오늘도 낚시를 마치고 귀가하는 중이었다. 늘 그랬던 것처럼 잡은 물고기는 보이지 않았다. 고보령은 평소와는 다른 기운이 주변에 감돌고 있음을 느꼈다.

"아직도 동풍이 차구나. 이제 낚싯대를 접어야 할 시간인데 아직도 미련이 남는 것은 무엇 때문인가? 무엇인가 더 낚일 것 같은 느낌이 드는 것은 무슨 까닭인가? 단순한 우연인가?"

고보령은 그렇게 중얼거리면서 바닷가 가까운 자신의 초막으로 가고 있었다. 하지만 멀지 않은 곳에서 누군가 자신을 기다리고 있는 것이 보였다. 조금은 연약해 보이면서도 범상치 않은 기운이 사내로부터 발산되고 있었다. 거리가 좁혀지자 아직도 소년티를 벗지 못한 그 사내가 말했다. 그는 장옷을 입고 있었지만 얼굴에서도 귀티가 흘렀다. 그는 범양왕이었다.

"아직 동풍이 고개 숙이지 않았거늘 참으로 건강하십니다."

고보령은 아직 소년티도 벗지 못한 젊은이의 말에 호기심이 가득하면서도 조금은 날선 눈길로 고소의를 바라보았다. 의구심이 생긴 고보령의 마음을 알았는지 당돌한 소년은 한 마디를 더 던졌다.

"하지만 오늘은 낚기보다는 낚이는 날인 것 같소만."

고보령은 고소의의 말에 빙그레 미소를 지었다.

"그대는 누구신가?"

"봉래의 한적한 곳에 어진 온자가 유유자적하고 있다는 소문을 듣고 일부러 찾아온 사람이오."

소년의 말에 고보령은 대꾸도 하기 싫다는 표정을 지어 보였다.

"은자들은 본디 어차피 성공하지 못할 일을 피해 숨어 있는 것이라오. 괜히 나섰다가 세상의 비웃음만 살 테니까. 그대의 뜻이 무엇인지는 정확히 알지 못할 뿐 아니라 알고 싶지도 않소이다. 그러니 그냥 돌아가시오."

고보령이 그렇게 호기심을 거두며 자기 일에 몰두하자 고소의는 실망한 표정을 짓고는 마지막 말을 던지며 몸을 돌렸다.

"천하는 아직 아무 것도 결정된 것이 없는데, 이미 모든 것을 체념한 나약한 사람이었군. 어진 사람? 잘못 안 것이다. 여기 그저 소인배 하나 있을 뿐이로군."

고소의가 중얼거리며 돌아서자 고보령이 얼굴을 꿈틀거리며 고개를 돌렸다.

'소인배라니! 어린놈이 당돌하군.'

고보령은 낚싯대를 버리며 몸을 홱 돌렸다.

"잠깐 기다리시오."

고보령의 말에 고소의가 멈추어 섰다. 고보령은 다만 소년인 줄 알았던 상대의 몸이 자신과 견주어도 전혀 뒤지지 않음을 알았다. 상대는 분명 뛰어난 무골이었다.

고소의가 머리를 돌려 고보령과 시선을 마주했다.

"나와 함께 세상을 낚아 보시겠소?"

"자신이 누군지를 밝혀 주시오. 그것이 바른 예법인 것 같소만."

"실례가 많았소. 지금까지 자신을 밝히지 않았다니 말이오."

고소의가 비로소 범양왕의 신분을 밝혔다.

"나는 문선황제의 셋째 아들이며 지금은 범양 땅의 왕으로 책봉되어 있는 고소의라 하오."

고소의가 자신을 소개하자 고보령은 황급히 맨바닥에 넙죽 엎드렸다. 범양왕은 자신보다 열 살 이상 많은 고보령을 일으켰다.

"공이 천하의 기재라고 천거한 사람이 있어서 왔습니다."

고소의는 멀지 않은 곳을 손가락으로 가리켰다. 그 곳에 고법량이 재미있다는 듯 웃으며 서 있었다. 고보령은 고법량을 보면서 껄껄 호탕하게 웃으며 머리를 끄덕거렸다. 고보령은 오랜만에 찾아온 친구를 반갑게 맞이했다.

566년 벽두를 벗어난 이월 어느 무렵에 세 사내가 이렇게 봉래의 바닷가에서 처음으로 회합했다. 세 고씨는 우선 봉래성의 자사관으로 가서 후일을 도모하기로 했다.

대덕 팔 년 이월 봄, 그러니까 투르크가 키타이를 기습 공격하던 바로 그 시점에 요서에서는 또 다른 전란의 조짐이 일기 시작했다. 문선제 당시의 강성했던 제나라를 다시 일으키려 영웅들이 의기투합한 것이다. 늘 태상황 고담으로부터 의심을 받던 범양왕이 그의 울타리를 벗어났으니 물고기가 물을 만난 것이나 마찬가지였다. 게다가 범양왕은 고보령과 고법량이라는 좌우의 날개를 얻었으니 이제는 창공을 향해 날아오르는 일만 남은 것이다. 고소의의 궁극적인 목적은 급서한 부황 문선제의 황위를 숙부로부터 되찾는 것이었다. 그러나 당장은 자신의 입지를 위해 고구려의 유성을 취하는 게 최우선 과제임도 잘 알알다. 이렇게 한 영웅의 야망은 유성을 전란의 수렁으로 몰아 가고 있었다. 만국의 장사꾼들이 물품을 팔고 사는 거대한 상업 도시 유성은 그런 만큼 천하를 도모코자 하는 영웅들의 욕망도 들끓는 곳이었다. 그렇게 유성에는 다시금 전운이 감돌기 시작했다.

자사관 탁자에는 등주와 요서를 잇는 커다란 지도가 펼쳐져 있었다. 고보령이 동참할 것을 확신하고 고법량이 준비한 것이다. 범양왕은 지휘봉으로 지도를 가리키며 말했다.

"본 왕의 병력은 황제로부터 받은 기병 이천과 기존에 있던 보병 오천을 더해 모두 칠천이오. 범양군으로 불리는 그들은 지금 범양의 북동쪽 북구에 집결해 있으며, 추후 고구려의 최전방 요새인 이곳 평천 지역으로 집결시킬 생각이오. 다행히 우리의 요충지 승덕에도 은광이 있지만, 고구려 땅 평천의 은광이 더 유명하니 그 곳을 취하기만 한다면 우리의 군자는 더욱 풍족해질 것입니다."

고보령은 지도를 보면서 고소의의 말이 끝나기를 기다렸다가 입을 열었다.

"좋은 생각입니다만 칠천의 병력으로는 당장 아무 것도 할 수 없습니다. 서둘러 범양군 숫자를 늘리고 훈련시켜 적어도 십만 군사는 갖추어야 할 것입니다."

"중책을 맡아 주시겠소?"

고소의의 제안에 고보령은 잠시 생각에 잠겼다. 고보령은 앞으로 뛰어들어야 할 일에 대해 고민하는 얼굴이었다. 그는 눈앞의 어린 왕을 모시고 해야 할 일의 성공 여부를 점치고 있는 게 분명했다. 범양왕 역시 고보령의 생각을 읽을 수 있었다. 어쩌면 평생을 걸고, 또는 찰나의 순간에 목숨을 걸어야 할 대업이었다.

"전하께서는 고구려가 문명의 발상지임을 알고 계시나이까?"

"그들의 조상과 우리 선비족이 원수지간임은 알고 있습니다."

"신 역시 세계世系를 따지면 먼 전대에서 전하와 만날지도 모르겠습니다. 고구려는 우리의 원수지만 그 뿌리는 우리와 같습니다. 신은 많은 사서와 경서를 접하면서 원수인 고구려와의 일전을 꿈꿔 왔습니다. 따라서 고구려와 싸움을 시작한다면 꼭 이겨야 할 것입니다. 분명한 것은 고구려를 이기는 자만이 중원을 평정할 수 있다는 사실입니다. 신은 언젠가 마주하게 될지도 모를 고구려와의 전쟁을 위해 그들을 공부해 왔습니다. 드디어 기회가 제게 찾아온 것입니다."

고보령과 고소의의 눈이 마주치며 암흑천지에 한 점 불꽃이 타올랐다. 드디어 고보령이 두 손을 모으고 머리를 조아리며 결정을 내렸다.

"견마지로를 다해 전하의 뜻을 받들겠나이다. 전하를 주군으로 받들고자 합니다. 저를 신하로 받아들여 주소서."

"고맙소. 나는 당장 그대를 범양군 정동대원수로 임명하는 바이오. 지금 공을 대원수로 임명해 놓고 바로 이런 말씀을 드리는 게 과합니다만, 대원수의 생각이 알고 싶군요. 우리 범양군의 양병 기간과 출병 일자는 언제쯤으로 정할 수 있겠습니까?"

범양왕의 질문에 고보령은 팔을 뻗어 지도를 가리키며 말했다.

"범양 땅은 교통의 요지입니다. 인구가 많고 물자가 풍부하니 모병과 양병에 석 달에서 많게는 다섯 달이면 족할 것입니다. 물론 우리에게 어느 정도의 충분한 군자금이 있어야 하겠지만 말입니다. 신은 전하께서 아무 대책 없이 대업을 구상하지는 않았을 것으로 생각합니다. 그렇게만 된다면 이른 시일 안에 적게는 오만에서 많게는 십만의 강병도 어렵지 않게 양병할 것이라 확신하는 바입니다. 앞으로 범양군은 양병과 훈련을 병행하며 유성을 호위하는 주변의 요새들을 하나씩 취할 것입니다. 서서히 고구려의 유성을 압박해 들어가다가 유성 배후를 끊은 뒤 결정적인 순간 전면 전쟁으로 승부수를 띄울 것입니다. 우리가 그렇게 유성을 비롯한 고구려 서부 지역을 평정할 수 있다면 전하의 대업은 충분히 가능할 것입니다. 분명 해 볼 만한 것입니다."

고보령도 승산이 있었기에 고소의의 일에 동참한 것이다. 고소의는 고보령의 말을 들으면서 기분이 좋았다. 발해수군도독이 된 고법량도 흐뭇한 얼굴이었다.

"한 번 해 볼 만해서는 안 됩니다. 아버지의 황위를 도적질 당했습니다. 어떻게든 그것을 되찾아야 할 것입니다. 어쨌거나 정동대원수께서 긍정적인 생각을 가지고 계시니 힘이 솟구칩니다."

고보령은 범양왕의 마음을 이해했다. 지금까지 부황을 뜻을 되찾고자 자신의 목숨을 끈질기게 이어 온 고소의였다. 그는 이번 기회를 절대로 놓칠 수 없다는 각오를 다지고 있었다. 고소의는 이제까지 감추어 두었던 자신의 대장검과 인장을 고보령에게 건넸다.

"부황께서 나에게 하사한 보검인 영왕永王과 인장이오. 공께서는 범양군의 대원수가 되셨으니 앞으로 전권을 행사해 주십시오."

고보령은 무릎을 꿇고 범양왕의 군권을 받아들였다. 이제 범양군의 모든 군권은 대원수의 손으로 넘어갔다. 이 군권의 위임이라는 의식을 통해서 고보령의 어깨가 무거워졌다. 전권을 받은 고보령은 자리에서 일어나 고소의에게 군례를 올리고 다시금 지도가 있는 탁자로 갔다. 세 사람은 다시 지도에 시선을 집중했다. 대원수가 손으로 지도를 가리키며 입을 열었다.

"고구려 유성 서남쪽에는 건창이라는 곳이 있습니다. 건창 동쪽에는 강이 있어 해자 역할을 하지요. 우리는 그 곳에 영채를 세워야 합니다. 건창을 취해 우리의 영채를 세운다면 그 남쪽 바닷가의 진황도에도 우리의 수군기지를 세울 수 있게 됩니다. 등주와 진황도 사이를 잇는 뱃길이 열리는 것이지요. 따라서 우리의 해상 보급로도 확보되는 것이니 건창과 진황도는 유성을 취하는 우리의 보급 기지가 되는 것입니다."

고소의와 고법량이 지도를 뚫어지게 보면서 고보령의 말에 귀를 기울였다. 고보령의 목소리에는 녹록치 않은 현실이 실려 있었다.

"하지만 건창을 취하기가 쉽지는 않을 것입니다. 유성의 욕살인 고흘은 투르크의 정예 기병대를 격퇴한 맹장으로 쉽게 볼 인물이 아니니까요. 고흘은 건창의 넓은 지역을 우리 제나라와의 군사적인 완충 지대로 생각하고 있습니다. 그는 그 곳에 주기적으로 순군들을 파견하여 우리 제나라의 동태를 정찰함은 물론, 중요한 곳에 작은 초소들을 세워 유사시에는 긴급한 연락을 취할 수 있도록 대비를 하고 있습니다. 초소를 지키는 고구려의 위병들은 우리 관군이 기습할 경우 급히 봉화를 올려 대릉하 남쪽의 고구려 요새인 용산영에 그 사실을 알릴 것입니다. 용산영을 지키는 장수는 젊고 용맹한 자로 고흘의 뒤를 이을 정도의 뛰어난 인물이라 들었습니다. 우리가 건창을 취하려면 용산영을 지키는 고구려군의 발을 묶거나 다른 곳으로 이동시켜야 할 것입니다."

"방법이 없다는 뜻입니까?"

범양왕은 좀 실망스런 표정이었다. 하지만 고보령은 씨익 웃으며 간단히 대답했다.

"방법은 만드는 것이지요."

고보령은 지휘봉을 들어 다시 지도를 가리켰다.

"일단 유성 서남쪽에 있는 평천요새를 우리 것으로 만들겠습니다. 평천요새는 비록 규모가 작고 주둔 병력도 적지만, 험한 지세를 이용한 까닭에 취하기 어려운 곳입니다. 하지만 평천요새에는 질 좋고 매장량도 풍부한 은광이 있어서 유성의 고흘이 신경 써서 지키는 곳이기도 합니다. 그러나 주둔군의 대부분이 쿠모시 족 용병들인 까닭에 잘 살피면 틈이 있을 것입니다. 가장 가깝다고 하는 대릉하 상류에 있는 능원요새와도 제법 멀리 떨어져 있으니 구원군이 오기까지는 시간이 제법 필요합니다. 어쨌거나 우리가 평천요새를 성공적으로 취할 경우 그 여세를 몰아 능원요새를 공격할 것입니다. 물론 능원요새는 쉽게 취할 수 있는 있는 곳이 아닌 만큼 그 곳이 우리의 목표는 아닙니다.

다만 우리가 능원요새를 공격할 것처럼 군사를 이동할 경우 병력이 부족한 고흘은 용산영의 기동 부대를 능원으로 이동시킬 것입니다. 고흘이 아무리 담력이 뛰어나고 해도 평천요새를 잃은 마당에 능원요새마저 잃어 우리 군사와 직접 마주할 경우 문제가 심각해짐을 누구보다 잘 알고 있을 테니까요. 따라서 용산영의 병력이 능원 쪽으로 이동하면 우리는 비어 있는 건창 평원으로 군사를 몰아 영채를 세워 버리는 것입니다. 손바닥 뒤집는 것보다 쉽지요. 평천과 건창을 한꺼번에 우리 것으로 만드는 일입니다. 그러자면 우선은 고구려의 평천요새를 취하는 일이 급합니다. 물론 가장 먼저 해야 할 일은 평천요새의 상황과 지리를 살피는 일입니다."

고소의는 동의하면서도 의문시되는 점이 많았다.

"한 가지 궁금한 것이 있소. 등주의 한적한 곳에 있으면서 어떻게 그런 일들을 모두 알고 계셨소?"

고소의의 질문에 고보령은 다시 한 번 웃어 보이며 답했다.

"등주는 천하의 요충지로 만국의 장사꾼들이 거치는 곳입니다. 저는 가끔 적적하다 싶으면 시간을 내어 그들과 술을 마셨습니다. 장사꾼들은 세상 구석구석에 가지 않는 곳이 없으니 아는 것이 많지요. 사방의 풍습과 전설에 역사까지 모두 포함해서 말입니다."

고보령이 껄껄 웃으며 말하니 고소의도 고개를 끄덕였다.

"과연 발해수군도독의 말씀이 맞았습니다."

고보령은 범양군의 출병과 작전에 관한 세부 사항은 현장에 가서 정하기로 했다. 따라서 등주의 모든 일은 고법량의 몫이었다. 고보령은 고법량이 맡은 일이 얼마나 중요한지 알고 있었다.

"우리 범양군이 건창을 취하고 그 곳에 영채를 세우면 그 즉시 진황도에도 수군 영채를 세울 생각입니다. 등주의 수군을 회복시켜 진황도로 이동해야 할 것이니 시간에 맞추어 준비해 주십시오. 수군이 육군을 돕지 못하면 범양군은 확실한 승리를 장담할 수 없소. 수군은 유성을 공격할 한 갈래의 주력 부대인데다가 육군을 위한 빠른 보급로가 되어야 하니까요."

고보령은 장차 전장이 될 임지로 가기 전에 수군의 중요성을 다시 한 번 강조하면서 고법량에게 중책을 잘 감당해 달라는 당부를 잊지 않았다. 고법량은 일찍부터 고보령을 존경하고 있었던 까닭에 그와 더불어 중책을 맡았다는 사실만으로도 만족해하고 있었다. 고법량은 신임 대원수가 이미 자신의 임무를 잘 수행하고 있음을 깨달았다.

발해수군대도독이 된 등주자사 고법량은 고보령과 범양왕이 임지로 떠나자 즉시 자금을 풀어 수병들을 모병하면서 수채와 전투선을 건조할 목수들 또한 징집하기 시작했다. 고법량은 전문가들을 동원하여 배를 정박할 수채 후보지들을 찾았다. 좋은 목수를 구하려고 남쪽 진나라는 물론 북쪽의 매라백제에도 관리를 파견했다. 등주의 자사관 명칭을 수군도독부로 바꾸었고, 그 곳은 갑자기 북적거리기 시작했다. 죽어 있던 자사관이 수군도독부로 명칭이 바뀌면서 다시 살아나는 움직임이었다.

범양에 귀환한 범양왕 고소의와 대원수 고보령은 곧바로 병력이 주둔한 만리장성의 북구로 출발했다. 고소의는 부끄러웠지만 아직 부족한 자신의 군영을 고보령에게 보여 주었다. 고보령은 고소의와 군영의 군사들을 사열하면서 만감이 교차하지 않을 수 없었다. 범양군은 한 마디로 오합지졸이었기 때문이었다. 대장군 원홍부터도 군부 출신이 아닌 거리의 협객 출신이었던 까닭에 이러한 군영의 모습은 당연한 것인지도 몰랐다. 고보령은 대장군 원홍과 그의 휘하 장수들로부터도 곱지 않은 시선을 느낄 수 있었다. 웬 굴러 온 돌이냐 하는 표정들이었다. 그는 내부의 적을 굴복시키지 않고는 일의 진척이 힘들다는 것을 깨달았다. 하지만 군영의 모든 모습이 그랬던 것은 아니었다. 노창기와 그의 휘하 2천 기병은 황군 출신이었던 까닭에 확실히 무엇인가가 달랐다. 고보령은 노창기와 눈이 마주쳤다. 도위 노창기도 고보령이 예사롭지 않은 인물임을 한 눈에 알아봤다.

범양왕도 고보령의 생각을 알았다.

"문제가 많지요?"

"예상했던 일입니다. 이대로 고구려의 정예군을 상대할 수는 없습니다. 기병을 지휘하는 지휘관과 그의 부하들은 쓸 만합니다만, 보병들은 누가 훈련했는지 한심하다는 생각이 들 정도입니다. 하지만 석 달 뒤의 범양군은 분명 달라져 있을 것입니다. 일단은 기병대장과 그 문제를 상의해 보도록 하겠습니다."

고보령은 대장군 원홍이 듣고 있음에도 의도적으로 그렇게 말했다. 고소의도 고보령의 의도를 눈치챘다. 장차 범양군의 장수들과 병사들을 조련하자면 넘어야 할 큰 산이 있었다. 바로 대장군 원홍이었다. 원홍은 무공과 힘에 관한 한 자신이 있었다. 그는 황군 출신의 노창기에게는 한 수 접고 들어갔다. 일단 노창기의 직급이 자신보다 못하다는 것도 있었지만 그의 출신 성분을 인정했기 때문이었다. 하지만 원홍은 자신보다 체격이 왜소하고 약해 보이는 고보령을, 그것도 출신 성분도 확실치 않은 그를 대원수로 인정할 수는 없었다.

원홍은 강호에서 늘 그랬듯이 고보령에게 한 판 붙어 보자는 결투장을 보냈다. 잘난 척하지 말고 겨뤄 보자는 얘기였다. 만약 고보령이 원홍을 제압한다면 앞으로 대원수의 일은 쉬워질 것이었다.

원홍이 고보령에게 결투 서신을 보낸 사실은 고소의에게도 전해졌다. 고소의는 원홍의 용력을 잘 알고 있었기 때문에 심히 걱정스러워 은밀히 고보령을 찾았다.

"내가 공을 찾은 것은 근심이 크기 때문이오. 대장군 원홍은 천하장사에다가 무공이 뛰어난 사람이니 조심해야 합니다. 사람이 모든 것을 다 잘할 수는 없는 법 아니겠소?"

하지만 고소의의 근심스런 표정에도 고보령은 별다른 답변을 하지 않았다. 오히려 이 상황을 즐기는 것 같았다. 범양왕은 장차 거인과의 싸움을 앞두고도 이토록 담대한 고보령의 담력에 감탄했지만 여전히 근심을 접을 수 없었다.

원홍은 무거운 월도도 새털처럼 다뤘으며 파천권이라는 기괴한 무예의 고수이기도 했다. 원홍의 파천권은 무쇠 솥은 물론 웬만한 담벽 정도는 일격에 부술 수 있는 위력이었다. 원홍은 파천권으로 지금까지 수십 차례의 결투에서 단 한 번도 패한 적이 없었다.

고보령과 원홍은 어둠이 깔린 숲 속에서 만났다.

몇몇 장수들이 나무 뒤에서 그 결투를 몰래 지켜보고 있었다. 원홍 또한 그들이 숨어서 지켜보는 것을 알고 있었지만 일부러 모른 척했다. 자신의 승리를 확신했기 때문이었다. 숨어 있는 자들 가운데 범양왕 고소의와 그를 수행하는 노창기도 있었다.

"준비는 되었는가?"

원홍이 물었다.

"물론."

"겁먹고 나오지 않을 줄 알았는데 어쨌든 용기가 가상하구나. 최선을 다한다면 너를 인정할 것이다."

"무예는 말로 하는 것이 아니니까."

고보령이 마지막으로 던진 말은 원홍을 자극했다.

원홍은 눈두덩을 꿈틀거리면서 고보령에게 솥뚜껑 같은 손바닥을 그러쥐며 일격을 가했다. 그 속도가 워낙 빨라 웬만한 사람들은 피할 수 없었겠지만 고보령은 쉽게 피했다. 원홍은 그제야 고보령도 만만치 않은 고수임을 알았다.

하지만 원홍은 상대가 고수라는 사실에 오히려 마음이 편해졌다. 그는 혹시나 염려했던 것들을 떨쳐내며 마음 놓고 거침없이 공격을 하기 시작했다. 원홍의 무예는 다리보다는 주로 두 손을 사용하는 것이었다. 원홍의 강한 힘이 가미된 권술이 연속적으로 날아들자 고보령은 원홍의 두 주먹을 비껴 막아 흘리키면서 그 힘을 분산시켰다. 고보령의 방어는 마치 물이 흐르는 것처럼 부드러우면서도 강렬했다. 고보령의 여유로운 방어에 원홍의 동작에는 점점 힘이 실렸고, 그럴수록 고보령은 더욱 여유 있게 공격을 막아 냈다.

원홍은 자신의 공격이 하릴없이 비껴 흘려 버린다는 사실에 점점 약이 오르고 있었다. 흥분하면 오히려 제 기량을 발휘하기 힘든 것이 어린 아이들의 싸움에서도 순리인 법이다. 그럴수록 고보링은 조롱하는 얼굴로 원홍의 공격을 받아쳤다. 초반에는 원홍의 공격을 막기만 하던 고보령이 원홍의 동작이 커지자 그 틈을 이용하여 원홍을 가격하기 시작했다. 게다가 고보령의 연속 발차기는 위력이 대단했다. 원홍의 얼굴과 벗은 상체가 벌겋게 멍들어 갔다. 원홍의 숨소리가 거칠어질수록 고보령의 표정과 호흡이 편안해졌다.

이제 숨어서 지켜보던 장수들은 흥분을 감추지 못하고 아예 노골적으로 모습을 드러낸 가운데 그들의 결투를 지켜보았다. 원홍이 밀리고는 있었지만 정말로 보기 드문 공방전이었다. 고소의도 비로소 모습을 보였다. 고소의는 고보령이 용병과 병법은 물론 놀라운 무예의 소유자라는 사실에 놀라지 않을 수 없었다. 물론 곁에 있던 노창기의 표정에도 놀라움이 담겨 있었다. 두 사람은 모두 황실 무예를 배우고 익힌 사람들인 만큼 두 사내의 실력을 한눈에 읽어내고 있었다.

고보령은 일부러 승부를 내지 않고 있었지만 원홍은 자신의 실력이 상대에게 미치지 못한다는 것을 깨닫고 있었다. 고보령은 당장이라도 원홍을 이겨 창피를 줄 수도 있었지만, 갑자기 숨을 몰아쉬더니 뒤로 물러섰다.

"나도 봉래성에서는 알아주는 무도가인데, 원홍 대장군을 당하기는 힘들 것 같소. 이제 그만합시다."

"아름다운 무승부!"

지켜보던 고소의가 만면에 미소를 지으며 유쾌하게 소리쳤다. 흥분했던 원홍도 고보령의 넓은 마음에 감탄했다. 그렇게 절제 있게 화해하는 두 사내의 모습은 황실 무관 출신의 노창기에게서도 탄성이 절로 우러나오게 했다.

　"참으로 대단하십니다! 약골인 줄 알았는데 참으로 놀랍소. 도대체 무슨 무공입니까?"

　"고구려나 백제 사람들이 사용하는 유무[42]라고 합니다. 원홍 장군의 강한 힘을 이용한 얍삽한 무술에 지나지 않지요. 그러니 원홍 장군이 더 강하게 나왔다면 소장은 정말로 큰일 날 뻔했소이다."

　고보령은 그렇게 너스레를 떨었고 원홍은 대원수의 관대한 마음을 내심 고마워했다. 이제 원홍의 마음속에는 고보령이라는 새로운 지도자가 자리하게 되었다. 어쨌거나 고보령은 가볍게 큰 산을 넘어 버렸다. 지금까지 구경만 하던 고소의와 장수들이 모두 나와 환호했다. 범양왕은 특별히 자신이 아끼는 술을 내어 장수들을 위무했다. 어쨌든 기쁜 술자리가 펼쳐졌고, 고보령은 장병들이 모인 자리에서 술을 들어 맹세했다.

　"우리가 뜻을 하나로 모은다면 당년 칠월 이전에 유성을 공격할 수 있을 것이며, 우리는 유성에서 이와 같은 축배들 들 것이오!"

　자신감에 찬 범양군 대원수 고보령의 확신에 가까운 외침이었다.

　고보령은 당장 다음날부터 병사들의 군기를 세우고 훈련에 돌입했다. 사방에서 범양군의 대우가 좋다는 소문에 많은 장정들이 찾아와 입대를 자처했다. 삼월에 접어들면서 병력은 순식간에 삼만을

───────────────

42) 유도의 전신.

넘어서고 있었다. 사실 입에 풀칠하기 힘든 상황에서 배불리 먹여 주는 곳이라면 사람들은 당연히 모여드는 시절이었다. 이런 추세라면 십만의 병력을 양성하는 것도 시간문제일 뿐이었다.

이제 범양군도 구색을 갖춰야 할 당위가 명료해졌다. 범양왕은 다음과 같이 부대 편제를 제시했다.

대원수에 고보령, 대장군에 원홍, 좌장군과 우장군에는 원홍의 친구들이었던 유목과 소암을 각각 임명했다. 지금까지 범양군의 책사 노릇을 했던 왕부 어사 원위광은 참군으로 삼았다. 노창기는 스스로 자신을 낮추고 선봉 장수를 자처했다. 범양왕은 당장에 대장군을 삼아야 할 노창기였지만, 그를 선봉장인 유격장군으로 삼았다. 사실 노창기와 같은 젊은 장수는 제일선에서 잘 조련된 고구려 군사들의 예기를 꺾어야 했다. 그는 단병접전에 가장 능한 인물이라 할 수 있었다.

"범양군은 애초에 오천으로 시작했습니다. 황제께서 뛰어난 노장군 휘하의 이천 기병을 주시어 우리 전력은 당장에 네 곱으로 자랐습니다. 더욱이 지금은 우리의 군세가 삼만에 이르렀으니 고구려의 유성을 지키는 상번군 병력의 세 배가 된 셈입니다. 지금 오천 필의 말을 더 사들였고 양곡 창고에는 이십만 석이 넘는 양곡이 비축되어 있습니다. 군마와 군량은 예산이 되는 대로 다시 그 양을 늘리겠습니다."

참군 원위광의 보고에 범양왕은 뭔가 일이 되어 간다는 표정이었다. 대원수 고보령이 원위광의 보고에 대한 답변을 했다.

"참군의 말대로 우리는 병력과 군수를 더욱 충원해야 합니다. 참군은 앞으로 그 일에 전력을 기울이도록 하시오. 대장군께서는 유목 장군과 함께 입영하는 병력을 새로이 훈련시키도록 하시오. 유격장군은 소속 기병 이천과 보병 삼천을 거느리고 만리장성 북구 너머에 있는 승덕에 주둔지와 군영을 세우고 유사시 단숨에 평천을 취할 수 있도록 훈련과 계책을 세우시오. 이제 본관은 전하와 함께 장사꾼을 가장한 뒤 평천요새와 능원요새를 탐문하고 유성에 들어갈 것이오. 좀 위험하다고 할 수도 있겠지만 그것에 상응하는 득이 있을 것입니다. 누가 알겠소? 제나라의 범양왕께서 친히 유성을 방문할 줄을 말이오. 이것이 바로 허허실실 아니겠소?"

대원수의 말에 고소의도 뜻밖이라는 표정이었지만 그의 말이 틀리지 않다고 생각했다. 대원수 고보령은 유격장군이라는 낮은 직위를 자처한 노창기와 그의 부대를 이끌고 고구려에 접근하려는 의도를 숨기지 않았다. 그것은 그가 노창기를 가장 신뢰하고 있음을 보여 주는 것이기도 했다. 고보령은 고소의의 표정을 살피면서 입을 열었다.

"전하, 주유하는 마음으로 편안히 적정을 살피는 것도 나쁘지는 않을 것입니다. 발품을 파는 것보다 좋은 경험은 없으니까요. 어쩌면 이번 여행을 통해서 우리는 뜻밖의 좋은 것을 얻을 수도 있을 것입니다."

원홍을 비롯한 장수들이 말리기도 했지만, 고소의는 고보령의 생각에 따르기로 했다.

"좋은 생각이오."

고소의와 고보령은 사흘 뒤 노창기와 그의 기병대의 호위를 받으면서 평천으로 향했다. 그 전에 고보령은 우장군 소암을 불러서 비밀 명령을 내렸다. 우장군 소암은 자신에게 아주 중요한 비밀 임무가 주어졌다는 사실에 흥분하지 않을 수 없었다.

상부왕上部王

대덕 팔 년 삼월 초, 평양성 고승성의 집인 낙수택이 대저택의 위용과는 다르게 분위기가 가라앉아 있었다. 고구려국의 고추가이자 대의원 상좌인 고승성은 점점 커지는 근심으로 우울했다. 그는 연씨 집안이 서서히 실세로 일어서는 것이 불쾌했다. 지금까지 순진한 조카로만 생각했던 태왕도 이젠 숙부의 그늘을 완전히 벗어나려는 것 같았다. 아니, 태왕은 이미 자신의 손을 벗어나 있었다. 태왕은 확고한 친정 체제를 유지하고자 재력과 군사력 모두를 보유한 연씨 집안과 손을 잡는 것인지도 몰랐다. 어쨌거나 그런 일련의 사실들은 자신의 앞에 펼쳐지는 그늘이었다. 이러한 현실들은 고승성에게 극심한 박탈감과 무상감에 젖어들도록 했다. 이제 그가 믿을 수 있는 실세는 양자인 상부왕 고맥성뿐이었다.

삼여는 고승성 밑에서 이십 년 가까이 집사 겸 모사 역할을 해 왔다. 삼여는 한눈에 고승성의 우울함을 알아챘다. 그는 곧바로 상부왕부에 사람을 보내어 고맥성에게 양아버지의 근심을 알렸다.

상좌께서 근심이 많으십니다. 왕후장상들과 모여 뒷일을 도모하시고 위로하여 주신다면 그것이 곧 효도가 아니겠습니까?

고맥성은 늘 양부를 걱정해 주는 삼여가 고맙기도 했지만, 한편
으로는 집사 따위가 고추가의 대가에서 가지는 영향력을 경계하지
않을 수 없었다. 상부왕은 언젠가 기회가 되면 삼여의 기를 죽여야
겠다고 마음먹었다. 상부왕은 자신의 생각을 정리한 뒤 상좌를 따
르는 고관대작들에게 사람들을 보냈다. 얼마 있지 않아 낙수택에는
왕후장상들의 수레들이 도착했고 금방 문전성시를 이뤘다. 과연 상
부왕의 권세는 대단한 것이었다. 이제 태왕의 어명에 따라 소위 북
쪽의 또 다른 평양성이라 불리는 봉황성으로 행궁하면 당분간은
평양성 낙수택에서의 회합은 힘들 것이 분명했다.

모인 사람들은 당대의 세력가들로 이름만 들어도 쉽게 알 수 있
는 사람들이었다. 내부령 국만화, 예부령 국소화, 재부령 부영돈,
형부령 은음 등을 포함한 많은 측근 고관대작들이 고승성의 저택
인 낙수택에 모였다. 부영돈은 대택을 방문했다가 특별히 왕후의
아버지인 은음을 보고는 반가움을 표했다. 두 집안은 동병상련의
처지를 달래며 새로운 기회를 찾고 있었다. 어쨌거나 고승성은 우
울하던 차에 많은 동지들이 자신을 찾자 기분이 나아졌다. 고승성
은 급조하여 커다란 잔치를 열고 찾아온 고관대작들을 위무했다.

낙수택은 평양에서도 안학궁 다음으로 큰 규모의 저택이었다. 낙
수택은 안학궁 남문인 삼문 밖의 관서 거리와 멀리 떨어져 있지
않았다. 그 곳은 왕후장상들의 저택과 장원들이 밀집한 지역이기도
했다. 따라서 왕후장상들의 집들은 서로 멀지 않았던 만큼 마음만
먹는다면 한 곳에 모이는 것은 어렵지 않았다.

낙수택은 고구려를 대표하는 건축 양식과 구조로 지어졌다. 낙수택의 대문은 너무나 웅장한 나머지 주변 사람들은 흔히들 소小 궁문이라고 부를 정도였다. 대문의 상부에는 낙수樂修라는 커다란 현판이 걸려 있었고, 대문 안쪽에는 좌우에 이 십여 대나 되는 수레를 주차할 수 있는 차고가 있었다. 차고 다음으로 마구간과 외양간이 있었고 노비들이 기거하는 행랑채도 있었다.

차고에는 각각의 행사에 맞춰 쓸 수 있는 다양한 종류의 화려한 마차가 다섯 대나 도열해 있었는데 고관들의 수레들로 모두 차 버렸다. 미처 대문 안쪽에 주차하지 못한, 권세가 격이 떨어지는 대신들은 대문 밖에 주차해야 했다.

고구려는 도로망이 잘 발달해서 소와 말이 끄는 수레를 교통 수단으로 많이 이용했다. 주로 소가 끄는 우거들이 많았지만, 신속한 이동이 필요할 경우에는 말이 끄는 마차를 이용하기도 했다. 사실 더욱 급한 경우에 고구려 남자들은 마차보다는 주로 말을 직접 이용했고 그것이 효율적이었다. 그래서 마차는 그리 많은 편이 아니었다. 마차는 사람들이 많은 거리에서 사고가 날 우려도 있었고, 또한 여유와 한가함을 즐기는 고구려의 귀족들에게는 별로 맞지 않았다. 그래서 마차는 고구려의 곳곳을 이어 주는 간선 도로를 이용한 장거리 여행이나 운송용으로 주로 이용하고는 했다.

차고와 노비들이 기거하는 행랑채 사이에는 수십 필의 말과 소를 키우는 거대한 마구간과 외양간도 있었다. 그들을 먹이고 키우는 일은 쉽지 않아서 남자 노비들은 아침에 일어나면 먼저 말과 소의 먹이를 준비하느라 분주했다. 그래서 남자 노비들의 숙소였던 행랑채는 마구간과 가까이에 있었다.

이렇듯 차고와 마구간 그리고 행랑채가 있는 바깥채와 그 안쪽의 뜰은 말 타기와 활쏘기를 할 수 있을 정도로 넓었다. 그것은 기사가 당대 최고의 인기 운동 경기였기 때문에 당연한 것이었다. 마소를 먹이고 나면 노비들은 그 넓은 뜰을 깨끗이 치워야 했고, 나머지 시간에는 마차에 이상이 있는지를 살펴야 했다. 노비들도 각각의 직책이 있어서 군부처럼 짜임새 있게 움직였다.

그렇게 넓은 뜰을 지나면 안채로 통하는 대문이 나오는데 대문 안쪽에도 역시 넓은 뜰이 있었다. 본채와 연결된 안뜰은 바깥뜰과는 달리 중간에 정원이나 연못을 만들어 멋스럽게 조경을 했다. 아기자기하고 아름다운 고구려 대가들의 저택 조경은 제나라와 주나라뿐 아니라 투르크를 비롯한 먼 다른 나라들에도 영향을 주었다.

귀족들은 이렇게 화려한 정원과 멋진 뜰을 만들어 손님에게 자랑하는 것을 즐겼는데, 그만큼 그들의 삶에 여유가 있었다. 안채에는 고관대작 내외가 기거하는 살림채와 노인들이 기거하는 별채가 있었고, 부경이라는 다락 창고와 방앗간, 고깃간도 있었다.[43]

각설하고 낙수택의 웅장한 본채에 있는 넓은 접견실에서는 이십여 명이 넘는 장상들이 함께 앉아서 대화하고 즐기고 있었다. 오늘처럼 손님이 많을 경우에는 기다란 탁자들을 연결해서 연회를 열

---

[43] 고구려식 부경은 아직도 만주 지역이나 시베리아 지역에서 발견되는데 일본의 보물 보관 창고인 정창원正倉院도 그러한 형태의 다락 창고였다. 이러한 다락 형태의 전각은 이후 조선시대에도 많이 나타난다. 이러한 고관대작들의 생활공간이나 생활상은 고분을 통해서 알려졌다.

었다. 낙수택을 찾은 고관대작들은 접견실을 장식한 각종 도자기와 도검류에 책장들을 보면서 감탄을 그치지 않았다. 고승성은 그들의 탄식에 기분이 좋았는지 새로 들여온 외제 가구와 도자기들 자랑을 늘어놓고 있었다.

곧이어 탁자에 앉은 고관대작들 앞에는 푸짐한 산해진미와 향기로운 고급술이 가득 채워졌다. 간장으로 잘 양념한 돼지갈비, 생강조림, 꿩 구이, 간장게장, 야채와 함께 닭고기를 통으로 끓인 국, 굴비구이, 각종 산적에 과자는 물론 과일에 수정과까지 상에는 그야말로 없는 음식이 없었다. 대부들이 그러한 음식들을 즐기는 동안 탁자 주변의 비교적 넓은 공간에서는 악대가 연주하는 가운데 무희들이 춤으로 잔치의 흥을 돋우고 있었다.

악대는 육 현으로 된 현학금을 연주하는 사람, 서역의 악기인 완함을 연주하는 사람들이 있었고, 젓대나 퉁소와 같은 관악기를 연주하는 사람, 북이나 징과 같은 타악기로 박자를 맞추는 사람까지 이십여 명이나 되었고 무희들도 여남은 명은 되어 보였다. 모두들 눈에 띄는 보석으로 치장하고 화려한 의복을 갖추고 있어 아름다움이 한층 더했다. 무희들의 공연이 끝나자 여자 가수가 나와 고구려의 전통 가곡을 불렀다. 은은하게 울려 퍼지는 곡조는 방안 분위기를 편안하게 이끌고 있었다.

왕후장상들은 대화가 끊기는 간간이 모두 무희들이나 아름다운 가수에게 시선을 떼지 못하고 군침을 흘려 댔다. 여기에 모인 악단과 무희, 가수들은 평양 최고의 악소인 장락방에서 초청한 사람들이었다. 이들을 부르자면 비용이 만만치 않았지만 고추가이자 대의원 상좌인 고승성의 권세로 그까짓 일쯤이야 여반장이었다.

"이거, 상좌께서 너무 무리하시는 것 아닌지 모르겠습니다?"

"이번 잔치는 양부를 위해 상부왕 전하께서 특별히 사비를 들였다고 하지요?"

"상부왕 전하의 효심이 과연 대단합니다."

분위기는 좋았고 즐거운 식사와 더불어 술잔이 몇 순배 돌았다.

모두들 모임의 뜻을 어느 정도 간파했으므로 아주 취하거나 흥청망청한 분위기는 아니었다. 모두들 주인이 마음에 감추고 있는 무엇인가를 토설해 주기를 바라는 얼굴들이었다. 고승성이 태왕의 친왕 세력들에게 조금씩 밀리고 있는 분위기에서 무언가 돌파구가 될 만한 말을 듣고 싶었던 것이다. 고맥성도 왕후장상들의 그런 의중을 읽고는 악대와 무희들을 물리고는 주위를 집중시켰다.

태왕과 많이 닮아 있었지만 조금은 다른 분위기의 상부왕은 조용하면서도 부드러운 이미지의 소유자였다. 움직임이 큰 태왕과는 달랐던 것이다.

"제 아버님을 찾아주셔서 고맙기 그지없습니다. 지난 대가회의는 우리에게 많은 생각할 거리를 주었소. 본 왕은 대부들과 그것을 나누고 싶었고, 이렇게 아버님의 집을 빌려 뵙자고 청하게 된 것이오. 흥은 줄어들겠지만 허심탄회한 대화가 있었으면 합니다."

상부왕의 말에 고승성은 밝은 얼굴로 입을 열었다. 양자의 배려에 기분이 좋았던 그는 조금 취한 얼굴이었다.

"본 고추가도 이제 늙어서 원로의 반열에 들어섰다는 느낌이 듭니다. 나이가 들면 세속과 거리를 두게 되는 것이 나쁜 일은 아니지만 왠지 서글프기도 합니다. 하지만 일선에서 물러나 상부왕과 같은 젊고 유능한 인재들이 정무를 관장하는 것도 괜찮다는 생각이외다. 어쨌거나 우울했는데 많은 공경대부들께서 몸소 이 누추한 곳을 찾아주시니 기쁘기 한량없습니다."

고추가의 인사가 끝나자 고맥성이 그의 말을 받았다.

"본 왕은 상부 고씨 집안의 양자로 들어와 지금까지 큰 은혜만을 입었을 뿐 아무 도움도 되지 못했소이다. 양부이신 고추가 전하께서는 스스로를 원로라고 말씀하시지만, 정치라는 것은 농익을수록 수완이 깊어 가는 것이 아니겠습니까? 이 자리에 참석하신 분들도 고추가 전하와 연배가 비슷한 분들이 많으니 공감하실 것으로 생각합니다."

고맥성은 잠시 말을 멈추고 좌중을 둘러봤다. 모두 젊은 고맥성의 한마디 한마디에 집중하고 있었다. 상부왕이 다시 입을 열었다.

"작금의 천하를 한 마디로 뭐라 칭할 수 있겠습니까? 태왕의 생각을 흐리게 하는 간신적자의 무리들과 우리 충신들이 대립하고 있는 형세라 할 수 있을 것이오. 물론 집권자가 근위 세력을 키우고 독자적 친정 체제에 치중하는 것은 늘 있어 왔던 일이오. 하지만 그것도 정도의 문제가 아니겠소? 이곳에 자리를 함께하신 고추가 전하를 비롯한 대부들이 누구요? 한평생을 열정과 충심으로 금상 폐하를 위해 정무에 매진해 왔던 분들이 아니겠소? 답답하게도 폐하께서는 그 사실을 서서히 잊어 가고 계신 것 같소. 이렇듯 합당한 대우를 받지 못할 경우에는 우리가 스스로 그것을 찾도록 노력해야 할 것이오. 방법은 하나요. 우리가 힘을 모아 하나의 당을 짓고 함께 행동하면서 우리의 세를 과시하는 것이지요. 그것은 지금까지 우리 귀족들이 이끌어 온 고구려의 역사이기도 하오."

고맥성은 마치 이러한 얘기를 할 수 있는 기회를 기다려 온 사람처럼 침착하게 말했다. 그의 말투는 매우 정연하면서도 조용했지만 대부들의 가슴에 사무치듯 다가갔다.

지금까지 고구려의 귀족 대부들은 고맥성의 정치적 행보에 신경을 곤두세우고 있었다. 상부왕은 고승성의 양자이기도 하지만, 태왕의 친동생이기도 했다. 상부왕은 친형인 태왕과 양부인 고추가가 점차적으로 대립하는 형세로 나아가는 중이었기 때문에 그들 가운데 하나를 선택해야 할 입장이었다. 남영의 십만 대군을 총괄하는 군권을 가진 상부왕이 누구와 손을 잡느냐에 따라 조정의 세력 판도는 달라진다. 그런 상황에서 상부왕이 완벽하게 고추가의 편임을 선언한 것이다.

얼떨떨하던 대부들은 고맥성의 결정에 잠시 웅성거리더니 손뼉을 치며 환호했다. 누구보다도 기뻐한 것은 고추가 고승성이었다. 고맥성은 좌중을 둘러본 뒤 다시 입을 열었다.

"본 왕은 투르크 족의 도발을 묵과하는 폐하의 속단에 수치심을 느끼고 있소이다. 비록 연광을 비롯한 일부 대신들이 여러 가지 이유를 들어 전쟁을 반대하고 있지만, 그것은 어디까지나 그들의 사익을 위해서 그러는 것이 아니겠소? 우리 고구려는 천손이며 그런 고로 천하의 중심이오. 따라서 우리의 자존심은 곧 하늘의 자존심이 아니겠소? 하늘의 자존심을 버리는 것은 곧 천손임을 포기하는 것입니다. 이것은 중대한 문제외다. 개국 이후 지금까지 우리 고구려는 전승국으로서 만국의 우러름을 받아 왔소. 투르크 족의 도발을 좌시한다면 지금까지 우리를 상국으로 받들던 나라들도 우리를 업신여기게 될 것이오."

고맥성은 점점 격앙되어 가고 있었다. 그것은 이제까지 생각을 정하지 못한 대부들에 대한 상부왕으로서의 질책 또한 담겨 있는 것이기도 했다. 그들은 이제 길을 정해야 할 시점임을 알 수 있었다. 상부왕이 상좌 고승성과 힘을 합친다면 하물며 태왕이라도 어쩔 수 없는 위세를 가지게 될 것이 분명했다. 상부왕은 주위의 시선이 온통 자신에게 집중되어 있음을 느끼고는 결론을 내리듯 말을 쏟아 냈다.

"이미 말했듯이 이제 우리는 하나의 당을 지어야 할 것이오. 상부 고씨를 중심으로 이곳에 모인 대부들이 힘을 합하여 대가회의로 뜻을 같이한다면 무엇이 두렵겠소이까! 이제 상부 고씨가 흥하면 같이 흥할 것이고, 우리 상부 고씨가 망한다면 그대들도 같이 망할 것이란 뜻이오. 그래서 본 왕은 우리의 당을 더욱 공고히 하고자 한 가지 계책을 내었소."

상부왕의 말에 부영돈이 눈썹을 씰룩거리며 되물었다.

"계책이라시면?"

부영돈은 상부 고씨의 그늘에 있기보다는 은씨 집안과 동맹을 맺어 과거의 영화를 되찾으려는 생각을 하고 있었다.

"바로 왕실과 혼인을 맺는 일이오!"

상부왕은 거침없이 말했다. 왕실과의 혼인이라! 상부 고씨가 왕실과 혼인을 맺는 문제는 결정된 것은 아니었지만 어느 정도는 약속된 일이었다. 하지만 공경대부들은 왕실과 상부 고씨 집안의 국혼이 잘못되기를 은근히 바라고 있었다. 그들 역시 왕실과 혼사를 맺었으면 하는 바람이었다. 부영돈은 특별히 그럴 마음이 있었다. 서로가 자기 쪽으로 동상이몽의 결말을 꿈꾸고 있었던 것이다.

"우리 상부 고씨가 왕실과 혼인을 맺는다면 먼저 폐하의 생각이 우리 쪽으로 기울 것이오. 상부 고씨와 왕실의 국혼은 이미 논의된 바 있으니 폐하께서도 함부로 거절하지는 못할 것이오. 국혼이라 함은 정치적인 결합을 뜻하는 것 아니겠소. 일이 이루어지고 나면 폐하께서도 지금까지 폐하의 혜안을 어지럽힌 난신적자들과 거리를 두지 않을 수 없을 것이오. 결과적으로 연씨 집안과 뜻이 같은 무리들은 실각하게 될 것이고 그때가 오면 우리는 그들에게 철퇴를 날리면 되는 것이오. 천하의 역적 놈들을 단 한 놈도 남기지 말고 청소를 하자는 것이지요."

가뜩이나 무예가 뛰어난 상부왕의 눈에서 살기가 번뜩였다. 그는 자신의 집권을 위해 고씨 집안과 왕실과의 혼담을 성사시키고 반대파들을 제거하겠다는 심중을 강하게 드러냈다. 어쨌든 상부왕의 선언으로 공경대부들은 더 이상 왕실과의 혼사를 포기해야 했다. 이 상황에서 자신들이 왕실과 국혼을 맺겠다는 것은 상부왕의 뜻에 정면으로 대응하는 것이고 그것은 지극히 위험한 행동이었다. 공경대부들은 상부왕의 선언이 내키지는 않지만 동조해야 했다. 부영돈이 주변의 눈치를 보면서 찬성하자 국만화와 국소화도 어쩔 수 없이 동조했다. 그들의 동조에 고맥성이 미소를 지었다. 그 얼굴이 너무나 사악한 표정이어서 모두들 몸이 얼어붙는 것 같았다.

태왕의 외동딸인 평강공주 지원은 총명함과 아름다운 외모 때문에 많은 귀공자들로부터 선망의 대상이었다.

"본 왕은 상부 고씨의 적자인 준수와 평강공주의 국혼을 조속히 치르도록 추진할 것이오. 그들은 모두 본 왕의 사랑스러운 조카들이 아니겠소. 준수와 평강공주는 올해 열다섯 살 동갑으로, 아니지, 준수가 한 살 많소. 모두 외모가 출중하고 무예가 뛰어나 누가 보더라도 잘 어울리는 한 쌍이오. 만인이 그들을 부러워하고 진정으로 축복하지 않을 수 없을 것이오."

고맥성은 여기서 호흡을 가다듬고 목소리를 높여 말을 이었다.

"하지만 평강공주는 그 외모와는 달리 강인하고 고집이 세서 지금까지 자신의 마음에 드는 남자를 직접 골라 오면서 혼인까지도 미루어 왔소. 아버님께서는 용담성의 장자로 있는 부성 아우에게 사자를 미리 보내어 정식으로 평강공주를 초청하도록 하십시오. 초청장과 막대한 선물을 왕실에 보낸다면 폐하께서도 마땅히 반대할 수 없을 것입니다. 선물은 특별한 것이 좋을 것 같습니다. 공주는 명마를 좋아한다고 하니까 흑수부의 명마를 구해 보내도록 하는 것이 좋을 것입니다. 만약 평강공주가 용담성을 방문하여 준수와 만난다면 자연스럽게 마음에 들어 할 것입니다. 일단 공주가 마음을 먹는다면 폐하께서도 따님의 고집을 꺾지 못하겠지요."

고맥성의 말에 고승성은 흡족한 얼굴로 말했다.

"참으로 묘안이구나. 상부왕은 이제 상부 고씨의 수장을 떠나 우리 당의 당수라 할 것이다. 우리 모두가 힘을 하나로 모은다면 무슨 일인들 못 하겠는가!"

고추가는 양자인 상부왕 덕에 우울했던 기분이 매우 호전되는 것을 느꼈다. 기분이 좋아진 고추가가 축배를 제안했다. 공경대부들은 지붕에 올라간 닭을 쳐다보는 듯한 심정이었고 별로 내키지 않았지만 잔을 들지 않을 수 없었다. 공경대부들이 잔을 들이키자 상부왕이 다시 입을 열었다.

"국혼이 이뤄지고 우리 상부 고씨와 대부들이 다시 국정의 중심으로 선다고 해도 사실 연씨 집안과 평양 세력들은 여전히 근심거리일 것이 분명하오. 솔직히 연씨 집안의 영향력은 놀라울 정도요. 그들은 마천령에서 쇠를 채굴하여 배편으로 봉황성에 실어와 각종 농기구와 윤피44)는 물론이고 창검과 화살촉까지 만들어 나라에 납품하고 있소이다. 그들은 마천령과 연산관을 통하여 서도 졸본성 남쪽에서 나는 철 역시 사들여 부족한 부분을 채우고 있소. 졸본 지역의 철은 신성에 팔기도 한다 하오. 신성이 어떤 곳이오? 신성은 바로 북방에서 철을 필요로 하는 쉬웨이 족과 연결되는 중간 시장이 아니겠소? 그 곳의 상인들은 품질 좋고 값싼 연씨 집안의 철을 사서 북방에 수출을 하고 있소. 살수 서쪽의 오골성은 주리의 반란 이후 연씨 집안과 한통속이 되었소. 모두가 연씨 집안의 친위세력이라 봐도 좋을 것이오. 졸본성의 동쪽 국내성과 남쪽 환도성이 아직 우리의 영향력 아래에 있다고는 하지만, 그 곳의 성주들이 마음이 변하여 언제 연씨 집안과 손을 잡을지도 모르는 급박한 상황이오. 사실상 그 곳의 성주들은 이미 마음을 돌리고 있는 실정입니다. 다만 그 곳의 토호들은 우리와 계속 연을 맺고 있는 실정이

---

44)쇠로 된 수레바퀴의 테두리.

지요. 그 곳의 관리들은 바로 강력한 경제 능력을 가진 연씨 집안과 관계하면서 그들 나름의 세력을 키우려 하고 있기 때문이오. 이 모든 무역을 관장하는 사람은 연자유의 동생인 연거수요. 그는 장차 철 말고도 소금과 차에도 손을 대려 하고 있소. 연거수가 금자를 많이 축재할수록 그들은 강해질 것이오.

이번 대가회의를 통해서 확실하게 드러난 것이 있소. 왕산악을 중심으로 한 평양 세력은 이미 연씨 집안과 손을 잡았다는 사실이오. 게다가 선원 세력을 아우르는 태사 유망도 이제는 저들과 한패가 되었소. 본 왕은 조속한 시일 내에 우리의 모든 근심거리를 없앨 것입니다."

지금까지 온화하고 조용한 낯빛의 상부왕 고맥성은 자신의 말을 던지면서 갑자기 살기어린 얼굴로 좌중을 둘러봤다. 고맥성의 눈은 마치 야수의 그것처럼 번득이고 있었다. 그 모습에 공경대부들도 두려워 술이 깰 정도였다.

"그런 가운데 하늘이 우리에게 기회를 주셨소. 연씨 집안의 장손 연자유가 투르크 사절단으로 먼 길을 떠났소. 연씨 집안은 가세를 위해 더욱 위험한 모험을 감행한 것이오. 병부령 연광이 태왕과 약속한 것들은 사실상 지키기 힘든 일들뿐이오. 투르크가 키타이 족을 기습 공격한 사실에 대한 항의와 그에 대한 사과를 받아내는 것은 양국의 자존심이 걸린 중대한 문제이자 난제요. 연자유가 아무리 대담하다고 해도 무칸카간에게 그것을 언급했다가는 목숨을 부지하기 힘들 게 분명하오. 투르크 족은 자신들의 초지를 침탈하는 키타이를 기습한 사실에 대해 오히려 자부심을 가지고 있을 것이오. 그것을 연자유가 건드린다면 결과는 불을 보듯 뻔한 것 아니겠소? 연자유가 천운으로 살아온다고 해도 아무것도 얻지 못하고 귀국할 것이니 무슨 소용이겠소? 그들은 결정적으로 폐하의 신임을 잃게 될 것이오."

상부왕의 얘기는 틀리지 않았다. 하지만 고승성의 마음에는 아직도 근심이 남아 있었다.

"하지만 만약 연자유가 어려운 임무를 성공적으로 완수한다면 어떻게 할 것인가? 그렇게 된다면 연씨 집안에 대한 폐하의 신임이 더욱 두터워지지 않겠는가?"

고맥성은 고승성의 말에 다시 입을 열었다.

"물론 신임이 커지겠지요. 하지만 연자유가 임무를 완수하는지의 여부는 우리가 미리 알 수 있을 것입니다. 사절단에는 봉빈부 소속의 서장관 문술을 포함시켜 놨으니까요. 그렇지 않습니까, 예부령 대부?"

고맥성이 확신에 찬 표정으로 예부령 국소화에게 물었다. 국소화는 상부왕이 시선과 함께 관심을 주자 한편으로 놀라면서도 금방 웃으며 대답했다.

"서장관 문술은 봉빈부에서도 실력을 인정받았을 뿐만 아니라 소속감이 강한 사람으로 알려져 있습니다."

"소속감이 강하다면 지금까지 예부령과 함께 일해 왔으니 당연히 예부령께도 충성을 다하지 않겠습니까?"

"본관이 특별히 문술을 천거한 것은 지금까지 그의 열정적인 소신 때문이었습니다. 그는 본 것을 사실대로 본국에 전할 것입니다.

물론 손이 안으로 굽는다고 그는 봉빈부 소속이니까 우리에게 유리하게 할 것이고요."

"예부령의 말씀을 들으니 과연 그렇습니다. 서장관은 임무에 충실한 사람이니 당연히 연자유의 모든 행적을 우리에게 알려 올 것입니다. 따라서 우리는 연자유가 임무를 제대로 수행했는지 여부를 미리 알 수도 있겠지요. 만약 연자유가 임무를 성공시킨다면 그때는 우리가 다른 방법을 강구할 수도 있을 것입니다."

고맥성의 말에 그때까지 입을 다물고 있던 대룡부45) 수장인 부영돈이 입을 열었다. 부영돈은 이렇듯 상부왕의 세력이 조정의 중심으로 부상하는 상황에서 그와의 관계를 더욱 확고히 하는 것이 나쁘지 않다는 결론을 내린 직후였다.

"전하께서는 어떻게 하실 작정입니까?"

"물론 아직까지 구체적으로 정한 것은 없습니다."

"지금까지 살아오면서 깨달은 것입니다만 근심거리는 바로바로 없애는 것이 상책이라는 것이 본관의 생각입니다."

부영돈의 말에 상부왕의 눈빛이 순간적으로 번뜩였다.

"근심거리를 없앤다는 말씀은 구체적으로 무슨 뜻입니까?"

고맥성은 지금처럼 조용하게 되물었고 부영돈은 조금은 어색한 미소를 지었다. 대부들의 시선이 부영돈 쪽으로 쏠렸다.

"그것을 구체적으로 말씀드릴 필요가 있을까요? 그냥 신이 알아서 하면 되는 것을요. 연자유는 사지로 떠났고 모든 일을 무사히 마친다고 해도 여전히 위험한 곳을 거쳐 귀국해야 하지 않겠습니

---

45) 토지, 돈, 조세 등을 담당한 관서. 오늘날의 국세청.

까? 그러니 그 긴 여정에서 우연히 사고를 당할 수도 있다는 뜻입니다."

"그렇습니다. 대부의 생각대로 충분히 사고가 날 수도 있겠지요. 말씀하신 것처럼 매우 위험한 임무이니까요."

고맥성이 입가에 미소를 지으며 부영돈의 말을 받아 대답했다. 그는 앞니를 드러내며 말을 이었다.

"하지만 재부령의 친절하신 말씀에도 미련한 본 왕은 무슨 말씀이신지 잘 알지 못하겠습니다. 어쨌거나 재부령께서 방법을 알고 계신 것 같으니 그 문제는 알아서 하는 것이 좋겠습니다. 재부령의 집안이야말로 고구려의 유력한 권문세가로 조정에서도 많은 세력을 거느린 명문가가 아닙니까. 부디 좋은 방법으로 생각하시는 일을 잘 해결해 주셨으면 합니다. 하하하."

고맥성은 재부령의 말에 크게 웃어 화답했다. 좌중은 조용해졌고 부영돈은 미소를 지었다. 부영돈은 과거 아버지인 부수개가 가지고 있던 일인지하의 권세를 되찾을 수 있다는 확신을 얻었다. 결국 그날의 회합은 상부 고씨 집안을 중심으로 힘을 모으자는 것과 반대파의 힘을 왕실 혼사 문제로 극복하자는 결론으로 마무리됐다.

재부령 부영돈은 낙수택에서의 회합이 끝난 뒤 아들 부상을 조용히 불렀다. 부상은 국소화가 수장으로 있는 봉빈부에서 참의의 직위를 맡고 있었다. 봉빈부 참의는 사대 사빈시司賓侍와 더불어 외국 사신을 맞이하는 공무 수석이었다. 참의는 령令 다음 가는 직위로 오늘날의 차관 급에 해당한다.

"우리 집안은 지금까지 네 조부와 고조모 덕분에 창대했지만, 이 제는 사실상 기댈 곳이 더는 없구나. 하지만 우리 대에서 우리 집 안의 세도가 무너지는 것이 가당키나 한 말이냐? 이 애비가 새로 운 대안을 마련하기 위해 최선을 다했다. 다행히 네 조부 시절부터 시봉부와 승봉원에 사람들을 깔아 놓았으니 언젠가는 그 덕을 볼 것이다. 주위의 눈치만을 살피는 예부령 국소화를 대신해서 네가 장차 그 자리를 대신할 것을 믿어 의심치 않는다. 오늘 내가 너를 부른 것은 상부왕의 뜻을 전하고자 함이다."

부상의 조부는 부수개로 고구려의 대대로를 지낸 당대 최고의 권력자였고, 고조모는 자안태후로 태왕의 조모였다. 하지만 지금은 모두 세상에 없으니 격세지감이란 그런 것이다.

부영돈은 잠시 생각하더니 다시 말을 이었다.

"사실 상부왕의 뜻이라기보다는 나의 뜻이다. 나는 연자유를 죽 여서 우리 집안을 다시 일으킬 생각이다. 만약 일이 잘못되면 내가 책임을 져야 할 일이니 너는 쓸 만한 사람을 찾아 일이 확실히 되 도록 해야 할 것이다."

부영돈의 말에 부상은 난감한 표정을 지었다.

"아버님, 우리가 일을 벌인다는 것은 지금까지 우리의 행적을 드 러내는 것이나 다름없습니다. 우리는 우리 집안의 번성을 위해서 너무나 많은 사람들을 끌어들였습니다. 이 일로 모든 것이 들통 나 문제가 생길 수도 있습니다. 어쩌면 이 일로 해서 우리 집안은 몰 락하는 대신 태왕의 동생인 상부왕은 아무 피해도 입지 않고 승승 장구할 수도 있는 것입니다. 자칫 우리 집안이 그의 파죽지세에 자

양분 역할을 할 수도 있다는 뜻입니다."

"나도 그것을 모르는 바 아니다. 하지만 나는 지금까지 연씨 집안의 행태를 눈여겨봐 왔다. 그들이 지금처럼 성공한 것은 늘 모든 일에 전력을 다해 승부수를 띄웠기 때문이다. 어차피 승부를 봐야 한다면 지금이 적기라는 생각이 드는구나. 너는 봉빈부의 이인자요, 네 애비는 대룡부의 수장이다. 우리가 뜻을 모은다면 무엇을 못 할까? 이제 네 애비가 뜻을 정했으니 너는 의기를 모아야 할 것이다. 어떠냐? 무예가 있는 쓸 만한 놈들을 찾을 수 있겠느냐?"

"아버님, 지금 자객을 사자는 말씀입니까?"

부상은 믿지 못하겠다는 표정이었지만 부영돈의 입가에는 엷은 미소가 돌았다.

"이제야 애비 말을 이해했구나."

아버지의 말에 아들 부상은 당혹해 하면서도 마음을 다잡아야겠다고 생각했다. 부영돈은 정말로 부씨 집안의 모든 것을 걸고 승부를 걸 작정이었던 것이다.

사절단

대덕 팔 년인 566년 이월 말, 북평대사 연자유를 중심으로 한 사절단이 투르크를 향해 출발했다. 그리고 얼마 뒤 태왕의 명을 받은 행궁 어가가 안학궁을 출발해 봉황성으로 향했다. 조정의 많은 장상들이 태왕의 어가를 수행했으나 모든 신료들이 함께 한 것은 아니었다. 일부는 나중에 출발할 예정이었고, 일부는 병을 핑계로 평양성에 남아 있었다. 문제는 병을 핑계로 남은 무리들이었는데, 바로 상부 고씨와 함께하는 무리들이었다. 행궁에 관한 어명이 내려지자 친왕 기구인 위왕원은 즉각 신료들의 움직임에 촉각을 곤두세웠다. 특별히 병을 핑계로 하는 무리들을 주시했다.

위왕원의 그러한 움직임은 친 상부 고씨 성향을 가진 중정대의 대응으로 좋지 않은 분위기가 일고 있었다. 중정대는 관리의 비리를 감찰하는 친왕 기구였는데, 위왕원이 설립되면서 조금씩 뒷전으로 밀리는 상황이었다. 태왕과의 관계가 소원해진 중정대는 자연 상부왕 쪽으로 기울었다. 특별히 중정대는 위왕원이 태왕 주변의 국내 문제에 집중하자 국제적인 문제에 대한 감시를 주로 관할했다. 그들은 상부 고씨의 또 다른 실세인 유성의 고흘과 태왕을 연결하는 역할이나 내해의 수광태월에 관한 움직임을 살펴 위왕원과의 차별을 꾀했던 것이다.

문제는 두 기관이 대립하는 상황에서 작은 틈이 생겼고 나라의 후미진 곳에서 수상한 무리들의 은밀한 회합이 있었다. 회합 장소의 정확한 위치는 파악할 수 없었지만 환도성 주변으로 추정되었다. 그들은 소시모리를 추종하는 수광태월의 무리일 가능성이 컸다. 스스로를 천승군이라 칭하는 무리들의 비밀 회합은 수시로 있어 왔는데, 그들이 모임이 있고 나면 나라가 반드시 어지러워졌다.

위왕원과 중정대는 사후에야 그 사실을 알게 되어 그들의 자취를 추적하기란 용이하지 않았다. 하지만 그대로 두고 볼 수는 없는 일이었다. 위왕원과 중정대는 투르크의 침공과 대가회의, 세력들 사이의 반목에 행궁까지 겹치는 북잡한 정세를 이용하여 비밀 회합이 이루어졌다는 사실에 주목했다. 비밀 회합이 모임부터 해산까지 매끄럽게 처리됐다는 사실은 신료들 가운데 분명 수광태월의 무리와 내통하는 자가 있지 않고는 쉬운 일이 아니었다. 이제 그 자를 찾기 위한 실마리부터 찾아야 했다. 우선 환도성부터 수상한 기척을 찾아나가기로 했다. 위왕원과 중정대가 나서기는 했지만, 어쨌거나 고구려가 새로운 위기의 소용돌이에 휘말리고 있는 것만은 분명했다.

대덕 팔 년 삼월 하순, 내몽골부터 북만주를 남북으로 가로질러 발해만 연안에 이르는 대흥안령산맥[46]은 그 자체로 자연의 거대한

---

[46] 몽골 고원과 동북대평원의 경계를 이루는 산맥. 길이가 1,500킬로미터가 넘는 거대한 산맥이다. 준평원 면으로 여겨지는 완만한 지형을 이루고 있고 해발 평균 1,000미터 안팎이며 1,500미터 정도의 봉우리들이 흩어져 있다. 자동차를 몰고 넘을 수 있을 정도로 산맥으로 느껴지지 않을 정도로 완만하다. 흥안령은 시베리아어로 하은아림夏恩阿林의 음변으로 하얀 고개라는 뜻을 가지고 있다고 한다.

장벽이다. 오늘날 중국인들은 이 거대한 장벽을 따싱안링 산맥이라 부르지만, 옛날 우리 고구려 조상들은 이곳을 개마대산이라고 불렀다. 사실 말이 산맥이고 자연의 장벽이지 거대한 면적에 비해 경사가 완만해서 거의 평지에 가까웠다. 산맥 너머 서쪽으로 아득하게 펼쳐진 기름진 초지는 특히 유명했는데, 사서에서는 그 곳을 가리켜 지두우라고 했다.

수많은 강들이 지두우를 완만하게 돌고 돌아 북동쪽의 훈룬치 호수와 부이르 호수로 흘러들었다. 지두우는 말 그대로 기름진 초지로서 완벽한 조건을 갖춘 대지였다. 흔히 훈룬치 초원이라고도 불리는 이곳은 또한 온 세상을 통틀어 가장 아름다운 초원이라 할 만했다. 과거 흉노나 동호는 이곳을 취하고자 부족의 명운을 건 각축을 벌였고 뒤이어 등장한 선비족도 마찬가지였다. 한때 이곳을 지배했던 선비족들은 이제 남방의 대륙으로 들어가 새로운 땅의 지배자가 되었다.

고구려는 건국 이후 선비족과의 대결에서 승리하면서 점차 세력을 넓혔고 결국에는 훈룬치 초원에까지 세력을 떨쳤다. 고구려는 훈룬치 서쪽 지두우에서 당대의 강력한 유목 세력인 라란 제국과 마주하게 되었다. 두 세력은 서로의 힘이 난형난제임을 인정하고 지두우 지역을 공동 경영했다. 라란 제국은 고구려의 첨단 철제 무기와 수레, 소금이나 차와 같은 것에 관심을 두었고, 고구려는 라란으로부터 많은 말을 수입해 들였다. 고구려는 이렇게 수입해 들인 지두우의 말을 남중국에 대량으로 수출까지 했던 만큼 세계의 중심으로 군림할 수 있었다. 고구려는 과거 단군조선처럼 중계 무역의 중심이 된 것이다.

한때 고구려 북방의 일곱 예족 가운데 가장 강대했던 흑수부가 고구려로부터 독립하고자 지두우를 통해 중국과의 교섭을 추진했지만, 고구려와 라란 제국의 방해로 실패한 적도 있었다. 흑수부는 그로 말미암아 아직도 고구려와의 관계가 원만하지 못했다. 하지만 지금 지두우를 지배하는 세력은 고구려도 라란 족도 아닌 바로 투르크 족이었다.

동쪽의 산맥을 뒤로 하고 펼쳐진 초원의 위용은 실로 장대했다. 대양을 연상케 하는 바로 그 초원의 한 끝자락에 개미떼 모양으로 줄지어선 사람과 말, 수레들이 모습을 드러냈다. 이제 삼월 하순이었지만, 초원은 아직도 강풍과 거친 눈보라가 사람과 말의 발걸음을 힘겹게 했다. 나그네들은 거친 초원길에 주눅 든 행색으로 사절단임을 알리는 기치마저 깃대에 돌돌 말아 질끈 묶은 채 겨우 발을 내딛고 있었다. 모두들 말을 가지고 있었지만, 바람이 너무나 거센 탓에 단 한 사람도 말 등에 올라 있을 수 없었다. 말 그대로 사람이 말을 끌고 가는 형국이었다.

그들은 다름 아닌 연자유가 이끄는 고구려 사절단이었다. 사절단은 눈보라가 몰아치는 초원에 푸릇하게 싹을 틔우는 잡초들의 강하고 질긴 생명력에 저마다 감탄의 말을 건네며 앞으로 나아갔다. 멀리서 긴 겨울 추위와 굶주림을 이겨낸 양과 말들이 눈을 비집고 막 자라나는 풀을 뜯고 있었다. 말과 양떼들 사이로 개들이 분주히 돌아다니며 번을 서고 있었고, 드문드문 보이는 목동들도 강풍을 견디지 못하고 말에서 내려 몸을 움츠렸다. 그러면서도 목동들은 주위의 관목이며 바위를 살펴 혹시 모를 늑대의 기습에 대비했다.

목동들은 갑자기 나타난 육십여 기의 말과 말을 끄는 사람, 열량 정도의 수레를 경계의 눈빛으로 바라보다가는 곧 긴장을 풀었다. 유목민들도 고구려 사절단의 의복을 통해서 그들이 누구인지를 쉽게 알 수 있었던 것이다. 사절단이 지나는 길은 '초원의 길'이라 하여 평소에도 고구려 장사꾼들이 자주 오고가는 길목이었다. 고구려 장사꾼들은 유목민들에게 꼭 필요한 것들을 가지고 다닌 까닭에 초원 생활을 해야 하는 유목민들에게는 환영의 대상이었다. 물론 그들이 방문하면 식구나 다름없는 말과 양 그밖의 유제품들을 대접하며, 고구려 장사꾼들이 가져 온 또 다른 생필품들과 교환하고는 했다. 고구려 장사꾼들은 말과 양을 자신들 또한 식구처럼 여기겠다고 약속했기 때문에 유목민들로서는 따로 신경 쓸 일이 없어 마음이 편했다. 고구려 장사꾼들과 유목민들은 이미 오랜 동료요 친구였다. 그들에게는 나라와 나라의 차이, 정치적인 상황 따위는 별개의 문제였다. 누군가는 대초원에서 소와 말, 양을 키우며 한평생을 살아가면 되는 것이었고, 또 누군가는 어느 먼 곳의 물산을 싣고 고단하고 먼 길을 지나와 교환하고 나누면 되는 것이었다.

고구려 사절단이 봉황성을 출발한 뒤로 지금까지 많은 날들을 초원에서 지내고 있었지만, 아직도 그들이 가야 할 길은 멀고도 험했다. 투르크 제국의 도성인 외투겐까지는 아직도 이천 리 이상의 거리가 남아 있었다. 외투겐은 셀렌 강과 오르콘 강이 만나는 불간 초원의 북쪽에 있었다. 그 곳은 훈룬치 초원 못지않은 이상적인 방목지였다. 당시 북중국의 왕조들은 투르크 제국의 도성인 외투겐을 가한정可汗庭 또는 칸발리크라 불렀다. '카간의 도시'라는 뜻으로 사방의 사람과 문물이 몰려들어 교류하는 곳이기도 했다. 이렇듯이 외투겐은 또한 만국의 사절들이 모이는 곳이었지만, 당장 얼마 전 고구려는 투르크로부터 내지를 공격당했었다. 그런 만큼 고구려 사절단에게 외투겐은 적의 심장부로 스스로 걸어들어 가는 셈이었다.

550년, 근사라나 대당주의 백제 원정이 실패하고 얼마 뒤, 투르크 제국의 기병들이 고구려의 내지를 습격하는 변란이 발생했다. 당시 약관의 장수였던 고흘은 나이에 걸맞지 않는 탁월한 용병술로 투르크의 사나운 기병들을 완파한 바 있었다. 투르크 족은 그렇게 고구려와의 전투에서 유일한 패전 기록을 남기고 말았다. 하지만 지금의 투르크 족은 그때와는 크게 달라져 있었다. 그들은 잘 조련된 정규군이었고, 더 많은 실전 경험을 갖추고 있었다.

이후 투르크는 북방의 모든 종족들을 굴복시키고 초원의 제국이 되었음은 물론 북중국의 두 왕조인 제나라와 주나라마저도 투르크의 눈치를 봐야 하는 굴욕적인 상황으로 전락하고 말았다. 제나라와 주나라 모두 정기적으로 투르크에 조공을 함으로써 정치적 안정을 꾀했던 것이다. 무칸카간 이후 투르크 제국의 새로운 카간이 된 타파르는 그들이 타브가츠[47]라 부르는 북중국의 두 나라를 이렇게 조롱했다.

"남방에 효순한 두 아이가 있어, 우리는 더 이상 먹을 것과 입을 것을 걱정할 필요가 없다."[48]

---

47) 타브가츠Tabgach의 어원은 선비족의 탁발拓拔 씨이다.

당시 북중국의 두 나라는 한 해에 십만 단이 넘는 비단뿐 아니라 막대한 양의 양곡과 차를 투르크에 조공으로 바쳤다. 그런 막강한 투르크의 도성을 찾는 사절단의 마음은 솔직히 착잡했다.

연자유의 사절단은 과거 이 지역을 지배했던 시절의 지도를 살피면서 외투겐으로 통하는 길을 찾고 있었다. 보통은 외투겐까지의 교통망은 요하 중류의 통정진을 지나 무려라 북쪽의 도로를 주로 이용했다. 그럼에도 연자유 사절단은 대흥안령, 즉 개마대산으로 우회하는 길을 택했다. 그것은 무려라 북방에서 투르크와 키타이 족에다가 제나라까지 치열한 국지전을 펼치고 있었기 때문이었다. 하지만 연자유가 대흥안령의 길을 선택한 것은 또 다른 이유가 있어서였다.

대흥안령의 북도는 멀리 우회하는 길이지만 비교적 안전했고 과거 고구려에서 지두우로 통하는 길이었다. 이제 연자유는 장기간 사용하지 않았던 북도를 이용하면서 초원의 지도를 완성할 생각이었다. 어쩌면 전쟁터나 무역로가 될지도 모를 이 지역의 지도는 고구려의 장래를 위해서라도 절실한 것이었다.

그렇게 한낮을 지나 나아가는 동안 문득 거친 북서풍의 기세가 잦아들면서 구름이 걷히고 사위가 환해졌다. 햇살이 비치면서 얼어붙었던 몸도 마음도 녹기 시작했다. 역풍에 맞서며 전진하던 사절단은 바람이 멎자 누가 먼저랄 것도 없이 그 자리에 멈추어 섰다. 그리고는 너나 할 것 없이 옷에 뒤덮인 먼지를 털기 시작했다.

맨 선두의 사내가 위풍당당한 모습으로 서쪽으로 기우는 햇빛을

---

48)『주서周書』 권50, 이역異域 『돌궐전』.

받아 눈을 찡그리며 부하들을 돌아보았다. 커다란 체구에 눈꼬리가 매섭게 치켜 올라간 사내는 이미 나이 서른을 훌쩍 넘어선 연자유였다. 그는 지금 사절단의 북평대사로서 태왕을 대신하고 있었다. 십육 년 전인 550년에 근사라나의 남정 당시 소년 장수였던 그도 이제는 원숙한 풍모의 당당한 장수이자 투르크 제국으로 향하는 사절단의 최고 책임자 역할을 하고 있었다.

일곱 척 반 큰 키에 당당한 체격을 갖춘 연자유는 터질 것 같은 근육 때문에 그의 말이 오히려 왜소해 보일 정도였다. 하지만 연자유의 애마는 주인을 비롯해서 그의 많은 짐들을 거뜬히 견디고 있었다. 연자유는 오랜 시간 자신과 함께 해온 애마를 '백풍'이라 불렀다. 백풍은 지두우산 백마로 흔히 천리마라 불리는 명마였다. 성질이 사나워 길들이기 어려웠지만 일단 주인으로 받아들이면 죽을 때까지 충성을 다하는 똑똑하고 충성심 강한 놈이었다. 백풍의 몸에는 주의 깊게 보지 않더라도 곳곳에 상흔이 많아 녀석이 살아온 역정을 잘 말해 주고 있었다.

연자유는 강풍과 한파를 잘 견디어 준 백풍의 뺨과 목덜미를 어루만져 주면서 뒤따르는 사절단을 격려했다. 연자유의 바로 뒤에는 소년인지 청년인지 구분하기 힘든 아이가 뒤따랐다. 그는 연자유와 많이 닮아 있었다. 소년은 당연히 연자유의 첫째 아들이었고 이름은 연태조였다. 소년은 믿어지지 않게도 올해 열세 살이었다.

소년 연태조는 할아버지나 아버지처럼 아홉 살 때 이미 검은 옷(조의皂衣)을 입고 산천을 돌며 무예를 연마하기 시작했다. 봉황성의 명문 경당인 호당에서 일찍부터 선인 교육을 받았던 것이다.

화랑 제도는 고구려의 문물을 받아들이는 데 열성적이었던 신라가 고구려의 조의선인 제도를 모방해서 만든 교육 제도였다. 호당에서 연태조는 일찍부터 비기인 신무도를 배웠다. 신무도는 도깨비가 춤 추듯 하는 동작에서 유래되어 나온 이름이다. 연태조의 할아버지인 병부령 연광은 일찍부터 신무도의 모든 것을 기록으로 남겨 정리해 오고 있었다.

연자유는 악천후로 고생한 사절단에 잠시 휴식을 지시했다. 단원들은 지금까지 얼굴과 몸을 가리고 있던 전포를 벗어 훌훌 털었다. 기수들은 돌돌 말린 깃발을 펼친 뒤 땅바닥에 깃대를 꽂았다. 노란 바탕의 깃발에는 힘 있는 필체로 검은 글씨가 씌어 있었다.

'고구려국보국대장군서부대인북평대사연자유'

투르크 제국으로 향하는 북평대사 연자유의 사절단 구성원은 다음과 같았다. 사절단장인 보국대장군 북평대사에 연자유, 북평좌부사 형옥구, 북평우부사 위사록, 서장관 문술, 대통관 탐갈릭 외에 두 명, 호공관 주이로 외에 열 명, 그리고 부사 형옥구와 위사록의 소속 군관이 각각 이십여 명으로 모두 사십여 기가 함께했다.

서장관은 삼등관의 고관으로 사절단의 각종 행사를 기획하여 행사의 전 과정을 기록으로 남기는 문관이었다. 대통관은 통역관을 말하며, 호공관은 말 그대로 사절단이 운반하는 공물이나 진상품을 관리 보호하는 직책이었다.

여기서 재미있는 것은 고구려 시대의 호공관은 정식 관리가 아니라는 점이었다. 보통 영향력 있는 장사꾼들이 순번을 정하여 사절단을 따라 나섰는데, 그들은 공물이나 진상품 등의 모든 물품을 스스로 준비했다. 호공관이 그것을 준비하자면 막대한 자금이 들었지만, 일단 방문국의 왕이 조공에 대한 막대한 답례품을 주었기 때문에 호공관은 그것을 받아 태왕에게 진상하는 절차를 취했다. 태왕은 진상품의 일부를─막대한 양이다─다시금 수고에 대한 대가로 호공관에게 하사했고, 그런 뒤에야 호공관은 비로소 그것을 사적으로 거래할 수 있었다. 외국에서 받아온 답례품들은 대개 본국에는 없는 진귀한 물품들이었던 만큼 막대한 이익을 보장했다. 호공관은 유력한 귀족 대부들이나 재력을 갖춘 다른 장사치들에게 몇 곱의 비싼 값에 팔았다. 거의 대부분의 귀족 유력자들이 특별한 흥정이랄 것도 없이 외제품이라면 값을 따지지 않고 사들이는 허영기 때문에 부르는 것이 값이었다. 어쨌거나 한 번 사절의 수행 호공관으로 발탁될 경우 곧 거부로 성장할 바탕이 된다는 사실 때문에 위험을 무릅쓰고서라도 사절을 따라나서려는 중간 장사치들이 줄을 섰다. 주이로 또한 오랜 기다림 끝에 호공관으로 발탁된 까닭에 이제는 돈 긁어모으는 일만 남았다고 확신했다. 단 도적떼와 같은 불상사를 만나지 않는다면 말이다.

날씨가 좋아져 살 만해지자 서장관 문술이 노래를 시작했다.

만리타향 속변屬邊에도
내 님의 은총은 변함없네.
초원의 창천에서 그 사랑을 비추니
사위의 승냥이 떼가 몸을 숨기는구나.

서장관 문술은 연자유의 일거수일투족을 감시하라는 예부령 국소화의 밀명을 받았지만 서서히 연자유의 사람됨과 경륜에 마음이 흔들렸다. 그는 당장에라도 연자유 앞에 엎드려 자신의 비밀 임무를 털어놓고 싶었다. 그렇지만 그것은 자신의 일을 저버리는 배신 행위였으므로 그것 역시 쉽지 않았다. 하지만 천하의 연자유가 자신이 예부령으로부터 받은 밀명을 모르겠는가? 다만 문술은 그 사실을 연자유에게 직접 말하고 싶은 심경이었던 것이다.

　연자유는 사방이 훤히 트인 능선의 정상에서 사절단에게 다시 한 번 휴식을 지시했다. 이루 형언할 수 없는 드넓은 초원의 바다가 눈에 들어왔다. 곳곳에 눈이 덜 녹아 있었지만, 막 자라난 신록에 초원은 연두의 물결이었다. 어쨌거나 사절단이 휴식처로 정한 곳은 사방의 움직임이 한 눈에 들어오는 곳으로 적을 살피거나 또는 적의 기습이 있더라도 방어에 유리한 구릉지였다.

　연자유가 사절단들 앞에서 그들의 노고를 격려했다.

　"지금까지 고생이 많았지만 그렇다고 이제 고생이 끝이란 장담도 할 수 없구나. 모두들 알고 있겠지만 이곳은 수많은 야수들이 먹이를 노리는 야만의 땅이다. 맹수란 단지 들짐승들을 한정하는 말이 아니다. 무엇보다도 우리는 소수의 무리에 불과한데 이곳에는 그 어디에도 우리를 지켜 줄 고구려 주둔군이 없다는 뜻이다. 더군다나 쉬어 갈 요새나 보루도 없으니 걱정을 하지 않을 수가 없다. 하지만 우리는 태왕폐하의 지엄한 뜻을 대신하는 위대한 고구려의 사절단임을 명심해야 할 것이다. 우리를 해치려는 자들은 곧 폐하를 해치려는 자들이요, 우리를 막는 자들 또한 폐하의 뜻을 꺾으려는 자들에 지나지 않음을 명심하기 바란다. 우리가 앞으로 가야 할 길목에는 쉬웨이 족과 타타르 족49)이 살아가고 있다. 그들은 사납고 거친 종족들이다. 우리의 식량과 말은 물론 우리의 목숨까지도 노리고 있다. 우리가 만약 그들과 싸워 우리의 모든 것을 빼앗겨 죽는다 해도 우리는 태왕폐하의 어명을 완수하지 못했다는 불충을 짊어져야 한다. 그러니 우리는 늘 죽음과 접하며 임무를 수행할 수 있도록 최선을 다해야 할 것이다."

연자유의 연설이 끝나자 우부사 위사록과 좌부사 형옥구는 부하들의 휴식을 위해 몸소 주변 경계에 나섰다. 오골성 사람 위사록은 추로후 밑에 있던 사람이지만 주리의 반란이 평정되는 과정에서 연자유의 휘하로 들어왔다. 연자유는 천승군을 자처한 반란군 토벌에서 용맹을 떨친 위사록의 솜씨에 반했고, 평소 연자유의 아버지 연광과 교분이 두터웠던 추로후는 위사록을 연자유 휘하로 보내주었다. 연자유와 동향 출신으로 늘 연자유의 그림자 역할을 했던 형옥구는 주리의 반란을 평정하면서 역시 위사록과 가까워졌고 이후 두 사람은 단짝이 되었다.

위사록은 상월이라는 묵직한 월도를 잘 썼고, 형옥구는 괴부라는 커다란 도끼를 잘 다루었다. 위사록은 칠 척이 조금 넘는 균형 잡힌 몸집에 다부지면서도 잘 생긴 얼굴의 소유자였다. 형옥구는 팔 척이 훨씬 넘는 큰 키에 일백이십오 킬로그램이나 나가는 거한이었다. 연자유의 아들인 연태조는 위사록과 형옥구로부터 무예를 익

---

49) 타타르Tatar라는 이름은 8세기 초에 제작된 고대 투르크의 비문에 처음으로 나타나기 시작했다.

했다. 기술적으로 완숙한 두 사람에게 무예를 배운 연태조는 비록 어린 나이임에도 무예가 완성되어 가고 있었다.

휴식을 취하는 동안 어느덧 날이 어두워졌고, 연자유는 사방이 트인 바로 그 자리에서의 야영을 추가 지시했다. 사절단 모두는 지위고하를 막론하고 오랜만에 먼지가 끼지 않은 식사를 할 수 있었다. 식사가 끝나고 연자유는 위사록과 형옥구, 대통관 탐갈릭을 불러 앞일을 논의했다. 논의가 끝나자 연자유는 서장관 문술과 호공관 주이로를 찾았고, 또한 그들의 휘하들에게도 몸소 찾아가 위로했다. 문술은 거친 초원에서도 수시로 세심한 배려를 보이는 연자유를 보며 진심으로 감탄하고는 했다.

다시 날이 밝고 모처럼 휴식다운 휴식을 취한 사절단이 강행군을 시작했다. 사절단은 바다처럼 넓은 훈룬치 호수와 부이르 호수의 남쪽을 지나 드디어 북방의 큰 강인 케룰렌 강에 이르렀다. 그들은 며칠 동안 강줄기를 따라 행군했다. 케룰렌 강은 광대한 초원을 일천삼백 킬로미터나 지나 훈룬치 호수로 흘러드는 강이지만, 이 지역의 강수량이 워낙 적어 수량이 풍부하지는 않았다. 일반적으로 강폭이 좁고 수심이 얕아서 말을 타고 건너는 데 별 어려움이 없었다. 강은 드넓은 평원을 흐르는 만큼 뱀처럼 구불구불하게 흐르면서 주변의 초원을 기름지게 해주고 있었다. 사실 초원 지대를 흐르는 강들이 대부분 그러했다.

대통관으로서 향도를 겸임하고 있는 투르크 전사 탐갈릭은 케룰렌 강을 따라 사절단을 이동시키고 있었다. 그는 가까운 곳에 초이발산이라는 투둔[50]이 있는데 곧 그 곳에 도착한다고 했다.

탐갈릭은 투르크 출신으로 날렵한 몸에 냉철하고 말수가 적었다. 그는 무엇보다도 말을 달리며 활을 쏘는 솜씨인 '기사'에 관한 한 그 누구에게도 뒤지지 않았다. 월등한 기사 실력을 갖추고 있는 연자유는 이따금씩 탐갈릭과 기사를 겨루었지만 좀처럼 이길 수가 없었다. 탐 갈릭의 기사 솜씨는 가히 천하제일이라 할 만했다.

연자유는 초이발산이라는 투둔에서 장차 만나게 될 투르크의 방백이 궁금했다. 사전에 통교가 없던 상황에서의 첫 대면은 무엇보다도 중요했다. 일단 투둔의 방백을 만나면 사절단의 방문 경위를 잘 설명해야 했다. 잘못하다가는 병력을 무단 입경시켰다는 오해를 살 수도 있기 때문이었다.

과거에 연자유는 아버지 연광과 함께 초원을 방문한 경험이 몇 번 있었다. 하지만 그가 투르크 말을 유창하게 할 수 있는 이유는 따로 있었다. 바로 연씨 집안의 가노로 투르크 사람인 탐갈릭이 팔려 왔기 때문이었다.

탐갈릭은 십오 년 전(551년) 열여덟 나이로 백암성 싸움에 참여했다가 포로로 잡혀 고구려에서의 노예 생활을 해야 했다. 그가 노예로 팔려온 곳이 연씨 집안이었고, 당시 연광은 나이 어린 이국 소년을 친아들처럼 대해 주었다. 연자유도 자라면서 탐갈릭과 친구처럼 지냈고, 탐갈릭은 자신을 특별하게 대해 준 연자유에게 마음 깊이 충성을 다짐하게 되었던 것이다. 그는 새로운 생명을 준 연광을 아버지라 불렀고, 비록 노예 생활이었지만 생활이 안정되면서

---

50) 투르크가 지방을 통제하기 위해 중앙에서 파견한 지방관부이다. 큰 투둔의 경우 쉐드(투르크의 왕자, 왕족)들이 직접 통치를 한다.

스스로를 탐갈릭이라 이름 지어 부르게 했다.

　탐갈릭이란 투르크 말로 '낙인 찍힌 동물'이란 뜻이었지만, '인장을 지닌 사람'이란 의미도 포함하고 있었다. 따라서 탐갈릭이란 이름 속에는 노예라는 의미와 더불어 왕족인 아시나씨 족임을 뜻하는 의미도 함께 들어 있었던 것이다. 그 덕분에 연광과 연자유는 투르크와 유목 족속에 관한 정보를 쉽게 얻을 수 있었다.

　그렇게 며칠이 또 지나갔고, 묵묵히 앞만 보고 나아가던 탐갈릭이 오랜만에 입을 열었다.

　"이제 하룻길이면 초이발산 지역에 도착할 것입니다. 그 곳에 투둔이 있는데 투르크 족이 쉬웨이 족이나 타타르 족 등 동쪽의 만족들을 다스리려고 세운 일종의 영채라고 할 수 있습니다. 그 곳까지만 무사히 갈 수 있다면 그들의 보호를 받을 수 있을 것입니다. 투르크 사람들은 자신을 찾아오는 손님들에 관한 한 최고의 예로 접대를 하니까요. 그 점은 걱정하지 않아도 될 것입니다."

　탐갈릭의 말에는 이제 쉴 곳이 멀지 않았다는 뜻과 걱정하지 말라는 뜻이 담겨 있었지만, 사절단원들은 긴장감을 감추지 못했다. 그것은 투르크의 국경 수비대가 가까이 있다는 뜻이기도 했기 때문이었다. 결국 사절단의 일부는 조금씩 술렁거리기까지 했다. 그것은 확실히 투르크에 대한 막연한 두려움 때문이었다. 그들은 늘 같이 지내 왔던 탐갈릭이 투르크 사람이라는 사실을 잊고 있었다. 그가 평소에 말이 없기도 했지만, 연자유가 그를 차별하지 않았기 때문이었다. 결과적으로 그것이 탐갈릭은 당연히 고구려 사람일 뿐, 투르크 사람이라는 사실을 잊도록 했던 것이다.

"투르크 놈들은 서역 귀신들을 봉인시킨 무서운 자들이라는군."

"그래, 투르크 놈들은 우리 고구려 사람들보다 머리 하나는 더 크다고 들었어."

"말 타는 솜씨가 귀신같아서 초원에서 그 놈들과 붙으면 끝장이라는 거야."

"무슨 소리? 그 놈들은 말 타는 솜씨가 귀신같은 게 아니라 아예 몸뚱이가 말하고 붙어 있다고 하던데?"

"그게 말이 되는 소리야?"

"이제 이름도 모르는 이곳에서 시체가 되어 독수리나 까마귀밥이 될지도 모른단 말인가."

"운이 좋아 외투겐에 도착한다 해도 무칸카간이 우릴 살려 줄까? 소문으로는 그는 눈이 여섯 개나 달린 괴물이라더군. 팔도 넷이나 되기 때문에 누구도 그의 칼 솜씨를 당할 수 없다는 게야."

"빌어먹을! 나는 자식새끼가 다섯이나 있는데."

"웃기지들 마. 다들 오라고 해. 내가 다 박살내 주겠어!"

탐갈릭은 조금 떨어진 곳에서 동료들이 행군 중에 떠드는 소리를 들으며 씩 웃었다. 연자유는 부하들의 동요를 이해했다. 연자유와 탐갈릭을 빼고는 사절단 중 누구도 투르크 사람을 직접 만나보지 못했던 것이다. 모른다는 것이 두려움을 낳는 것이다.

위사록은 말없이 행군하는 연태조의 머릿속이 궁금했다. 특히 두 사람은 누구보다도 친했다.

"너도 투르크 사람들이 두려우냐?"

스승 위사록의 질문에 연태조는 아직 변성기가 지나지 않은 카랑카랑한 목소리로 답했다.

"탐갈릭 아저씨도 투르크 사람이니까 그들이라고 다를 것 같지 않은데요? 제가 가장 두려워하는 사람은 오직 한 분, 아시죠?"

"아버지 말이냐?"

"아니오. 추모 성신[51]이요."

위사록은 장난 투로 말하는 연태조의 머리를 쥐어박았다.

"이 녀석, 스승을 놀리면 못쓴다."

스승 위사록은 피식 웃으며 당당하게 자란 제자를 대견스럽게 바라봤다. 옆에서 둘의 대화를 지켜보던 형옥구도 입을 열었다.

"사람은 자신이 알지 못하는 것들에 대해 호기심과 두려움을 함께 가진단다. 모두들 직접 마주치기 전까지는 두려워하는 법이지."

행군하던 연자유에게 초원 위에 길게 늘어선 토성이 보였다. 성벽은 높지 않았지만 그 끝이 어디인지 도대체 보이지 않았다.

연자유가 탐갈릭에게 물었다.

"저기 성이 보이느냐? 저것은 누가 쌓은 토성이냐?"

"저것은 뫼클리 사람들의 성입니다. 언제부터 있었는지는 몰라도 아주 오래 전부터 있었던 것은 확실합니다."

투르크에서는 고구려를 뫼클리*Mökli* 또는 뵈클리*Bökli*라 불렀다. 고구려를 일컫는 맥구려貊句麗를 투르크 식으로 발음한 것이다.

"혹시 유목민들이 세운 것이 아닌가?"

"텡그리께서는 모든 유목 종족들에게 정착하는 자는 멸망할 것이라 예언하셨습니다. 유목민은 절대 성을 쌓지 않고 앞으로도 그럴

---

51) 고구려의 시조, 시조신. 추모왕을 가리킨다.

것입니다. 가장 큰 죄를 짓는 일이니까요."

연자유는 고개를 끄덕이더니 다시 입을 열었다.

"맞다. 이곳은 고구려 주둔군이 머물렀던 요새다. 과거 이곳은 우리 고구려의 속지였던 게 분명하다."

이토록 멀리 떨어진 곳이 고구려의 속지였다니! 모두들 연자유의 말에 입을 다물지 못했다. 연자유의 주장에 모두들 놀라는 바로 그때였다. 사절단 앞으로 뿌연 먼지구름이 빠르게 다가왔다.

"먼지 폭풍은 아닙니다. 기병들이 다가오고 있는 것 같습니다."

탐갈릭의 말에 위사록과 형옥구는 일단 행군을 정지시켰다.

"유리한 지형으로 이동한다!"

급박한 상황이 펼쳐지자 연자유는 여덟 자짜리 귀도를 들어 높다란 언덕을 가리켰다. 위사록과 형옥구가 부하들을 인솔했다.

"이백여 기는 될 것 같습니다."

탐갈릭은 유목민 출신이라 시력이 좋았다.

"저들도 우리를 보았을 것 같나?"

연자유의 말에 탐갈릭이 고개를 끄덕이며 말했다.

"저들은 작정하고 우리를 기다리고 있던 것 같습니다. 우리를 목표로 해서 달려오는 게 확실합니다."

연자유가 큰소리로 외쳤다.

"기수들은 기를 세워 우리가 누구인지 저들에게 알리도록 한다. 나머지는 전투태세를 갖춰라!"

투르크 왕자, 아시나툴리

대덕 팔 년 삼월 하순, 태왕은 첫 부인인 공恭씨 집안의 영화왕후가 병사하자 대신들의 간청에 따라 은殷씨 집안의 여정을 왕후로 맞아야 했다. 하지만 영화왕후를 사랑했던 태왕은 여정왕후에게 쉽사리 마음이 주지 않았고 자연히 소홀할 수밖에 없었다. 그것은 영화왕후가 낳은 쌍둥이 남매인 태자 대원과 평강공주 지원이 자랄수록 왕후의 용모를 빼닮아 갔을 뿐 아니라 온후한 듯 강직한 성품 또한 판박이가 되어 갔기 때문이었다. 더군다나 대원태자는 어머니를 꼭 빼닮은 탓에 태왕의 사랑이 각별했다. 평강공주 또한 태왕과 왕후의 얼굴을 고루 조화시킨 데다가 왕후의 자태를 그대로 빼박은 듯해서 문득문득 세상을 떠난 왕후로 착각할 때가 많았다. 태왕은 그들을 볼 때마다 영화왕후를 떠올릴 수밖에 없었고, 자연히 여정왕후를 잊고 지내기 일쑤였던 것이다. 당시 여정왕후는 수태한 상태였던 만큼 더욱 마음이 좋지 않았다.

봉황성으로의 행궁 이후 조정은 무척이나 분주했다. 그런 만큼 태왕은 여정왕후에게 더욱 소홀할 수밖에 없었다. 태왕의 무관심에 갑갑증이 난 여정왕후는 일부러 시간을 내어 태왕의 편전을 찾았다. 태왕은 왕후를 좀 과장된 듯한 표정과 몸짓으로 반가이 맞으며 뱃속의 아기를 걱정해 주었지만, 여정왕후는 그것이 흔쾌하지 만은 않다는 것을 직감했다. 태왕은 특별히 중국 오월 지역, 지금 그 곳을 차지하고 있는 진나라에서 수입한 고급 차를 내오도록 하여 왕후를 대접했다.

"폐하께서는 소첩이 가진 왕손의 할아비를 형부령으로 삼아 소첩의 집안을 빛내게 하셨으니 그저 황공할 따름입니다."

태왕은 그렇잖아도 찜찜했는데 왕후의 말 속에 뼈가 실려 전해졌다. 왕후에게는 오라비가 둘 있었는데 그들은 아직 출사하지 못한 상태였다. 태왕은 왕후가 자신에게 관심을 주지 않을 것이면 차라리 자신의 혈육들에게라도 관심을 달라는 논리를 펴고 있었다.

"장인어른께서 이미 형장대52)의 수장이 되셨으니, 왕후의 집안은 이미 이 나라의 최고가는 대부가 된 것이 아니겠소. 자고로 외척을 키우는 군왕치고 성군이 없다 하지 않았소이까. 짐이 왕후의 형제들을 입관시키지 않는 것은 주변에 많은 눈들이 있기 때문입니다. 왕후께서는 현명하시니 짐의 뜻을 살펴주었으면 하오. 무엇보다도 성군이라면 유능한 사람을 적재적소에 써야 하는 것이 도리일 테니까 말이오."

"폐하께서는 소첩의 불민한 아비를 이미 형장대의 수장으로 임명하시어 우리 집안은 커다란 은혜를 입었습니다. 이제 폐하께서 유능한 사람을 적재적소에 쓰신다 하셨으니 소첩의 오라비들도 함께 쓰시어 폐하의 성덕에 보탬이 되었으면 합니다. 소첩이 가까이에서 보아 온 바로는 소첩의 오라비들은 지금까지 입관의 날을 기다리

---

52) 형부에 소속된 관청.

며 초야에서 많은 기량을 쌓았습니다. 장차 폐하께서 성군의 업을 이루실 앞길에 발판이 될 것이라 믿어 의심치 않습니다."

태왕은 차를 한 모금 마시고 온화한 얼굴로 왕후를 바라보았다.

"왕후도 책을 읽어 알겠지만 우리 고구려의 역사는 외척의 역사라 해도 과언이 아니오. 지금 조정에서 권세를 잡고 있는 공경대부들이 모두 누구요? 모두가 외척 집안이 대를 이어 온 것 아니오? 짐은 이미 마음에 정한 것이 있어 솔직히 왕후의 그러한 청을 받아들이기가 어렵습니다."

"왕실의 역사가 그러했사온데 폐하께서는 유독 우리 집안만을 달리 대하신다니 안타깝습니다. 다만 지금 소첩은 오라비들에게 당장 고관대작의 직위에 올려 달라 청하는 것이 아님을 유념하여 주십시오. 오라비들은 일찍이 병서를 탐독하고 용병에 관심이 많아 지휘관으로서의 재주를 가지고 있습니다. 폐하께서는 그들의 재주를 보시고 가하다 생각하신다면 다만 군부의 말직으로라도 써 주시기를 청하는 것입니다."

왕후는 자신이 태어난 은씨 집안을 위한 청을 쉽사리 접지 않았다. 태왕은 어떡하든 왕후와 접견을 접고 싶은 마음이었다. 왕후의 그러한 모습을 보면서 죽은 영화왕후가 더욱 간절히 생각나는 것도 태왕의 처지로서는 어쩌면 당연한 일이었다.

드디어 태왕도 어린 새 왕후의 예의에 어긋난 행태에 싫은 낯빛을 감출 수 없었다. 영화왕후는 몇 년 동안 가뭄이 지속되자 태왕과 함께 음식을 줄이고 산천에 기도를 올렸다. 원래 병약했던 영화왕후는 무리한 수두신전으로의 행보로 병을 얻었고 결국 일어나지 못했다. 하늘은 자신의 사랑을 그렇게 허무하게 데려갔던 것이다.

"낯빛이 좋지 않으십니다? 또 무슨 생각을 하십니까?"

태왕은 왕후의 물음에 정신을 차리며 대답했다.

"아, 아무것도 아니오."

"소첩이 생각하기에 폐하께서는 아직도 귀천하신 영화왕후마마를 잊지 못하시는 것 같습니다. 과거의 작은 일에 얽매이면서 어찌 장차 큰일을 도모할 수 있으리오. 간 사람은 간 것이고 이제는 남은 사람과 그의 아기도 생각해 주셔야 하지 않겠습니까?"

태왕은 어린 왕후의 철없는 발언에 더 이상 왕후와 함께하는 자리를 견딜 수 없었다. 태왕은 없는 핑계를 댈 수밖에 없었다.

"곧 예부 봉빈부 고관들과의 약속 시간이오. 지금은 투르크와의 현안이 심각하니 처남들 입관 문제는 나중으로 미룹시다. 지금 내부령과 예부령을 비롯한 적지 않은 고관들이 병을 핑계로 평양성에 남는 바람에 문제가 대단히 심각하다는 것만 알고 계시오."

태왕의 말에 눈치 빠른 상시 가국유원이 승봉원의 관리들이 편전에 들었다고 거짓을 고했고, 결국 왕후는 찻잔도 마저 비우지 못하고 편전을 나와야 했다. 왕후가 물러가자 태왕은 상시 가국유원의 임기응변을 칭찬했다. 중년이 넘은 내시는 미소로 답했다. 하지만 상시 가국유원은 곧바로 왕후의 호출을 받아야 했다.

왕후는 봉황궁의 내전으로 돌아와 눈앞의 협소한 처소를 바라보면서 혀를 찼다. 봉황궁의 내전은 평양 안학궁의 내전에 비할 수 없을 정도로 좁고 초라했다. 그녀는 내전에 들어 은밀히 시봉부 상시인 가국유원을 불러들였다.

가국유원은 거인이자 힘이 장사였다. 그는 네 사람이 겨우 드는 대솥을 혼자서 거뜬히 둘러맬 정도였다. 비대한 몸이었지만 상황에 따라서는 놀라운 순발력을 발휘했다. 소싯적부터 유무와 수박을 익힌 덕택이라 했다. 가국유원은 부씨 집안의 수장이었던 부수개의 천거로 선대 태왕인 양원태왕 시절 동궁 태자부의 시봉 관리로 입관했다. 자연 금상 태왕과 가까워졌고 결국 금상이 태왕의 위에 등극하면서 더욱 두각을 나타내기 시작했다. 무엇보다도 그는 솔선수범으로 주변의 칭찬을 들었고, 금상 태왕 또한 그의 공을 잘 알았기 때문에 그를 오늘의 시봉부 상시로 임명한 것이었다. 입궁한 지 십 년이 채 안 되어 이룬 쾌거라 할 수 있었다. 태왕은 누구보다도 그를 신뢰했다. 왕후도 그 사실을 잘 알고 있었기 때문에 내전으로 은밀히 호출한 것이었다.

왕후 앞에 모습을 드러낸 가국유원은 조금은 숨이 찬 모습이었다. 아마도 그는 왕후의 부름을 듣고 단숨에 달려온 모양이었다. 왕후는 그런 가국유원의 모습에 조금은 기분이 풀리는 것 같았다.

"폐하를 가까이에서 모시느라 수고가 많습니다."

왕후가 먼저 말했다.

"왕후 폐하, 황공합니다. 신은 소임을 다하고 있을 뿐입니다."

가국유원은 편전에서 거짓으로 승봉원 관리가 왔다는 것을 태왕께 알렸다는 것 때문에 호출 당한 것으로 생각했다가 그것이 아님을 알고는 안심했다.

"폐하께서는 누구보다도 그대를 신임하고 있지요? 그래서 폐하께서는 그대의 청을 모두 받아들인다고 들었습니다만."

가국유원은 대답 대신 마른 침을 삼켰다. 단박에 왕후의 의중을 읽은 만큼 쉽지 않은 상황에 처했음을 직감했다.

"나는 그대가 폐하께 본 왕후의 오라비들을 천거해 주었으면 합니다. 어떻소? 내 부탁을 들어 줄 수 있겠습니까?"

왕후의 말에 가국유원이 난처한 표정을 지었다.

"왕후 폐하, 소신이 태왕폐하 가까이에서 명을 받들고 있다 하여 폐하께서 소신의 청을 모두 들어 주시는 것은 절대 아닙니다. 공명 정대하신 폐하께서는 오직 합당하다는 판단 하에서만 신의 청을 받아들이실 뿐입니다. 황공하오나 소신은 방금 왕후 폐하께서 편전에서 하신 말씀을 알고 있습니다. 왕후 폐하의 청탁은 이미 폐하께서 부당하다는 판단을 내리신 내용입니다. 그것을 소신이 다시 꺼낸다 한들 무슨 소용이 있겠습니까? 오히려 왕후 폐하의 청탁이 소신을 통해 돌아서 다시 들어온 것으로 아시면 폐하께서는 더욱 불쾌히 여길 것입니다. 오히려 역효과가 날 수도 있다는 뜻이지요. 소신이 생각컨대 그 문제는 좀더 시간을 두고 간청하심이 좋을 듯 합니다. 부디 소신의 간곡한 뜻을 통촉하여 주소서."

왕후는 가국유원의 완곡한 거절에 화가 났다.

"그대는 부씨 집안의 이름 높은 국상이셨던 부수개 어른의 천거로 입궁했다 들었소. 지금 부씨 집안의 수장인 재부령은 우리 은씨 집안과 새로운 관계를 꾀하고 있다는 사실을 모르시오?"

"왕후 폐하, 황공하오나 신이 우매하여 지금 말씀하시는 것이 무슨 뜻인지 잘 받아들일 수가 없사옵니다."

"참으로 몰라서 하시는 말씀이오? 부씨 집안의 수장인 재부령께서 상시의 이러한 행동을 아신다면 상시를 어떻게 생각하시겠소? 그대는 부씨 집안의 은의를 입었으니 부씨 집안을 위해 충성을 해야 한다는 뜻이오. 우리 은씨 집안을 위하는 것이 바로 부씨 집안을 위해 충성하는 것임을 왜 모른다고 발뺌하시는 것입니까?"

"그것은 지나간 일입니다. 또한 전임 대대로이셨던 부수개 님께서 저를 천거하셨던 것은 신의 능력을 인정했기 때문이지 다른 뜻은 없었습니다. 재론치 말아 주옵소서."

가국유원은 맺고 끊는 것이 확실하기로 소문나 있었다. 그는 상대가 아무리 왕후라 하더라도 별로 상관하지 않는 것 같았다. 왕후는 그 어떤 협박과 회유로도 상시의 마음을 돌릴 수 없음을 깨달았다. 왕후는 결국 화를 내며 가국유원을 물렸고, 며칠 뒤 재부령 부영돈을 불렀다.

부영돈은 아직 평양에서 봉황성의 행궁으로 옮겨 오지 않았기 때문에 왕후의 명을 받고 은밀히 봉황성을 찾았다. 재부령은 왕후의 수태와 건강에 대해 걱정하며 장차 훌륭한 왕재가 태어날 것이라는 덕담을 던졌다. 그는 왕후와의 돈독한 관계만이 자신의 기울어져 가는 가세를 일으킬 유일한 방법이라 확신하고 있었다.

"아직 이곳 봉황성 행궁으로 기물을 옮기지 않았다 들었는데요?"

왕후의 말에 재부령은 씩 웃었다.

"왕후 폐하, 그것은 국태공[53]께서도 마찬가지 아니겠습니까? 다만 정치 행위일 뿐이니 심려치 마시지요."

---

53) 부원군. 왕후의 아버지.

"그건 그렇지요. 하지만 폐하께서 대신들의 칭병이 거짓임을 아신다면 이롭지 못할 것이니 행동거지에 조심하셔야 할 것입니다. 워낙 강한 분이니까요. 그것은 그렇고, 얼마 전에 내가 상시를 불러 작은 청을 했으나 거절당했습니다."

"상시라시면 가국유원 말씀입니까?"

"그렇소."

부영돈은 그제야 왕후가 자신을 부른 이유를 알았다. 그녀는 자신의 집안에서 천거한 상시 가국유원이 자신의 청탁을 거절하자 화가 난 것임이 틀림없었다. 부영돈은 듣기 좋은 말로 왕후의 마음을 풀어 주어야 했다.

"그 사람은 앞뒤가 꽉 막혀 융통성이라고는 손톱만큼도 없는 벽창호입니다. 폐하께서는 상시의 그런 점을 신임하고 있지요. 비록 소신이 힘은 없으나 왕후 폐하께 도움이 되었으면 합니다."

왕후는 부영돈이라면 자신의 청을 들어 줄 거라 생각했다.

"실은 폐하께 오라비들 입관을 요청드렸다가 보기 좋게 거절당했습니다. 고관대작도 아닌 군문의 말직이라도 좋다고 했는데도 말입니다. 화가 났지요. 그래서 폐하께서 신임하는 상시를 불렀습니다. 돌파구를 찾아보려 그랬던 것입니다. 결과적으로 똑같은 대답을 듣고 말았습니다. 이 치욕을 평생 잊지 못할 것입니다."

"왕후 폐하! 그런 일이라면 소신을 직접 부르실 것을 그랬습니다. 결과적으로 지금까지 헛수고만 하게 버려둔 소신을 책망하여 주소서. 허나 신이 생각하기에 왕후 폐하의 오라비들을 군문에 두는 것은 좋은 방책이 아닐 듯합니다. 지금은 북방의 투르크가 일어서고 서방의 제나라가 도발하고 있는 사실상의 전시 상황입니다. 만약 군문에 들었다가 전쟁터에라도 나가게 되면 낭패가 아니겠습니까? 차라리 우리 재부 관서인 대룡부에서 일하도록 입관시키는 것이 나을 것입니다. 신이 자리를 마련하도록 하겠습니다. 일단은 폐하의 눈에 띄지 않도록 작은 자리부터 시작해서 공을 세워 승작한다면 태왕폐하께서도 인정하지 않을 수 없을 것이옵니다."

부영돈의 시원스런 대안 제시에 왕후는 흡족해 하며 웃었다.

"그렇게 말씀하시니 마음속의 어두운 구름이 걷히는 기분입니다. 참으로 고맙습니다."

부영돈은 왕후의 표정에 만족했다. 왕후의 마음을 얻는다는 것은 곧 은씨 집안의 힘을 얻는다는 것과 같았다. 하지만 왕후의 얼굴에 갑자기 노여운 기운이 가득해졌다. 부영돈은 무슨 영문인지 주의를 집중하지 않을 수 없었다.

"그렇기는 해도 상시의 행동은 용서할 수 없습니다. 왕후를 부끄럽게 한 죄가 얼마나 큰 죄인지를 알도록 해야 할 것입니다."

상시 가국유원에 관해서는 부영돈도 별로 마음에 들지 않았다. 그는 자신의 아버지 덕분에 입궁했지만, 그 은혜를 모르고 오직 태왕에게만 충성을 다하고 있었기 때문이었다.

"그 문제도 맡겨 주십시오. 상시 가국유원이 청렴하기로 소문이 나 있지만 털어서 먼지 안 나는 사람이 있겠습니까?"

부영돈의 확답에 왕후는 매우 흡족한 얼굴이었다.

부영돈은 세상물정을 잘 모르는 형부령 은음보다 오히려 왕후와 가까이 지내는 게 자신의 집안에 도움이 될 거라고 생각했다. 왕후가 비록 아직 어리기는 했지만 확실히 황궁 안의 정치적 질서와 구도에 꽤나 예민하게 반응하는 것 같았기 때문이었다.

눈앞의 거대한 먼지 폭풍에 연자유의 사절단은 긴장한 가운데 전투태세를 갖추어야 했다.

"잘하면 주리의 반란 이후 싸움다운 싸움을 할지도 모르겠군."

형옥구가 전의에 불타서 조금은 흥분한 목소리로 말했다.

"일단 상대가 적인지 아닌지를 확인해야겠지. 적이라면 오랜만에 호흡을 한 번 맞추어 보자고!"

연자유는 맨 앞에 서서 대형을 갖춘 부하들을 살폈다. 아들 연태조와 문술을 비롯한 수행원들은 일단 후방으로 배치했다. 위사록의 부하들이 전면에 서서 활과 화살을 준비했다. 형옥구는 일단 위사록 부대의 후면에서 돌격 준비를 갖췄다. 위사록 부대가 화살로 먼저 선공을 하면 뒤에 있던 형옥구 부대는 적의 선두와 측면을 공격하여 적의 예기를 꺾을 생각이었다. 적병은 기병대였으므로 형옥구 부대의 역할은 적 기병대의 속도를 줄이는 것이기도 했다. 긴장은 했지만 모두들 숙달된 움직임으로 차분히 싸움을 기다렸다. 상황으로 보아 상대는 모두 기병이고 숫자가 월등히 많았으므로 화살 공격으로 예봉을 꺾는 것이 매우 중요했다.

고구려 활은 사거리가 이백오십 미터 정도에 초당 비거리가 오십구 미터 정도로 매우 빨랐다. 적의 기병이 백 미터 거리에 있을 즈음 시위를 놓기 시작한다면 적의 기병들이 고구려 궁사들이 있는 곳까지 걸리는 시간은 대략 육칠 초 정도 걸린다. 말이 초속 십

육 미터(시속 육십 킬로미터)로 달린다는 점을 감안할 경우이다. 따라서 고구려 궁사들은 적이 접근하기까지 대략 두 번에서 세 번 정도 활을 쏠 수 있는 시간 여유가 있는 셈이다.

위사록과 형옥구의 부하들은 두 번 정도 화살을 날릴 수 있을 것이고, 뒤에 있는 형옥구의 부대는 빠르게 달려드는 적의 속도를 줄이기 위해 뛰쳐나가 적의 선두를 칠 것이다. 그렇게 적의 속도가 떨어지면 기병의 위력은 크게 줄어들 수밖에 없다. 유목 민족들은 말을 이용한 속도전에 익숙하기 때문에 위사록과 형옥구는 그 동안 그에 맞는 훈련을 해 왔다.

이제 고구려 군사들은 말로만 듣던 유목 기마 전사들과 첫 전투를 앞둔 상황이었다. 어차피 죽이지 않으면 죽는 싸움이었다. 연자유 또한 말을 진정시키면서 귀도를 뽑아 들었다. 햇빛을 받은 귀도는 마치 뜨거운 횃불처럼 파랗게 번뜩였다.

거리가 가까워지면서 흙먼지 사이로 적들의 모습이 서서히 윤곽을 드러냈다. 유목민들은 시력이 보통 사람보다 두세 배 좋은 것으로 알려져 있다. 탐갈릭은 전방을 지켜보다가 연자유에게 말했다.

"저들은 도적 떼입니다. 하지만 용맹하기 그지없는 타타르 족으로 구성된 강병들입니다. 만만치 않을 것 같습니다. 저들은 자신의 도적질을 숨기기 위해서라도 우리를 다 죽이려 할 것입니다."

탐갈릭의 말에 연자유는 입술을 깨물었다.

"적이 확실하다면 되었다. 이제 저들에게 몰살당하느니 저들을 이기는 것이 좋지 않겠는가. 위사록은 후방에서 대형을 유지하면서 활 공격으로 적의 예봉을 꺾고 형옥구는 선봉과 측면을 때려 적의 속도를 늦추도록 하라. 적의 움직임이 느려지면 우리는 전력을 다해 적을 궤멸시킬 것이다. 탐갈릭을 비롯한 호공관들은 연태조를 포함하여 공물들을 지키도록 하다. 물론 평소 익힌 활솜씨로 한 놈의 적이라도 더 사살해야 할 것이다. 우리가 숫자상 밀리는 감이 있으나 적들의 기동력만 제어한다면 충분히 이길 수 있다. 잊지 말지어다. 우리는 대고구려 전사 중의 전사라는 사실을!"

그렇게 연자유의 명령이 끝났다.

타타르 족은 고구려군의 화살 비거리 밖에서 횡으로 길게 도열했다. 곧 공격을 시작하겠다는 뜻이었다. 그들은 상대의 기를 누르고자 일제히 창검을 휘두르며 소리를 질러 댔다.

잠시 후 뿔나팔 소리가 울려 퍼지면서 타타르 족 전사들의 공격이 시작되었다. 병력이 부족한 쪽에서 보면 대단한 위용이었다. 거대한 먼지구름이 다시 초원을 뒤덮었고, 그 속에서 개미떼 같은 타타르 기병들이 바람처럼 달려들기 시작했다.

연자유가 위사록에게 손짓하자 위사록은 자신의 언월도인 상월을 높이 들어올렸다. 타타르 기마대가 사정거리에 들어오면 위사록은 하늘로 치솟은 창끝을 적을 향해 뻗으며 공격 시작을 알릴 것이다. 모두들 화살을 먹여 시위를 당기고는 위사록의 창에 시선을 집중했다. 서장관 문술과 호공관 주이로 등 병적과 관계없는 사람들은 좀 얼이 빠진 모습들이었다. 첫 전투에 임하는 소년 연태조도 예외는 아니었다. 그러나 이런 급박한 상황에서는 군복을 입었건 관복을 입었건 평복을 입었건 상관할 바가 아니었다. 다행인 것은 고구려는 문무 관리 구별 없이 활을 잘 쏘아야 했다는 사실이다.

위사록은 빠르게 달려드는 타타르 족을 주시하면서 중얼거렸다.

"조금만 기다려라. 조금만 더!"

이제 타타르 족의 모습이 뚜렷하게 보이기 시작했다. 거리는 백 미터가 조금 넘어 보였다. 유효 사거리였다. 위사록은 빠르고 절도 있게 창끝을 내려 적을 향하게 했다. 공격 신호가 떨어졌다. 시위 팅기는 소리와 바람을 가르는 화살 소리가 요란하게 뒤섞이는 가운데 화살들이 타타르 전사들을 향해 날아갔다. 앞줄에서 달려오던 십여 명이 말에서 떨어져 땅바닥에 뒹구는 모습이 보였다. 주인을 잃은 말들이 타타르 기마대 속에 섞여 우왕좌왕하기 시작했다.

하지만 후열에 있던 전사들은 그런 것 따위에 아랑곳없이 여전히 말을 몰아 달려왔다. 그들은 확실히 훈련된 전사들로 죽음을 두려워하지 않았다. 다음 화살이 날아가고 이번엔 더욱 가까운 곳에서 타타르 전사들이 쓰러졌다. 그러는 동안 화살을 먹일 틈이 없을 정도로 적들이 가까워졌다.

바로 그 순간 이제까지 활을 쏘면서 대기하고 있던 형옥구의 부대가 일제히 고함을 지르면서 적의 측면을 치받으며 들어갔다. 형옥구 부대의 백미는 바로 형옥구 자신이었다. 전차 같은 거인 형옥구가 도끼인 괴부를 휘두르며 돌격해 들어가자 달려오던 타타르의 기병들도 두려워하지 않을 수 없었다. 확고해 보이던 타타르 기병의 대형이 형옥구의 도끼질에 흐트러지기 시작했다.

접전이 시작되면서 요란한 쇳소리와 비명소리가 사방으로 울려 퍼졌다. 연자유의 부하들 가운데는 과거 백제 원정에도 동참했던 고참병들도 있었다. 그들은 적과의 접전이 시작되자 침착하게 적들을 베고 찌르기 시작했다. 수적으로 열세였지만, 연자유의 휘하 장병들은 전혀 밀리지 않았다.

사실 병력이 많다고 해서 늘 유리한 것은 아니다. 접전이 오래 이어질 경우 병력이 적은 편이 쉽게 지치는 것이 문제였지만, 오히려 속도를 잃은 타타르 기병들은 별 이득 없이 고구려 정예군의 공격에 쓰러져 갔다. 위사록 부대는 적의 속도가 떨어지자 아직 형옥구 부대와 맞서지 않고 있는 타타르의 전면을 향해 공격을 시작했다. 모든 것은 일사불란하게 작전대로 진행되었다. 타타르의 기병대는 어느 새 고구려 군에게 포위되는 꼴이 되고 말았다.

타타르 전사들은 지금까지 겪어 보지 못한 강병들과의 교전에 적지 않게 당황한 모습이었다. 고구려 군과 맞선 전면의 타타르 기병들은 뒤늦게 자신들이 포위되었다는 사실을 알았지만 당장 달아날 활로가 없었다. 뒤에서 무작정 밀어 대는 후위 부대 때문이었다. 이어서 위사록의 상월이 하얀 무지개를 일으키며 눈앞에서 왔다 갔다 했다. 더불어 날카로운 비명가 함께 타타르 전사들의 머리와 팔 또는 다리가 땅바닥에 나뒹굴었다. 게다가 측면에서 형옥구의 괴부가 타타르 전사들의 머리를 부수고 말의 목을 부러뜨렸다. 설도, 무유, 분승 등의 유능한 장교들도 현란한 창칼 솜씨를 뽐내며 타타르 전사들을 유린하고 있었다. 이젠 싸움이 아니라 살육이 되어 가고 있었다.

이제까지 묵묵히 지켜만 보고 있던 연자유가 비로소 아름다운 창검 귀도를 곧추세웠다. 그리고 쏜살처럼 내달으며 타타르 기병들을 향해 귀도를 휘두르기 시작했다. 귀도가 푸른빛을 발하며 빙글 빙글 회전하더니 타점을 찾자 바로 베고 찔렀다. 한순간에 서너 명이 말에서 떨어졌다. 추풍낙엽이란 이런 때 쓰는 표현이 틀림없었다. 연자유는 말 그대로 귀도와 하나가 되어 춤을 추었다. 연자유의 귀도 춤사위에 타타르 전사들은 공포에 질렸고, 어느 순간부터 앞뒤 가릴 것 없이 꽁무니를 빼기 시작했다.

연자유를 비롯해서 형옥구와 위사록은 광야를 질주하는 사자와 같았다. 그들 주변에서는 온통 피가 튀고 살이 흩어졌다. 타타르 기마대는 병력면에서 우세했지만 궁사들의 공격에 이미 삼십여 명이나 나가 떨어졌고 초원은 점점 그들의 시신으로 채워져 가고 있었다. 믿어지지 않는 일이었지만 아직까지 고구려 전사들은 상한 사람이 없었다.

자존심이 크게 상한 타타르의 우두머리로 보이는 한 사내가 대도를 휘두르며 고구려 전사들의 한쪽을 돌파하려 하고 있었다. 그의 대도는 대단히 위력적이어서 서너 명이 그의 주위를 돌면서 겨우 맞서고 있었다. 마침 그 장면을 형옥구가 목격했다. 형옥구는 자신에게 달려드는 적병 서너 명을 한 합씩으로 쳐 죽인 다음 그 사내 쪽으로 달려갔다.

"어이, 허우대. 이쪽이다!"

형옥구가 큰 소리로 부르자 타타르 장수는 주저 없이 달려왔다.

서로 적수를 만난 셈이었다. 형옥구는 괴부로 상대의 머리통을 향해 내리쳤다. 곧바로 타타르의 장수도 대도로 형옥구의 괴부를 막아냈지만 손바닥에 커다란 진통을 느꼈다. 그는 형옥구의 괴력에 기가 죽은 얼굴이었다. 형옥구는 더욱 기세등등하여 상대를 몰아붙였다. 타타르 장수는 서너 번 연속으로 형옥구의 괴부를 막아냈지만 점점 힘이 빠져 그의 상대가 되지 못했다. 수세에 몰리던 타타르 장수는 형옥구의 동작이 커진 것을 이용하여 그의 왼쪽 어깨와 목을 향해 대도를 날렸다. 그러나 그 회심의 일격마저 형옥구는 가볍게 막아냈다. 형옥구는 오히려 타타르 장수의 대도를 튕겨 낸 뒤 도끼로 그의 얼굴을 찍어 버렸다. 타타르 장수의 머리가 두 쪽이 나면서 골수와 피가 솟구쳤다. 타타르 장수는 외마디 비명조차 남기지 못한 채 말에서 떨어져 풀밭에 널브러졌다. 타타르 전사들은 대장이 그렇게 맥없이 쓰러지자 공포에 질려 주인을 잃은 말처럼 우왕좌왕하기 시작하였다.

한편 후방의 연태조와 호공관들도 우회하여 달려드는 타타르 전사들을 상대로 악전고투하고 있었다. 호공관들의 우두머리인 주이로는 자신의 귀한 공물들이 상처를 입을까 봐 안달이 나서 허둥거렸다. 그는 필사적으로 자신의 공물들이 실려 있는 수레를 지켜내고 있었다. 서장관 문술은 심각한 상황임에도 호공관 주이로의 안절부절 못 하는 모습에 웃지 않을 수 없었다. 하지만 산전수전 다 겪은 주이로가 두려워서 그런 것 같지는 않았다. 주이로는 공물 때문에 걱정을 하고는 있었지만, 적의 목을 베고 심장을 찌르는 것에는 아주 익숙한 솜씨를 발휘하고 있었던 것이다.

호공관들과 섞여 후방에 있던 연태조는 적의 무차별 공격에 무리에서 떨어졌고, 그 바람에 힘겨운 싸움을 피할 수 없었다. 체격이 좋은 연태조를 타타르 전사들은 열세 살 소년으로 보지 않았다. 다만 타타르 전사들은 특별히 귀족의 복장을 한 연태조를 사절단의 우두머리로 봤다. 자연 연태조는 표적이 될 수밖에 없었던 것이다. 문제는 실전 상황에서 연태조가 지금까지 아버지와 스승들에게서 배운 무예 기술들이 생각나지 않는다는 것이었다. 그는 타고난 순발력으로 겨우겨우 적의 공격을 막아내고 있었지만 누가 봐도 어설프고 위태로워 보였다. 그렇게 밀리던 연태조에게 작정한 듯 타타르 전사 셋이 한꺼번에 달려들었다.

위험을 느낀 연태조는 달려드는 타타르 전사의 공격을 겨우 피하면서 반사적으로 일격을 가했다. 생각 이상으로 빠른 공격이었고 그 일격은 상대의 가슴에 적중했다. 생전 처음으로 손끝에 전해 오는 그 느낌이 좋지는 않았지만, 연태조는 미처 창을 뽑을 새도 없이 곧바로 왼편에 있던 다른 타타르 전사의 창을 받아야 했다. 연태조는 창을 놓는 대신 급히 다른 칼을 뽑아 자신의 목으로 날아드는 상대의 창을 겨우 막아 냈다. 왼쪽에서 달려들던 적이 일격을 휘두르며 연태조를 지나쳤다. 곧이어 연태조의 오른편에 있던 적병이 달려들었고, 연태조는 말고삐를 왼쪽으로 당겨 겨우 상대방의 칼을 피할 수 있었다. 그 순간 연태조의 순발력이 돋보였다. 그는 몸을 피하는 것으로 그치지 않고 동시에 자신의 오른쪽을 지나친 상대방의 등을 향해 들고 있던 칼을 던졌다. 칼은 거의 직선으로 날아가 타타르 전사의 등에 박혔다. 단숨에 둘을 해치운 것이다. 어려운 순간이었지만 천부적인 솜씨였다.

그렇지만 왼쪽을 지나쳤던 타타르 전사가 연태조가 대비하기도 전에 등 쪽으로 달려들고 있었다. 경험이 부족했던 연태조는 단숨에 적을 둘이나 죽인 것에 고무되어 달려드는 적을 미처 발견하지 못했다. 절체절명의 위험한 순간이었다. 적의 창날이 돌아서는 연태조의 얼굴을 향해 날아드는 순간이었다. 연태조도 그것을 나중에야 봤지만 막아 내기에는 너무 늦어 버렸다. 하지만 배후에서 달려들던 타타르 전사는 미처 연태조를 찌르지 못하고 비명을 지르며 말에서 떨어졌다. 눈을 부릅뜬 타타르 전사의 시체가 땅에 뒹굴었다. 연태조는 달려들던 타타르 기병의 등 쪽을 봤다. 그 곳에는 활을 든 탐갈릭이 서 있었다. 연태조는 자신도 모르게 고맙다는 표시로 머리를 꾸벅했다. 탐갈릭은 보일 듯 말듯 한 미소를 짓더니 다시 타타르 병사들이 있는 곳에 활을 날리며 달려갔다.

연태조는 탐갈릭이 달려가는 모습을 보면서 겨우 정신을 수습했다. 연태조는 정신을 차리고 격전이 벌어진 능선 아래를 내려다보았다. 온통 타타르 전사들의 시체가 즐비했고, 살아남은 타타르 전사들도 사방으로 흩어져 달아나는 모습이 보였다. 능선 아래에 있던 본대의 전사들이 승리의 함성을 질렀다. 연태조는 비로소 안도의 숨을 내쉬었다.

연태조를 비롯한 연자유의 사절단이 가쁜 숨을 쉬며 패퇴하여 달아나는 타타르 전사들을 바라보며 환호하던 바로 그때였다. 서쪽에서 또 다른 우렁찬 뿔 나팔 소리가 들려 왔다. 막 환호하던 고구려 전사들은 다시 긴장한 얼굴로 서쪽을 살폈다. 연자유는 흩어져 있는 부하들을 다시 끌어 모으고 있었다. 서쪽 방향에서 훨씬 많은 기병들이 거대한 먼지구름을 일으키며 달려오고 있었다. 자칫 식량과 수레 등을 모두 포기하고 달아나야 할 판이었다.

대통관 탐갈릭은 연태조와 호공관 주이로와 나머지를 데리고 연자유가 있는 곳으로 달려갔다. 연자유는 탐갈릭을 보면서 물었다.

"저것은 또 뭔가?"

대통관 탐갈릭의 얼굴이 밝아졌다.

"투르크의 전사들입니다."

한 무리의 투르크 전사들이 달아나는 타타르 전사들을 뒤쫓았다.

"저들은 투둔 주둔군으로 투르크의 정규군입니다."

"이제 우리는 달아나지 않아도 된다는 뜻인가?"

"모르긴 해도 우리를 마중 나온 무리들 같습니다."

"마중 나오다니? 우리의 사자가 사절이 간다고 전했고, 저들은 우리를 안내하고자 마중을 나왔다는 뜻인가?"

"미리 말씀드렸듯이 초원 사람들은 손님을 좋아합니다. 당연히 고구려에서 손님이 오는데 무칸카간께서 가만있을 리 없지요."

탐갈릭의 말에 연자유의 얼굴이 밝아졌다. 이제 근심을 접어도 될 것 같았다. 최소한 외투겐까지는 초원의 다른 부족 전사들의 공격으로부터 안전을 보장받았다는 뜻이니까.

연자유와 탐갈릭이 대화하는 사이에 투르크 전사 몇 명이 고구려 사절단이 있는 곳으로 다가왔다. 당당하고 자신감에 찬 모습이었다. 그들은 이제까지 상대했던 타타르 족과는 확연히 다른 분위기였다. 화려한 기치와 통일된 복장, 모두들 머리를 가지런히 묶고 있었으며 대오가 정연했다. 맨 앞에 선 기수가 꿩의 깃털로 장식한 독纛[54]을 들고 있었다. 독에는 황금색 암 늑대의 머리 모양이 장식되어 있었다. 그들은 스스로를 늑대의 후예라 자처하는 종족이었

---

54) 소꼬리 또는 꿩의 깃으로 장식한 깃대.

다. 독 기치 뒤에 서있던 투르크 족 장수가 거침없이 연자유에게 다가왔다.

그는 다른 투르크 사람들처럼 머리를 길게 늘어뜨리고 있었고 가죽을 무두질한 외투를 입고 있었다. 화려한 목걸이를 걸고 비단 속옷 위의 허리띠에는 역시 황금색 암 늑대의 문양이 새겨져 있었다. 복장으로 보아 투르크 왕족이 틀림없었다.

장수는 늑대처럼 잘록한 허리에 긴 팔다리를 가지고 있었으며 눈매가 날카로웠다. 아직 어려서인지 추위 때문인지 모르지만, 양 볼이 발갛게 달아올라 있었다. 연자유는 소년 장수와 마주했다.

소년 장수가 먼저 연자유에게 자신을 소개했다.

"나는 운둘칸의 투둔발인 아시나툴리라고 합니다. 장차 쉐드[55] 로 내정되어 있는 몸입니다. 투르크를 대표해서 이렇게 뫼클리의 사신들을 모시게 되어 영광입니다. 타타르의 도적들이 이토록 대담한 공격을 한 것은 처음입니다. 아마도 까닭이 있을 것입니다. 어쨌든 저희가 한 발 늦어 별 도움이 되어 드리지 못해 죄송합니다."

그 소년 장수는 다름 아닌 지난번 키타이 족 부락을 습격할 때 선봉에 섰던 아시나툴리였다. 용맹한 키타이 족 전사들조차도 두려움에 떨게 했던 바로 그였던 것이다. 그는 형옥구가 죽인 타타르 족의 우두머리를 살펴보더니 입을 열었다.

"알치타이! 그토록 잡으려고 애를 썼는데, 손님들이 저희의 수고를 덜어 주셨습니다. 놈은 사납고 흉포한 타타르 출신의 도적입니

---

55) 투르크의 관등명. 카간(可汗), 예후(葉護), 쉐드(設), 테긴(特勤), 힐리발詰利發, 투둔발(吐屯發) 등의 관등이 있다. 위 관등은 순위별로 나열한 것이다.

다. 놈들은 모두 삼형제로 이놈은 둘째입니다. 아직 첫째인 발라카치와 셋째인 유르킨이 남아 있으니 이제 그 놈들만 잡으면 골칫거리를 모두 처리하는 셈이 됩니다. 어쨌거나 뫼클리의 전사들 참 대단하십니다. 갑작스런 기습에도 이렇게 뛰어난 대처를 하다니요. 그것도 유목 전사들을 상대로 말입니다."

툴리가 진심으로 말하는 것인지는 확실치 않았지만 외견상으로는 정말 감탄하는 표정이었다. 연자유는 유목 족속들이 순박하여 속마음을 감추지 못한다는 사실을 알지 못했다. 툴리는 빈말을 하는 것이 아니었던 것이다. 어쨌거나 투르크의 왕족인 아시나씨족이 직접 마중을 나왔다는 것은 국빈을 맞이하는 최고의 예우였다.

"이번 우리 사절단 방문 자체가 워낙 사안이 급하여 서두르다 보니 귀국에 시간을 두고 정식으로 통보하지 못하는 실례를 범했소이다. 다만 왕명을 받은 사령이 다녀온 것이 전부였는데도 이렇게 우리를 마중해 주시니 고마울 따름입니다."

연자유의 말에 툴리는 웃으며 대답했다. 웃는 모습은 해맑은 소년의 모습이었다.

"구차하게 형식에 얽매일 필요 있나요. 왕명을 받은 사령이 왔으니 그것으로 된 것이지요. 카간께서는 전부터 귀국의 사절이 올 것을 예측하셨습니다."

"그랬군요. 어쨌거나 카간 폐하께서 우리 사절의 방문을 미리 예견하셨다니 그 선견에 놀랄 따름입니다."

"사실 저도 자세한 것은 모릅니다. 카간께서는 뫼클리에 신호를 보냈으니 뫼클리에 현자가 있다면 그것에 대한 응답이 있을 것이라고 말씀하셨지요. 저는 카간의 명령에 따라 보름 전부터 초이발산 투둔에서 뫼클리의 귀인들을 기다리고 있었던 것입니다."

툴리의 말에 연자유는 크게 기뻐했다.

"내가 일찍이 정복 황제 무칸카간의 명성은 들었으나 그 분께서 이렇게까지 현명하시고 생각 깊은 분일 줄은 몰랐소이다."

"그 분은 제가 보아 왔던 사람들 가운데서도 으뜸이시지요. 강한 권력자에게는 강하게 약한 백성은 관대함과 사랑으로 대하시지요. 어쨌거나 타타르 놈들이 설치고 있다는 것은 반갑지 않은 일입니다. 타타르의 발라카치 형제들은 우리 투르크 정규군에게 쫓기는 형편이기 때문에 함부로 움직이지 않습니다. 놈들은 목숨을 걸 정도의 큰 먹잇감이 움직일 때만 활동을 하지요. 사절단의 움직임은 투르크에서도 몇 명 만이 알고 있었습니다. 누군가가 사절단에 대한 일을 미리 흘린 것이 아닌가 하는 생각이 드는군요. 단순히 사절단의 공물을 노린 것이라 볼 수만은 없을 것입니다. 누군가 사절단을 몰살시켜서 양국의 분위기를 더욱 악화시키려는 의도를 가지고 있는지도 모릅니다. 그렇다면 이것은 단순히 도적질을 넘어서는 정치적인 문제가 되는 것입니다."

"사절단이 출발했다는 사실은 우리 측에서 먼저 공개되었으니 타타르 놈들을 사주한 세력은 우리 고구려 쪽에 있을 가능성이 클 것입니다. 그것이 사실이라면 그 세력은 대역무도의 죄를 범한 것이오. 우리는 태왕폐하의 사절이니까 말이오."

누군가 사절단을 몰살시켜서 양국의 관계를 더욱 나쁘게 만들려 했다면 그것은 간단한 일이 아니었다. 도대체 누가 무슨 이유로 그

일을 꾸몄단 말인가? 주전론자들일까? 그럴 리 없다. 그들은 이렇게 서두를 필요가 없는 것이다. 그들은 무칸카간을 무지하고 사나운 존재로 알고 있으니 연자유의 행적을 지켜보다가 행동을 해도 할 것이다. 이 알 수 없는 세력은 분명 드러나 있는 존재는 아닐 것이었다. 다만 고구려가 전화에 휘말릴 경우 유리한 입장이 되는 무리들인 것이다.

어쨌거나 무칸카간이 투르크의 왕족을 보내 마중했다는 것은 고구려에 대한 적의가 없다는 뜻이었다. 따라서 무칸카간이 키타이 족을 기습한 것은 고구려와의 분란을 위해서가 아니라 고구려와의 접촉을 위한 군사 행동이었을 가능성이 커졌다. 고구려의 관심도 끌면서 키타이 족에게는 강한 경고의 메시지도 보낼 수 있는 일석이조의 방법이니까 말이다.

연자유는 툴리와의 대화를 통해서 아버지 연광의 선견에 감탄했다. 더불어 협상에 대한 자신감도 생겼다.

위사록과 형옥구는 새파랗게 어린 툴리가 말에 올라탄 채 연자유와 대화하는 것을 보고는 낯빛이 좋지 않았다. 그것을 눈치 챈 탐갈릭이 그들의 마음을 읽고는 설명해 주었다.

"유목민들은 원래 낯선 사람들과 만나면 가능한 한 말에서 내리지 않소. 말에서 내린다는 것은 목숨을 담보로 하는 위험한 행동이기 때문이오. 게다가 지금 마중 나온 사람은 투르크의 왕족 아시나씨 족이오. 그는 오직 카간과 마주할 경우에만 말에서 내려 인사를 합니다."

위사록과 형옥구의 생각을 아는지 모르는지 툴리는 마상에서 정중하게 사절단을 향해 인사를 했다.

"뫼클리의 손님들을 진심으로 환영합니다."

인사를 하던 툴리는 사절단 가운데 투르크 행장을 한 사내에게 시선이 갔다. 탐갈릭이었다.

연자유가 그 모습을 보고는 웃으며 툴리에게 말했다.

"소개가 늦었소이다. 나는 고구려 보국대장군 서부대인 봉황성 욕살 북평대사 연자유요. 그리고 공께서 생각하시는 것처럼 이 사람은 투르크 인입니다. 본국의 포로였으나 이제는 우리의 형제요."

"아시나탐갈릭이라 합니다."

툴리는 연배가 위인 탐갈릭에게 인사를 했다. 탐갈릭은 자신의 부계를 설명했고 툴리 역시 그를 종족의 형으로 예우해 주었다.

"과연 대인께서 우리 투르크 말을 대단히 잘 구사하신다고 생각했는데 우리 형제가 일행에 있어서 가능했던 것이군요."

연자유는 연태조를 비롯해서 위사록, 형옥구 그리고 서장관 문술을 소개했다. 위사록과 형옥구는 시큰둥했지만 문술은 정중하게 툴리에게 인사했다. 마지막으로 연태조가 툴리에게 인사를 했다.

"형, 나는 연태조라고 해. 내후년에 어른이 되면 나도 대형의 작위를 받을 거야."

연태조는 그렇게 말한 뒤 툴리를 민망할 정도로 뚫어져라 바라보았다. 툴리는 연태조가 자신의 외모 때문에 그렇다는 것을 알았다. 그는 당돌한 꼬마 놈을 놀려 주려고 연태조를 쏘아보았다. 그러한 툴리의 시선은 보통 사람으로서는 감당하기 힘든 것이었다. 대개의 사람들은 그의 날카로운 눈을 보는 것만으로도 대번에 기가 죽거나 당황해 했다. 하지만 연태조는 툴리의 그러한 태도에 미동도 하지 않았다. 오히려 히죽 웃으며 그의 시선을 받았다. 툴리는 당돌한 소년 연태조가 보통이 아니라는 생각을 했다.

"이제부터는 소장이 뫼클리의 국빈들을 모시겠습니다. 그것은 카간께서 제게 내린 중요한 임무입니다."

연자유와 사절단 일행은 앞으로의 일이 잘 풀릴 것 같은 예감이 들어 기분이 좋아졌다. 호공관 주이로가 본능적으로 툴리가 투르크의 귀족이라는 사실을 알아채고는 그에게 다가서는 살갑게 굴었다. 주이로는 어쩔 수 없는 장사꾼이었다.

툴리가 투둔발로 있는 운둘칸은 초이발 산에서 서쪽으로 이백여 킬로미터 이상 떨어진 곳에 있었다. 이삼일 정도의 거리였다. 툴리는 지금은 운둘칸의 투둔발 직책에 있었지만 장차 쉐드가 될 것이고 어쩌면 카간이 될지도 몰랐다. 툴리는 무칸카간의 형이며 투르크의 이대 카간이었던 콜로의 아들이었다. 그는 분명 투르크의 내로라는 명문 귀족 가운데 하나였다. 그러한 그가 사절단을 마중 나온 것은 연자유의 입장에서도 큰 영광이라 할 수 있었던 것이다.

무엇보다도 다행인 것은 아무도 도와줄 수 없는 초원 한복판에서 투르크의 용맹한 전사가 향도가 되어 연자유 일행을 안내한다는 사실이었다. 이제 운둘칸을 지나 외투겐까지 별 어려움 없이 갈 수 있을 것이다. 더 이상 누군가가 의도적으로 방해를 하지 않는다면 말이다.

잠행

대덕 팔 년 삼월, 유성의 봄은 아직 이르기만 했다. 유성
은 중국의 새로운 강자로 부상한 제나라와 접경한 도시였다. 이 도
시는 광개토태왕의 위대했던 후연 원정을 통하여 고구려에 귀속되
었다. 당시 담덕태왕 또는 영락태왕이라 불리던 광개토태왕은 그때
까지 고구려의 숙적이었던 후연과의 오랜 전쟁을 종식하고 그 곳
을 복속시켰다. 그는 오늘날 범양성(북경)은 물론 그 이남 지역까
지 고구려의 속지로 귀속시키고, 고국원태왕 시절 포로로 잡혀 갔
던 고구려 왕족의 후예인 고운을 그 지역의 새로운 황제로 세웠다.
태왕의 후왕侯王으로 황제를 세운 역사적인 순간이었다.

현재 유성은 고구려의 맹장 고흘이 굳게 지키고 있었다. 고흘은
상부 고씨의 주류 인물이었지만 정치적으로 중립을 지키려 노력했
다. 고흘의 주변 인물들은 태왕이 유성을 외면하고 있다고 했지만,
그는 그것에 불만을 나타내지 않았다. 그는 정치인이라기보다는 고
구려 군인으로서의 명예를 소중히 여겼다. 그런 만큼 기회가 된다
면 갈석산56)과 발해 사이의 만리장성 관문인 임유관을 돌파하여

---

56)고구려에서는 이 산을 배산拜山이라 불렀다.

176 · 제국의 초원길

진황도를 취하고, 광개토태왕이 그렇게 했던 것처럼 범양성 너머까지 원정하는 것을 숙원으로 삼고 있었다.

역사가 짧은 제나라는 건국 이후 고구려와 항상 갈등 관계였다. 그것은 제나라의 열등의식과도 무관하지 않았다. 고흘은 개국한 지 십오 년에 지나지 않은 제나라가 고구려의 역사와 문명을 시기한 나머지 자신들의 힘만을 믿고 본국을 위협하는 어이없는 사실에 분개하고 있었다. 고흘은 단박에라도 군사를 이끌고 제나라의 황성을 초토화시키고 싶었지만, 솔직히 유성을 지키는 군사들만으로는 역부족이었다. 그는 상승당주의 자존심을 접고 서역 정벌의 뜻을 상주했다. 하지만 이후 태왕의 조칙은 없었다. 다만 태왕의 사자가 밀지를 전할 뿐이었다. 그 밀지의 내용은 '더 이상 백성을 동원할 수는 없다. 다만 유성을 굳게 지켜 본국을 안정케 하라. 언젠가 함께 뜻을 이룰 날이 있을 것'이라는 내용이었다. 고흘은 백성을 중심에 두는 태왕의 생각이 옳다고 판단했다. 그럼에도 고흘은 태왕도 자신처럼 서방 원정에 뜻을 두고 있다는 사실에 기뻐했다. 이는 곧 고흘 자신이 당장 해야 할 일이 유성의 군사들을 정예병으로 키우고 굳게 지켜야 할 충분한 근거가 됐다.

과거에는 왕검성이었고, 오늘날에는 제나라가 요동성이라 부르는 유성은 그야말로 굳게 지켜야 할 전략적 요충지였다. 전략적 요충지라 함은 유성이 사통팔달로 열려 있는 곳이라는 의미 아니겠는가. 이런 곳은 힘 있는 자들이 꼭 가지고 싶어 하는 곳이다. 지금 제나라는 이곳 유성을 노리고 있는 것이다. 고흘은 제나라 놈들이 쳐들어온다면 그것을 되받아칠 것이라 생각했다. 확실히 유성에는 전운이 감돌고 있었다. 물론 이 긴장은 십 년 이상 지속되어 온 분위기였다. 유성의 백성들이나 유성을 근거지로 밥벌이를 하는 장사꾼들은 그 만성적 위기의식에 이제 두려움 같은 것은 없었다.

유성에서 서쪽으로 이백여 리쯤 가면 능원이라는 나루가 나온다. 능원은 대릉하의 상류를 뜻하는데 그 곳부터는 수량이 많아져서 나루가 있었다. 따라서 능원에서 유성까지는 뱃길이 열려 있었다. 유성까지 쉽게 가려고 많은 사람들이 능원 나루를 이용했다. 대릉하는 유성의 남쪽을 해자처럼 흘렀고 바다까지 이어졌다.

능원의 나루터 동북쪽에 완만한 산이 있었는데 그 곳에 고구려의 토성이 있었다. 바로 능원요새였다. 능원요새에는 천 명에 가까운 고구려 주둔군이 있었다. 유성 주둔군인 상변군 소속 제이 대 달달가우의 부대였다. 달달가우는 키타이 족 출신 장수였지만 상변군 원수 고흘은 그를 신임하여 과감히 위당주라는 군직을 맡겼던 것이다. 고흘은 상부 고씨의 명문가 사람이었다. 그렇지만 이렇듯 출신 성분을 가리지 않았기 때문에 많은 장수와 장교들이 그를 성심으로 따랐다. 달달가우 역시 고흘의 그러한 점을 높이 샀고 그를 위해서라면 목숨을 초개같이 버릴 수 있었다. 달달가우는 고흘이 우선으로 꼽는 사대 장수 가운데 한 명이었다.

달달가우는 능원요새를 효과적으로 방어하고자 주변에 거미줄 같은 경계망을 구축했다. 곳곳에 작은 규모의 보루들이 있었고, 항상 수 십여 기의 척후병들이 평천요새 지역까지 물샐 틈 없이 살피고 있었다. 평천보루는 달달가우가 제나라와의 완충 지대를 확대하려고 서쪽으로 전진하다가 지세가 험한 평천을 발견하고 세운 고구려의 최전방 전진 기지였다. 그런 평천보루에서 은광이 터졌으니 전적으로 달달가우의 공이라고 해야 했다. 고흘은 평천보루의 방어를 위해 병력 백 명을 증원하여 지원하도록 했다. 그만큼 평천보루는 이제 고구려가 굳게 지켜야 할 요충지였던 것이다.

은은 이미 오래 전부터 만국의 공용 화폐로 가치가 높았다. 평천요새에서 채굴되는 은은 유성의 재원으로 적지 않은 비중을 차지하기 시작했다. 한 달에 한 번씩 달달가우의 군사들이 평천에서 채굴된 은을 받아다가 뱃길을 이용하여 유성으로 보냈다. 평천요새의 방어 책임자는 고구려 사람 사간과 쿠모시 족 사람 야르율이었다.

달달가우는 과거 졸본의 요동 주변에서의 채철 경험이 풍부한 사간을 그 곳의 책임자로 임명했다. 하지만 사간이 전투 경험이 없었기 때문에 용병대장으로 유명한 쿠모시 족 사람 야르율로 하여금 그 지역의 방어와 전투를 책임지도록 했다. 그만큼 은을 채취하는 일은 중요한 임무였다. 평천보루의 실질적인 군 책임자는 야르율이었지만, 사간은 용병인 야르율과 쿠모시 족 병사들을 인격적으로 모욕하는 등 함부로 대하고 있었다. 쿠모시 족속은 천손인 고구려 사람들과 다르다는 것이 사간의 생각이었다. 사간은 고흘이 직접 파견했다는 사실을 들어 위당주 달달가우에게도 허리를 굽히지 않았다. 달달가우도 고구려 사람이 아니라는 것 때문이었다.

평천보루는 능원요새보다도 외곽에 있었고 병력도 적었던 만큼 위험한 곳이었다. 고흘은 위험한 곳에 고구려 출신 정예 병사보다는 돈을 주고 산 용병을 고용하여 지키도록 했다. 쿠모시 족 용병들은 위험수당에 몸을 던지다시피 했기 때문에 평천보루와 같은 곳을 선호했다. 그러한 사실은 평천보루 주둔군 백 명 가운데 예순 명이 쿠모시 족 소속 용병들이라는 것에서도 알 수 있었다. 나머지 스무 명은 키타이 족이었고, 고구려 병사 또한 스무 명 정도였다.

야르율을 따르는 쿠모시 족 전사들은 고구려 출신 사간의 비인간적인 처우에 불만이 많았다. 무엇보다도 사간이 자신들의 지도자인 야르율에게 함부로 할 때면 모욕을 참을 수 없었다.

"당령 어른, 기회를 봐서 그 놈을 아예 죽여 버리지요. 이 변방에서 사고 처리하면 아무도 모를 것입니다."

야르율은 전형적인 전사의 외모를 가지고 있었다. 부하의 말에 야르율이 잠자코 있자 옆에 있던 다른 병사가 말했다.

"그 자식, 본국 몰래 많은 양의 은을 착복하고 빼돌리고 있으니까. 그것도 제나라 수비 장교인 허숭과 짜고 말이야. 적장과 밀통하는 놈은 사형감이야. 우리도 할 말이 있으니 기회를 보자고."

쿠모시 병사의 말대로 사간은 착복한 은을 평천 남서쪽의 경원보루를 지키는 제나라 수비 장교 허숭과 거래하고 있었다. 그는 허숭에게 은을 주고 현물을 사들인 뒤 그것을 유성으로 빼돌려 착복하는 수법을 썼다. 허숭이라는 제나라 장수는 현찰을 얻어서 좋았고 사간은 현물을 유성에 내다 팔았으니 의심하는 이가 없었다. 물론 현물은 대리인을 써서 팔았다. 이렇듯 사간이 제나라 장교와 친해지자 보루를 지키는 군사들의 긴장감은 떨어졌고 자연 군기도 해이해질 수밖에 없었다.

야르율의 부하들은 군비를 빼돌리는 등의 부정을 저지르면서도 자신이 단지 고구려 사람이라는 사실 때문에 성실히 일하는 쿠모시 족 병사들을 괄시하는 사간의 만행을 고발하고 싶었지만 쉽지 않았다. 평천보루가 그만큼 고립된 지역이었기 때문에 이곳에서 일어나는 일을 밖으로 알리는 게 쉽지 않았던 것이다. 무엇보다도 사간은 야르율의 상관이었다. 야르율은 군율을 잘 지키는 용병이었다. 그는 사간의 행동을 좀 더 지켜보기로 했다. 무엇보다도 일이 잘못되어 고구려 군영에서 쫓겨난다면, 이곳보다 보수가 좋은 곳을 찾기 쉽지 않았으므로 일단은 참아야 했던 것이다.

"우리가 여기마저 잃는다면 어디로 가느냐? 조금만 참아 보자."

야르율은 보루 가까운 곳에 살고 있는 자신과 부하들의 가족을 생각했다. 그렇다고 평천보루에서 일어나는 일을 밖에서 전혀 모르는 것이 아니었다. 달달가우도 사간의 비리를 눈치 챘고 그것을 이미 유성의 고흘에게 알렸다. 다만 사간과 같은 채철 기술자를 쉽게 찾을 수 없었으므로 일단은 지켜보고 있는 상황이었던 것이다. 야르율은 그래도 잘 참을 수 있었던 것은 달달가우가 그의 마음을 잘 이해해 주었기 때문이었다. 키타이 족과 쿠모시 족은 사실 먼 친척뻘인 동족이었다.

평천에서 작은 갈등이 벌어지고 있을 즈음, 제나라 범양왕 고소의와 범양군 대원수 고보령은 평범한 장사꾼 차림으로 제나라 측 최전방 지역인 경원보루에 들어서고 있었다. 눈치 빠른 고보령은 경원보루의 책임자인 허숭이 부패한 인물임을 알아챘다. 사실 그의 부정은 부하들까지도 모두 알고 있는 공공연한 사실이었다.

백성들에게서 부당하게 징수한 세금으로 적군의 은과 바꾸었다는 사실 자체가 이미 대역죄였다. 더욱이 허숭의 부하들도 노골적으로 그 짓을 흉내 내고 있었던 탓에 이곳의 민심이 매우 좋지 않았다. 민간을 착취하고 적과 내통하는 인물이 있는 한 제나라 군대가 고구려와의 싸움에서 이길 수 없다는 것은 자명했다.

"변경에서의 긴장은 시간이 지날수록 방만함으로 변하기 일쑤죠. 지휘관이 변변치 못할 경우에는 더할 수밖에 없겠지요. 전방의 오랜 긴장은 오히려 이런 안일함을 낳고는 합니다. 부패한 장교는 군영이 어떻게 되건 상관하지 않고 자신의 사욕을 채울 뿐입니다. 누구도 찾지 않는 이곳에서 착복한다고 해서 신변에 이상이 올 리가 없으니까요. 놈은 재수 없는 경우라 할 수 있을 것입니다. 불행하게도 우리가 알아 버렸으니까요."

고보령은 그렇게 말하면서 빙그레 웃었지만 범양왕은 얼굴이 굳어 있었다. 대원수의 생각에 따라 범양왕은 일단 허숭을 찾았다. 평천보루에 관한 정보를 캐내고자 함이었다.

"은이 필요해서 왔소."

의복은 평범했지만 범상치 기골을 가진 두 사람의 모습에 허숭은 자신도 모르게 경계심을 가졌다.

"무슨 뚱딴지같은 말씀이신가? 보아 하니 초보 장사꾼들 같은데 변방의 가난한 장교에게 어떻게 값비싼 은이 있을 수 있겠는가?"

산전수전 다 겪은 능구렁이 중년 장교가 쉽게 넘어올 리 없었다. 고보령은 어떻게든 장교 놈이 자신을 믿도록 만들어야 했다.

"말씀하신 것처럼 우리는 범양성의 초보 장사치들이오. 우리는 유성에 가서 소금을 사려고 나선 것이오. 장교님께서도 아시는 것처럼 범양성 주변에는 이미 은이 바닥나 있소이다. 범양왕인가 하는 어린 애송이가 군사를 키운답시고 은을 싹 쓸어간 모양이오. 물론 우리는 은 대신 양질의 비단 같은 피륙을 가지고 유성으로 갈 생각도 했소만, 짐이 많아져 이동에 어려움이 있소이다. 혹시 도적 패거리라도 만나면 달아날 수도 없으니 걱정이 큰 것입죠."

고보령은 일부러 양질의 비단이 있다는 사실을 흘렸다. 양질의 비단은 사간이 제일 값을 많이 쳐주는 물품이었다. 이미 비단이란 말에 홀린 사간은 은을 달라는 대로 줄 것이 분명했다.

"비단이 있다고 했소? 상품인가?"

고보령은 고기가 입질을 시작했다는 사실을 알고는 다시 더 많은 떡밥을 뿌렸다. 고보령은 말에서 비단 한 필을 꺼내어 펼쳐 보이고는 허숭에게 주었다.

"선물이니까 이것으로 살펴보시오. 비단을 볼 줄 안다면 알아서 판단하시겠지요? 하하."

허숭은 선물이라는 말에 입이 찢어졌다. 그는 펼쳐진 비단이 최고급 상품임을 확인했다.

"이거 정말 최고 같은데?"

"물론 최고지요. 황제폐하께 진상되는 비단과 견주어도 전혀 손색이 없을 겁니다."

허숭은 현물을 은으로 바꾸어야 할 필요성 때문에 현물의 가치를 한 눈에 알아보는 눈이 있었다. 그는 고보령의 비단을 보며 감탄했다. 당연한 것이 왕부의 비단이 아닌가?

"과연, 상품이로다. 내 일찍이 이런 비단을 본 적이 없을 정도로 좋은 물건이야!"

허숭은 몇 번을 들추어 보면서 감탄을 멈추지 않았다. 탐욕스런 사람은 물욕에 눈이 어두워 모험을 하는 법이다.

'이번 한 번만 하고 전역한 뒤 잘 살아 보는 거야! 모든 것이 다 잘될 것이다. 지금까지 그래 왔던 것처럼.'

허숭은 결심한 듯 입을 열었다.

"이 상품을 그냥 보내기가 아까워 결심했소. 어떻게 은은 구해 보겠소만 한 가지는 알아야 할 것이오. 지금 유성에도 소금이 귀하다는 소문이니까 그 곳에 간다고 해도 소금을 구하기는 어려울 것이오. 그래도 이 비단과 은을 바꿀 생각이오?"

고보령이 고개를 끄덕였다.

"그렇다면 우리 병영에 잠시 머물러 주시오. 은을 구해 보겠소. 저 정도의 비단을 은으로 바꾸려면 쉽지는 않을 것이니까."

허숭은 그렇게 말하고 고보령과 범양왕을 자신의 군영에 머물도록 했다. 고보령은 범양왕과 그가 마련해 준 숙소에서 이상하다는 투로 입을 열었다.

"이상하지 않습니까? 유성은 소금으로 유명한 성읍인데 소금이 없다니요? 그것도 확실히 알아봐야 할 일 같습니다. 그 곳에 무슨 일이 벌어지고 있다는 생각이 드는군요."

"그렇지요? 유성은 시라무렌 강 서쪽 염수의 소금이 모이는 곳이라 들었소. 소금이 없다? 누군가 소금을 빼돌린다는 뜻인가요?"

범양왕의 말에 고보령이 고개를 끄덕였다.

"어쨌거나 저 허숭이라는 자는 도저히 용서할 수 없겠습니다. 적과 통교하지 않나, 알지 못하는 낯선 사람을 군영에 들이지 않나.

군율의 기본도 모르는 자가 변방의 요지를 지키는 장교라니 한심하다는 생각입니다."

고보령의 말에 범양왕도 고개를 끄덕였다. 둘은 그렇게 경원의 군영에 머무르면서 주변의 사정과 더불어 평천보루에 관한 여러 가지 정보도 함께 얻어냈다. 평천보루의 주력인 쿠모시 족 용병들과 고구려 사람 사간의 관계가 좋지 못하다는 사실을 접한 것이다. 고보령은 고소의에게 자신의 생각을 말했다.

"잘하면 평천보루를 어렵지 않게 취할 수도 있겠습니다. 고구려 사람들이 쿠모시 용병들을 멸시하는 것이 사실이라면 말입니다. 종족간 불화야말로 불씨가 되기가 충분하지요. 만약 평천보루의 주력인 쿠모시 용병들을 우리 쪽으로 끌어들인다면 그 종족 모두를 우리 쪽으로 끌어들일 수 있다는 말입니다. 쿠모시 용병의 우두머리인 야르율은 귀족 출신이니 더 많은 세력을 규합할 수도 있을 것입니다. 그를 끌어들여 쿠모시 족 전체가 우리를 돕도록 하는 것입니다. 자연히 유성을 취하는 것이 쉬워질 것입니다. 그러자면 야르율을 어떻게 우리 쪽으로 끌어들이느냐가 관건이겠지요."

"과연 좋은 생각이오. 당장 야르율을 끌어들일 생각이오?"

"아직 더 시간을 둬야 합니다. 우리는 능원요새의 군세와 지세도 살펴야 하고 유성도 둘러봐야 하니까요. 서두를 필요 없습니다."

허숭은 비단에 눈이 멀어 부랴부랴 은전을 준비했다. 그는 고급 비단을 말 그대로 헐값에 사들이고 있었다. 고보령은 허숭의 욕심에 혀를 내둘렀다.

"이런 비단을 이렇게 싸게 처분하기는 처음이오. 병영의 장수인 것으로 아는데 욕심이 참 대단합니다."

허승은 고보령이 꼬집었지만 빙그레 웃을 뿐 대꾸도 하지 않았다. 고보령은 허승이 내민 은전을 챙긴 뒤 그의 얼굴을 잠시 노려봤다. 나중에 보자는 시선이었다.

고보령은 경원 병영을 떠나면서 결심을 굳혔다.

"평천보루를 취한 뒤 놈을 파직하고 죄를 주겠습니다. 저런 자는 일벌백계로 목을 베어야 할 것입니다. 적과 내통하고 군수를 빼돌리는 자는 당연히 사형이니까요."

그들은 허승과의 거래를 그렇게 끝낸 뒤 평천보루 쪽으로 발길을 돌렸다. 그들은 간단히 평천의 지세를 살폈다. 고구려 군의 감시가 있는 까닭에 조심해야 했다.

허승은 고보령과 범양왕이 병영을 떠난 뒤에 혼자서 수지맞는 장사를 한 것에 매우 흡족해 했다. 그런 한편으로는 왠지 모르게 기분도 찜찜했다.

'저 놈들이 어리숙한 건지 장사에 관심이 없는 건지 알 수가 없구나. 관부에서 나온 놈들일지도 모르니 조만간 이곳을 떠야겠다. 놈들이 유성 쪽으로 갔으니 시간이 아직 내 편이군.'

고소의와 고보령이 평천보루의 지세를 살핀 뒤 능원 쪽으로 떠나고 얼마 지나지 않아 평천보루에서는 또 다른 문제가 생겼다. 사간과 야르율 사이의 곪았던 문제로 일이 터지고 말았던 것이다.

사간은 성격이 유별나서 쿠모시 족 병사들이 한시라도 편하게 있는 것을 그냥 보지 못했다. 사간은 쿠모시 족 병사들이 조금 편하게 지낸다는 것을 구실로 당장 보루 정상의 망대를 수리하고 그 곳까지의 길을 넓히라는 명령을 내렸다. 눈이 내리는 추운 날씨임에도 사간은 막무가내로 노역을 강요했다.

야르율은 하는 수 없이 부하들과 함께 남산 꼭대기에 있는 망대를 수리하면서 요새 사이의 길을 넓혔다. 야르율은 몹시 추운데다가 눈까지 내리고 있었기 때문에 모닥불을 피워 부하들로 하여금 몸을 녹여 가며 쉬엄쉬엄 일을 하게 했다.

하지만 사간은 궂은 날씨에도 숙소에 있지 않고 쿠모시 족의 노역 상황을 살피고자 현장에 나왔다. 사간은 며칠 동안 날씨가 좋지 않다는 이유로 은채 작업 실적이 기대에 못 미치자 기분이 상해 있었다. 그는 쿠모시 용병들이 비잉 둘러서서 불을 쬐고 있는 모닥불에 쌓인 눈을 퍼다 붓고는 밟아 끄면서 소리를 질러 댔다.

"이 오랑캐 놈들이 봉록은 축내면서 요령만 피우는구나."

야르율은 사건이 커질 것을 우려하여 화가 난 사간에게 부복하고 용서를 빌었다. 쿠모시 족 전사들은 자신의 우두머리가 사악한 고구려의 장교에게 당하는 굴욕에 분을 삭이고 있었다. 야르율은 함부로 움직이지 말라는 눈짓을 했다.

그 순간 눈 쌓인 망대를 수리하던 쿠모시 병사 하나가 망대에서 떨어져 목이 부러져 죽고 말았다. 사간은 야르율과 함께 망대 쪽으로 달려갔다. 사간은 죽은 병사를 향해 침을 뱉으며 말했다.

"그 새끼, 꾀를 부리더니 잘 죽었다!"

그 장면을 본 야르율과 쿠모시 족 군사들은 불끈 끓어올랐다.

"당령, 너무하십니다. 병영을 위해 일하다가 죽은 사람입니다.

사과하십시오!"

사간은 평소와 다른 야르율의 태도에 적지 않게 놀랐다. 하지만 자신이 꼬리를 내린다면 앞으로 쿠모시 족을 다루기가 힘들어질 것으로 생각했다. 사간은 갑자기 야르율을 구타하기 시작했다.

"이 새끼가 어디서 대드는 거야? 상관에게 대들면 사형이라는 사실을 모르나?"

같은 고구려 병사들이 보기에도 사간의 행동이 지나쳐서 고구려 병사 가운데 몇 명이 사간을 뜯어 말리고는 지휘소로 데려갔다.

"내가 대신 사과하겠소. 그대들도 알지 않소? 사간 당령이 어떤 사람인지를 말이오."

고구려 장교 하나가 야르율과 그의 쿠모시 족 부하들을 달랬다.

하지만 야르율과 쿠모시 족 용병들의 입장에서 이 굴욕은 정말 참기 힘든 것이었다. 야르율은 일단 죽은 병사를 묻어 주고는 돈을 모아 그의 가족들을 위로했다.

범양왕과 고보령은 말을 타고 장차 소금을 싣고 올 다섯 마리의 나귀를 앞뒤에서 이동시키며 드디어 능원나루에 도착했다. 능원나루까지 오는 동안 무인지경이었는데 나루 주변에는 어디서 왔는지 제법 많은 사람들이 배를 기다리고 있었다. 고보령이 능원나루까지 오면서 찾아낸 보루만 해도 모두 네 곳이었다. 그 보루들은 적의 움직임을 살펴 바로 알려주는 연결망 역할을 하는 것이 틀림없었다. 그 보루들의 끝에는 작은 산이 있었고 그 위에는 토성이 있었다. 그 토성을 드나드는 군사들을 보니 그 곳에는 제법 큰 군영이 있는 것이 틀림없었다. 바로 능원요새였다. 능원요새의 언덕 위에는 높은 망대가 있었는데 먼 곳에서도 한 눈에 보일 정도였다. 유사시에는 봉화대 역할을 하는 곳이었다. 고보령이 그 망대를 보면서 말했다.

"우리 군사가 평천보루를 기습한다면 머잖아 저 곳의 봉화가 올라갈 겁니다. 평천보루에서 이곳 능원요새까지 네 곳의 보루가 봉화대 역할을 하고 있으며 마치 하나의 길처럼 연결되어 있지요. 봉화가 오르는 즉시 능원나루의 주둔군들이 평천보루를 구원하러 갈 것입니다. 물론 능원요새의 봉화는 곧 유성 쪽으로 계속 이어질 것입니다. 그에 따라서 유성은 적의 침입에 대비할 것입니다. 유성을 치자면 주변의 요새들부터 취해야 일이 쉬울 것입니다."

고보령은 지금까지 직접 다니며 적정을 살피고 정리한 생각을 고소의에게 말했다.

"대원수의 말씀대로 문제는 시간이겠소. 단번에 일을 끝내지 않으면 우리 군대가 협공을 받을 수 있으니까 말이오."

"바로 보셨습니다."

그들은 대릉하 상류의 능원나루에서 처음으로 고구려군의 검문을 받았다. 고보령은 조금도 주눅 들지 않고 유성에 소금을 사러 가는 제나라 상인이라고 말했다. 능원나루를 지키는 고구려 위병 장교의 가장 큰 임무는 제나라 상인과 첩자를 가려내는 일이었다.

"무엇을 사러 가오?"

"소금이오."

"소금은 유성에도 없소."

"그래도 유성에는 없는 것이 없다 들었소. 우리는 어떤 값을 치르더라도 소금을 구해야 합니다. 소금이 없으면 살 수 없으니까 말이오. 그러니 가도록 해 주시오."

위병 장교는 의심을 접지 않고 고보령과 고소의를 살폈다.

"어디서 왔소?"

"범양에서 왔소."

"범양은 제법 큰 성읍인데, 그 곳에 소금이 없다는 말이오?"

"왕과 관리들이 소금이란 소금은 죄다 강제 징수해 갔소. 당장 인민들이 먹을 소금이 없단 말이오."

"전쟁이라도 준비한단 말인가?"

고보령은 고개를 끄덕였다. 차라리 범양의 상황을 솔직히 얘기하는 것이 유리할 것 같아서였다.

"쇠란 쇠는 모두 가져가고 마소도 모두 징발하고 있소이다."

"왕이 어떤 놈인지는 모르겠지만 정신이 나갔군 그래. 우리와 싸우려 하다니. 이곳은 난공불락이니 애꿎은 병사들만 죽어 날 거요. 그 바람에 인민들만 또 피눈물 흘리게 생겼군."

위병은 범양의 상황에 대해 속이지 않는 상대방에게 호감 같은 것을 느꼈다.

"당신들은 제나라 사람들이니까 행동거지를 조심해야 할 것이오. 이곳을 통과했다고 안심했다간 큰코다친다는 것이지. 전란의 조짐이 있다고 장사꾼들 길까지 끊을 수는 없는 것 아니겠소. 당장은 상부에서 특별한 명령이 없었으니까."

어쨌거나 위병 장교는 고보령과 고소의에게서 별다른 혐의점을 찾을 수 없었다. 제나라가 적국이라고 백성들까지 적대할 수는 없는 노릇이었다. 유성은 만국의 인민들이 모이는 곳이니까. 나루의 뱃사공은 그들이 검문을 마치는 것을 확인하고는 뱃삯을 흥정했다. 범양왕 고소의는 아무 말 하지 않고 은전 하나를 던져 주었다. 짐이 많으니 특별히 봐달라는 의미도 있었겠지만, 뭔가 떳떳하지 않다는 뜻도 있었다. 뱃사공은 이게 웬 횡재냐는 얼굴로 아무 말 없이 그 은전을 받았지만, 고보령은 쓸데없는 짓을 했다는 표정을 지었다. 고소의는 앞으로는 나서지 않겠다는 표정을 지었다. 뱃삯을 계산하는 모습을 저만치서 검문하던 위병 장교가 지켜보고 있었다.

어쨌든 고보령과 범양왕은 배편으로 편안하게 유성까지 들어갈 수 있었다. 물론 그들의 말과 나귀도 함께 할 수 있었다. 대릉하 북쪽을 따라 고구려 위병들이 곳곳에 영채를 만들고 제나라군의 움직임을 살피고 있었다. 고보령은 내심 감탄했다.

"과연 유성은 듣던 것 이상으로 난공불락의 요새입니다. 유성을 지키는 장수는 막대한 비용을 아끼지 않고 길목마다 보루를 짓고 정예 군사들을 배치해 놓고 있습니다. 쉽게 움직이는 적은 단번에 그 움직임이 노출되지 않을 수 없는 상황입니다."

"투르크의 무적 기병대를 격퇴한 고구려의 맹장 고흘이 바로 그자입니다."

"고흘, 맞습니다! 우리는 그 맹장을 넘어야 이길 수 있습니다."

고보령과 범양왕은 제법 긴 뱃길을 따라 동쪽으로 이동했고, 한참을 간 뒤에야 유성의 남문 쪽에 있는 대광나루에 도착할 수 있었다. 대광나루는 단순한 나루터가 아니었다. 큰 배도 댈 수 있도록 나무다리를 강심까지 연결해 놓았다. 육지와 연결된 그 나무다리들은 매우 많았으며 곳곳에 배들이 가득 정박해 있었다. 나루 곳곳에는 순라선들이 배들의 출입을 통제하고 있었다. 곳곳에는 바닷길을 다닐 수 있는 대선들도 수 십 척이나 정박해 있었다.

"유성은 참으로 대단한 곳입니다. 그야말로 강한 심장 같은 곳이 아닙니까? 곳곳에 혈관과 같은 길이 있어 사통팔달의 중심을 이루고 있는 것입니다. 이곳을 우리가 취한다면 무엇이 두렵겠습니까? 가히 천하를 논할 수 있을 것입니다. 우선 숙소를 정하여 여장을 푼 뒤 배를 빌려 대광나루 주변을 돌아봐야겠습니다. 아마도 남쪽의 강 건너편에 있는 높은 구릉이 용산인 것 같습니다. 잘 보이지는 않지만 용산 위에는 군영이 있을 것이고, 유성을 지키는 위병들이 사방을 지키고 있을 것입니다. 용산은 유성의 눈이라 할 수 있을 것입니다. 잘 조련된 정예 군사들이 지키고 있겠지요."

고보령이 동남 방향의 야산을 바라보며 그렇게 말했다. 고소의는 아무 말 없이 그의 말을 들으며 그가 가리키는 용산을 바라보았다. "장차 우리가 건창에 군영을 설치하면 당장 용산의 군사들과 대치하게 되겠지요. 용산영의 군사들과 교전이 시작되면 대광문과 대광나루를 지키는 고구려 상번군 일대가 용산영의 군사를 돕고자 도강할 것입니다. 아니, 우리 움직임이 한눈에 들어올 것이므로 우리가 용산에 접근하기도 전에 상번군 일대가 이미 도강하여 우리의 측면을 공격할 것입니다. 무서운 일입니다. 우리는 먼저 용산영을 취한 뒤에 상번군과 싸워야 할 것입니다."

고소의는 한눈에 유성의 여러 상황들을 머릿속에 그려내는 고보령의 모습에 놀라면서도 기분 좋은 표정이었다.

"어쨌든 대원수의 말씀대로 직접 와 보길 잘한 것 같소. 며칠 정도 머물 건가요?"

"오래 있을 수는 없습니다만 꼭 해야 할 일이 생겼습니다."

"해야 할 일이라 하심은?"

"우리가 경원의 군영과 능원나루에서 들었던 말들을 기억하십니까? 유성과 같이 소금으로 유명한 성읍에 소금이 없다는 사실이 공공연하게 회자되고 있습니다. 무슨 뜻일까요?"

고소의는 자신은 아무것도 모르겠다는 표정이었다.

"그것은 누군가 소금을 빼돌리고 있다는 뜻입니다. 소금 전매에 관한 권한은 나라에 있는데, 그것을 누군가 빼돌린다는 것은 실력자가 아니면 생각할 수도 없고 이는 곧 역모를 꾸민다는 뜻이기도 하지요. 지난 이야기를 하자면 지금부터 이십여 년 전, 이곳 유성을 중심으로 제법 큰 반란이 일어났었습니다. 당시 고구려의 유력한 세도를 지녔던 현성왕자가 태자 책봉의 뜻을 이루지 못하고 변방인 이곳 유성으로 쫓겨 왔었습니다. 그는 이곳 유성에서 절치부심 와신상담하게 되었습니다. 그런 중에 고구려 왕성에서는 두 집안의 권문세가가 가운을 건 싸움을 벌였습니다. 실로 엄청난 살육이 일어났었지요. 그 와중에 현성왕자의 외가인 기씨 집안이 부씨 집안과의 권력 싸움에 패하면서 몰살당하고 말았던 겁니다.

그 일로 현성왕자의 일가는 물론 기씨 집안을 따르던 관료들과 무리들이 거의 이천 명이나 살육당하는 일이 벌어졌습니다. 그 소식을 들은 현성왕자의 마음이 어떠했겠습니까? 현성왕자는 유성에 있으면서 변방의 군부 세력과 경당 세력을 자신의 휘하에 둘 수 있었습니다. 많은 명망을 쌓았던 것이지요. 현성왕자를 따르던 무리들이 그를 새로운 왕으로 옹립할 것이니 군사를 일으키자고 제안하기도 했겠지요. 현성왕자는 자신의 어머니를 비롯한 가족들의 복수를 위해 이곳 유성의 모든 세력을 규합합니다. 수광태월이라는 기치 아래 천승군이라는 이름의 군대를 일으키지요. 현성왕자가 군사를 일으키자 고구려왕이 친히 토벌군 이만을 이끌고 맞섭니다.

그러나 잘 준비된 현성왕자의 천승군이 막강한 예봉으로 밀어붙이자 몰리게 되지요. 고구려왕의 패색이 짙었습니다. 하지만 승승장구하던 현성왕자의 천승군들은 고구려왕을 돕는 연씨 집안의 협공에 빠져 무려라에서 결정적인 패배를 당하고 말지요. 현성왕자는 결국 꿈을 이루지 못하고 무려라에서 목숨을 잃습니다. 대범한 성격에 강한 포용력으로 많은 사람들을 품에 안았던 현성왕자가 죽자 모든 천승군들은 흩어지고 말았습니다. 사료에 따르면 현성왕자의 가신이었던 모호라는 당주가 왕자의 아들을 데리고 어디론가 잠적했다는군요."

고보령은 잠시 숨을 고르고 나서는 이야기를 이어 갔다.

"고구려에는 수 천 년 동안 내려오는 수두교라는 국교가 있는데, 단군의 조상인 천신 환인을 섬기는 종교입니다. 지금부터 이천 년도 더 이전에 소시모리라는 자가 단군조선에 맞서 반란을 일으켰습니다. 소시모리 역시 수광태월이라는 기치와 천승군이라는 군대를 이끌었습니다. 소시모리 그 자신이 수광태월이라는 주장이 그중 가장 유력합니다. 당시 그는 패했지만 또 하나의 신으로 추앙을 받게 되었습니다. 소위 정통에 반하는 자들은 소시모리를 신으로 받들며 고구려 왕실에 도전하는 전통이 있는 것입니다. 현성왕자를 비롯한 반란 세력들 역시 소시모리를 신으로 섬기고 있었을 것입니다. 소시모리를 신으로 섬기는 자들을 찾는 것이 아마도 반란 세력을 찾는 실마리가 될 것입니다. 어쩌면 그들이 소금을 빼돌리고 있는지도 모르겠습니다. 소금을 부릴 줄 아는 사람이 천하를 쥘 수 있는 법이니까요. 우리는 어떻게든 그들과 연결되어야 합니다. 소시모리를 따르는 무리들이 우리를 도와 유성의 내부를 어지럽힌다면 유성을 공격하여 취하는 일은 더욱 쉬워질 것입니다."

고보령의 장황한 설명에 고소의는 비로소 '아하, 그것이었구나!' 하는 표정을 지었다.

며칠 뒤, 연자유 일행과 툴리의 투둔군들은 운둘칸에 도착했다.

운둘칸은 투르크 동부를 지배하는 투둔으로 많은 겔들이 흩어져 있어 인구가 제법 많다는 것을 알 수 있었다. 해가 기울고 얼마 지나지 않자 저녁 시간이 닥쳐왔고, 양과 말들이 초원에서 돌아와 우리로 들어갔다. 번견들이 주인을 따라 분주히 양들을 우리로 몰았다. 번견들은 낯선 방문객들을 보고는 마구 짖어댔다.

연자유는 툴리와 협의한 뒤 사절단원들에게 이곳에서 이틀 정도 유숙했다가 외투겐으로 출발하겠다는 뜻을 전했다. 한 달 가까이 강행군한 사절단원들을 위한 배려였다. 사절단원들은 연자유의 결정을 반갑게 여겼다. 사실 쉬어 가자고 권고한 것은 툴리였다. 툴리는 아직도 갈 길이 많이 남았으니 좀 쉬어야 한다는 뜻을 밝혔고, 연자유는 초원의 주인이 가진 생각을 옳게 여겼다.

탐갈릭은 숙소에 짐을 풀고 일부러 툴리를 찾아갔다. 그는 자신의 왕족인 툴리를 배알하고 죄를 빌었다. 하지만 툴리는 오히려 탐갈릭을 위로하고 과거의 일을 잊으라고 말했다. 툴리는 탐갈릭이 낯선 이국땅에서 십오 년 동안이나 포로 생활을 한 것에 안타까움을 표했다. 탐갈릭은 전쟁 포로가 되어 노예 신세가 된 채 십오 년을 살아왔음에도 가족의 일원으로 대해 준 연씨 집안 이야기도 잊지 않았다. 또한 탐갈릭은 자신이 아시나씨 족의 일원임을 말했고, 툴리는 탐갈릭의 가족을 찾아보겠노라고 위로했다. 그들은 그렇게 서로 형제의 우의를 나눴다. 탐갈릭은 나이는 어리지만 왕자王者의 넓은 마음과 대범함에 내심 감탄하며 고마워했다.

소년 연태조는 운둘칸까지 오는 동안 숨 쉴 수 없을 정도로 거센 먼지바람과 눈을 동반한 돌풍을 겪으면서 많은 것을 느끼지 않을 수 없었다. 초원은 말 그대로 생존을 위해 투쟁하는 땅이었다. 하지만 그 동안 연태조가 경험한 것은 새 발의 피에 지나지 않았다. 지금도 초원이 춥고 거칠다고는 하지만 그래도 봄이었다. 도대체 겨울에 이곳은 얼마나 춥다는 말인가? 연태조는 굶주림과 혹한에 죽은 야생 짐승들과 가축들의 시체를 떠올렸다.

그는 툴리를 찾아갔다. 잠시 헤어져 있으니 심심했던 것이다. 툴리는 자신을 친구로 생각하는 연태조가 왠지 마음에 들었다. 진정으로 자신과 통하는 친구가 모투핀밖에 없는 줄 알았는데 지금은 그런 친구가 하나 더 생긴 것이다.

"형, 우리나라의 겨울도 대단히 추운데 여기는 더한 것 같아?"

연태조가 조금은 서투른 투르크 말로 스스럼없이 말을 건넸다.

툴리는 정중한 투르크 말을 구사하는 소년을 보면서 탐갈릭의 모습이 떠올랐다. 탐갈릭은 연씨 집안의 투르크 말 교사 노릇을 한 게 틀림없었다.

"그래. 네 말대로 이곳의 겨울은 정말 추워. 하지만 봄이 온다고 해도 당장 크게 좋아지는 것은 없어. 낮에는 그래도 따뜻하지만 눈은 아직 녹지 않았고, 먼지폭풍이 잦아서 풀이 잘 사라지 못하지. 겨우 겨울을 넘긴 가축들도 결국은 봄을 넘기지 못하고 굶어 죽는 일이 많아. 그래서 우리는 좋은 초지를 지키려 노력하는 거야. 우리는 나그네를 존중하고 대접하지만, 우리의 초지를 빼앗는 무리들은 모두 우리의 적이 될 수밖에 없지. 우리는 그들과는 죽기로 싸워서 우리의 가축들을 지켜 낸단다. 네가 만난 타타르 족은 아직 우리에게 항복하지 않은 몇 안 되는 종족 가운데 하나야."

연태조는 툴리의 표정과 말투에서 비장함 같은 것을 느꼈다. 연태조는 툴리와 대화하면서 자연스럽게 주변을 둘러보았다. 이제 갓 걸음마를 뗀 아이들이 말을 타고 있었다. 정말로 놀라운 장면이었다. 툴리는 놀라는 연태조에게 말했다.

"그렇게 괴물 보듯 하지 마. 오죽하면 우리는 걸음마보다 말 타기를 먼저 배운다고 하겠니?"

"나는 괴물을 무서워하지 않을 뿐 아니라 특별하게 보지도 않아. 그러니 내가 괴물 보듯 했다는 형의 말은 옳지 않아."

툴리는 당장에 항변하는 연태조의 머리를 자신도 모르게 쓰다듬어 주었다.

"아직도 길이 멀어. 일단 들어가서 쉬라고!"

날이 어두워지자 운둘칸은 수많은 횃불들로 마치 거대한 불덩어리를 연상시켰다. 툴리는 낮에 잡아 놓은 양고기를 저녁 식사로 고구려의 사절단에게 대접했다. 투르크 족과 같은 유목민들은 날씨가 좋지 않거나 어두운 밤에는 가축을 죽이지 않았다. 그런 때에 가축을 죽이면 멀고도 험한 저승길이 더욱 힘들어질 것을 우려했기 때문이었다. 그들에게서 가축은 비록 식량의 역할도 해야 했지만, 가족 구성원으로서의 존재감이 훨씬 컸다. 유목민들은 가족과 같은 가축을 잡아 나그네나 손님에게 대접했다. 일단 자신들과 친구가 될 수 있다면 그들은 최선을 다해서 대접했던 것이다.

어쨌든 사절단으로서는 참으로 오랜만에 먹는 제대로 된 음식이었다. 연자유는 툴리의 특별한 배려에 대해 고마움을 표했다.

"귀한 손님들이시니 좋은 음식을 대접하고 싶었습니다."

사절단은 삶은 양고기와 국물을 정말 게걸스럽게 먹어 댔다. 아이락(마유주馬乳酒)57)을 곁들이니 더욱 좋았다. 연자유는 부하들과 함께 음식을 즐기며 자연스레 그들의 대화를 들을 수 있었다.

"투르크 족들이 무시무시한 괴물 집단인 줄 알았는데, 전혀 그렇지가 않구먼."

"그러게 말이야. 정말 친절하지 않은가? 공연히 겁먹었어."

"이거 국물이 끝내주는군. 아주 별미인걸."

"투르크 사람들이 말 타는 것 자세히 봤나들? 끝내주지 않던가? 그러니 상체가 말과 붙어 있다는 말이 돌 정도가 되었겠지."

---

57)커다란 잔에 가득 흘러넘치도록 부어 주는 일종의 음료다. 가축의 젖을 발효시켜 만든 젖산 음료인데 일본 사람들이 명명한 마유주로 많이 알려졌다. 이것은 사실 말젖을 짜 발효시켰고 또한 알코올 도수가 있다 해서 붙여진 잘못된 이름이다.

"하지만 무칸카간은 다를 거야. 그는 투르크 사람들의 우두머리니까. 어쩌면 인두겁을 쓴 마왕일지도 모른다고. 하하하."

부하들은 이제까지 가졌던 두려움을 모두 떨쳐 버리고 있었다.

연자유는 내심 기분이 좋았다. 이들이 장차 고국으로 돌아가면 투르크에도 우리와 같은 사람이 살고 있다는 사실을 전할 것이다. 이들의 경험담이 퍼지고 퍼지면 고구려 사람들은 더 이상 투르크를 두려워하지 않을 것이기 때문이었다.

사절단원들은 툴리가 대접한 저녁을 하나도 남기지 않고 다 먹어치웠다. 연자유는 탐갈릭에게서 유목민들은 음식 남기는 것을 좋아하지 않는다는 말을 들은 터라 부하들에게 몰래 당부하기도 했었다. 그렇지만 여행 도중 부실한 식사에 굶주린 부하들인지라 당부와 상관없이 차려진 음식을 깨끗이 해치워 버렸던 것이다.

호공관 주이로는 급히 식사를 마치고는 여기저기를 살피러 다녔다. 그는 주변을 돌면서 쓸 만한 말이 있나 하고 찾고 있었다. 연자유는 돈벌이에만 혈안이 되어 있는 주이로의 모습이 조금은 거슬렸지만, 그냥 평범한 장사꾼의 행동으로 여겼다.

이틀 동안의 휴식을 마치고 사흘째 이른 아침 고구려 사절단과 툴리 일행은 출발을 서둘렀다. 그들은 쉬면서 어느 정도 체력을 회복할 수 있었다. 출발 전 간단한 아침식사가 나왔다. 사절단을 대표해서 연자유는 툴리의 진심어린 배려에 다시 한 번 감사했다.

유목민들은 아침식사를 특별하게 먹지 않았다. 툴리는 손님들에게 자신들과 똑같은 식사를 제공했다. 주로 말젖을 섞어 만든 아이락과 치즈 같은 유제품들이 아침과 점심 식사였다. 고구려인들의 입맛에는 그리 맞지 않았지만, 툴리가 보는 앞에서는 맛있게 먹으려 노력했다. 바로 그때 먼 길을 달려온 것이 분명한 기수 하나가 달아나기라도 하듯 사절단 옆을 급히 지나쳐 사라져 갔다.

연자유는 그가 누구인지 궁금했다. 툴리는 놀라는 얼굴로 오히려 연자유에게 물었다.

"저 사람은 고구려의 장사꾼일 것입니다. 외투겐의 고구려 상단에서 보낸 사람일 것입니다. 아직 저 사람과 만나지 못했습니까?"

연자유는 고구려 상단이라는 말에 놀라는 표정이었다.

"외투겐의 고구려의 상단이라니요? 그렇다면 여기 투르크에 고구려의 상단이 있다는 말입니까?"

"모르셨습니까? 그렇군요. 아직 고구려 조정에서는 모르겠지요. 고구려 사람들이야 장사를 하고자 어디든 가는 사람들이니 고구려 조정에서도 손을 쓸 수 없었을 것입니다. 분명한 것은 이곳 투르크에도 이미 적지 않은 규모의 고구려 상단들이 곳곳에 머물고 있다는 사실입니다. 지금까지 우리 투르크가 고구려 조정과는 적대적이었다 해도 장사꾼들과는 그렇지 않았습니다. 그들은 우리가 필요한 것을 언제든 가져다주니까요."

"물론 소규모의 장사꾼들이 투르크와 무역을 할 것이란 추측은 우리도 했습니다만."

"외투겐에 가면 자연 알게 되실 것입니다. 그들은 벌써 십 년 넘게 이곳에 머물면서 서역과 동방을 잇는 교역을 담당하고 있으니까요. 이를테면 중개무역이라고 해야 할까요? 교역 물품들은 유성의 어비나 재승이라는 사람에게 팔고, 그들은 그것을 고구려의 귀족들에게 다시 되판다고 들었습니다. 이문이 엄청 난가 봅니다."

연자유는 고개를 끄덕이며 반가운 얼굴을 했다.

"어비나 재승이라면 소관도 알고 있소이다. 그들은 고구려의 대상으로 어비 같은 경우는 제 동생인 연거수와도 직접 거래를 하고 있지요. 어비는 군납용 기름으로 돈을 벌었다 들었소. 결국 서역의 귀한 물건들이 모두 이 투르크에 상주하는 고구려 상인들을 통해서 고구려의 내지로 팔리는 거였군요. 그러나 저러나 조금 섭섭하군요. 동족이라면 서로 인사를 나눠도 될 법한데 말이오."

"글쎄요? 다 이유가 있어서 그런 것 아니겠습니까?"

툴리가 그렇게 말하자 연자유도 일리 있는 말이라 생각했다. 지금까지 조용하던 호공관 주이로가 언제 왔는지 중얼거리듯 말했다.

"어쨌든 경망스런 친구로다."

연자유는 슬쩍 주이로의 얼굴을 바라봤다. 그리고 곧 출발을 서두르느라 예의 없는 고구려 상인 생각은 잠시 잊어버렸다. 툴리도 무칸카간이 토이[58]를 소집했기 때문에 서둘러 출발 준비를 했다. 운둘칸의 투둔발로서 무칸카간을 만나러 가야 했던 것이다.

사절단이 발걸음을 옮긴 지 얼마 지나지 않아 외투겐에 먼저 와서 일을 보고 귀국하는 태왕의 사자들이 운둘칸으로 들어서고 있었다. 연자유는 십여 명으로 구성된 사자들과 반갑게 인사를 나누고 노고를 격려했다. 그리고 그들의 무사 귀국을 기도해 주었다.

드디어 사절단이 투르크의 심장부인 외투겐으로 향했다. 운둘칸

---

58) 투르크 제국의 국가 회의. 일종의 귀족, 족장 회의로 볼 수 있다. 고구려에 있었던 대가회의나 신라의 화백회의 같은 것이었다.

의 투둔발인 툴리와 그의 기마병들이 사절단을 호위했다.

유성은 북방의 유목 세력과 남방의 농경 세력들이 만나는 주요 길목에 위치한 일종의 메갈로폴리스였다. 그 무렵 유성과 유성 주변으로는 동북아를 아우르는 대규모의 시장들이 널려 있어서 엄청난 양의 교역이 이뤄지고 있었다. 유성은 한마디로 고구려의 젖줄이었고 주변 나라들에게는 선망의 대상이었다.

고구려는 서쪽 변방에 있는 유성 시장을 효율적으로 관리하기 위해 시장 내에 공납소라는 관청을 두었다. 유성에서 거래될 모든 물품은 일단 공납소를 거쳐야 했다. 장사꾼들은 공납소에 신고한 물품만을 매매할 수 있었고, 그 매출 이익의 일 할을 공납소에 내야 했다. 공납소 관리는 시장에서의 밀거래를 방지하고자 상인들에게 목관으로 된 거래 증명서를 발급했다. 증명서에는 거래자와 거래할 물품들의 내역, 그리고 거래할 물량 등이 적혀 있었다.

하지만 공납소의 이런 노력을 비웃기라도 하듯 유성에서의 밀거래 물량은 실로 엄청났다. 게다가 유성은 유명한 소금 산지이자 시장 역할을 했지만, 최근 들어 소금이 없어서 난리였다. 시라무렌 강 상류에서 채굴된 소금은 분명 유성으로 유입되고 있었지만 유성에서의 소금 거래는 거의 없었다. 누군가 유성으로 유입된 막대한 양의 소금을 빼돌리고 있는 게 분명했다. 그들은 범상한 존재들이 아니었다. 유성의 관리들을 완전히 속이자면 대단히 조직적이어야 했기 때문이었다. 고구려 각지에서 암세포처럼 불어나는 소시모리의 추종자들, 어쩌면 그들이 밀거래의 핵심일 가능성이 컸다. 하지만 그들은 철저한 점조직이어서 손을 쓸 수 없었다. 그 지하 세력의 불법적인 밀거래는 유성의 그늘이자 근심거리였다.

공납소 순감 선욱은 유성에서는 고흘 다음가는 고위 관리였지만, 요즘 몹시 난처한 입장이었다. 공납소로 들어오는 소금 물량이 터무니없이 적은 탓에 의심까지 받는 처지가 되어 있었던 것이다. 사실 소금이 없는 유성은 빈껍데기라고 해도 지나친 말이 아니었다.

선욱은 평소 상부 고씨 집안의 무관인 고흘과 가깝지 않았지만, 일단 그와의 협력 관계에 있었기 때문에 공무차 가끔 만나고는 했다. 선욱은 태왕 쪽의 사람이었고 고흘은 상부 고씨의 사람이었으니 지금의 상황에서 두 사람은 정적 관계라고 할 수도 있었던 것이다. 그가 이번에도 직접 고흘을 찾았다.

고흘의 집무실인 욕살방은 유성 동부의 중앙을 지나는 큰 길인 미리내 길의 중간 지점에 위치해 있었다. 따라서 선욱이 있는 공납소와는 멀지 않았다.

"순감께서 이 누추한 곳까지 찾아주시니 참으로 기쁩니다."

거인의 환영에도 선욱의 표정은 별로 밝지 않았다.

"솔직히 원수를 찾고 싶지는 않았으나 일의 경중이 있어 도움을 청하지 않을 수 없소이다."

솔직한 선욱의 말이 오히려 고흘을 편하게 해 주었다. 고흘은 군인으로 잔뼈가 굵은 탓이어서인지 상대방이 마음을 열어 줄 경우 거의 모든 것을 받아들이는 깔끔한 성격이었다.

"사사로운 감정이야 남아 있다고 해도 대사에 누를 끼쳐서는 안 될 것이오. 어쨌거나 잘 오셨소. 본관도 고민이 많았으나 함께 대화할 사람이 없었소."

선욱은 정치적인 분파를 떠나서 고흘이 마음에 들었다. 선욱은 고흘의 말에 마음이 편해지면서 오기를 살했다는 생각이 들었다. 고흘은 무슨 까닭인지 미안한 표정으로 입을 열었다.

"솔직히 이곳 유성은 국경 지역으로 고구려의 변방입니다. 언제나 전시 상태를 유지해야 하는 곳입니다. 따라서 군인들의 입김이 클 수밖에요. 자연 공납소의 의견을 무시하는 경우가 적지 않았습니다. 늦었지만 본관이 그 점에 대해서 분명히 사과하겠소. 그렇다고는 해도 앞으로 본관 휘하의 군사들과 순감 휘하의 실무자들이 근본적으로 충돌하는 것을 막을 수는 없을 것이오. 그것은 두 기관의 우두머리인 순감과 본관이 잘 살펴 더 이상의 오해가 없도록 했으면 합니다."

고흘은 그렇게 말하고는 선욱을 위해 손수 다과를 준비해 베풀었다. 어쨌거나 두 사람은 군부의 원수요, 문부의 감관이었으므로 같은 직급이었으나 변방에서는 군부의 수장에게 우선권이 있었다. 고구려는 그만큼 무관을 예우해 주는 나라였다.

"문제는 서로의 진솔한 마음을 열어 보이는 것이 아니겠습니까?"

선욱이 껄껄 웃으며 말하자 고흘도 따라 웃었다. 곧 선욱이 본론에 들어갔다.

"소금의 행방을 알아내야 합니다. 시라무렌 상류 염수에서 들어오는 많은 양의 소금이 감쪽같이 사라지고 있어요. 그러니 소금 값이 급등하고 있지요. 누군가 장난치고 있는 것이 분명합니다."

선욱의 말에 고흘이 답변하듯 말했다.

"순감께서도 물증이 없어서 그렇지 심증 가는 사람은 있지요?"

"그렇습니다. 본관도 욕살 어른의 생각과 같습니다. 어쨌거나 유성의 소금을 좌지우지하는 인물은 바로 재승이니까요. 삼척동자도 알고 있는 일이지요."

"재승이 소금을 빼돌리고 있다면 그는 지금 너무나 일을 크게 벌이고 있습니다. 재승은 영리한 장사꾼입니다. 재승이 이렇듯 보일 정도로 일을 한다는 것은 생각이 있어서일 것입니다. 어쩌면 누군가에게 약점이라도 잡혀서 위험하지만 시키는 대로 하고 있는지도 모르고요. 그렇지 않고서야 재승과 같은 큰 장사치가 관아를 상대로 이토록 무모한 행동을 할 리 만무하지요. 우리로서도 우선은 증거가 없으니 손을 쓸 수 없는 상황이고요. 하지만 꼬리가 길면 잡히는 법이지요. 언젠가 놈을 꼭 잡을 것입니다."

"욕살께서는 놈의 꼬리를 밟을 방안이라도 있습니까?"

"일단 시간을 두고 서서히 접근해야겠지요. 서두르다가 일을 그르친 경우가 많으니까요. 유성에서 실마리를 찾을 수 없다면 유성 밖에서 단서를 찾을 수도 있을 것입니다. 놈들이 단순히 유성만을 노리고 있는 것이 아니라면 밖에서 꼬리가 밟힐 수 있다는 뜻입니다. 간단한 이치입니다. 놈들이 역도들과 손을 잡고 있는 것이 사실이라면 분명 밖에서도 뭔가 일을 꾸미고 있을 것입니다."

"그 무리들이 일을 더 크게 벌릴까 봐 솔직히 고민입니다. 무관도 아닌 자가 월권한다고 생각하지 말아 주십시오. 아시겠지만 범양 땅의 왕인 고소의가 실력자를 끌어들이고 군마를 사들이며 쇠붙이를 징수하고 있다는 소식입니다. 이것이 기우이기를 바랍니다만, 소금을 빼돌리는 그 역도들이 제나라의 움직임에 편승할까 걱정입니다."

고흘은 선욱의 말을 들으며 한숨을 쉬었다. 고흘의 고민도 바로 그것이었다. 제나라 범양군의 군세가 심상치 않다는 첩보가 연일 들어오고 있었다. 벌써 유성의 병력에 몇 배나 되는 군사를 모으고 조련했다는 소식이었다.

"순감의 말씀대로 제나라가 막대한 군비를 끌어들여 병력을 충원하고 있습니다. 우리 쪽 척후병들과 첩사들의 전갈에 따르면 적지 않은 병력이 만리장성을 이미 넘었다는 소식입니다. 놈들은 병력을 두 갈래로 나누어 지금 평천보루의 서쪽에 있는 승덕 쪽과 건창 남쪽에 군영을 짓고 집결하고 있는 것 같습니다. 우리가 평천보루와 건창의 요충지를 잃는다면 문제가 심각해집니다. 문제는 평천보루와 건창 지역에 병력을 추가 배치할 수 없다는 현실입니다. 더욱 놀라운 것은 제나라 수군의 움직임입니다. 지금까지 제나라의 수군이 매우 미력한 것으로 파악되어 왔지만, 최근 놈들의 병선들이 대릉하 하구에 있는 우리 측 하구영 부근까지 출몰하고 있다는 소식입니다. 놈들은 분명 백제 수군이나 수광태월의 무리와는 다른 기치를 달고 있다 했소. 놈들이 이미 우리의 턱 앞에까지 나타나고 있다는 명백한 사실입니다. 만약 놈들이 수군을 양성한 뒤 진황도를 발판 삼아 우리 유성을 협공한다면, 이곳도 더 이상은 난공불락의 안전한 요새라 할 수 없을 것이오."

고흘이 말을 맺자 선욱 또한 자못 심각한 표정으로 물었다.

"대책은 있는지요?"

고흘이 몇 번 눈을 껌벅이고 나서는 대답했다.

"이 사실들은 이미 폐하께 상주했소만 동원령이 내려지지 않는 한 폐하께서도 이곳 유성을 지원할 방법이 없다는 사실이오. 지금과 같이 장안성 노역에 가뭄까지 겹쳐 생활이 어려운 시절에 동원령은 힘드니까 문제 아니겠소."

두 사람은 짧지 않은 시간을 함께하며 유성의 여러 문제를 논의했지만, 당장의 방법이 나올 리 만무했다. 그러나 이렇게 두 사람이 머리를 맞대는 시간이 많아지면 많아질수록 없던 방법도 생길 것이었다.

제법 긴 시간을 얘기하고 욕살방인 장운관을 나온 선욱은 대단히 미안한 표정을 지으면서 고흘을 돌아봤다.

"욕살, 미안하외다. 본관도 어쩔 수가 없는 일이오. 아무튼 자주 봅시다!"

당시 고구려의 유성이 얼마나 대단한 국제 도시였는지부터 먼저 살펴보도록 하자.

유성의 주요 진津인 대광나루에서 북쪽으로 난 도로를 따라 가면 곧 대광문이 나왔다. 대광문을 중심으로 유성의 서쪽에는 요동문이 있었고, 북쪽과 동쪽에는 각각 북풍문과 대화문이 있었다. 바로 그 요동문으로 말미암아 유성은 졸본성 말고도 또 다른 요동성으로 불리기도 했다. 유성의 정문이자 남대문인 대광문 안으로 들어서면 천통대로라는 남북을 가로지르는 커다란 길과, 천통대로 중간 지점에서 동서로 가르는 지통대로가 주도로로 뚫려 있었다.

유성은 이 열십자 형태의 대로들을 중심으로 중간 정도의 길들과 수많은 작은 도로들이 마치 거미줄처럼 나선형으로 복잡하게 연결되어 있었다. 천통대로를 사이에 두고 서쪽을 서부라 했고 동쪽을 동부라 불렀다. 서부는 상하의 두 항으로 나뉘어 있었고 동부 역시 그러했다.

고구려의 도시 구획은 대개 남북으로 된 대로가 두 곳이 있어서 맨 서쪽 구획을 하부라 했고 가운데 구획을 셋으로 나누어 후부, 중부, 전부로 구획한 뒤 맨 동쪽을 상부라 정하는 형태였다. 이를테면 상부 고씨라는 것은 동부의 고씨 집안을 가리키는 것으로 상부대인을 동부대인이라고도 불렀던 것이다.

유성의 동부 상항에는 미리내 길이라는 중간 길이 있었는데, 그곳에 바로 유성의 성주이자 욕살인 고흘이 집무하는 건물이 있었다. 그 곳을 장운관이라 불렀다. 고흘은 다이헤시푸로의 키타이 부족 오천 명을 흡수하면서 그들로 하여금 북풍문 서북쪽 외곽에 둔진을 열고 그 곳을 지키게 했다. 그 곳에서 좀 더 북쪽이나 서쪽으로 가면 유목 생활도 가능했기 때문에 키타이 족은 병영 생활과 유목 생활을 병행하면서 자신들의 영역을 구축하고 있었다. 모두 고흘의 배려였지만, 그 곳을 키타이 족이 지키는 덕분에 유성 방어는 더욱 든든해진 셈이었다.

고보령과 범양왕은 유성의 남문인 대광문까지 오는 동안 많은 노점상들을 만날 수 있었다. 그들이 대광문에 들어서려 하자 관문을 지키는 위병들이 막아섰다.

"어디 사람들인가?"

"제나라 장사꾼들입니다."

제나라라는 말에 위병들이 인상을 썼다.

"염치없는 자식들. 여기가 감히 어디라고!"

위병이 인상을 쓰자 장교가 그를 제지하며 예를 갖추어 물었다.

"먼 길에 고생 많으셨소. 지금 당신네 나라와 사이가 좋지 않아서 그렇소이다. 우선 거래 증명서를 보여 주시오."

장교의 말에 고보령이 고개를 숙이며 입을 열었다.

"유성에 처음입니다."

"그럼 당신들 신분과 거래 내역을 알 수 있도록 이 목간에 기록하시오. 임시 통행증을 줄 것이니 성안의 공납소에서 정식 거래 증명서를 작성하도록 하시오."

고보령은 장교가 시키는 대로 한 뒤에야 성안으로 들어갈 수 있었다. 그들은 대광문까지 오는 동안 많은 노점상들을 봤지만 성문 안쪽에는 더 많은 노점과 상점들이 즐비하게 늘어선 것을 보고는 놀라지 않을 수 없었다.

노점과 상점의 물품들을 종류별로 살펴보면 은으로 만든 커다란 그릇들인 은세며, 금배, 은배, 동배, 유리배 같은 각종 잔을 비롯해서 향료로는 박하, 갓샤, 장뇌 같은 목피 향료, 중국에서 들여온 씨앗 향료인 아니스, 흑치국59) 쪽에서 들여온 잎과 줄기 향료인 시트로넬라와 파룰리, 육두구라는 과일껍질 향료, 꽃봉오리 향료인 정자, 안식향, 용뇌, 침향 같은 수지 향료 그리고 왜에서 들여온

---

59) 정확한 위치는 알 수 없지만 동남아 지역에 있던 백제의 분국이다. 흑치상지 묘비명에는 그가 왕족으로 부여 씨였으나 흑치에 봉해지면서 흑치라는 성을 쓰게 되었다는 기록이 남아 있다. 그러니 흑치국은 동남아에 위치한(아마도 필리핀으로 추정) 나라이고 흑치상지는 그 곳의 왕으로 봉해진 것이 틀림없다. 흑치국은 소위 백제의 담로국이라 할 수 있다.

제충국, 흑문자 등의 향료들이 시장을 가득 채우고 있었다. 특별히 천축국이나 서역에서 들여온 레몬그래스, 후추 등도 있었다. 식물성 향료 말고도 동물의 생식선에서 분비된 물질로 만든 사향, 동물의 결석에서 추출한 용연향 등에 이르기까지 고구려인들의 취향과 기호를 맞추기 위한 온갖 동식물성 향료들에서 흘러나오는 냄새가 시장에 진동했다.

향료는 용도에 따라 불에 태워 향기로운 연기를 내는 분향료와 흑인이나 백인들이 그들 특유의 체취를 제거하려고 사용했던 화장료, 그리고 음식물의 냄새를 없애고 맛을 돋우려 했던 향신료가 있었다. 그 가운데 최고는 황칠나무를 분쇄해서 만든 황칠액이었다. 황칠나무에 상처를 내면 스스로를 보호하고자 노란 수액이 나온다. 그것을 황칠 또는 금칠이라 불렀는데 명광개라는 갑옷을 금갑으로 만드는 데 썼다. 갑옷이나 도자기에 황칠을 할 경우 말 그대로 부르는 것이 값이었다.

구리나 철을 정색료로 사용한 중국의 연유도와 같은 귀한 도자기와 더불어 그것을 직접 공급하기 위한 가마터도 곳곳에 흩어져 있었다. 도자기 재료용 흙만을 전문적으로 구해다 파는 업자들도 있을 정도였다. 물론 지필묵 등 문방사우도 거래가 활발했는데 고구려 백제 신라 삼국에서 제조된 질 좋은 종이들은 유명해서 남중국을 비롯한 중국 각지로 수출이 활발하게 이뤄졌다.

유성에서는 그밖에도 중국과 유목민들 사이에 이루어진 다마무역도 활발했다. 다마무역이란 차와 말을 주고받는 무역을 말한다. 길고 추운 겨울 탓에 비타민이 부족했던 유목민들은 차를 통해 그것을 섭취했던 만큼 많은 양의 차를 필요로 했다. 중국은 그만큼 말이 필요했으니까 거래가 활발할 수밖에 없었다.

무엇보다도 유성에서 거래되는 비단은 유명했다. 한나라 이후 중국에서는 양잠 기술이 발달하면서 질 좋고 다양한 견직물을 생산했고, 이렇게 생산된 견직물은 당대의 동아시아뿐 아니라 페르시아를 거쳐 멀리 로마에서까지 인기가 대단한 주요 교역물이었다.

유성에서는 각종 보석도 활발하게 거래됐다. 보석들 중에서도 특히 보옥을 최고로 쳤다. 당시 보옥은 금강석(다이아몬드), 홍옥(루비), 청옥(사파이어)보다도 높은 가치가 있었고 신성하게 여겼다. 그런 만큼 옥은 왕실이나 귀족 집안에서 제례용 그릇 등으로 수요가 많았고, 따라서 다양한 옥기가 유행하였다. 복식용 옥기, 상례용 옥기, 장검이나 장신구용 옥기, 그 밖에도 옥의 영험한 힘을 표현한 각양각색의 공예품 등에 옥이 이용되었다. 또한 북방 유목민들에게서 온 치즈나 녹용을 포함한 각종 각피, 건어물 등도 유성에서는 쉽게 구할 수 있었다.

이렇게 세계 각지에서 흘러든 막대한 물품들을 이용해서 적당하게 수완을 발휘한다면 유성에서는 누구나 부자가 될 수 있었다. 그래서 사람들은 유성에 자신의 가게를 내기 위해 온갖 노력을 기울였다. 자연히 관부와 상인들 사이에는 밀거래가 이루어지지 않을 수 없었고, 이는 곧 뇌물을 주고받는 일이 공공연했음을 뜻했다. 오죽하면 '유성에서 가장 가난한 사람은 욕살 고흘이다'라는 말이 돌 정도였다. 그만큼 고흘은 재물에 관심이 없었고, 유성의 성주이자 욕살로서 유성 관부의 부패를 막으려 안간힘을 썼다. 고흘은 이렇게 유성에서 생기는 막대한 세수와 이익을 고구려의 국고로 귀속시키는 데 충실했다. 제나라가 유성에 눈독을 들이는 이유가 물론 군사 전략적인 면도 있었지만, 국제 상업 도시로서 유성의 번영에 군침 흘리는 것도 당연한 일이었다.

고보령은 비로소 유성의 모든 상거래가 공납소를 통해 이루어진다는 사실을 알 수 있었다. 하지만 마음만 먹으면 공납소를 통하지 않고도 상거래가 쉽게 이루어진다는 사실도 함께 알아냈다.

천통대로를 지나는 동안 인파 속의 사람들이 저마다 자기 나름의 일을 위해 바삐 움직이는 모습이 대단히 인상적이었다.

"문제는 소금 밀거래입니다. 아마도 소금 밀거래에는 유성에서 소금을 가장 많이 거래하는 대상과 관련이 있을 것입니다. 유성의 군부나 관아에서도 그가 의심스럽지만 물증이 없어서 손을 쓰지 못하고 있는 것 같더군요."

고보령과 고소의는 공납소에 가서 거래 증서를 발급받은 뒤 곧바로 관리에게 유성 최고의 소금 장사꾼이 누구인지 물었다. 마침 그 관리는 공납소에 들른 순간 선욱이었다.

"삼척동자도 아는 소금 장수 재승을 찾는 그대들은 누구인가?"

고보령은 선욱이 공납소의 최고 관리임을 한 눈에 알아봤다. 선욱도 고보령이 범상치 않은 인물임을 알 수 있었다. 고보령은 고소의를 잡아끌다시피 해서 급히 공납소를 나왔다. 선욱은 등을 돌리고 나가는 고보령을 유심히 바라보았다.

공납소를 나온 고보령은 범양왕과 당장에 재승을 찾기로 했다. 재승이 뭔가를 숨기고 있다면 그것을 들추어내는 것이 앞으로의 활동에 편의를 제공할 것이 분명했다.

"재승을 만나서 담판을 봐야 할 것입니다. 재승 정도 되는 이름 있는 장사꾼과는 일단 만나기도 쉽지 않을 것이니 이곳에서 우선 숙소를 정하고 때를 기다려야 하겠지요. 물론 미끼를 던져야 할 것입니다. 우리가 공납소에 소금 장사를 하겠다 했으니 소금 상인과 만나는 것을 이상하게 생각하는 사람은 없을 것입니다. 등잔 밑이 어둡다고 공납소 가까운 곳의 여각을 숙소로 정하도록 할 것입니다. 아까 공납소의 관리가 우리를 수상히 여기는 눈치였습니다. 놈이 우리가 공납소 가까이 있다는 사실을 알면 의심하는 마음을 접을 것입니다."

"우리가 제나라 사람이라 군부에서도 우리를 항시 감시할 것이니 그리 하는 것이 좋겠군요."

범양왕 고소의도 고보령의 생각에 동의했다.

"재승에게 어떻게 접근할 것인지를 생각하는 것이 우선입니다. 재승 정도 되면 웬만한 떡밥으로는 눈길도 주지 않을 것이기 때문입니다. 우리가 유성에서 내부자를 얻느냐 그렇지 못하느냐는 전적으로 그 자에게 달려 있다 해도 과언이 아닙니다. 놈이 다리가 되어 주어야 합니다. 소위 소시모리를 신명으로 받드는 고구려의 역도들과 연결해 줄 다리 말입니다."

고보령은 이십여 년 전 현성왕자가 유성의 토호 세력과 힘을 합쳐 고구려 관군과 맞설 생각을 할 수 있었던 것은 바로 이곳의 소금 때문이라고 생각했다. 소금은 말 그대로 금이었다. 쌀이나 비단 등과 더불어 당장에 현찰로 이용되었다. 그도 그럴 것이 소금이 없으면 사람이 살 수 없기에 소금은 모든 거래의 중심에 있었다. 그 사실은 지금 유성의 역도들이 더 잘 알고 있었다. 그들은 유성에서 가장 흔하면서도 가장 비싼 소금을 자신들의 군자금으로 유용하고 있었다. 그러기 위해서 그들은 소금을 매점매석하고 있었고, 유성에는 소금을 구경조차 할 수 없는 일이 벌어지고 있었던 것이다.

유성 소금의 근원지는 유성 서쪽의 시라무렌 강 상류였다. 바로 염수라는 곳에서 막대한 양의 소금이 생산되고 있었다.[60] 과거 영락태왕이 비려 원정에서 승리한 이후 염수의 소금은 고구려 것이 되었다. 물론 그렇다고 해서 주변 나라의 실력자들이 염수의 소유권을 포기한 것은 아니었다. 영락태왕 이후 그들은 염수를 취하기 위해 기회만 되면 각축을 벌였다. 물론 고구려는 필사적으로 염수를 지키기 위한 방어전을 치러야 했다.

고보령은 자신의 왕인 고소의를 모시고자 주변에서 알아주는 여각을 찾았다. 그들은 공납소 가까운 곳에 있는 소풍각이라는 여각에 여장을 풀었다. 소풍각의 화려함과 사치스러움은 유성에서도 단연 으뜸이라서 귀족과 부자 상인들이 즐겨 찾았다. 고보령이 소풍각을 숙소로 정한 것은 범양왕을 모시기 위함도 있었지만, 이곳이라면 유성의 유명한 장사꾼들과 쉽게 접촉할 수 있을 것이라는 생각 때문이었다. 과연 소풍각에 며칠 있으니 유성의 이름 있는 장사치들이 모습을 드러냈다. 전투용 기름이나 무기, 군마 등을 군납하여 부자가 된 어비란 인물을 비롯하여 소금과 비단 거래를 거의 독점하다시피 해서 부자가 된 재승 등이 모습을 드러낸 것이다. 어

---

60) 21세기인 오늘날에도 시라무렌 강 상류 염수에서는 소금이 대량 생산되고 있다.

비는 많은 사람들이 북적대는 일반 회관에서 술을 마시는 것을 즐겼고, 재승은 다른 사람 눈에 띄는 것이 싫었는지 밀실에 들어 주안상을 받았다. 고보령은 그 모습을 보면서 확실히 재승이 음험하다는 느낌을 받았다.

'분명, 저 자는 지하의 숨어 있는 세력과 손을 잡고 있는 것이 틀림없다. 저 자와 만나야 할 것이다.'

소풍각에 머물면서 재승의 상단에 대해 알아보니 과연 대단했다. 그는 수 십 척의 선단을 거느리고 있는데 그 배들을 이용해서 필요한 곳에 소금을 내다 팔았다. 물론 관아로부터 많은 소금을 배당받았기 때문에 그것이 가능했다. 물품을 배당해 주는 소풍각에서 특별히 재승과 같이 큰 장사꾼에게 배당률을 높이는 이유는 그만큼 많이 되돌아오기 때문이었다. 결국 재승과 같은 큰 장사꾼들은 그만큼 더 많은 부를 축적할 수 있었다. 사람들은 흔히 재승이 하나의 주군州郡을 식읍으로 거느리는 것 이상으로 봉록을 챙기고 있다고 말하고는 했다. 그만큼 재승은 고구려의 웬만한 고관대작들에 버금가거나 그 이상의 부를 쌓고 있었던 것이다.

"재승은 우리 같은 이름 없는 상인을 쉽게 만나주지 않을 것입니다."

고보령의 말을 고소의가 바로 받아 되물었다.

"뇌물이 필요한가요?"

"보통의 뇌물로는 어림없지요. 그래서 신은 전하께서 숙소에 계시는 동안 뇌물이 될 수 있는 물품을 찾아보았습니다. 그런 중에 페르시아 왕실에서 쓰이는 양탄자를 구할 수 있었습니다. 진위도 가렸으니 틀림없을 것입니다."

"어떻게 진위를 가렸습니까?"

"간단합니다. 공납소에서 구했으니까 확실한 것이지요. 어디서나 관아에서 내놓는 것은 진품이 확실하지요. 말 한 필 값이 들었으니 대단하지요?"

고소의는 고보령의 능력에 다시 한 번 감탄하지 않을 수 없었다. 이런 능력자가 자신과 함께한다는 사실에 어떤 뿌듯함마저 느껴졌다.

"혹시 양탄자에 대한 안목도 있으십니까?"

"전에 말씀드렸지요? 소신이 봉래에 있으면서 많은 장사꾼을 만났던 것 말입니다. 그들이 진위를 가리는 방법을 가르쳐 주었지요. 지금은 좀 볼 줄 압니다."

그가 어렵게 구한 양탄자는 곧바로 재승에게 들어갔고 만나 주겠다는 연락이 왔다. 재승 쪽에서는 그들이 구한 선물의 출처는 물론 공납소에서 그들이 유성에 온 이유까지도 모두 확인해 간 것으로 밝혀졌다. 재승은 드러나지 않은 상대에 대해서는 심한 경계를 하는 것이 틀림없었다. 그는 고보령 일행이 제나라에서 소금을 구하러 왔다는 사실을 알아낸 뒤, 소풍각에서도 제일가는 호화객실에 머무는 것을 확인했을 것이다. 소풍각의 최고급 방에 머물 정도라면 재물이 충분한 상대임을 확인한 것이니 만날 가치가 있을 것이라 판단했음이 분명했다.

재승의 집은 욕살방과 공납소가 있는 유성의 동부에 있었다. 그의 집은 욕살방인 장운관에 못지않은 규모를 자랑하고 있었다. 회순택이라는 커다란 현판이 걸린 대문 안팎으로 집사와 노복들이 분주히 움직이고 있었다. 집사는 고보령 일행이 약속을 했는지 확인한 뒤 정중하게 재승이 있는 사랑채로 안내했다.

어비가 체구가 작고 서민적이었다면, 재승은 좋은 풍채에 귀족적인 분위기의 소유자였다. 경계하는 듯한 눈빛이 특별히 반짝거렸다. 재승은 자신을 찾은 손님들을 보더니 경계의 수위가 더 올라가는 듯한 표정을 지었다. 보통내기가 아니라는 생각이 든 것이다.

"고보령이라 하셨는데, 본인은 노는 물이 좁아 아직까지 그대들의 존함을 듣지는 못했소이다."

재승의 말에 고보령이 껄껄 웃었다.

"당연하십니다. 유성은 처음이니까요. 물론 미리 알아보셨겠지만 저희는 제나라 땅 봉래에서 왔습니다. 본시 장사꾼은 아니었으나 관리가 되는 것을 포기하고 물려받은 땅을 팔아 장사를 시작했습니다. 우리 땅에서는 은광도 터져 장사 운도 제법 따라 주었고요. 그 덕분에 지금 그 은과 땅으로 상선 몇 척을 짓고 무역을 시작한 것입니다. 그러나 장사 경험이 일천하여 무슨 장사를 할까 고심하다가 소금이야말로 나라마다 진정으로 필요로 하는 먹을거리라는 결론을 내렸지요. 듣기로 유성의 재승님께서 소금으로 가장 성공하셨다 하기에 이렇게 어렵사리 만남을 청한 것입니다. 여기 함께 온 젊은이가 제 조카인데 실은 물려받은 땅의 상속인입니다. 그래서 사실상의 모든 결정은 옆에 계신 조카님께서 하고 있습지요."

고보령은 재승이 자신들에 관해 모두 알아 갔다는 사실을 들은 이상 모든 것을 그들이 알고 있는 한도에서 사실대로 말했다. 재승이 역도들과 손을 잡고 있는 것이 사실이라면 고구려 사람보다는 제나라 사람을 더 신뢰할 가능성도 있었다.

"그대들이 제나라 사람이고 소풍각에 머물고 있다는 사실은 이미 알아두었소. 요즘 제나라 사람들은 유성에서 별로 환영받지 못하지요. 제나라가 전쟁을 준비한다는 소문이 이곳 유성에 파다하고, 실제로 이곳에서도 전쟁에 대비하고 있지요."

재승은 그렇게 말하면서 빙긋 웃음을 지어 보였다. 상대방에게 경계심을 풀었음을 알리는 미소였다. 그는 고보령과 이야기하면서 그가 관아의 끄나풀은 아니라는 생각을 한 것 같았다. 그리고는 바로 본론으로 들어갔다.

"나는 형식적인 말들로 시간을 허비하는 것을 좋아하지 않소. 본론으로 들어갑시다. 그래 소금을 구한다 하셨는데 필요한 양은?"

"우리는 큰 배만 하더라도 족히 십여 척은 보유하고 있지요. 우리가 재승 어른을 찾은 것도 그 정도의 물량을 충족시킬 사람이라 믿었기 때문입니다."

재승은 대선 십여 척을 소금으로 채우겠다는 제안에 긴가민가했다. 그것은 재승으로서도 만만한 양이 아니기 때문이었다.

"요즘은 그 정도의 소금을 맞추기 어렵겠소. 아시겠지만 워낙 소금이 귀합니다."

"염수에서 생산되는 소금은 양이 달라지지 않았는데, 이곳에 소금이 귀하다는 것은 누군가 소금으로 장난질을 치고 있다는 것 아니겠습니까? 사실 저희가 재승 어른을 찾은 것은 그들과 직접 소통할 뜻이 있기 때문입니다만."

고보령은 주저 없이 말을 던졌다.

재승은 상대가 관원이 아니라는 것을 확인한 까닭에 고보령의 대담한 제안에도 놀라는 표정이 아니었다.

"밀거래라면 잘못 찾아오셨소. 괜히 이곳 유성에서 징세를 피하려다 패가망신하는 사람들이 부지기수니까 조심하는 게 좋을 것이오."

"우리를 징세할 돈 몇 푼 아끼려는 사람으로 보시오?"

고보령은 그렇게 물으며 입가에 미소를 띠었다. 재승은 그제서야 고보령이 보이는 풍채처럼 평범한 장사꾼이 아님을 알았다.

"당신들, 도대체 누구요? 흔한 장사치들이 아닌 것 같은데?"

"맞소. 당신처럼!"

이제까지 조용하던 범양왕 고소의가 입을 열었다. 재승은 이제까지 침묵으로 일관하던 소년이 비범하다는 것과 고보령이라는 장사꾼의 주군이라는 사실을 알아차렸다. 재승은 쓸쓸한 얼굴을 겨우 펴면서 다시 질문을 던졌다.

"원하는 것이 무엇인지 구체적으로 말해 줬으면 좋겠소."

"이미 말했소. 우리는 당신이 거래하는 자들과 만나고 싶소. 이를테면 유성의 소금을 뒷구멍으로 빼돌리는 자들 말이오."

고소의가 비수를 던지듯 말했지만 재승은 피식 웃어 넘겼다.

"무슨 말씀인지 모르겠소. 무슨 증거로 내가 소금 밀매를 한다고 생각하시오?"

재승이 시치미를 떼자 고보령이 다시 입을 열었다. 그는 재승을 수소문하면서 무엇인가를 찾아낸 것 같았다.

"당신은 고구려에서도 알아주는 최고의 장사꾼이오. 하지만 그렇게 되기까지 누군가의 적지 않은 도움을 받았을 것이오. 그들은 반란이 실패한 이후 지하로 숨어 들어간 유성의 실력자들일 것이고.

당신은 이렇게 성공한 마당에 이제 그들과의 관계를 청산하고 싶겠지만, 사실 발을 빼기에는 너무 늦어 버렸지. 그들이 잘못되면 당신도 함께 엮여 들어갈 테니까."

고보령의 말에 재승이 움찔했다.

"이곳은 내 집인데 아주 대담한 말들을 가리지도 않고 하는군."

"우리가 죽어 나간다면 공납소에서 이상하게 생각하겠지. 제나라에서 온 소금 장사꾼들이 사라졌다고 말이야. 공납소에서는 우리가 당신을 찾은 것을 당연히 알고 있을 테니까."

재승은 고보령의 말을 듣더니 갑자기 껄껄 웃고 나서는 말했다.

"좋아 좋아! 당신들이 정 원한다면 그렇게 하지. 내가 당신들을 그 친구들에게 넘기면 그들이 알아서 당신들을 죽이든 살리든 하겠지. 난 손도 안 대고 코푸는 격이 될 테고. 그러니 그때 가서 날 원망하지 말라고. 다시 말하지만 당신들은 지금 지옥으로 가는 길을 안내해 달라고 내게 조르는 것일 수도 있다는 뜻이야. 어쨌거나 나도 장사꾼이니까 내게도 합당한 대가는 있어야겠지? 그리고 당신들이 누군지도 확실히 알아야겠어."

재승의 말투가 거침없었다. 그는 상대가 제나라 사람이라는 사실에 어느 정도 마음을 놓고는 흥정을 하고 있었다. 그는 장사꾼답게 유성의 지하 세력과 만나게 해주는 조건으로 우선 서로의 정체를 확인하자는 제안과 함께 자신에게 돌아올 대가를 물었다. 자신이 드러난 만큼 상대도 그래야 한다는 것이 장사꾼의 생각이었던 것이다. 고보령은 이 시점에서 확실한 장사를 해야 한다는 생각이었다.

"좋소. 우리가 누군지 확실히 알고 싶다는 것은 우리를 못 믿겠다는 뜻인 것 같소. 그렇다면 그대가 바라는 대가가 무엇인가를 먼저 듣고 우리가 누구인지 밝히는 것이 순서인 듯싶소."

재승은 제나라 상인들이 만만치 않은 상대라는 것을 알고는 묘한 미소를 지었다. 어쩌면 흥정 자체를 즐기는 것 같기도 했다.

"좋소. 그대들을 만나자고 결정한 것은 그대들이 제나라 땅 봉래에서 왔다는 사실 때문이오. 봉래가 있는 등주는 말 그대로 대륙과 직접 연결된 거대한 시장이니까. 잘만 한다면 그 곳에서 엄청난 이문을 남길 수 있지 않겠소? 솔직히 말하리다. 나는 제나라의 등주에 우리 상단의 분소를 마련하고 싶소."

"등주에 고구려 장사꾼이 분소를 차린다? 쉽지 않은 일인데, 과연 우리에게 그럴 능력이 있을까 싶소만?"

고보령은 슬쩍 너스레를 떨었다. 재승은 이미 상대의 마음을 읽었다는 듯이 지껄였다.

"만약 그렇게 할 수 없다면 서로 거래하기가 어렵지 않겠소?"

재승의 말에 갑자기 고소의가 나섰다.

"삼촌, 그렇게 하시지요."

재승은 중요한 결정 사항에서 다시 소년이 간섭함을 알았다. 소년은 그런 재승의 의중을 읽었는지 씩 웃으면서 자신의 말을 끝냈다.

"단, 이곳에 확실한 우리의 분소를 세우는 조건으로 말입니다."

"서로 공평하게 교차하여 분소를 세우자?"

"그것이 우리 양가의 신의를 더욱 돈독히 할 수 있으리라 봅니다."

고보령은 소년 범양왕이 유성에 합법적인 첩보소를 세우려 하고 있음을 깨달았다. 그는 다시 대화에 끼어들었다.

"사실 우리 조카님은 등주의 유력자들과 교분이 있소. 등주자사로 신임 발해수군도독이 된 고법량과도 잘 알지요."

"고법량이라면 나 또한 들어 본 이름이오. 유력한 소식통에 의하면 그 술주정뱅이가 달라졌다더군. 지금 아무것도 남지 않은 등주의 함대를 다시 일으킨다고 난리법석이라는 소문이던데?"

"확실히 그대는 장사꾼이오. 벌써 그런 소식이 이곳에까지 알려진 것을 보면 말이오. 새로 발해의 수군 도독이 된 고법량은 봉래성을 중심으로 새로운 해양 성읍을 건설 중이라오. 그가 유성, 매라성, 봉래성, 항주성을 잇는 광범위한 해상망을 연결한다면 고구려로서도 적잖은 위협이 될 것이오."

재승이 신바람이 나서 고보령의 말을 받았다.

"고구려가 어찌 되든 나와는 상관없소. 나는 등주에 새로운 교역로를 뚫어 새로운 부를 축적할 수 있으면 되니까. 남쪽 진나라의 항주는 물산이 풍부한 곳이니 그 곳과 교역할 수 있다면 그 이득이야 어찌 말로 할 수 있겠소."

재승은 그렇게 말하더니 다짜고짜 지필묵을 준비했다. 그는 귀하고 질긴 고려지를 들이밀며 말했다.

"나는 당신들이 무슨 이유로 이곳에 왔는지 상관하지 않소. 나는 당신들이 원하는 소금 밀거래상을 소개시켜 줄 것이니 당신들도 우리의 상단을 등주에 진출시켜 주겠다는 약조를 서면에 해 주셨으면 좋겠소."

재승의 말에 고보령이 고소의를 바라보았다. 고보령이 범양왕 고소의를 본 것은 재승이라는 인물이 자국의 안전과 이익 따위는 안

중에 없음을 확인했다는 뜻을 전한 것이었다. 고소의는 고보령을 보더니 알았다는 듯이 고개를 끄덕이고는 재승에게 말했다.

"원하신다면 그리 하리다!"

범양왕은 그렇게 말하고는 일필휘지로 글을 써 내려갔다.

유성 상인 재승에게 등주 상단의 분소를 약속한다.

제국 범양왕 고소의

재승은 서면 끝의 범양왕 고소의 수결을 보고는 화들짝 놀랐다. 재승은 곧바로 범양왕의 얼굴을 바라보았다. 사실이냐는 뜻이었다.

"물론이오. 이제 우리는 한배를 탔소. 당신은 이미 등주에 진출한 것이나 진배없고 우리는 유성에 우리의 분소를 세운 것이나 마찬가지이니 서로 주고받은 셈 아니겠소? 따라서 당신도 우리와 뜻이 같다는 것을 서면으로 남겨 주었으면 좋겠소."

재승은 횡재를 만났다는 듯이 고소의 말에 주저 없이 지필묵을 들어 일필휘지로 써 갈겼다.

유성 상인 재승은 차후로 제나라 범양왕과 뜻을 함께 할 것을 약조한다.

재승은 자신의 서면을 지금까지는 달리 깍듯한 몸가짐으로 범양왕에게 주고는 다시 무엇인가를 그렸다.

"이것이 전하께서 찾아가야 할 약도입니다. 천원문 쪽으로 가면 유성의 서부 지역이 나오는데 그 곳에서도 서항을 찾으십시오. 그 곳은 유성의 쓰레기들이 사는 거친 구역입니다. 하지만 서항 시장의 외제 도자기 상점들은 유명한 곳이지요. 물론 그 곳에서는 가짜 도자기들을 굽는 가마터들도 널려 있지요. 어디 가나 가짜는 있는 법이지 않습니까. 어쨌거나 그 가운데 천요라는 곳을 찾으셔야 합니다. 천요의 관리자는 어기수라는 사람인데, 그를 찾자면 암호를 대야 하지요. 암호는 '수광태월'입니다. 그 지역에는 변복한 순군들도 많은 곳이니 각별히 조심해야 할 것입니다."

고보령은 재승의 말에 자신이 생각이 맞았다는 표정이었다.

"드디어 실마리가 풀리는군. 소시모리라는 자가 수광태월을 기치로 삼아 반란을 일으켰지. 지금 발해에서 고구려 수군을 괴롭히는 유명한 해적이기도 하고."

수광태월에 관해서는 고보령도 알고 있을 정도로 유명했다. 그의 이름은 이미 등주는 물론 남쪽의 항주에도 알려져 있었던 것이다. 고보령의 말에 재승의 눈이 빛났다.

"수광태월이 누구든 이제 그것이 중요한 문제는 아니라고 생각하오만. 다만 그들과 통교할 수 있으면 되는 것 아니겠소?"

고보령은 재승의 말에 고개를 끄덕였다. 이제 양쪽은 더 이상의 대화가 필요 없었다. 서로 필요한 것을 취했으니 되었다는 뜻이었다.

고보령은 재승의 집을 나서면서 고소의에게 말했다.

"규모가 큰 장사치일수록 이문에 밝으니 자신도 모르게 정도를 벗어나는 법입니다. 그리고는 어느 틈엔가 돌이킬 수 없는 상황에 처하는 법이지요. 어쩌면 재승은 자신도 모르는 사이에 그렇게 역도들과 떨어질 수 없는 사이가 되었을 것입니다. 유성의 역도들은 재승과 같이 적법하면서도 세력이 큰 상인이 필요했을 것이고요. 이로써 유성의 역도들이 해적왕 수광태월과도 관련되어 있음이 밝혀진 것입니다. 어쨌거나 소금 밀매꾼들을 추적한 것이 효과를 보았습니다. 생각보다 일이 잘 풀리는 것 같습니다."

고소의도 고보령의 생각에 동의했다.

"무엇보다도 유성에서 우리의 협력자를 얻었을 뿐 아니라 우리의 새로운 거점인 첩보소도 세울 수 있게 되었으니 한시름 덜었다 할 수 있겠소."

"물론입니다. 유성이 외견상으로는 난공불락의 요새로 보이지만 이런 내부적인 균열을 잘만 이용한다면 생각보다 쉽게 이곳을 취할 수도 있을 것입니다. 우리의 대군이 농성하는 유성을 압박하는 동안 안에서 성문을 연다면 그야말로 단번에 이곳을 쓸어버릴 수도 있으니까요."

고소의와 고보령은 재승의 저택이 있는 유성 동부를 떠나 말을 타고 대로를 따라 서쪽으로 이동했다. 도로망이 좋았으므로 유성 서쪽의 서항까지 가는 데 반 시간 남짓 걸렸다. 가는 동안 대로 좌우에 늘어선 거대한 건물들과 높은 탑들이 고소의의 눈길을 끌었다. 각종 피부색의 이방인들이 서로 흥정하느라 분주했고, 싸우는 사람과 말리는 순라군들의 모습도 보였다.

"유성은 마치 우리 황도인 업성의 도심과 견주어도 손색이 없구나. 이곳이 고구려의 변방 도시라니!"

"수백 년 전 연나라의 도성일 때부터 만국의 상인들이 모였던 곳입니다. 이제 이곳을 우리가 취할 것이고, 이곳은 우리가 천하를 도모하는 데 중요한 발판이 될 것입니다."

두 사람은 길이 좁고 복잡해지자 말에서 내려 말을 끌며 걷기 시작했다. 서항의 골목에는 냄새나는 사람들이 서로 부대끼며 걸을 정도로 복잡했다. 황족인 범양왕이었지만 어렵게 목숨을 부지해 왔던 만큼 그런 것에 아랑곳하지 않았다.

고보령과 고소의는 말 두 필과 나귀 다섯 필에 비단을 잔뜩 싣고 있었다. 그들은 적은 인원에 비해 값나가는 물품들을 잔뜩 지니고 있는 셈이었다. 고보령이 주변을 살피더니 중얼거리듯 말했다.

"누군가 우리를 쫓고 있습니다."

고보령의 말에 고소의도 고개를 끄덕였다.

"비단을 탐내는 자들이 아니겠소."

두 사람은 서항의 미로 같은 골목을 따라 가다가 갑자기 속도를 내어 달아나려 했지만, 이미 길목을 막고 있던 미행자들의 일행에게 포위되고 말았다. 그들은 십여 명이나 되었고 무기를 들고 있었다. 거리를 가득 채웠던 사람들은 두렵고도 익숙한 광경이었는지 그들의 길을 막지 않았다.

"제법이군. 우리가 쫓는 것을 눈치 채다니. 하지만 너무 늦었다. 이곳은 우리 영역이고 우리가 하는 일에 대해서는 아무도 간섭하지 않을 것이다."

무리의 우두머리로 보이는 사내는 고보령과 고소의를 번갈아 보면서 야비하게 웃었다. 그는 가늘게 째진 눈에 고른 이빨을 가지고 있었다. 자신감이 넘치는 얼굴은 상대방을 압도할 정도였다.

"이곳의 도적들이냐?"

"일단 그렇다고 해두지. 어쨌거나 이 골목은 잘 훈련된 순라군들일지라도 최소 다섯은 모여야 순행하는 험한 곳이야. 겁이 없는 것인지 아니면 뭘 모르는 것인지. 어쨌거나 이곳에 왔으니 그만한 값은 지불해야겠지?"

"우리는 유성을 처음 찾은 제나라의 상인들이다. 뭘 몰랐다고 보는 것이 맞겠군."

무리의 우두머리는 궁지에 몰린 고보령이 오히려 여유를 부리자 그것이 마음에 걸렸다. 그는 주저 없이 품에서 칼을 꺼냈다.

"좋아, 뭘 모르고 들어온 제나라의 촌뜨기들아, 목숨을 부지하고 싶다면 군소리 말고 그 말들이나 놓고 가거라. 제법 좋은 말들 같으니까 말이야."

우두머리의 행동에 부하들도 살벌한 무기들을 들이밀었다. 갑자기 고소의가 앞으로 나섰다.

"말로는 안 될 것 같군요. 삼촌께서는 쉬면서 지켜보십시오. 오늘은 제가 몸 좀 풀겠습니다."

범양왕의 돌연한 행동에 고보령은 조금 당황한 표정을 지었다. 고소의는 걱정 말라는 표정에 여유 있는 미소까지 지어 보였다. 고보령은 이제까지 말로만 듣던 제나라 황실 무예의 실체를 확인할 기회가 왔다는 생각이 들었다. 그는 말과 나귀들을 끌면서 슬쩍 뒤로 물러났다. 그러면서도 만일의 사태에 대비하는 자세를 취했다.

아직 소년티가 가시지 않은 고소의는 자신을 둘러싼 십여 명의 거한들을 향해 전혀 망설임 없는 태도였다. 좁은 골목에는 어느새 구경꾼들로 가득했다. 그만큼 고소의의 행동폭이 좁아진 셈이었다.

드디어 대단한 거한이 고소의를 향해 달려들었다. 고소의는 가볍게 피하며 몸을 돌려 달려드는 거인의 뒤쪽 급소를 가격했다. 범양왕은 아직 칼도 뽑지 않은 상태였다.

"보통 놈이 아니다. 몸에 바람구멍이나 내 줘라!"

우두머리의 말에 공격을 주저하던 무리들이 한꺼번에 달려들었다. 하지만 고소의는 여전히 칼을 뽑지 않은 가운데 가벼운 몸놀림으로 상대방을 하나씩 쓰러뜨려 나갔다. 연거푸 비명이 터져 나왔고 이미 자빠진 놈들은 일어설 줄을 몰랐다. 드디어 불량배들의 우두머리가 신경질적으로 앞에 나서려는데 부하들 가운데 하나가 그의 귀에 뭐라고 소곤거렸다. 우두머리는 무슨 소리를 들었는지 화급히 그 자리를 피해 달아났고 부하들 역시 그를 따랐다. 그 순간 구경꾼들 사이로 갑자기 어깨 하나는 더 얹어진 것처럼 보이는 거인이 나타났다.

거인은 고구려 사람이 아니었다. 구 척에 가까운 키에 곰 같은 몸집을 가진 거인은 투르크 전사의 복장을 하고 있었다. 그는 주체할 수 없는 강한 기운을 뿜어 대며 주변 사람들을 제압하고 있었다. 이제 싸움이 끝난 것을 감지한 구경꾼들은 거인의 위압감을 이기지 못하고는 자리를 뜨기 시작했다. 고소의와 고보령은 그 거인과 시선을 마주쳤다.

"방금 재승님게서 연락이 왔소. 혹시나 해서 이곳까지 나왔지요."

거인은 특유의 저음으로 말했다. 고보령은 일단 자신들이 누군지를 알려야 했다.

"수광태월!"

"맞소. 나는 투르크 사람으로 이름은 시타간이라고 하오. 소인을 따라 오시지요."

고소의와 고보령은 서로 마주 보며 고개를 끄덕해 보이고는 거인을 따르기 시작했다. 범양왕 일행이 그렇게 사라지자 달아나 숨었던 불량배의 우두머리가 그들을 주시하며 중얼거렸다.

"뭔가 냄새가 나는데? 잘하면 한 건 하겠어."

그는 부하들을 남겨 두고 범양왕 일행의 뒤를 몰래 따라붙었다. 누군가 미행이 붙은 것을 알았는지 시타간은 의도적으로 복잡한 골목을 돌고 있었다. 초행으로서는 도저히 그 복잡한 길을 기억할 수 없었다. 고보령이 아무 말 없이 앞서가는 시타간을 향해 입을 열었다.

"목적지가 멀지는 않은 것 같은데 꽤나 도는 것 같소이다?"

"냄새가 나면 냄새를 찾는 파리가 있는 법이오. 그 파리를 잡든 아니면 따돌리는 것이 나의 임무지요."

시타간은 고보령의 말을 그렇게 넘기고는 다시 길을 걸었다.

그렇게 얼마쯤 갔을까 갑자기 시타간이 몸을 날렸다. 그 거구는 마치 바람을 타는 나비처럼 날아서 미행하는 한 사내의 목덜미를 잡아채 버렸다.

"나는 네 놈이 순라군의 끄나풀인 줄 전부터 알고 있었다!"

조금 전에 고소의를 공격했던 무리의 우두머리는 가련하게 버둥거렸지만 소용없었다. 시타간이 한 번 용을 쓰자 사내의 목에서 뼈 으스러지는 소리가 났고 사내는 단번에 절명하고 말았다. 그는 잠든 아이를 내려놓듯이 시체를 천천히 내려놓았다.

고소의와 고보령은 사내의 괴력에 놀라지 않을 수 없었다. 하지만 시타간은 자신의 길을 계속 갔다. 시타간은 고보령과 고소의를 낡고 허름하면서도 제법 규모가 큰 한 건물 앞으로 안내했다. 그곳 역시 도자기를 굽는 가마터로 지금은 연유도 모조품을 만드는 곳이었다. 진짜 연유도는 구리나 철을 안료로 발라 구워 만든 고급 도자기였지만, 이곳의 연유도는 색이 금방 퇴색되는 가짜 도자기들이었다. 과연 그 도요지에는 천요라는 명패가 붙어 있었다.

가마의 열기가 서항의 묘한 분위기와 어우러져 오히려 장엄함 같은 것을 느끼게 했다. 그 곳에 체격이 작은 한 사내가 도인처럼 앉아 있었다. 그는 지난번 키타이 족의 추장 다이헤시푸로를 배신하고 달아나다가 죽을 뻔한 치레이루오를 구해 준 그 사내가 틀림없었다. 눈은 워낙 가늘어서 잘 보이지 않을 정도였지만, 그 눈에서 예리한 기운이 칼날처럼 뿜어 나왔다. 외견상 사십대 정도로 보이는 사내는 고보령과 고소의를 보더니 귀찮다는 투로 누추한 의자를 가리켰다. 그는 재승이 말한 어기수라는 사람이 틀림없었다.

"제나라에서 왔다고 들었소. 어쨌거나 먼 길에 고생이 많으셨소만 일단은 불편한 대로 그 곳에 앉으시오."

어기수의 눈은 형형한 맹수의 눈동자와 같았다. 범양왕과 고보령은 불평 없이 의자에 앉았고, 어기수가 다음 말을 이었다.

"당신들은 능원나루에서부터 튀는 행동을 하더군. 뱃사공에게 필요 이상의 돈을 함부로 주는 것은 의심을 살 만한 행동이라는 것을 알아야지. 어쨌거나 당신들 배포를 보니 작은 밀거래를 바라는 것 같지는 않던데. 정말 소금이 필요한 것은 아닐 것이고. 그래 황위를 꿈꾸는 젊은 왕이시라고? 어쨌거나 재승에게는 등주의 상단 분소를 약속했다고 들었소만, 우리에게는 무엇을 약속하실 건가?"

범양왕은 사내의 무척이나 건방진 태도에도 아랑곳 하지 않는 표정이었다. 고보령이 어기수의 말을 받았다.

"당당하고 거만하시군. 그대가 아는 것처럼 우리는 소금이 필요한 게 아니라오. 당신들이 필요하지. 우리는 소시모리를 신으로 섬기는 당신들을 사러 왔소."

고보령이 소시모리라는 말을 꺼내자 어기수는 잠시 고보령을 노려봤다. 강렬한 살기가 화살처럼 날아들었다. 고보령은 아무렇지도 않게 어기수의 시선을 맞받았다. 어기수가 곧이어 크게 웃었다.

"소시모리 신을 알다니, 제법 꼼꼼하군 그래. 하지만 소시모리라는 이름은 동네 아이들이 친구 부르듯 지껄이는 대상이 아니네. 어쨌든 우리를 사시겠다고? 허울뿐인 제나라 황실의, 그것도 이름 없는 왕가의 젊은 왕이 우리를 살 만큼의 능력이 될까? 우리를 사자면 물론 많은 소금이 있어야 하지."

고보령이 거침없이 맞받았다.

"그거야 당신이 걱정할 바는 아니라고 생각하는데? 그리고 당신들이 필요한 것은 굳이 소금에 한정된 것은 아니겠지. 우리는 소금은 없지만 많은 은을 가지고 있네. 은만 충분하다면 소금을 고집할 필요는 없겠지. 소금보다야 은이 이동도 편하고 현물과 바꾸기 편할 테니. 복잡하게 생각하지 말자고. 서로 필요한 것을 얻을 수 있다면 우리의 거래는 어렵지 않을 것 같은데?"

"서로 필요한 것을 거래한다?"

"이득을 따지자면 당신들이 훨씬 유리할 것 같은데? 우리는 고구려 변방에 붙어 있는 작은 땅을 갖는 대신 당신들은 고구려의 대부분을 갖는 거지. 그렇지 않은가?"

고보령이 그렇게 대담하게 말을 던지자 어기수가 눈썹을 꿈틀거리며 말했다.

"당신들이 말하는 고구려 변방에 붙어 있는 작은 땅이 이곳 유성인가? 이곳 유성이 어떤 곳인지 몰라서 하는 말이야? 이곳은 변방이지만 고구려의 심장이다!"

"물론 알고 있다네. 이곳 유성은 우리가 중원의 대륙을 되찾은 뒤 돌려줄 생각이네. 우리는 지금 우리 몸을 누일 수 있는 집 한 칸이 없는 형편이니까."

"허기졌을 때와 배부를 때 생각이 달라지는 법이지. 과연 그대들이 대륙의 주인이 된다고 해도 이곳을 돌려줄까? 이곳은 포기하기에는 참으로 정말로 매력적인 곳이란 말이지. 하하하."

어기수가 의미심장한 웃음으로 말을 마치자 범양왕 고소의가 크게 웃으며 말했다.

"그도 그렇군. 서로의 약속을 확실히 하자면 수결이 들어간 서면이 필요하겠군. 어쨌거나 우리가 이렇게 만난 것도 인연이니 통성명이나 합시다."

"젊은이가 범양왕이라는 사실은 재승의 사람이 전하고 갔소. 그렇다면 함께 있는 당신은 고보령이겠군. 유성의 상번군은 이미 당신들의 움직임에 긴장하고 있소. 좀 성급하게 치고 올라오고 있더군. 움직임이 뻔히 보인다는 뜻이지."

"맞소. 나는 범양군 대원수 고보령이오. 우리가 여기에 온 것은……."

어기수는 고보령의 말을 끊고 다시 입을 열었다.

"난공불락의 유성을 취하자면 유성에 숨어 있는 소위 역도들과 손이 닿아야 한다고 생각했겠지. 그리고 보면 범양왕께서는 괜찮은 책사를 얻은 것 같소이다. 훌륭한 장수는 일단 싸워야 할 전쟁터를 살피는 법이니까. 하지만 직접 자신의 주군을 모시고 온다는 것은 정말로 허를 찌르는 생각이었어."

고보령은 어기수가 이미 자신의 뜻에 부응하고 있음을 눈치 챘다. 그는 뭔가 일이 착착 잘 진행되고 있다는 기분에 사로잡혔다.

"장수는 전쟁에 임해서 전략과 전술을 짜는 법이오. 이기기 위해서 말이오. 하지만 그러려면 운도 따라야 하고 야수적인 감각 같은 것도 있어야 하지. 나는 나의 감각을 믿는 편이오. 당신이 알고 있는 것처럼 본관은 이곳 유성에 아직도 현성왕자를 따르는 세력이 있을 것이라 확신했었소."

고보령의 말에 어기수는 해 볼 만하다는 표정이었다. 그는 고보령을 처음 만났지만 뭔지 모를 호감과 믿음 같은 것이 생기는 것을 느꼈다.

"좋소. 나의 이력을 말씀드리지. 본관은 고구려 천승군 사위 당주 어기수라고 하오. 천승군은 수광태월의 기치를 올리고 소시모리 신께서 일으켰던 군대였지."

어기수의 소개에 고보령의 눈빛이 번뜩였다.

"천승군이라, 과연 내가 초야에 있으면서 많은 독서를 했던 보람이 있었소. 그대 말대로 천승군의 뿌리는 매우 깊지. 천승군은 지금부터 이천 년도 더 된 옛날에 동방을 피로 물들였던 마왕 소시모리가 이끌었던 무적의 군대니까. 나는 당신의 이름도 이미 읽어서 알고 있소. 어기수! 어기수는 현성왕자가 반란을 일으켰을 때부터 이미 잘 알려진 당주들 가운데 하나로 명성을 떨쳤지. 당신의 수박 솜씨는 유명하더군. 당신은 구 년 전 주리의 반란에도 가담했었어. 주리가 환도성에서 군사를 일으켰을 때 만약 어기수가 이끌던 병력만이라도 합세했더라면 주리의 군사가 그토록 쉽게 무너지지 않았을 것이라는 얘기도 있지. 당신은 주리의 책사로 평양성에서 부수개와 함께 군사를 일으키기로 했었는데, 부수개가 배신하는 바람에 군사도 동원하지 못하고 숨어야 했어. 주리 입장에서 본다면 부수개의 배신이 천추의 한이었겠지."

고보령의 복기에 얼음장 같던 어기수의 눈두덩이 잠시 꿈틀거렸다. 그도 그 분통함을 지금까지 잊지 못하는 것이었다.

"그랬지. 참으로 원통한 일이었어. 나는 무너진 우리 당과 사직을 일으키고 우리를 배신했던 부씨 일가를 모조리 주살할 생각이야. 부씨 놈들, 도저히 용서 못 해. 허나 놈들을 이용할 가치가 있다면 철저히 이용부터 해야지. 주살이야 그 뒤에 해도 되니까."

"우연히 얻은 『고려비전록』이라는 책에 당신들에 관한 기록이 남아 있었지. 물론 현성왕자와 소시모리의 천승군에 관한 얘기도. 그 서책은 고구려 왕실 비장고에 꼭꼭 숨겨진 금서였지만, 내 고향 봉래의 책부원이라는 책방에서 그 서책을 찾을 수 있었소. 아시겠지만 책부원은 중원 제일의 책방이니까. 하늘로부터 어떤 영감을 받았던 것일까? 나는 어쩐지 고구려와의 전쟁에 종군할 것 같다는 느낌이 들었고, 그 때문에 전부터 고구려와 관련된 서책들을 탐독했소. 결국 오늘에 와서 이렇게 도움을 받는 거고. 하하하."

"과연 책부원이라더니, 없는 책이 없는 모양이군."

"물론 없는 책도 있소."

어기수는 고보령의 농담에 흰 이를 드러내고 웃었다.

"서로 알 만큼 알았으니 사담은 줄이고 본론으로 들어갑시다."

고소의가 오랜만에 입을 열었다. 어기수는 나이에 비해 조숙하고 영특한 고소의에게 비로소 고개를 조아렸다. 어기수는 범양왕을 타국의 왕으로 인정한다는 예를 표시한 것이었다.

"전하와 대원수는 이곳 유성을 원하고 있소. 무너져 가는 제나라를 다시 일으키기 위함이겠지요?"

어기수의 말에 고소의가 마음을 가다듬으며 침착하게 답했다.

"지금의 제나라 황제는 화사개, 호장찬, 누정원 등과 같은 간신 적자의 손바닥에서 놀아나고 있소. 조정이 어지러우니 당연히 나라가 기울 수밖에. 나는 부황께서 일으키셨던 부강한 제나라로 돌아가려는 바람이오. 전처럼 북방의 오랑캐들을 토벌하고 서방의 주나라를 위협할 것이오. 물론 우리의 궁극적인 목적은 대륙의 통일이오. 그것을 위해 우리의 동쪽을 안정시키고 그것을 발판삼아 천하를 도모할 것이오. 따라서 나는 고구려의 서방 삼진을 원하고 있소. 만약 그대들이 나를 도와 황제가 되도록 돕는다면 장차 그대들의 고구려와는 화친하고 잠시 빌렸던 삼진은 돌려주도록 할 것이오. 물론 서방의 주나라와 남방의 진나라를 토벌한 뒤라야 하겠지만 말이오."

"글쎄요, 이미 말씀드렸듯이 그것을 믿어도 될까 모르겠습니다?"

어기수가 고소의의 속마음까지 어찌 믿겠냐는 투로 툭 던졌다.

"우리가 천하를 통일하는 것과 그대들이 고구려의 새 주인이 되는 것은 아직 이루지 못한 일이오. 장차 그것을 이룬다면 그 문제는 그 뒤의 일이 될 것이니 어찌 그것을 지금에 장담할 수 있겠소? 다만 서면으로 서로의 약조를 받아둘 수밖에. 하하하!"

고소의는 그렇게 말하고는 크게 웃었다. 어기수도 진심이 담겨 있는 고소의의 웃음을 받았다.

"그렇다면 당장은 서로의 뜻을 이루기 위해 원하는 것을 주고받는 것이 필요하겠소. 우리는 이미 전하께서 원하시는 것이 유성이란 것을 알고 있으니 우리가 필요한 것을 전하면 될 것 같소만."

"우리는 이미 말한 대로 고구려의 서방 삼진, 그러니까 유성과 무려라성과 험독까지 원하오. 과거 왕검성으로 불렸던 곳 말이오."

고보령이 자신들의 확실한 요구 조건을 내세웠다. 순간 어기수의 얼굴이 일그러졌다.

"욕심이 과하시군. 고구려의 서부 지역을 모두 독차지하겠다니! 우리는 빈껍데기나 가지라는 뜻인가?"

어기수가 비아냥대자 고보령이 정색하며 말했다.

"따지고 보면 유성을 포함한 왕검성 지역은 과거 한나라가 취했던 우리 강역이었으니, 원래의 주인인 우리가 그것을 되찾고 싶어 하는 것은 당연한 이치라 생각하오."

"말씀 잘하셨소. 왕검성은 과거 조선의 도성이었으니 우리 고구려 땅이 아니겠소? 따지고 보면 산동 지역에 이르는 곳까지 조선의 강역이 아니겠소?"

"그만들 하시오!"

범양왕이 어기수의 말을 끊으면서 두 사람의 다툼을 말렸다.

"지금 착각들 하시는 모양인데 우리가 무엇을 가졌다는 것이오? 우리는 빈손입니다. 그러니 우선은 유성을 취할 궁리부터 합시다. 유성을 취한다면 험독이나 무려라를 취하는 것 역시 여반장일 것이니 말이오. 어쨌거나 유성을 취하면 우리도 그대들, 천승군을 도울 수 있지 않겠소?"

범양왕의 말에 어기수가 고개를 저었다.

"전하의 말씀도 옳소만, 꼭 유성을 취한 뒤에라야 우리 천승군을 도울 수 있는 것은 아니올시다."

어기수가 던진 뜻밖의 말에 고보령과 고소의는 어기수의 의중이 무엇이냐는 눈길을 보냈다.

"어차피 제나라 범양군이 유성을 공격하고자 출병하면 고구려 조정도 유성에 적지 않은 전력을 투입할 수밖에 없을 것이오. 하지만 지금 고구려는 북방에서 맹위를 떨치고 있는 투르크의 의중을 알고자 긴장하고 있는 상황인 까닭에 매우 난감한 상황에 처할 것이오. 우리 천승군의 전략은 중장기적으로 고구려 정규군의 전력을 분산시켜 중앙군의 힘이 약해지면 도성을 기습하여 그 곳을 장악할 생각입니다. 그러니 등주의 수군 도독 고법량의 함대가 비사성과 묘도군도의 고구려 수군을 견제하면서 범양왕 전하의 대군과 유성을 협공한다면 고구려왕은 전군을 유성에 투입하겠지요.

고구려왕은 지금 무감한 척하지만 온 마음이 이곳 유성에 있을 것이오. 고구려 군사가 유성을 돕는다고 출병하는 순간 왕이 있는 봉황성은 텅 비게 됩니다. 어리석은 왕이 평양성을 비워 두고 북방 봉황성으로 행궁한 것은 결정적인 실책이오. 봉황성과 가까운 환도성에는 우리 천승군의 주력이 숨어 있으니까. 봉황성이 비는 순간 우리 군사들이 텅 빈 환도성을 전격 공략하여 단숨에 취할 것이오. 고구려왕을 사로잡고 평양성으로 개선하는 것이지. 우리는 고구려 관군의 전력을 분산시키려고 여러 가지 계책을 찾아냈소. 투르크의 고관과 접촉하여 고구려와의 관계를 악화시킬 생각이며, 북방의 속말부 군사들도 남하하도록 할 작정이오. 사방에서 적이 일어나니 고구려왕 양성은 그야말로 두 손 두 발 모두 들고 말겠지."

"양동작전이로군!"

고보령의 말에 어기수가 다시 입을 열었다.

"고구려에서는 그것을 사방합전四方合戰이라 하지."

"사방합전?"

고보령과 범양왕이 거의 동시에 되물었다.

"과거 영락태왕이 대륙의 연나라를 멸망시킬 때 썼던 작전이외다. 연나라도 당신들처럼 선비족이었지. 그리고 보면 고구려와 선비는 동족이라고 볼 정도로 비슷하지만, 참으로 오랜 앙숙이 아니겠소. 물론 이렇게 손을 잡기도 하지만 말이오. 분명한 것은 당신들이 유성을 취하려 우리와 손을 잡은 것은 좋은 선택이었소. 이 유성을 다스리는 것은 고흘이라 하나 그것은 어디까지나 낮에 그렇다는 뜻이오. 이 유성의 밤은 우리가 다스리지. 따라서 유성의 반을 다스리는 것은 우리 천승군이라 할 수 있소.

간단히 결론을 내리겠소. 당신들이 강병을 일으켜 이곳 유성을 친다면 당신들은 원하는 바를 이룰 것이오. 더불어 우리도 그렇게 되겠지. 하지만 분명한 것은 고흘이 만만한 상대가 아니라는 사실이오. 더군다나 지금의 고구려왕은 그 속을 알 수 없는 무서운 자인 만큼 절대로 방심하면 안 된다는 뜻이기도 하오. 본관은 고보령 대원수의 지략이라면 가히 고흘을 거꾸러뜨릴 수 있으리라 생각하오. 물론 전략을 잘 세워야 뜻을 이룰 수 있을 것이오. 이로써 우리의 동맹은 이루어졌다고 보는데?"

어기수는 자리에서 벌떡 일어서더니 흥분한 듯 다시 말했다.

"그리고 한 가지 그대들이 모르는 게 있소. 알아둬야 할 것 같아 말하리다. 우리가 유성에 들어온 소금을 빼돌리는 것은 사실이지만, 우리보다도 더 많은 소금을 빼돌리는 무리가 있다는 사실이외다. 그 덕분에 관군의 시선이 우리에게 집중되고 있소. 그 놈을 찾아야 하오. 우리야 군자금 때문이라고 하지만, 놈은 무엇 때문에 그 소금을 빼돌리고 있느냐는 것이오. 꼭 잡고 말겠소."

그 순간 어기수의 몸에서 강한 기운이 흘러나와 사방으로 퍼져 갔다. 고보령은 어기수의 몸에서 번개 같은 기운이 뻗어 나가는 것을 느끼며 중얼거렸다.

'저 전인電人이다. 전인의 전설이 사실이었군!'

초원의 고구려 시장

대덕 팔 년 사월 초, 고구려 사절단은 다시 며칠 동안의 여정을 더해 외투겐에 무사히 도착할 수 있었다. 툴리의 도움으로 운둘칸을 지나면서는 순조로운 여행을 할 수 있었다. 한 사람당 두 마리의 말을 동원한 긴박한 여행이었지만, 한 달 이상 걸린 긴 여정이라 말도 사람도 모두 지쳐 있었다.

툴리는 무칸카간의 명령에 따라 외투겐 시내의 동쪽 한 외곽에 사절단이 머물 수 있는 숙소를 마련해 주었다. 그 곳에 십여 개의 겔이 세워졌고, 말이 쉴 수 있는 간이 마구간이 만들어졌다. 마구간이라고 해야 두 개의 기둥을 세우고 그 위에 긴 막대기를 연결해서 말을 묶어 둘 수 있게 만든 것이 전부였다.

툴리는 숙소에서 멀지 않은 곳에 투르크 군대의 군영이 있으니 위급한 일이 생기면 그 곳에 도움을 청하라는 말을 잊지 않았다. 그들은 외투겐의 동쪽을 지키는 방위군이었다. 그들 역시 평상시에는 교대로 가축을 돌보고 있었다.

연자유 일행은 툴리가 마련해 준 숙소에 짐을 풀고 말이 쉴 수 있도록 안장을 걷어 주었다. 사절단이 가져온 짐은 말에 실었던 것을 포함해서 수레 열 량 분량으로 매우 많은 것이었다.

위사록이 자신의 휘하 장교인 무유에게 수레의 짐들을 정리하라고 지시했다. 무유는 동료 장교들이자 친구이기도 한 분승과 설도에게 위당주의 뜻을 전했다. 세 사람은 부하들을 인솔해서 신속하게 일을 마무리했다.

고구려 사절단은 서장관인 박사 문술과 주이로를 포함한 호공관들을 제외하면 대부분 군인들이었다. 문술은 자신들을 무사히 투르크에 도착하도록 배려해 준 연자유와 그의 부하들에게 내심 고마운 마음을 가지고 있었다. 그들은 분명 성심을 다해서 자신들을 도왔다. 그때 호공관 주이로가 그에게 다가왔다.

"어쨌거나 무사히 도착했으니 다행 아닙니까?"

"당신은 공물이 안전하게 도착했으니 이제 이곳 투르크에서 주는 답례품만 챙기면 되겠소?"

"너무 우리 장사꾼들을 돈벌레로만 보지 마시오. 우리는 다 그렇게 생겨 먹었으니까 이렇게 잘 살아가는 거요. 따지고 보면 숨어서 사람이나 감시하는 것이 내가 보기에는 더 지저분한 것 같은데?"

주이로의 거침없는 비아냥에 문술은 갑자기 등골이 서늘해짐을 느꼈다. 예부령 국소화는 자신에게 연자유를 감시하라는 밀명을 주었을 뿐 아니라 또 다른 사람으로 하여금 자신을 감찰하도록 했을 것이다. 주이로가 정직한 장사치는 아닌 만큼 호공관 자리를 얻고자 막대한 뇌물을 썼을 것이고, 국소화는 서장관을 감시하라는 조건으로 호공관의 자리를 주이로에게 팔았을 것이다. 문술은 저도 모르게 중얼거렸다.

"더러운 자식들!"

서장관 문술의 낯빛이 달라지자 호공관 주이로는 크게 히죽거렸다.

"글 좀 알고 관직에 오르면 건방을 떨기도 하지. 하지만 관리건 장사치건 어차피 귀족들의 그늘을 벗어날 수는 없는 법이야. 그것이 바로 고구려라는 나라의 법칙이라네. 하하하!"

주이로가 뒷모습을 보면서 서장관 문술은 지금까지 모래성과 같았던 자신의 임무가 한꺼번에 무너지는 것을 느꼈다. 자신은 지금까지 예부령을 위해 충성을 다했지만, 예부령은 자신을 불신하고 있으니 그것은 일종의 공염불 아닌가? 자신이 성심을 다해 섬기는 사람으로부터 불신을 받는다면 그것보다 더 기분이 더러운 일은 없을 것이다. 예부령 국소화는 충성할 가치가 없는 소인배였던 것이다. 문술은 밀려오는 배신감에 분노가 치밀어 오름을 느꼈다.

예부령의 인간 됨됨이가 작다면 이제까지 '군바리'라고 무시했던 연자유는 어떤가? 그는 거대한 산 같은 존재였다. 믿음으로 충성을 다하는 부하들로 굳게 다져진 거대한 산이다. 지금까지 자신이 봐 온 연자유의 모습은 그야말로 귀천을 넘어선 자유로움이었다. 연자유는 언제나 부하들과 함께 먹고 마셨고 가장 앞장서서 위험으로부터 부하들을 보호했다. 연자유는 어떻게 용병을 해야 하는지를 아는 진정한 지휘관이자 장수라는 생각이 들었다. 이제까지 닫혀 있던 문술의 마음이 아주 자연스럽게 열렸다. 문술은 연자유가 자신보다 연하라는 사실조차 잊고 존경의 마음을 가지게 되었다.

연자유는 숙영지를 세우는 일이 어느 정도 마무리되자 모든 사절단을 한 곳으로 집결시켰다.

"이곳까지 오느라 노고가 많았다. 오는 동안 사고도 있었지만,

다행히 크게 상한 사람은 없다. 모두들 믿음과 신념을 가지고 자신의 일에 성심을 다했기 때문이라 생각한다. 그래서 나는 모든 사절단에게 소정의 상여금과 함께 이틀 동안의 정식 휴가를 줄 것이다. 다만 너무 방종하지 말고 고구려인으로서의 명예를 지켜라. 우부사위사록은 휴가에 문제가 없도록 부하들을 잘 훈육한 뒤 외박을 내보내도록!"

연자유의 말에 단원들은 일제히 함성을 질러 댔다. 그러자 그것을 지켜보던 주이로가 작은 소리로 중얼거렸다.

"그저 군바리들이란 하나같이 다 허영 덩어리 얼간이라니까. 휴가라면 사족을 못 써요. 결국 휴가가 끝나면 우울하기만 할 텐데 말이야. 나는 이곳 시장의 동정이나 살펴야겠다. 괜찮은 물품들이나 사들여 고구려로 가져가야지. 고구려에도 허영덩어리 귀족들이 많이 있으니까 싸구려 물건을 몇 곱은 받아먹을 수 있을 것이야. 이제 부자 되는 일만 남았다. 나도 저 연자유의 동생인 연거수처럼 이름 있는 장사꾼이 될 것이다."

그렇지만 주이로가 어떻게 생각하든 연자유의 부하들과 호공 관원들은 운둘칸에서의 휴식 이후 참으로 행복한 명령을 들었다. 사절단에게 내리는 상여금은 연자유의 사비로 처리했다. 연자유는 그일을 위사록에게 위임하려고 위사록을 불러 은자를 직접 주었다. 위사록은 생각보다 많은 은 조각을 받아들고는 감사를 표했다. 그는 차별 없이 은 조각을 부하들과 호공 관원들에게 지급 분배했다. 연자유가 상여금으로 준 은은 한 사람당 거의 한 냥에 가까운 가치였기 때문에 이틀 동안 충분히 쓰고도 남을 돈이다. 물론 상여금은 녹봉 외에 지급되는 돈인 까닭에 부하들은 그 돈을 부담 없이 쓸 수 있을 것이다. 상여금을 받은 단원들은 일찍부터 시내로 나가는 사람이 있는가 하면, 여독부터 풀겠다며 벌써 겔에 들어가 잠을 청하는 사람도 있었다.

소년 연태조도 오랜만에 한가한 시간을 보낼 수 있었다. 정말로 오랜만에 귀향한 투르크 사람 탐갈릭은 수소문하여 자신의 혈육들을 찾았지만 외투겐에서는 소망하던 핏줄들을 찾을 수 없었다. 그는 섭섭했지만 오랜만의 귀향에 만족해야 했다. 평소 말이 없는 그였지만 동족들과 만난 마당에 지금까지 자신이 겪었던 수많은 모험담의 보따리를 풀어 놓지 않을 수 없었다. 그렇게 한가한 휴식 첫 날은 구름처럼 지나갔고 이틀째의 날이 밝았다.

대부분의 단원들은 돈을 챙겨 외투겐 시내 구경을 나갔다. 지금까지 쌓였던 스트레스를 한꺼번에 날리려고 작심한 표정이었다. 전날 이미 부지런한 몇몇 사람들이 좋은 곳을 알아두었고 그들을 따라 삼삼오오 흩어졌다. 한 달 동안의 피로가 다 날아가 버린 모습이었다. 다만 위사록과 형옥구는 연자유와 연태조를 수행하기 위해 겔을 떠나지 않고 있었다.

"별일 없을 것 같은데 자네들도 밖에서 즐기다가 오지 그래."

연자유의 말에 위사록이 웃으며 말했다.

"저희끼리 나가서 마음 놓고 무엇을 즐길 수 있겠습니까? 차라리 주군과 함께 있겠습니다. 아니면 우리 같이 나갈까요?"

위사록은 책임 때문에 나가는 것이 꺼려졌지만 연자유와 함께한다면 두 가지를 모두 충족할 수 있어 좋았다. 연자유는 못 이기는 척 위사록의 제안을 받아들였다. 그들은 서둘러서 외출 준비를 했다. 그때 마침 툴리가 찾아왔다.

"혹시 불편한 것은 없나 해서 와 보았습니다."

물론 그것은 무칸카간의 배려였겠지만, 연자유는 왕족인 툴리가 발 벗고 직접 나서는 것에 대해 고맙기 그지없었다.

"투둔밭께서 이렇게 신경써주시니 고맙기 그지없습니다. 지금 외투겐 시를 구경하러 나가려던 참인데 함께해 주신다면 영광이겠소."

"그렇게 함께하시겠다니 제가 오히려 영광입니다."

연태조는 툴리와 함께 시내 구경을 간다는 사실에 들떠 있었다. 그는 똑똑하고 성숙했지만, 확실히 어린아이임에는 틀림없었다.

툴리가 안내하는 카간의 도시 외투겐은 유목민들의 임시 도시로 보기에는 믿어지지 않을 정도로 웅장했다. 고구려의 평양이나 졸본성처럼 고층의 누각이나 규모가 큰 대형 건축물이 있는 것은 아니었지만, 각양각색의 겔들과 도로, 그리고 외국인들의 흙으로 만든 집까지 해서 그 규모가 대단히 컸던 것이다.

외투겐의 번화가는 사신단의 숙소에서 그리 멀지 않았다. 연자유 일행은 눈앞에 펼쳐지는 놀라운 광경들을 하나라도 놓치지 않기 위해 두 눈을 크게 떴다. 눈앞에 가득한 각양각색의 인종들은 다양한 피부색에 각기 다른 의복을 입고 도시를 분주히 누비고 있었다. 그들 속에서 살아 움직이는 도시의 생명력을 느낄 수 있었다.

도시는 비교적 반듯한 길로 구획이 나뉘어 있었는데, 그것은 거주민과 외지인들을 통제하기 쉽게 하려는 카간의 계획에 의한 것이었다. 그 도로에는 가끔 중국 사람들의 것으로 보이는 호화로운 수레도 눈에 띄었다. 그것은 주나라 사람들의 수레였다.

거리에는 낯선 짐승들도 보였다. 연태조는 이제까지 보지 못한 커다란 짐승들이 짐을 잔뜩 싣고 오는 장면에 넋이 나간 얼굴이었다. 바로 앞에서 한 상인이 끌고 오는 짐승은 쌍봉낙타였다. 아들의 호기심 가득한 눈빛을 보면서 연자유는 미소를 지었다.

"낙타라는 동물이다. 적게 먹는데도 힘이 좋아 많은 짐을 실어 나를 수 있는 가축이지. 더위에 약한 것이 흠이지만, 물을 많이 먹지 않으니 사막을 건너는 데는 더할 나위 없이 훌륭한 짐승이지."

아버지의 설명에 연태조는 그저 고개만을 끄덕이며 눈길을 떼지 못했다. 쌍봉낙타들은 아버지의 말대로 등에 짐을 가득 짊어지고 있었다. 거리 곳곳에서는 상인들이 목청을 높이면서 흥정을 하고 있었는데 마치 싸우는 모습 같았다. 그 때문에 거리는 시끄럽기 짝이 없었다.

양과 말을 사고팔려는 사람들, 유제품을 싣고 나온 사람들, 소금을 산더미처럼 쌓아 놓은 사람, 무명이나 베, 비단 같은 옷감을 비롯해서 토기와 도자기 같은 그릇을 길가에 늘어놓고 파는 사람까지 정말로 이곳에는 없는 것이 없는 것 같았다.

뭐니 뭐니 해도 외투겐에서 가장 유명한 것은 차와 말, 비단과 말의 교역이었다. 중국 사람들은 차와 비단을 유목민에게 팔고 말을 사들였다. 차(茶)는 유목민들이 섭취하지 못하는 비타민을 섭취하게 해주어 영양 불균형에 의한 질병들을 예방해 주었고, 비단은 유목민들의 복식을 획기적으로 변화시켜 주었다. 하지만 유목민들은 자신들의 말을 팔아서 적국인 중국을 군사적 강국으로 변모시키는 것을 감수해야 했다. 지금 주나라와 제나라를 중심으로 한 중국인들은 한 제국 이후로 강력한 기병 군단을 양성하고 있었다.

이곳에서 상인들 간에 주로 통용되는 언어는 소그드 어였지만 손짓 발짓으로도 교역은 이루어졌다. 소그디아나[61]의 상인들은 고구려 사람들처럼 장사에는 귀신이었고, 그들 역시 못 가는 곳이 없었다. 민족의 부드러움과 사나움을 떠나 소그디아나 상인들은 어디서나 환영을 받았다. 요즘은 그들 못지않게 고구려 상인들이 그들의 경쟁자로 떠오르고 있었다.

연태조는 매부리코에 까무잡잡한 피부를 한 곱슬머리의 소그디아나 상인들 역시 신기한 표정으로 지켜보았다. 툴리가 연자유에게 말했다.

"특별한 곳을 보여드리겠습니다."

"특별한 곳이라면?"

"전에도 말씀드렸지만 뫼클리 사람들이 모여 있는 시장입니다."

"아, 전에 말씀하셨던 고구려 장사꾼들이 상주한다는 시장 말씀이로군요."

"그렇습니다. 그 곳은 상설 시장입니다. 뫼클리 사람들의 장사 수완은 그 소문난 소그디아나 상인들에게도 뒤지지 않습니다. 지금 두 종족은 외투겐의 상권을 두고 분쟁이 일어날 정도이지요. 하지만 아직 별문제가 없는 것은 두 종족 간의 취급 상품이 다르기 때문일 것입니다. 아직은 충돌할 이유가 없다는 뜻입니다. 하지만 뫼

---

[61] 아무다리야 강과 시르다리야 강 상류의 중간을 동서로 흐르는 제라프샨 강 유역의 옛 이름.

클리의 상인들은 오히려 소그디아나 사람들을 이용하여 페르시아와의 교역을 개시할 작정인 것도 같습니다. 대인의 종족들은 정말로 대단한 사람들입니다."

투르크는 현재 고구려와의 공식적인 교역국은 아니었지만, 장사꾼들은 그런 것에 연연하지 않았다. 투르크의 입장에서도 고구려와의 사설 무역 덕분으로 많은 이득을 보고 있었던 만큼 일단은 지켜보고 있는 상황이었다.

장사꾼들은 세상 곳곳에서 사들인 생필품이나 사치품을 외투겐에서 각 지역의 장사꾼들에게 되팔았다. 물론 일부는 고구려로 들어가기도 했다. 고구려 장사꾼들이 구입해서 되파는 물품들은 가격이 비싼 편이었지만 품질이 좋고 신용도가 높아서 인기가 있었다.

결국 연자유 일행은 툴리의 안내로 외투겐의 남쪽(南港)의 상설 고구려 시장을 방문했다. 시장은 말을 타고 천천히 걸어서 한 시간 정도 되는 거리에 있었다. 시장에 도착해 보니 과연 귀에 익숙한 말들이 시끄럽게 들려 왔다. 정말로 많은 고구려 사람들이 북적거리고 있어서 마치 평양성의 시장을 연상케 할 정도였다.

항상 고구려 시장의 입구에서 볼 수 있는 것이 약장사였는데 이곳도 다르지 않았다. 약장사들은 이곳에서도 신기한 묘기로 사람들의 주의를 끌고 있었다. 사람들은 약장사들을 둘러싼 가운데 그것을 관람하면서 탄성을 질러 댔다. 소년 연태조 역시 흥분된 얼굴로 서둘러 그것을 구경했다. 말 위에서는 모든 것이 쉽게 보였다.

덩치가 산만 한 사내가 웃옷을 벗고 입에 칼을 넣고 있었다. 그는 입과 목이 직선이 되도록 똑바로 세운 뒤 칼을 목구멍까지 밀어 넣고 있었던 것이다. 많은 사람들이 환호했다. 칼 묘기를 끝낸 사내는 옆에 있던 수레를 손으로 가리켰다. 수레에는 짐이 잔뜩 실려 있었다. 사내는 자신의 배를 퉁퉁 치더니 멍석이 깔린 바닥에 누었다. 옆에 있던 시종이 그의 배 위에 널따란 판자를 올려놓았다. 그 시종은 잠시 후 짐이 잔뜩 실려 있는 수레를 말에게 끌게 하여 사내의 배 위를 지나가도록 했다. 보통 사람이라면 아마도 배가 터져 버렸을 것이다. 사내는 수레가 지나가고 나자 벌떡 일어나 관객들에게 인사를 했다. 박수는 더욱 우렁차게 울려 퍼졌다.

그의 묘기가 끝이 나자 이번에는 조금 왜소해 보이는 사내가 나와 막대기 끝에 접시를 놓고 접시를 돌리기 시작했다. 그러다 양손에 쥐고 있던 막대기 가운데 하나를 이마 위에 올려놓았다. 그는 이제 남아 있는 손으로 다시 접시를 돌리기 시작했다. 그 묘기가 진행되는 동안에도 덩치 큰 사내가 관람객들 사이에 있는 어린아이들을 보면서 부모와 함께 오지 않은 돈 없는 아이들을 쫓고 있었다. 하지만 아이들은 쫓겨나도 다시 다른 자리에 나타나 구경을 계속했다. 약장사는 말을 타고 비단 옷을 입고 구경하던 연태조는 쫓지 않았다. 연태조는 계속 구경을 하고 싶었지만, 아버지가 툭치며 말리는 바람에 아쉬운 발걸음을 돌려야 했다. 그러면서도 연신 뒤돌아보고는 했다. 어떻든 일행은 다음 장소로 이동해야 했다.

고구려의 장사꾼들은 고구려에서 고국의 사절단이 왔다는 소식을 전해 듣고는 모여들기 시작했다. 그들은 연자유 일행이 시장 안으로 들어서자 일제히 환호를 보냈다. 연자유는 동족에게 답례를 보내는 한편 그들의 노고를 치하했다.

그때 장사꾼들 사이에서 한 사내가 모습을 나타냈다.

그는 키가 작고 매우 뚱뚱했으며 얼굴에는 기름기가 자르르했다. 별로 어울리지 않는 고급스럽고 호화로운 비단옷은 마치 돼지 목에 진주 목걸이와 같은 느낌을 주었다. 뚱뚱한 남자는 연자유와 그의 일행에게 호들갑을 떨면서 인사를 했다. 특히 무칸카간의 조카인 툴리를 보더니 침까지 튀겨 가며 아첨하듯 인사하는 것이었다.

"저는 상완이라고 여기 외투겐 고구려 시장의 장주올시다. 본국에서 사절단이 도착했다는 소식은 이미 듣고 있었습니다. 얼마 전 운둘칸에 사람을 하나 보낸 적이 있었는데 그가 돌아와서 이르길 사절단의 대사가 봉황성 출신의 연대인이라고 하더군요. 그 소식을 접하고 너무나 기뻤습니다. 그 눈치 없는 놈이 연대인께 인사도 올리지 못하고 돌아왔더군요. 도대체 융통성 있게 머리가 돌아가는 놈이 없습니다. 아 참, 봉황성의 새로 뜨는 별이랄 수 있는 연거수 님께서는 잘 지내고 계십니까? 듣기로는 교역지를 서부 지역까지 확대한다고 하던데요?"

연자유는 운둘칸에서 도망치듯 달아난 사내가 생각났다. 툴리는 그가 고구려 장사꾼인 것 같다고 했었다. 장사꾼들 사이에서는 자신보다 동생 연거수가 더 잘 알려져 있었다.

"맞소이다. 본관의 동생은 지금 유성의 어비와 새로운 교역을 튼 모양입니다. 여기 고구려 시장이 유성과 직교역을 한다는 사실은 얼마 전에야 알았소. 늦었지만 감사드리겠소."

"이곳 외투겐은 그야말로 보물이 널려 있는 곳입니다. 대인께서도 이제 귀족의 반열에 오르셨는데 이런 말씀드리면 뭐 할지 모르겠습니다만, 히히! 솔직히 말씀드려서 귀족들의 허영심이 우리 같은 장사꾼들을 부자로 만들어 주고 있지요. 우리가 이곳에서 사들인 서역의 수입품들은 귀족들에게 원래 가격보다도 훨씬 비싸게 팔리고 있으니까요. 품질을 떠나서 귀한 물건이기 때문에 값어치가 있는 것입니다. 귀족들은 가격이야 어떻건 남이 없는 외제품에 대해서는 관심이 많으니까요, 히히히."

연자유는 상완의 말을 들으면서 표정을 바꾸지 않도록 노력해야 했다. 이런 타지에서 만난 동포에게 싫은 말이나 내색을 하기가 민망했기 때문이었다.

"실례가 되는 것은 아닌지 모르겠소만, 그렇게 생기는 막대한 차익은 어디에 쓰이고 있습니까?"

상완은 연자유의 질문에 갑자기 주변을 두리번거렸다. 그는 답변을 피하는 인상을 주지 않기 위해 노력하는 것 같았다. 상완의 곁에는 한 사내가 서 있었는데, 상완과 달리 매우 키가 컸고 큰 키때문에 상대적으로 말라 보였다. 그는 여덟 척이 넘는 큰 키였지만, 몸무게는 칠십 킬로그램도 안 될 것처럼 말라 보였다. 하지만 일절 지방이 없는 근육질은 매우 강한 인상을 풍기는 사내였다.

연자유는 그 사내를 보면서 이상하리만치 낯이 익다는 생각이 들었다. 사내는 상완을 넌지시 힐책하는 눈으로 바라보았지만, 상완은 사내와 연자유의 시선이 마주친 것을 보고는 잘되었다는 얼굴로 다시 수다를 떨기 시작했다.

"이 친구와는 벌써 팔 년째 같이 일하고 있습니다. 장사에 솜씨가 있는 친구입니다. 그 덕분에 유성의 도자기상과 연결이 되어 그

곳에서 연유도라는 중국 도자기를 사다 서역에 팔고 있지요. 물론 품질이 좋은 진품은 아닙니다만, 중국 도자기라면 환장하는 놈들이 있거든요. 이 친구가 장사 솜씨에 무예만 좀 더 괜찮았더라면 좋았을 텐데. 어디 모든 것을 갖추고 있는 사람이 있어야지요. 어쨌거나 이 친구의 출신 성분은 좋습니다. 신성 사람인데 이름은 지개로 그 지역의 유력한 무관이었던 숙불의 아들이랍니다. 숙불을 아시는지 모르겠습니다. 휘창이라는 창봉술로 유명했다지요? 무엇보다도 이 친구의 공로는 투르크의 고관을 구어 삶았다는 사실입니다. 투르크의 고관대작들은 고구려를 탐탁찮게 여겼거든요. 아무래도 과거 우리와의 전쟁으로 감정의 골이 생겼겠지요. 이 친구는 투르크 제국의 이인자이며 장차 카간으로 내정되어 있는 아시나타파르의 마음도 샀습니다. 그 덕분에 우리가 투르크에서 확실히 자리 잡을 수 있었고, 많은 이득도 볼 수 있었던 것입니다. 타파르 쉐드는 특히 고구려에 대해 강경한 성향의 사람이었지요. 아, 그것뿐인가요? 이 친구는 얼마 전에 이곳에 친견사로 와 있는 주나라의 대신인 보육여견과도 거래를 텄지 뭡니까. 보국여견은 보육여충, 그러니까 주나라의 맹장으로 알려진 양충의 장남으로 양견이라는 이름을 가지고 있습니다."

상완은 장황에게 말을 하다가 멈추고는 침을 삼켰다. 그의 얼굴에는 대단한 자부심과 자신감이 흐르고 있었다. 그는 잠시 주위를 둘러보고는 목소리를 조금 낮추어 말을 이어 나갔다.

"양견은 주나라 황제 우문홍의 신임을 얻은 인물로 그의 밀명으로 이곳에 와 있는 것입니다. 황제의 아재비인 우문호가 전권을 쥐고 있는 현실에서 그의 눈 밖에 벗어난 양견이 생명에 위협을 느낀 나머지 이곳에 피신하고 있는 것이지요. 결론적으로 주나라의 내부 정치적 상황은 우문호에 의해 매우 긴박하게 돌아가는 모양입니다. 하지만 황제가 양충의 도움을 간절히 바라고 있어 조만간 귀국하지 않을까 싶습니다. 양견은 장차 귀국할 것에 대비해서 많은 진상품들을 사들이고 있습니다. 어쩌면 그 진상품을 전비에 쓸 생각인지도 모르겠습니다. 양충은 이곳 투르크에서 차를 팔아 막대한 차익을 남겼다는 후문입니다. 어쨌든 우리로서는 양견이 짭짤한 거래자인 셈이지요. 장차 제나라와의 통교가 막혀 있는 상황에서 외투겐 길을 통해 주나라와 본격적인 무역을 한다면 이곳의 우리 고구려 시장은 더욱 번창할 것입니다."

어쨌거나 상완의 소개를 받은 지개는 매우 밝은 얼굴로 연자유에게 인사를 건넸다. 그는 대략 서른 살 정도로 연자유보다는 서너 살 어려 보였다.

"연 대인의 명성은 일찍부터 잘 알고 있습니다. 저희 선친께서는 살아생전에 영특했던 청년 시절의 대인에 관하여 많은 이야기를 하셨지요. 여기 상완 장주께서는 대인께서 운둘칸에 도착하셨다는 말을 듣고 지금까지 분주했습니다. 저도 연 대인을 만날 수 있다는 기대감에 잠을 못 이룰 정도였습지요."

"고맙소. 아시다시피 우리 부친과 그대의 부친은 가까운 관계였던 만큼 나도 그대에 관하여 들은 바 있소. 똑똑한 젊은이이니 장차 관계에 진출하여 빛을 볼 것이라 말이오. 하지만 그대가 갑작스럽게 신성을 떠난 것을 아시고는 매우 애석해 하셨소."

연자유는 예전에 신성 말객62)의 관직과 위당주 군직으로 복무하면서 이름을 날렸던 맹장 숙불과 그의 아들 지개에 관한 기억을 떠올렸다. 숙불은 아버지 연광과 교분이 두터워 연자유도 몇 번 만난 적이 있었다. 따라서 숙불과 얼굴이 닮은 지개가 낯이 익을 수밖에 없었던 것이다.

지개는 아버지 숙불의 훈공에 따라 관직에 출사했고, 일 처리가 깔끔하고 빨라서 금방 두각을 나타냈다. 하지만 지개의 관직 생활은 그리 길지 않았다. 환도성의 반란을 토벌하기 위해 출정하던 아버지가 의문의 죽음을 당했고, 그는 그 충격에서 헤어나지 못했는지 이후 모든 관직을 버리고는 두문불출했던 것이다. 당시 숙불의 의문사는 주리의 반란과 맞물린 급박한 전황으로 말미암아 유야무야 처리될 수밖에 없었다. 사람들은 효심이 깊었던 지개가 아버지의 죽음에 관해서 관부가 조사조차 하지 않자 회의를 느꼈고 결국 관직을 접은 것이라고 추측할 뿐이었다. 그러나 모두 소문일 뿐 이제까지 사실 여부가 확인된 것은 없었다.

지개가 종적을 감춘 뒤부터 연자유의 아버지 연광은 은밀히 숙불의 가족을 거두고 있었다. 그것은 자신에게 충성을 다한 숙불에 대한 작은 성의였다. 어쨌거나 상완의 말대로라면 지개는 이미 오래 전에 고구려를 떠나 이곳에서 살고 있었던 것이 틀림없었다.

"어쨌거나 그대 선친의 일에 대해서는 유감으로 생각하고 있소."

지개는 갑자기 연자유의 말에 얼굴을 붉히면서 고개를 숙였다.

---

62) 말객末客은 각 성의 욕살이나 도사 밑의 관리였다. 말객은 전쟁이 일어날 경우 위당주 신분의 군직을 수행하기도 했는데, 각 부대 단위였던 영郞의 수장으로 오늘날 연대장 급의 장교로 활동했다. 휘하에 일이천 명 정도의 병력을 지휘했다.

"선친께서 세상을 뜨신 것은 다 저 때문입니다. 제가 고국을 떠날 수밖에 없었던 것도 제가 선친을 죽였기 때문이지요."

연자유는 지개가 자책하는 모습을 보면서 가슴이 아팠다.

"그대가 선친을 지키지 못했다고 해서 선친을 죽였다고 자책하는 것은 좋은 생각이 아닌 것 같소. 어쨌거나 그대는 신천지에서 새로운 뜻을 이루지 않았소? 우리 조상들과 함께 계신 그대의 선친께서도 그대를 자랑스러워하실 것이오."

지개는 연자유의 위로에 어색하게 웃었다. 연자유는 괜한 상처를 건드렸다는 생각이 들어 미안했다.

"그대의 선친은 고구려에서도 알아주는 도깨비로 신기의 창봉술인 휘창의 대가였다고 들었소. 아버지께서도 소시모리의 부하 당주로 놀라운 창술을 구사했던 휘창 솜씨를 극찬하셨소. 그의 휘창이 그대의 집안으로 전수되었던 것인데, 만약 그대가 배웠다면 좋았을 것을 전설의 고급 무예가 맥이 끊겨 참으로 안타깝소이다."

연자유는 더 이상 할 말이 없었는지 그렇게 말을 멈췄다. 지개는 그런 연자유의 마음을 알았는지 미소로 답했다. 처음 대면할 때보다는 확실히 밝아진 얼굴이었다.

"저도 휘창을 약간은 구사합니다. 아버지에 비하면 어린아이 장난이지만요. 나중에 기록이라도 남길까 합니다. 후학들을 위해서 말입니다. 어쨌거나 대인의 부친께서 본국의 유족들에게 늘 관심을 주셨음을 알고 있습니다. 그 은혜 어찌 갚아야 할지 걱정입니다."

"별말씀을! 그대 부친의 공덕이 아니겠소."

"그렇게 말씀하시니 할 말이 없습니다. 이제부터 이곳 고구려 시장은 제가 안내를 하겠습니다."

그렇게 지개가 앞으로 나서자 상완은 쑥스러운 듯 뒤로 물러났다. 외견상으로 이곳의 장주는 상완이지만 지개의 영향력 또한 그에 못지않은 것 같았다. 두 사람은 외투겐의 주도권을 두고 보이지 않는 경쟁을 하는 것 같기도 했다. 상완이 뒤로 물러서자 호공관 주이로가 그에게 다가갔다. 두 사람은 대화의 주류에서 밀려난 사실을 분풀이하듯 호들갑을 떨며 둘 만의 대화를 나눴다. 물론 장사에 관한 얘기였다.

두 사람을 뒤로 하고 연자유는 지개에게 다가갔다. 연자유는 왠지 상완보다는 지개가 더 믿음이 가고 끌리는 것이 어쩔 수 없다는 생각이 들었다.

"외투겐과 유성이 직교역을 한다고 들었소만."

연자유는 자꾸만 일어나는 의문을 참지 못해 지개에게 물었다.

"이렇게 보시면 됩니다. 중국의 비단길을 통해서 들어오는 물품들과 초원길을 통해서 들어오는 물품들이 모두 유성에 집결한다고 보면 되는 것이지요. 그러니 외투겐과 유성은 직접 손이 닿아 있을 수밖에요. 화하(중국)인들의 비단길은 많이 이용되기는 하지만, 길이 험해서 초원의 길만큼 유용하지는 않습니다."

"이곳에서 생긴 이익은 모두 이곳에서 소진됩니까?"

"그렇지는 않습니다. 대부분의 상인들은 이익을 다시 더 많은 물품을 구입하는 데 쓰고 있습니다. 그렇다고는 해도 이익의 막대한 부분이 본국으로 들어갈 것입니다. 유성이나 비사성, 봉황성, 무엇보다도 평양성 등으로 이익이 흘러가는 것은 당연한 이치 아닐까요? 대인께서도 잘 아시겠지만 본국에서의 원활한 상행위가 있기 위해서는 적지 않은 뇌물이 고관들의 주머니에 들어가야 할 테니까요."

연자유는 고개를 끄덕이며 답했다.

"그럴 수도 있겠소."

"어쨌거나 아직도 연 대사께서는 관계에 출사하신 지금도 장사에 미련을 버리지 못하신 모양입니다?"

"장사꾼이 관리가 되었다고 해서 당장에 그 생리를 버릴 수는 없는 것 아니겠소? 어쨌든 지금은 동생이 그 일을 대신하고 있으니 형인 내가 이것저것 알아내어 알려주면 그것도 큰 도움이 될 것이 아니겠소?"

"그렇겠습니다. 참, 아드님이 참으로 영특한 것 같은데 나이가 몇 살이죠?"

지개는 화제를 돌리고 싶었는지 연태조를 보면서 그렇게 말했다.

"영특한지는 더 두고 봐야겠지요. 올해 열셋입니다."

"열세 살이요? 키도 크고 참으로 조숙한 아이입니다, 하하하."

상완은 지개가 연자유 일행을 안내하는 동안 동족을 위한 잔치를 준비했다. 간단한 장막에 급조된 것이었지만, 모두들 간만에 보는 고구려 음식에 환호성을 질렀다.

"이곳은 쌀이 비쌉니다. 쌀을 찾는 사람이 거의 없기도 하지요."

상완은 잔치 자리에서 자랑을 늘어놓았다.

"비싼 소금과 배추를 서로 버무려 발효시킨 백김치도 맛이 괜찮을 것입니다. 요즘 누가 장난을 치는지 영 소금이 귀해서 말이죠. 아, 유성에서도 구하기 힘들다는 소문으로 봐서는 그쪽이 수상한 것 같기도 하고요. 어쨌거나 우리는 고구려 음식으로 고향 생각을 한답니다, 하하하. 흘려들으세요."

상완은 수다 떨 듯 떠들어 댔지만 연자유는 그의 말 속에 뼈가 있음을 알아차렸다. 지개는 상완의 수다가 마음에 걸리는 얼굴이었다. 어쨌든 이미 준비된 음식들이 차려지고 상완이 그것들을 게걸스럽게 먹기 시작했다.

"돼지는 연 대사께서 오신다는 소식을 듣고 특별히 주문했습니다. 이곳에는 돼지가 없으니까요. 양파와 마늘을 다진 뒤 간장과 섞어 양념을 만들고 그것을 돼지고기와 잘 버무려 만든 불고기는 맛이 그만 아닙니까요? 여기서 쓰는 흔한 향신료는 일부러 넣지 않았습니다. 우리 입맛에 맞지 않아서요. 거, 쉬지 말고 빨리빨리 구우라고. 고기가 떨어지잖아. 여기 유성에서 직접 가져온 토종 곡아주도 가져오고."

상완은 지나칠 정도로 떠들면서 음식을 먹었다. 가끔 입 안의 음식이 튀어나와 그 앞에 있던 형옥구는 화가 날 정도였다. 위사록은 형옥구를 달래면서 직접 음식을 먹여 주기까지 했다. 호공관 주이로는 이곳 사정을 알고 싶은 마음에 끈질기게 상완의 뒤를 따라다녔다. 어쨌거나 즐거운 분위기 속에서 연회 시간이 이어졌다.

상완은 고구려의 무희를 대신해서 페르시아나 인도에서 데려온 무희들에게 춤을 추도록 했다. 인도 음악은 쿠차를 거쳐 고구려로도 많이 소개된 까닭에 고구려 음악과 많이 닮아 있었다. 당시 고구려인들이 즐겨 사용하던 악기들도 중앙아시아 사람들로부터 많이 전해졌다. 그런 만큼 서로의 악기가 낯설지 않았고 함께 연주되기도 했다. 악단은 고구려 악단과 공용하는 악기를 다루는 악사들을 모아서 꾸렸다.

사방으로 구경을 나갔던 사절단원들도 고구려 시장에서 잔치가 있다는 소식을 듣고는 하나둘씩 복귀했다.

툴리는 이제 자신의 소임을 다했다고 생각했는지 슬쩍 일어서려고 했으나 벌써 술이 몇 잔 들어간 연자유가 그를 놓아주지 않았다. 툴리는 독한 고구려 술 때문에 금방 취기가 도는 느낌이었지만 인내심 있게 잘 버티어 내고 있었다. 잔치는 점심 무렵부터 시작해서 밤늦도록 끝나지 않았다. 잔치 마당 주변으로는 커다란 횃불들이 밤을 밝혔다. 음주가무라면 사족을 못 쓰는 고구려 사람들은 어느새 서로 부둥켜안고 노래를 부르고 있었다. 타향살이의 설움과 고향에 대한 그리움이 하나로 섞여 있는 자리였다.

연자유는 군영에 있는 한 엄한 군율을 적용했지만, 일단 휴가나 여흥에서 만큼은 마음껏 즐기고 놀 수 있도록 배려했다. 자리가 마련되면 연자유는 사병들과도 함께 어울려 먹고 마시고 하나가 되었다. 장병들은 그런 소탈한 연자유를 좋아했다. 연태조는 상단의 백성들과 잘 어울리는 아버지의 모습이 보기 좋았다.

연자유는 평소에 말이 없는 아버지였지만 취기가 돌면 순박하고 평범한 아버지로 돌아왔다. 연태조는 아버지가 평상시에도 그랬으면 하는 바람이 들었다.

"내가 굳이 너를 이 먼 곳까지 데려온 이유를 알겠느냐?"

연자유는 조용히 앉아 있던 연태조에게 물었다.

"나는 네게 넓은 세상을 보여 주고 싶었다. 위험하고도 험한 길이었지만 결과적으로 너는 많은 것을 배울 수 있지 않았느냐? 믿어지지 않겠지만 아직도 세상의 끝은 더 먼 곳에 있단다. 그 곳은 나도 말로만 들었을 뿐 가보지 못했구나. 이곳 위투겐 서쪽으로 말을 타고 계속 가다 보면 하늘과 맞닿는다고 해서 천산이라 부르는 높은 산이 나오고 그 남쪽에는 끝을 알 수 없는 죽음의 사막이 나오지. 투르크 사람들은 '들어가면 나올 수 없는 곳'이란 뜻의 '타클라마칸 사막'이라고 부른단다. 그 곳은 아직도 사람을 거부하고 있지만, 결국 사람은 그 곳을 통과하고 길을 열었어. 그 곳을 지나 더 서쪽으로 가면 키르키즈, 에프탈리테, 페르시아가 나오고 더 멀리에는 비잔틴 국(대진국大秦國)이라는 나라도 있다고 해. 우리가 쓰고 있는 유리잔이니 유리병이니 하는 것들이 다 그 곳에서 만들어진 것을 수입한 것이란다."

연태조는 이후로도 꽤 오랜 시간을 아버지의 잔소리와 술 냄새를 이겨내야 했다. 잔치가 끝나자 연자유 일행은 모두 기분 좋게 자신들의 숙소로 돌아왔다. 고구려 사절단의 꿀맛 같은 이틀 동안의 휴가도 그렇게 지나가고 있었다.

숙소로 돌아온 연자유는 아들인 연태조에게 일찍 자도록 일렀다. 그러고 나서는 위사록과 형옥구 그리고 문술까지도 따로 불렀다. 아직 술이 덜 깼으므로 차를 끓여서는 부하들을 대접했다. 그렇지만 곧바로 정신이 맑아진 연자유의 얼굴은 생각처럼 밝지 않았다.

"자네들을 따로 부른 것은 그만한 까닭이 있어서라네."

연자유가 조금 가라앉은 목소리로 말을 꺼내자 위사록이 차를 한 모금 들이키며 말을 받았다.

"저희도 그것을 느끼고 있었습니다."

"이것은 굉장히 불쾌한 기운입니다. 일종의 살기 같기도 합니다만, 약간은 성격이 다른 기운이었습니다. 이를테면 곧 만나자는 전언 같기도 했지요."

형옥구 역시 위사록의 말에 동의했다. 연자유는 부하들을 통해서 자신의 느낌이 틀리지 않았음을 확인할 수 있었다.

"이 사악한 기운을 발산하는 인물이야말로 타타르 족을 끌어들여 우리를 해치려 했던 자일세. 툴리의 말대로 타타르 족이 아무 이유 없이 그것도 정확히 우리가 지나가는 길목에 나타났을 리가 없다는 뜻이야. 누군가 의도적으로 우리를 해치려 한다는 것이지. 우리를 해치려는 자는 우리가 실패하기를 바라고 있는 것이야. 나아가 실패하도록 일을 도모하고 있는 것이지. 우리가 전멸 당했다면 투르크와의 관계는 더욱 악화되었겠지. 전쟁을 일으키고자 했던 자들에게 힘이 주어졌을 것이고. 어쩌면 동원령을 내려야 할 상황이 되었을지도 모르지. 놈들은 우리 고구려에서 전쟁이 일어날 경우 이익이 생기는 자들이겠지."

연자유는 상완과 지개를 만났던 일들을 회상해 보았다.

"더불어 그들은 우리가 이곳에 왔을 때 자신들의 존재가 드러날 것을 두려워하고 있는지도 몰라. 이곳의 수입품들이 귀족들에게 원래 가격보다 비싸게 팔리는 것이 알려지는 것 때문은 아닐 것이네. 알 만한 사람은 다 아는 사실이니까."

연자유의 말에 문술이 자신의 생각을 말했다.

"수입품들이 비싸게 팔리는 것 때문이 아니라 귀족들과 이곳 장사꾼들의 연계가 밝혀지는 것이 두려운 것인지도 모르겠습니다. 이곳 장사꾼들의 이익이 본국에 들어가는 과정이 밝혀지는 것이 싫은 것이지요."

"귀족들과의 연계?"

"그렇습니다. 귀족들은 희귀품들을 제값보다 비싸게 산다고 해서 그것을 싫어하지는 않습니다. 그들은 남이 가지고 있지 않은 것, 오직 자신만이 가질 수 있는 희귀한 물품을 가지고 있다는 그 자체를 중요하게 생각하니까요. 누군가가 그런 희귀한 물건들을 은밀히 제공하면서 귀족들로부터 필요한 것을 얻어 내는지도 모릅니다. 우리는 그 목적이 무엇인지를 알아야 합니다. 그 목적이란 것은 대인께서 말씀하신 것처럼 고구려에서 전쟁이 일어나는 것일 수도 있겠지요. 고구려에서 전쟁이 일어나면 장사꾼들은 더 많은 돈을 벌 수도 있습니다. 하지만 역도들과 관련이 있다면 얘기는 쉽게 풀릴 수 있을 것입니다. 그들은 고구려가 외부 세력과 전쟁을 할 경우 고구려 전력이 약해질 테니까 당연히 자신들의 목적을 이루는 데 도움이 될 것입니다. 누군가 무칸카간이 키타이를 공격한 사실을 이용하고 있다는 것이 확실합니다. 바로 이곳에도 역도와 통교하는 자들이 있다는 뜻이지요. 그들이 역도의 뜻에 따라 타타르의 도적들을 용병으로 사들여 사절단을 공격한 것 아니겠습니까.

이제 이곳에도 역도들이 있으며 그들은 당연히 고구려 시장과도 연계되어 있을 것입니다. 이곳 투르크의 고구려 시장이 유성과도 연계되어 있다면, 유성에 역도들의 본당이 있다는 것쯤은 어렵잖게

짐작할 수 있을 것입니다. 물론 더 넓게 본다면 환도성이나 봉황성까지도 역도의 손이 닿아 있겠지요. 때문에 우리 사절단의 출발과 경로를 이곳 외투겐에 정확히 전달한 것이고요. 당연히 타타르 놈들이 우리의 길목을 정확히 예상해서 기다리고 있을 수 있었던 것입니다."

연자유는 머리를 끄덕이며 문술의 분석에 귀를 기울이고 있었다. 봉황성을 출발하던 순간부터 잘 조련된 타타르 도적떼들의 기습과 이곳 외투겐에서의 일들까지 모든 것이 한 맥락으로 다가왔다. 문술의 이야기가 끝나고 잠시 생각에 잠겼던 연자유가 입을 열었다.

"서장관 말씀이 옳소이다. 역당 놈들은 우리 고구려가 투르크와 전쟁을 일으키기를 바란 나머지 우리를 몰살시키려고 손을 쓴 것이오. 역도들의 세력은 외투겐으로부터 유성으로 이어져 우리 조정에까지 세력을 미치고 있음이 분명하오이다. 놈들은 사방에서 군자금을 모아 어디선가 반란군을 일으키는 데 그것을 쓰고 있는 게 분명합니다."

연자유의 말을 형옥구가 받았다.

"그렇지만 오늘의 이 느낌은 초이발산에서 있었던 타타르의 기습과 같이 은밀히 전하는 것이 아니라는 사실입니다. 그 자는 자신의 실체를 숨기지 않고 과감하게 드러내고 있습니다. 특정한 상대인 우리를 목표로 말입니다. 분명, 그 기운이 우리를 향하고 있습니다. 놈은 굉장한 고수임에 틀림없습니다."

연자유도 고개를 끄덕이며 형옥구의 주장에 동의했다.

"그렇다면 놈의 최우선 목표는 이 몸인 것 같군. 놈은 자신의 강한 내공을 대놓고 드러내어 나로 하여금 도전을 유도하고 있는 셈이야. 아무래도 나와 직접 맞붙어 나를 죽여 보려는 것 같군. 사절단을 모두 죽일 수 없다면 나라도 죽여야 할 테니까. 그렇다면 놈은 조만간 모습을 드러낼 것이다. 하지만 조심해야 할 것은 놈만 있는 것이 아니라 무리들이 함께 있을 수 있다는 점이야. 놈들은 언제든 우리를 몰살시키려 기회를 엿볼 것이라는 사실! 어쨌든 다들 알고 있다면 되었네. 늦었으니 이제 어서들 쉬도록 하라고."

"역도가 아니라면 연 대사의 반대파, 그러니까 이를테면 상부왕이 보낸 자가 아닐까요?"

자리에서 일어서던 위사록이 넌지시 자기 생각을 던졌다. 그러나 연자유는 고개를 저었다.

"그렇지 않을 것이야. 그가 일을 꾸미며 초이발산에서 타타르 용병을 사기에는 시간이 촉박했을 것이라는 뜻이네. 우리가 조심해야 할 것은 우리의 반대파가 역도는 아니라는 사실일세. 특별히 상부왕은 신중한 사람이니 이런 무모한 일 따위는 하지 않을 것이야. 상대는 분명 상부왕이 아니야."

"어쨌거나 공자님의 신변은 보호해야 하지 않겠습니까?"

형옥구가 걱정스런 표정으로 연태조에 대한 관심을 보였다. 연자유는 슬쩍 웃으며 대답했다.

"방금 자네들이 말했지만 그가 우선 노리는 대상은 바로 나일세. 자네들이 제자를 잘 가르쳤다면 걱정할 일도 아니고. 우리 태조도 초이발산에서 실전을 경험했으니 많이 대범해졌겠지. 걱정 말게."

그렇게 대화가 끝나고 형옥구와 위사록은 밖으로 나갔다. 하지만 문술은 아직 할 말이 남았는지 연자유의 숙소를 떠나지 않았다.

"사실은 드릴 말씀이 있었습니다."

연자유는 문술의 말에 씩 웃었다. 모든 것을 알고 있다는 느긋한 표정이었다.

"그대가 하는 일에 가책을 느낄 필요는 없소. 그대는 외부 봉빈부 소속이니 나에 관한 모든 사실을 예부령께 항시 알려도 좋소. 전서구는 충분히 가져왔으니 문제될 것이 없지 않겠소?"

문술은 연자유가 이미 자신의 행동을 모두 알고 있는 것은 물론 이해하고 있다는 사실에 감동 같은 것이 북받쳐 올랐다.

"저는 가능한 한 대인께 해가 되지 않도록 제 임무에 최선을 다 하겠습니다."

"그럴 필요까지야 있겠소? 다만 알고 있는 사실을 정확하게 보고하시면 됩니다. 하하하."

부상浮上

대덕 팔 년 사월 초순, 고구려 북부의 드넓은 초원과 광활한 습지는 과거 부여국의 영토였다. 고구려는 부여성을 지나 평천평원 서북쪽의 개마대산까지 이어지는 광활한 땅을 다스리기 위해 그 지역에 많은 망대와 보루를 세웠다. 광활한 평원에서 망대는 유사시 봉화대로 이용될 수 있도록 했다. 각 지역의 주둔군들은 교대로 순군과 위병의 임무를 수행하면서 북쪽에 흩어져 유목 생활을 하는 쉬웨이 족이나 산맥 너머의 투르크 족의 움직임을 살폈다.

그러나 투르크 군대의 침공을 받은 지도 벌써 십오 년이 지났고 쉬웨이 족의 움직임은 외관상으로 조용했던 탓에 이 지역의 수비 군사들은 타성에 젖기 시작했다. 그런 즈음 쉬웨이 족의 걸출한 젊은 호걸인 푸시테가 일어나 십이 부의 부족을 통합하고 새로운 대인으로 추대되었다. 쉬웨이 족의 움직임은 각 지역을 순행하는 많은 척후병들로부터 보고되었다.

하지만 타성에 젖어 있던 수비 군사들은 그러한 상황에서도 별다른 위협을 느끼지 못했다. 수비군의 장교들의 쉬웨이 족은 절대로 통합할 수 없으며 설사 통합되었다 해도 곧 분열하는 종족이니 그들이 감히 고구려의 변경을 침략할 정도의 힘을 가질 수는 없다고 생각했다. 최악의 경우 누군가 통합에 성공했더라도 그들이 무모하게 고구려 보루 근처까지 남하하지는 않을 것이라 생각했던 것이다. 이 지역에서 고구려 군은 곧 법이었으니까. 고구려 수비군이 곧 평화인 셈이었다.

그럼에도 북방에서 잔뼈가 굵은 군사들은 전에 비해 눈에 띄게 늘어난 쉬웨이 족 사람들의 왕래를 체감하고 있었다. 수비 군사들은 쉬웨이 족의 왕래의 의혹을 품고 그들의 월경 이유에 대해 자세하게 묻지 않을 수 없었다. 하지만 그들이 고구려 영내로 들어오는 이유는 간단했다. 생필품 때문이었다. 그들은 고구려의 옷감, 철, 각종 그릇이나 차 등을 구하려고 고구려 내지를 방문했으며, 멀리 떨어진 신성이나 환도성까지도 찾는 일이 잦았다. 문제는 입경한 사람 가운데 얼마가 자신들의 관내로 되돌아갔는지를 확인할 방법이 없다는 점이었다.

고구려가 쉬웨이 족과의 실질적인 경계를 정한 곳은 추오르 강 중상류의 망월이란 곳이었다. 추오르 강은 개마대산에서 발원하여 동남쪽의 속말수(송화강)와 합쳐지는 강이다. 비록 수량도 적고 강폭도 넓지 않지만 차고 신선한 물살이 제법 세게 흘렀다.

망월은 과거 소시모리가 천승군을 일으켰던 곳으로 알려져 소시모리를 추종하는 사교 집단은 이곳을 성지로 여겼다. 망월에는 망월보루가 있어서 고구려 수비군이 주둔하고 있었는데 십여 리 떨어진 곳에는 제법 산뜻하게 지어진 별장도 있었다. 망월별장 역시 과거에는 고구려 수비군의 보루였던 곳인데, 얼마 전 주리 반란에 연루되었던 달성왕자가 유배되어 있으면서 갑자기 유명해졌다.

태왕의 이복동생인 달성왕은 망월에서 유배 생활을 하는 동안 마음과 몸을 정진하고자 끝없이 수두 행사를 되풀이했다는 소문이 있다. 수두 행사란 고구려의 정교인 수두 단군을 기리는 종교 행사였다. 달성왕이 수두 행사를 지속적으로 행했다는 사실은 달성왕이 자신 때문에 일어난 주리의 반란에 대한 속죄 행위로 비춰졌다. 달성왕이란 칭호는 태왕과의 태자 책봉 싸움에서 패한 이후 선왕이 붙여준 왕호로 그 정식 왕호는 북부현무대왕이었다. 하지만 사람들은 흔히 달성왕이라는 호칭으로 비아냥을 섞어서 불렀다.

　달성왕의 유배가 끝나자 그 덕분에 유명해진 별장은 익명의 부호가 나라로부터 사들여 사유지로 삼았다는 소문이 돌았다. 그것이 사실인지 그 곳에는 더 이상의 주둔병이 상주하지 않았다. 별장을 사들인 주인은 달성왕이 머물면서 제사 장소로 썼던 그 건물을 호화롭게 증축하여 수두신전으로 꾸몄다. 별장은 곧바로 돌로 된 높은 성채로 둘러쳐졌고 울타리가 없어 마음대로 드나들던 곳이 이젠 외부인 누구도 허락 없이 안쪽으로 출입할 수 없게 되었다. 주인은 별장 주변의 제법 넓은 초지도 거금을 들여 사들였다. 그 초지가 별장을 둘러싸고 있던 탓에 별장에 들어가려면 드넓은 초지를 지나야 했다. 더욱 놀라운 것은 그 기름지고 아름다운 광활한 초지를 고구려의 고관에게 명의 이전하겠다는 제안이었다. 그 고관은 바로 재부령 부영돈이었다. 별장의 주인이 왜 그 넓은 땅과 별장을 부영돈에게 선물하려는 것인지는 누구도 알지 못했다. 물론 고관대작들에게 주는 선물에는 일반인들이 어지간해서는 알지 못하는 의도가 담겨 있는 법이다. 부씨 집안에게 별장을 선물한 인물도 물론 그랬다.

다만 그 이유는 생각보다 훨씬 단순했다. 별장 주변의 땅이 부영돈, 그러니까 부씨 집안의 땅이 된다면 누구든 부씨 집안의 땅을 거쳐야만 별장으로 들어올 수 있었다. 누가 감히 부씨 집안의 사유지를 거쳐 별장으로 침범해 들어올 수 있단 말인가? 아마도 이 지역 변방을 지키는 장교나 말직의 관리로서는 엄두도 못 낼 일이었다. 별장 주인이 보통 평범한 사람이었다면 별장 주변의 땅을 부씨 집안에게 바치면서 작은 벼슬을 바랄 수도 있었겠지만, 그는 그러지 않았다. 벼슬을 청탁하는 대신 외부인들로부터 별장을 지켜 주고 자신들은 별장의 수두신전을 수시로 사용할 수 있도록 하는 조건만 내걸었던 것이다. 부씨 집안의 입장에서 망월의 아름답고 넓은 땅을 공짜로 얻는 것이니 만큼 그 정도의 조건을 건다고 해서 별 문제될 것이 없었다. 이제 결국 부씨 집안은 망원별장을 지켜 주는 조건으로 주변의 넓은 땅을 자신의 소유지로 만들 수 있게 된 것이다. 부씨 집안의 수장인 재부령 부영돈은 차남인 부송에게 이렇게 말했다.

"그 부호가 우리 집안에 준 땅은 아름다운 절경에 드넓은 초지가 장관이라 들었다. 나도 이제 은퇴할 몸, 장차 그 곳에 별장을 짓고 말이나 키우며 보낼 것이다. 여가가 된다면 살면서 봐 왔던 것들을 기록에 남기는 것도 좋은 노후를 위한 방편이 되지 않겠느냐."

아버지의 지시를 받은 부송은 곧바로 부호의 대리인 격인 집사를 만났다. 부자는 이름을 밝히지 않는데다가 웬일인지 부송을 직접 만나기를 꺼려했다. 부송은 어차피 권력에 관심이 없는 사람이라면 굳이 만날 필요가 없다는 생각이었다.

부송은 아버지보다 왜소하고 호리호리한 만큼 부드러운 보였다. 부송은 부호의 집사를 자처하는 자가 평범한 장사치의 대리인으로 보기에는 당당하다는 인상을 받았다. 어찌 보면 무예를 감추고 있는 무사 같은 느낌도 들었다. 대리인이 입을 열었다.

"저는 보정이라 합니다. 아시는 것처럼 장사치를 주인으로 섬기는 집사입죠. 죄송하오나 제 주인께서 대인께 작은 청이 있다 해서요."

"작은 청이라니? 우리 부씨 집안에서 별장과 수두신전을 지켜주는 것으로 얘기는 끝난 게 아닌가?"

"아시는 것처럼 제 주인은 장사치입니다. 제 주인이 망월 주변의 땅을 사들인 것은 이곳이 서북방의 쉬웨이 족과 동북방의 속말부를 연결하는 중요한 소통지라는 사실 때문이었습니다. 우리 주인께서는 망월의 별장을 일종의 무역의 거점으로 사용할 생각이십니다. 따라서 외부인들이 관심을 갖는 것이 싫었던 것이고요. 우리 상단의 무역 상인들과 수레들이 이곳 망월을 거쳐 가는 데 지장이 없도록 손을 써 달라는 것입니다. 사실 망월 지역의 위병들을 금품으로 마음이 통하도록 할 수도 있었지만, 그것보다는 명문 집안과 교류가 보다 깔끔해 보이지 않겠습니까?"

"상인들과 수레라고? 그들은 무엇을 교역하겠다는 것인가?"

"쉬웨이 족들이나 속말부 놈들처럼 말을 다스리는 놈들이 바라는 것이 뭐겠습니까? 쇠로 된 등자, 편자에 안장과 같은 마구가 아니겠습니까? 게다가 요즘 북방에는 먹을 식량이 없다는군요. 오랑캐 놈들과의 장사는 전부터 계속되어 왔던 일이니까 문제될 것은 없을 것입니다."

"이거 곤란하군. 이제 와서 청탁을 하다니 말이야. 아버님이 아시면 뭐라 하시지나 않을까 걱정일세."

"그까짓 일에 재부령까지 끌어들일 필요 있겠습니까? 다만 부씨 집안이 동의한다는 부씨 집안의 인장이 찍힌 서면이면 되지 않겠습니까? 아직 망월 지역의 드넓은 초지에 대한 소유권은 대인께 넘어가지 않은 상황임을 염두에 두셨으면 합니다."

부송은 보정의 말에 화가 났지만 꾹 참았다. 망월 지역의 초지는 정말로 탐이 나는 곳이었고 부영돈은 이미 은퇴한 뒤 여생을 그곳에서 보내기로 결정했기 때문이었다. 이제 부송은 부씨 집안의 기둥이 된 자신이 그 정도도 결정하지 못한다면 그것 자체가 문제라고 생각했다.

"결국 우리 집안의 인장과 땅의 소유권을 교환하자는 얘기로군."

"간단한 일입니다."

"좋아, 자네의 수레들이 망월을 중심으로 장사를 할 수 있도록 손을 써 주도록 하겠네."

"고맙습니다. 망월 수두신전을 관리할 우리 사람들은 이미 파견했습니다. 망월 별장에 관해서는 신경을 쓰지 않아도 될 것입니다."

부송은 더 이상 신경 쓰기 싫다는 표정이었다. 보정이 망월 초지에 대한 소유권을 넘겼고 부송은 서면에 인장을 찍어 주었다. 이제 망월 지역의 사유지는 부씨 집안의 소유가 되었고 그 지역의 위병들은 부씨 집안의 눈치를 봐야 할 상황이 되고 말았다. 부씨 집안의 비호를 받는 상단의 수레는 아무 문제없이 망월에서 쉬웨이 족의 강역으로 입경할 수 있게 된 것은 물론이었다. 특정 상단에게 있어 북방의 국경은 없어진 것과 다름없었던 것이다.

보정은 어쨌든 부씨 집안과의 교환 거래를 어렵지 않게 성사시켰다. 사실 북방 초지에 관해 관심을 갖고 있던 부씨 집안의 수결을 받아 내는 일은 별로 어려운 것이 아니었다. 보정은 부송의 기분을 달래고자 했는지 제법 많은 양의 피륙과 북방의 좋은 말 한 필을 선물했다. 부송은 보정의 선물에 언짢았던 기분이 금방 풀어지는 것을 느꼈다.

'앞으로 잘하면 짭짤한 선물이 줄을 잇겠군. 저 정도 눈치가 있는 친구라면 말이야.'

부송은 아버지 부영돈에게 보정과의 물밑거래에 대해서는 자세하게 얘기하지 않았다. 단지 망월 지역을 둘러보겠다는 허락을 받아 냈다. 부송은 마치 사냥을 하듯 무리를 이끌고 단숨에 북방에 도착했다. 망월별장은 과연 듣던 것처럼 아름다웠다. 이제 더 완벽한 수두신전으로 탈바꿈할 것이지만 주변에 아버지 부영돈을 위해 별장을 짓는다면 수두신전과도 잘 어울릴 것 같았다. 그는 수두신전의 개축을 지켜본 뒤 그것에 맞는 아름다운 별장을 짓겠다고 다짐했다. 아버지로부터 점수를 딴다면 아버지 소유의 엄청난 재산 중 많은 부분을 상속받을 가능성이 컸다. 문제는 아버지를 기쁘게 하는 것이었다. 부송은 그렇게 망월을 둘러본 뒤 망월별장에서 가까운 고구려 군영을 찾았다.

망월 군영에는 이백여 명의 고구려 군사들이 주둔하고 있었다. 보루는 높지 않은 토성을 목책으로 둘러싼 것이었다. 보루의 책임자는 당령 망준이라는 자로 누구나 그렇듯 언제든 변방을 떠나 도성이나 서쪽의 이름 있는 성채로 새로 발령 나기를 기다리고 있었다. 하지만 시간이 지나면서 자신의 꿈은 서서히 물거품이 될지도 모르겠다는 절망감에 성격만 날카로워지고 있었다. 그런 중에 왕성의 고관대작인 부씨 집안의 차남 부송이 자신의 군영을 방문했다는 소식에 급히 달려 나왔다. 부송은 요새에 오래 머물지 않았다. 다만 앞으로 있을 일에 대해 간단한 지시만을 내리고 떠났다. 물론 그것은 망월 주변을 오가는 상단 가운데 부씨 집안의 인장이 있는 상단에 관해서는 절대로 간섭하지 말라는 경고였다. 물론 부송은 자신의 말을 잘 들을 경우 중앙군으로의 전출을 추진해 보겠다는 당근도 잊지 않았다. 망준은 멀리까지 부송을 배웅하며 자신의 얼굴을 각인시켰다. 부송은 옆에서 끝까지 굽신거리는 망준의 모습을 보고는 망월을 떠나갔다.

그로부터 얼마의 시간이 흘렀다.

북방의 사월은 쌀쌀했다. 아니 아직 춥다. 게다가 비까지 내리면 수비군들에게는 짜증나는 일이었다. 수비군들은 이런 날만큼은 비번이 오기를 바랐다. 하늘에서는 번개가 치고 우박이 쏟아졌다. 투구에 부딪히는 둔탁한 소리를 들으면서 망월보루의 수비군들은 누군가 말을 달려오고 있음을 알았다.

기수들은 모두 둘이었는데 짚으로 엮어 만든 우장을 걸치고 있었다. 어두운 밤이었지만 눈빛이 마치 야수 같아서 번개 불처럼 번뜩이는 것처럼 보였다. 그들을 바라보는 수비병들은 불쾌함을 떠나 두렵고 불안한 마음이 일 정도였다.

두 기수가 드디어 요새의 관문 앞에 멈춰 섰다. 밤인데다가 날이 궂어서 두 사람의 얼굴은 잘 보이지 않았다. 선두의 사내가 소란스런 빗소리 때문에 소리 지르듯 말했다. 마치 천둥소리 같았다.

"당령을 뵙고 싶소."

"당령께서는 이렇게 야심한 시간에 사람을 만나 주지 않소. 괜히 경치기 싫으면 돌아가시오."

"우리는 부씨 집안의 인장을 가지고 있소."

수비병은 부씨 집안이라는 사내의 말에 곧바로 당령인 망준을 찾았다. 망준은 자다가 일어났는지 얼떨떨한 얼굴로 달려 나왔다. 관문이 열리고 망준이 두 명의 기수를 맞아들였다. 그들은 부씨 집안의 인장이 있는 나무 명패를 망준에게 보여 주었다.

"우리는 먼 길을 왔소. 당장 수두신전이 될 별장에 가서 비도 피하고 쉬고 싶소. 아마 북방을 오가며 필요에 따라 별장에 머물 것이오."

망준은 외모에 맞지 않게 간드러진 목소리로 말했다.

"귀한 손님들이 오셨는데 대접도 못 하고 섭섭합니다."

"곧 상단의 수레들도 도착할 것이오. 이미 부대인께 얘기는 들으셨겠지만 당령께서는 상단 상인들과 그들의 물품 수레들이 국경을 통과하는 데 불편함이 없도록 해 주셨으면 합니다. 그 상단이 우리 소속인지를 간단히 확인할 방법이 있소. 우리가 부씨 집안의 인장이 든 명패를 들고 있듯이 그들의 명패에는 이렇게 씌어 있을 것이오."

"히히, 제가 글을 몰라서요."

"그럼 그 명패에 무엇이라 씌었는지 물어 보시오. 그럼 그 자가 이렇게 답할 것이오. 수광태월!"

망월이 머리를 갸웃해 보이면서 말했다.

"어디서 들어 본 것 같기도 하군요. 멋진 시 구절 같습니다."

"그럼 부탁하겠소. 우리는 피곤하고 바빠서 이만!"

망준이 직접 관문을 활짝 열어 주었다. 그들이 한 마장63)쯤 떨어진 망월별장까지 가는 데는 반시간도 걸리지 않을 것이다.

"별일 아니구먼. 대충하고 갈 것이지. 나까지 깨우고 지랄이야."

당령은 하품을 하면서 다시 자신의 숙소로 들어갔다.

망준의 부하인 당위 홍장은 상관의 일처리가 마음에 들지 않았다. 지난번에 부송이 방문했을 때도 그랬고 지금도 마찬가지였다. 망준은 분명 원칙 없이 일하고 있었다. 사실 홍장은 일종의 감찰 역할까지 해야 하는 위장 근무자였다. 그는 태왕의 수행기관인 위왕원의 도행사였던 것이다.

고구려의 내부 상황을 면밀하게 감찰하는 관서로 위왕원이 있었다. 태왕은 자신의 입지를 더욱 강화하고자 중앙 감찰 기구인 중정대의 일부를 위왕원으로 독립 분할시켰다. 태왕은 중정대가 귀족들의 입김이 강하게 작용한다는 사실 때문에 자신만의 독자적인 친위 기구를 절실히 필요로 했다. 그렇게 해서 만들어진 게 위왕원이었다. 그로부터 중정대는 고구려 외부 문제를 감찰하는 역할을, 위왕원은 내부 문제를 감찰하는 역할로 나뉘게 되었던 것이다. 전통 깊은 중정대의 수장은 대령 또는 도령으로 불렸으나 아직 위왕원의 수장은 도사의 직위에 머물렀다. 그것은 중정대의 불만을 무마시키기 위한 태왕의 배려였다. 위왕원 도사 아래에는 두 명의 좌부

---

63)오 리에서 십 리 정도의 거리로 2~4킬로미터 정도.

사와 우부사가 있었고, 그들 휘하에 각각 도행사 네 명을 두어 중요한 일의 실무를 맡도록 했다. 도행사들 밑에는 함께 행동하는 많은 행사들이 있었다. 북방은 늘 전란의 불씨가 도사리고 있었기 때문에 이곳에는 홍장과 같은 유능한 인물을 말단 군관으로 속여서 현장 분위기를 살피도록 한 것이다.

홍장은 위왕원에서도 알아주는 무예의 고수였다. 위왕원의 행사가 되기 위해서는 무엇보다도 뛰어난 무예를 지녀야 했는데 도행사가 되자면 두 말할 필요도 없었다. 홍장은 두 자루의 칼을 쓰는 이도류의 대가로 누구도 그의 연속 공격을 막을 수 없다고 할 정도였다. 그는 이도류의 무예로 위왕원에서 인정받았고, 자신 있는 만큼 이번의 위험한 임무도 자처했다. 그가 이번 임무를 완수할 경우 공석인 우부사의 지위를 보장받는 조건이었다.

'저 놈들은 장사치들이 아니야. 경험 많은 군인이거나 고수들이 분명해. 내가 누구와 접촉하면서 이토록 심장이 뛴 적은 없었지. 놈들을 좇아 봐야겠군. 부씨 집안이 반역을 할 조짐일까? 혹시 놈들이 부씨 집안을 이용하고 있는 게 아닐까? 이런 느낌은 한 번도 틀린 적이 없다. 일단 따라가 보자.'

홍장은 그들의 뒤를 캘 작정을 했다. 홍장은 일단 그들의 목적지를 알았기 때문에 그들의 뒤를 밟는 일은 생각보다 수월했다. 홍장은 수상한 사내들이 이도류의 고수인 자신조차도 혼자서 상대하기에 버겁다는 사실을 알아채고 있었다.

'주변의 행사들을 불러 모아야겠다.'

홍장이 수상한 사내들의 뒤를 캘 결심을 할 그 즈음, 폭우가 여전한 그 시간에 요새 가까운 곳에서는 누군가가 이 상황을 지켜보고 있었다. 지켜보는 사내 역시 짚으로 엮은 우장을 두르고 있었는데, 어둠 속에서도 눈빛이 예리하게 빛나고 있었다. 사내는 백발 노인이었다. 노인은 잠시 수상한 기수들이 사라진 곳을 살피더니 그쪽을 향해 다시 달음박질을 쳤다. 노인은 마치 축지법이라도 쓰는 양 금방 모습을 감추었다.

이제 수두신전으로 개조될 망월별장은 남쪽에 문이 있었고 통나무를 겹겹이 쌓아올린 담이 둘러져 있었다. 북쪽 방향으로 망대가 하나 있었고 사방은 초지로 둘러싸여 있어서 절경을 이루었다. 서쪽 지형은 완만한 경사를 이루었고 들판 아주 먼 끄트머리쯤에 얕게 패인 골짜기가 보였다. 추오르 강 주변에는 갈대밭이 일품이었는데, 사람 키보다 훨씬 웃자란 갈대들이 바람에 흔들리는 광경은 참으로 장관이었다.

별장에 도착한 두 기수는 말들을 급히 마구간에 들이고 여물을 주었다. 배가 고팠는지 말들은 게걸스럽게 거친 여물을 먹어 치웠다. 사내들이 별장 안으로 들어갔다.

남문으로 들어서면 마구간이 있고 뜰을 지나서 바로 본채가 있었다. 규모가 크지 않은 목조 건물이었지만 왕자가 머물던 곳이라 그런지 깨끗하고 아늑해 보였다. 두 사람은 걸어서 본채 안으로 들어섰다. 본채 안에서는 누군가 그들을 기다리고 있었다.

그는 누추하고 보잘 것 없는 차림에 백발을 길게 늘어뜨리고 있었다. 얼핏 별장지기가 아닐까 싶었다. 하지만 백발과 달리 그렇게 나이 들어 보이지 않는 얼굴이었다. 그의 눈은 작지만 형형해서 마치 맹호의 눈빛을 연상시켰다. 그러나 그의 눈빛 뒤에는 슬픔 같은 것이 어려 있었다. 별장을 찾은 사내들은 백발의 사내에게 엎드려 절하며 인사를 올렸다.

"수광태월! 천승군 당주들이 북도행군원수를 알현합니다."

백발의 사내는 두 사내를 향해 몸을 일으키는 순간, 무형의 강렬한 기운이 앞으로 내달아 두 사내를 향해 날아들었다. 두 사내는 마치 커다란 쇠몽둥이로 가슴팍을 맞은 것처럼 뒤로 나가떨어졌다. 그들은 두려움과 고통에 힘겨워하며 겨우 몸을 일으켰다.

"도대체 하는 일들이 마음에 들지 않아. 아직까지도 연자유가 건재해 있다는 소식이다. 장차 이 일을 어찌 할 것인가?"

백발의 사내는 그렇게 일갈하고는 더 이상의 문책을 하지 않았다. 사내는 쓰러져 있는 두 사내에게 다가가 그들을 일으켜 세웠다. 어쨌거나 연자유의 사절단을 기습하도록 타타르 족을 사주한 것이 바로 이들이었던 것이다. 이들은 일종의 군호로 '수광태월'을 외쳤으며, 천승군의 당주를 자처한 만큼 역도들이 틀림없었다. 드디어 그들의 실체가 하나씩 드러나기 시작한 것이다.

"나도 선달의 경지에 이르자면 아직도 먼 것 같군. 작은 감정 하나 추스르지 못하니 말일세."

백발 사내의 말에 두 사내들은 다시 무릎을 꿇고 사죄했다. 백발 사내는 두 사내를 일으켜 세웠다. 그러자 사내들은 우장을 벗어던지고 조심스럽게 백발 사내가 안내하는 곳으로 갔다. 백발 사내가 먼저 입을 열었다.

"천승군 오위 당주 천양과 천승군 팔위 당주 조승은 들어라!"

천양은 날렵한 몸이었지만 어깨와 팔 근육이 남달리 발달해 있었다. 천양은 화조궁의 대가로 일찍부터 전설적인 존재였다. 화조궁은 날아가는 화살이 마치 불새같이 강렬하다 하여 붙은 이름이었다. 화조궁은 너무나 강해서 천하장사가 아니고는 그 시위를 당길 수조차 없었다.

조승은 조금은 나이가 들어 보이고 구부정했지만 몸의 움직임이 날렵해 보였다. 날카로운 눈빛으로 상대방의 약한 마음을 사로잡아 자신의 뜻대로 하는 놀라운 재주가 있었다. 조승은 무엇보다도 쌍한도라는 두 자루의 칼을 잘 다뤘는데 한마디로 이도류의 대가라 할 수 있었다. 이도류는 환도성 도당의 무예로 두 자루의 칼을 다루는 것이었으므로 일찍부터 그 위력이 대단했다.

"양성왕이 행궁하는 동안 소시모리의 현신이신 우리 수광태월님께서 드디어 우리의 출사를 명하셨다. 이에 우리는 지난 십 년 동안의 굴욕을 씻고 다시금 출군을 선언했다. 우리는 이번에야말로 꼭 승리할 것이다. 우리의 승리는 바로 하늘의 뜻이니 우리는 지난 환도성 회합에서 그것을 확인하였노라. 이제부터 북도행군원수의 직책을 감당할 본관은 북방에서의 모든 군무를 총괄할 것이다. 그런 만큼 북도행군 소속 당주들과 장교들은 각자의 본분을 지켜 주어진 임무에 최선을 다하도록 해야 할 것이다."

가늘고 긴 눈매의 사수는 악마의 그것 같은 송곳니를 드러내며 미소 지어 보였다. 그 미소는 일종의 승리에 대한 자신감이자 확신이었다. 당주들은 여전히 사수의 기운에 눌려 주눅 든 모습들이었다.

"예, 북도행군원수 어른! 원수께서는 우리의 부주副主이십니다."

사수는 환도성에서의 회합이 끝난 뒤 미리 북방으로 가서 쉬웨이 족의 추장인 푸시테를 만났다. 그는 쉬웨이 족과의 동맹을 결의하고 바로 탕취의 별장으로 숨어들었던 것이나.

천승군은 모두 구 년 전 환도성에서 주리가 일으켰던 반란 세력의 잔당이었다. 당시 이들은 한때 주리를 소시모리의 현신으로 섬겼으나 주리의 일이 실패하면서 좌절해야 했었다. 그런데 누군가가 이들을 다시 규합한 것이다. 이들을 규합한 베일 뒤의 인물은 소위 수광태월이라는 기치 아래 다시금 세력을 끌어 모으고 있었다. 소시모리 교도들에게서 규합의 원칙은 바로 소시모리의 현신이었다. 그렇다면 오랜 세월 구천을 떠돌고 있는 소시모리의 원혼이 이번에는 누군가를 통해서 현신했다는 뜻이기도 했다. 그러나 그 존재가 누구인지는 아무도 몰랐다. 다만 추종자들은 한결같이 그가 결정적인 어느 순간에 모습을 드러낼 것이라고 믿었다.

북부행군원수의 직함을 가진 사수는 반란 당시 천승군 삼위 당주였으며 평양도행군원수로 반란군의 실질적인 사령관이기도 했다. 그는 천부적인 염력의 소유자였는데, 그 타고난 비범한 능력으로 비도라는 무서운 무예를 구사했다. 그의 머리가 하얗게 센 것도 바로 염력 때문이었다. 몸속의 강력한 에너지가 그의 머리카락에서 멜라닌 색소를 없애 버린 것이다. 사수의 기운에 주눅 들어 있던 천양이 겨우 힘을 내어 입을 열었다.

"환도성의 회합으로 이제 진정으로 때가 무르익었음을 확인할 수 있었습니다. 이제 소시모리 신의 집을 짓고자 사방에서 기둥을 세우고 있는 우리 세력들이 각자의 임무를 거의 마무리 짓고 있습니다. 이런 상황에다가 유성 지역 서부행군원수인 어기수가 제나라의 젊고 야심 많은 범양왕과 손을 잡았다는 사실은 진정 호재 아니겠습니까?"

"호재라 생각할 수만은 없는 일이지. 훗날 거사가 성공한 뒤 유성에 대한 제나라와의 분쟁을 피할 수 없을 것이니까. 어쨌거나 조만간 천승군 서부행군원수 어기수가 제나라의 수륙군과 병진하여 고구려 조정을 위협할 경우, 태왕도 중앙 군사들을 변방으로 이동시키지 않을 수 없을 것이다. 당연히 도성이 빌 것이니 우리의 거사는 더욱 쉬워질 것이야. 이 모든 것이 우리의 신이신 소시모리의 뜻 아니겠는가?"

"우리가 북방의 만군들을 봉기시켜 그들을 이끌고 일거에 남하하여 환도성의 병력과 합세한다면 빈 도성이야 문제될 것이 없습니다. 태왕을 지키는 소수의 근위 군사들이야 문제가 되겠습니까?"

조승이 무표정하게 쉰 목소리로 말하자 사수가 인상을 썼다.

"근위 군사를 쉽게 생각해서는 안 된다네. 근위군에는 매달이라는 무서운 장수가 우두머리로 있기 때문이지. 나도 매달의 얼굴을 알지 못하나 태사 유망의 수제자라고 하니 그것만 봐도 놈이 만만치 않을 것이라는 뜻이야. 천하를 도모하는 일이 어디 손바닥 뒤집듯 쉽겠는가? 절대로 간단히 생각해서는 안 될 것이야. 아주 작은 변수로 화살이 조금만 어긋나게 발사되어도 결국 과녁을 비켜가는 것이니 우리 일도 마찬가지 아니겠는가? 구 년 전에도 우리는 확신을 가지고 혁명을 일으켰지만 전혀 생각지도 못한 문제가 불거지는 바람에 실패했다. 누가 알았는가? 부씨 집안 놈들이 자기들만 살겠다고 우리를 배신할 줄을 말이야. 물론 상부 고씨가 연씨 집안과 함께 손을 잡고 우리 배후를 공격한 일도 뜻밖의 일이었지. 우리는 거사를 성공시키고자 걸림돌이 될 인물들부터 제거하기도 했어. 근사라나 같은 놈 말이네. 지금도 마찬가지야. 화근이 될 싹들을 모두 제거해야만 혁명이 완벽해질 것 아니겠는가."

조승이 조금은 비아냥대는 투로 말을 받았다.

"소시모리의 현신께서 마흘의 아들이 장차 근심이 될 것을 알고 그를 미리 제거하도록 손을 쓰셨습니다. 하지만 또 다른 변수를 발견하지 못했다는 것은 실로 안타까운 일이었습니다."

사수는 그런 조승의 말이 귀에 거슬렸다. 조승은 천승군 내에서도 불평불만이 많은 자 가운데 하나였다. 나이가 많은 편이었지만 팔위 당주라는 낮은 서열에 속해 있다는 사실이 그의 불만을 자꾸만 자극시켰던 것이다. 사수는 일단 숨을 몰아쉬며 스스로를 진정시키고 있었다.

"소시모리의 현신에 대한 언사는 신중을 기하는 것이 좋을 것이다. 소시모리는 우리가 섬기는 신명이므로 결코 실수하거나 잘못하지 않기 때문이지. 다만 그대들이 장차 우환이 될 연자유를 죽이지 못하는 등의 실수로 말미암아 소시모리 신의 대업에 차질이 생긴다는 사실은 각별히 유념하고 지나가야 할 것이다."

사수의 말에 천양은 고개를 숙였고, 조승도 더 이상 말을 잇지 못했다. 연자유를 암살하는 일은 사수와 북도행군의 임무였고 책임자는 천양이었다.

"우리가 사들인 타타르 족 용병들은 훈룬치 초원에서도 이름을 떨치던 사나운 자들이었습니다. 그들이 연자유의 사절단을 너무 쉽게 생각한 것 같습니다. 사절단은 과연 정예 군사들로 구성된 최고의 집단이었습니다."

"난 그대들의 변명을 거듭 듣고 싶지 않네. 나는 한 번의 실수를 용납하지 못해서 분통을 터뜨리는 속 좁은 인사는 아니란 말일세. 문제는 그런 일들이 쌓일수록 우리의 잘못이 소시모리 신의 대업에 악영향을 줄 수 있다는 사실을 걱정하는 것이야. 무엇보다도 조심해야 할 것은 우리의 실수를 소시모리 신에게 돌리는 어리석음을 절대로 범하지 말라는 뜻이다. 어쨌든 화가 나는 것은 북부 행군에서 해결해야 할 문제가 결과적으로 다른 행군으로 넘어갔다는 사실이네. 그것은 우리의 공적이 되어야 할 일이 다른 쪽의 공적으로 넘어갔다는 뜻이거든. 장차 대업을 성사시키려면 사소한 부분에 대해서도 그대들이 직접 나서야 할 것이네."

조승의 피해의식은 사수의 강설에도 여전히 굴하지 않고 다시 입을 열도록 했다.

"연자유를 죽이지 못한 것은 우리의 잘못 맞습니다. 그러나 어떻든 무슨 방법으로든 우리 천승군이 연자유를 죽이면 되는 것이니 무슨 상관이겠습니까? 이제 우리는 이곳 북방에서의 본업에 전념하면 되는 것이지요."

사수는 조승의 말이 자신에 대한 항변임을 알고는 다시금 거슬렸지만 입술을 지그시 깨무는 것으로 참아 내고 있었다. 사수는 가능한 평정심을 잃지 않는 것이 상대를 제압하는 데 유리하다는 생각이었다.

"문제는 연자유를 제거하는 일이 저쪽으로 넘어갔다고 해서 그것을 성공시킨다는 보장이 없는 것 아니겠는가? 연씨 집안의 가무인 신무도는 고구려에서도 알아주는 무예가 아닌가 말일세. 연자유는 신무도의 적통인 만큼 만만치 않을 것이라는 얘기야. 재부령 부영돈과 줄이 닿는 우리 사람이 전해 온 소식으로는 재부령이 연씨 집안을 싫어하는 상부왕의 마음을 사고자 자객을 구하고 있다는 소식이네. 부영돈은 쓸 만한 자객을 사서 귀국하는 연자유를 기습하여 죽일 생각이겠지만, 어설프게 일을 처리했다가는 오히려 화를 당할 수 있지. 우리는 오히려 어설픈 부영돈의 수작을 이용하는 것도 나쁘지 않은 생각이다."

사수의 말 속에는 부영돈도 너희처럼 어설프게 일을 처리했다가 낭패를 볼 것이지만, 사수는 오히려 그것을 이용하겠다는 뜻이었다. 천양은 부끄러워 얼굴이 벌개졌다.

"그것이 무엇이냐? 만약 투르크에 있는 우리 동료 당주가 미리 손을 쓰도록 하는 것이다. 그렇게 되면 만에 하나 우리 동료가 연자유를 죽이지 못하는 일이 생겨도 그 일의 배후에 부영돈이 있다는 사실을 연자유가 알도록 하자는 것이지. 연자유가 살아서 귀국한다고 해도 부씨 집안과는 원수가 되어 싸울 것이니 결국 우리에게 이롭다는 뜻일세. 어쨌든 두 집안은 고구려의 유력한 권세가들이니 이후 대단한 기세로 싸울 것이야. 결국 하나는 죽을 것이고 살아남은 집안이라 해도 심하게 다치겠지. 그 씹어 먹어도 시원치 않을 부씨 집안은 우리가 거사를 이루기 전에 서서히 몰락시켜 바닥에 주저앉힐 것이다. 결국 두 집안의 싸움에서 연씨 집안이 살아

남는다 해도 상부왕이 원수같이 생각하는 연씨 집안을 가만 두지 않을 것이니 손 안 대고 코 푸는 격이 아니겠는가?"

천양과 조승은 사수의 생각에 동의했다. 다만 조승은 여전히 자신의 다른 생각을 얘기했다.

"말씀드리기 송구합니다만 상부왕과 연자유가 가깝지는 않다고 하나 또한 원수라는 증거도 없지 않습니까?"

조승의 말에 사수가 미소를 지었다.

"연자유는 백제 원정 때 근사라나와 남정군에 동참했지만 기대했던 상부왕의 원군이 오지 않는 바람에 패배를 경험해야 했었네. 전부터 근사라나에게 호감을 갖고 있던 연자유였던 만큼 백제 원정 이후 대당주 근사라나를 더욱 존경하게 되었지. 연자유는 원군이 없어서 패할 수밖에 없었던 근사라나가 패전의 책임을 물어 유배되는 것을 지켜보면서 무슨 생각을 했을까? 아마도 연자유는 백제 원정의 패배에 대한 책임을 상부왕이 함께 나누었다면 근사라나가 유배되는 일까지는 없었을 것이라 생각하지 않겠는가? 사실 원군을 보내지 않은 것은 상부왕이었으니까 말이야. 상부왕은 그래 놓고도 근사라나의 유배를 묵묵히 지켜보기만 했네. 혹자는 상부왕이 남영의 중추인 근사라나가 제거되기를 바랐다는 견해를 내놓고도 있지. 결국 그런 근사라나가 유배되는 과정에서 누군가에게 독살되었으니 연자유는 결국 상부왕의 침묵을 원망할 수밖에. 그 일로 연자유가 상부왕에게 감정이 좋지 않다는 사실은 고구려에서 세 살 먹은 아이도 알고 있다지?"

"근사라나의 일은?"

"그래, 맞아. 세상일이라는 것이 다 그런 것 아니겠나?"

사수는 천양의 말을 바로 받아서 미소를 지었다.

"어쨌거나 망월에 머물면서 푸시테를 만난 일을 얘기해 주겠네. 자네들도 알아야 할 것이니. 푸시테는 젊지만 생각보다 심지가 있는 인물이네. 하긴 오랜 시간 분열되었던 종족을 통합한 인물이니 특별할 수밖에. 만약 그의 본군이 속말부 군사들과 연합한다면 부여성을 비롯한 고구려 북방은 단숨에 우리 손에 들어올 걸세."

"문제는 쉬웨이 족의 전력을 어떻게 북관 안쪽으로 은밀히 이동시키느냐 하는 것 아니겠습니까?"

조승은 사수의 생각이 궁금했는지 바로 질문을 던졌다.

"문제는 쉬웨이 족이 통합된 지 얼마 되지 않은 탓에 당장에 모든 전력을 투입할 수 없다는 약점일세. 일단 쉬웨이 족 전력의 일부를 조금씩 북관 안쪽으로 이동시키키도록 하겠네. 현재 우리는 쉬웨이 족과 철 무역을 한다는 명분으로 쉬웨이 병력을 북관 남쪽으로 이동시키고 있다. 비록 비무장 병력이지만 현재 북관 안쪽으로 날래고 용맹한 쉬웨이 기병 천여 기가 국경을 넘은 상태거든. 무장이야 우리가 시키면 그만이니까. 놈들에게는 두당 매달 은 한 냥씩 지불하기로 약속했고, 이미 석 달 치 봉록을 일시불로 준 만큼 쉬웨이 전사들의 사기가 하늘을 찌를 듯하지."

"과연 북도행군원수이십니다. 큰 일을 하셨습니다."

천양은 발달한 어깨를 으쓱거리며 사수의 노고를 치하했다.

"은 한 냥이면 놈들에게는 거금이지. 우리의 급료가 후하다는 사실을 푸시테가 전해 듣는다면 그의 생각도 많이 달라질 것이다. 거렁뱅이 종족을 부자로 만드는 일이니 손 놓고 볼 수 있겠나? 누구보다도 부하들이 푸시테를 졸라 댔을 거야. 기회의 땅 고구려로 가자고 말일세, 하하하."

천양의 칭찬을 사수가 자연스레 받았다.

"쉬웨이 떨거지들이 북관 안쪽에 너무 많으면 관군의 의심을 사지 않을까요?"

생각이 많은 조승은 조심스럽게 물었다.

"관군? 관군이라면 문제가 없을 것이다. 문제는 위왕원 행사들이지. 놈들은 변방에서 일어나는 일도 모두 태왕한테 알리니까. 그렇다고 해서 조심만 할 수는 없는 노릇 아닌가. 어쨌든 이제 칼을 뽑을 때가 되었고 환도 회합에서 결정한 일이니 그리 해야겠지. 그나저나 우리 말 많은 팔위 당주께서는 맡으신 소임을 잘하고 계신가?"

사수는 자신의 말끝마다 꼬투리를 잡는 조승에게 비아냥거리듯 말을 던졌다. 조승이 기다렸다는 듯이 입을 열었다.

"저의 소임은 아시는 것처럼 속말부의 전력을 우리 쪽으로 끌어들이는 일입니다. 속말 예족의 새로운 대인이 된 진마리는 우유부단하고 소신이 없는 자입니다. 저는 진마리의 그런 유약함을 잡아챘습니다. 그들이 주장하고 싶어 하는 부분을 긁어 준 것이지요. 속말부 사람들은 자신들이야말로 단군의 진정한 적통이라 주장하고 있으니까요. 저는 속말부야말로 과거 단군 시대의 두지주였던 만큼 당연히 그 시대 두지주의 주인이었던 소시모리야말로 속말부의 주신이 되어야 한다고 주장했지요. 진마리가 어렵지 않게 넘어오더군요. 소시모리는 단군조선을 정벌한 영웅이며 세상을 평정한 전쟁의 신이라는 사실도 각인시켰습니다. 진마리는 제 세 치 혀에 넘어가 그 사실을 인정하고 받아들인 것입니다."

조승이 자신만만한 표정을 지어 보이며 말을 이어 갔다.

"그는 이제 제 하수인에 지나지 않습니다. 하지만 아직 근심거리가 남아 있지요. 진마리의 이복동생인 돌지계는 만만치 않은 놈이니까요. 이제 그 놈만 제거한다면 머리 잃은 속말부의 강력한 기병 일만오천의 전력은 우리의 수중에 떨어지는 셈이 됩니다. 속말부 남쪽, 고구려와의 접경에 있는 둔진에는 진마리의 친위 부대 사천 기가 이미 출병 준비를 마친 상태입니다. 이제 남은 일은 돌지계를 유인해 수급을 베고 나서 곧바로 부여성 남쪽의 요충지인 용담성을 급습하여 취한 뒤 부여성을 고립시키는 일입니다. 고립된 부여성은 푸시테의 쉬웨이 족 병력과 합세하면 간단히 취할 수 있습니다. 고구려의 북도를 장악하면 우리는 다른 한 쪽의 발판을 더 마련하는 셈이 되는 것입니다."

조승은 이미 부여성을 취하기라도 한 듯이 의기양양해 했다. 하지만 사수의 얼굴은 썩 좋지 않았다. 사수는 솔직히 조승이 미덥지 않았던 것이다.

"말처럼 되어야 할 텐데 좀 걱정스러운 것도 사실이네."

조승은 사수가 자신을 신뢰하지 않는다는 것을 알고 있었다. 조승은 언젠가 사수의 코를 납작하게 만들어 줄 작정이었다.

"저는 저 나름 일 처리만큼은 치밀하다고 자부합니다. 이미 용담성의 북문을 지키는 장교를 포섭해 두었으니까요. 놈에게 막대한 뇌물을 먹여 놓았으니 달아날 생각은 못 할 것입니다. 조만간 그

뇌물의 의미를 알고 후회하게 될지도 모르지만요. 하지만 건널 수 없는 강을 건넌 것이니 제게 협조할 수밖에 없겠지요. 놈은 결정적인 순간 우리를 위해 용담성의 북문을 열 것입니다. 아시는 것처럼 용담성은 신성이나 졸본성으로 가는 아주 중요한 길목이지요. 행군 원수의 말씀대로 용담성이 떨어지면 북서쪽에 있는 부여성은 고립되는 것이니 길목을 끊는다면 쉽게 무너질 것이고요. 우리 북부행군 소속의 군사들이 고구려의 북방을 완전히 장악하면 고구려 조정은 사면초가에 빠지고 맙니다. 서부행군 원수이신 어기수 님이 이끄는 부대와 제나라 연합군이 고구려의 서쪽 변방을 어지럽히는 사이에 우리는 환도성의 본군들과 함께 곧바로 도성을 치는 것입니다. 우선 태왕이 있는 봉황성이 되겠지요."

조승의 말은 명쾌했지만 사수의 표정은 일말의 미동도 없었다. 사수는 누군가를 생각하고 있었다. 그것은 어쩌면 대업의 성패를 결정짓는 작은 파열구가 될 수도 있는 근심거리였다.

"조승의 말도 일리가 있다. 하지만 우리 일이 성공하려면 북방을 떠도는 무서운 귀신부터 잡아야 한다. 그 도깨비 놈은 동에 번쩍 서에 번쩍 하면서 우리 계획을 방해하거나 벌려 놓은 일들을 엎어버리고는 했다. 놈을 죽이지 못한다면 앞으로도 우리의 승리를 장담할 수 없을 것이야. 그 늙은이는 분명 근사라나의 식솔들과 부하들도 함께 거느리고 있을 것이다. 그들은 과거 근사라나가 속말부의 추장 사력후와 손잡고 북방을 평정했던 것처럼, 다시 돌지계와 동맹을 맺으려 할 거라는 사실일세. 놈들이 서로 만나지 못하게 하는 일이 급선무란 뜻이다!"

"근사라나의 아들이라니요?"

사수와 조승의 대화를 듣던 천양이 놀란 얼굴로 다시 물었다.

"근사라나가 독살되고 나서 그를 따르던 장수들은 모두 종적을 감추었지. 물론 원정 실패의 책임은 근사라나 혼자서만 뒤집어써야 했기 때문에 조정에서 그들의 행적을 추적하지는 않았다. 소문으로는 그 놈들이 근사라나의 처와 어린 아들을 데리고 북쪽으로 숨어들었더군. 추측하건대 그들은 아마도 속말부의 접경 지역에 있을 가능성이 크다."

"저도 을밀에 대한 소문을 잘 알고 있습니다. 그런 만큼 그 자를 없애기 위해 쓸 만한 협객 몇 놈 사 두었습니다. 사들인 놈들을 직접 시험해 봤는데 제법이더군요. 이번엔 꼭 그 늙은이를 명줄을 끊어 놓겠습니다."

"우리는 어차피 한 배를 탔다. 주어진 일을 잘해 내면 소시모리의 현신이시며 우리의 주인이신 수광태월 님께서도 공을 인정하실 것이다. 일이 잘되려고 그러는지 상부 고씨를 비롯한 태왕의 정적 세력들은 봉황성으로의 행궁을 거부하고 평양성에 남아 있다고 한다. 우리가 가장 관심을 두어야 할 부분이 바로 조정 내부에서 벌어지는 양대 세력 간 반목이다. 이것은 분명 하늘이 우리를 돕고 있다는 증거일 터, 우리는 그것을 철저히 이용해야겠지. 이미 말한 것처럼 부씨 집안과 연씨 집안이 다투도록 하는 것이 우선이고."

조승은 사수의 말을 듣다가 의심스런 시선을 던졌다.

"아뢰기 송구한 말씀이나 소위 소시모리 신의 현신이라는 우리의 새 주인은 우리가 목숨을 걸었던 환도성 거사에는 크게 관여하지 않았던 사람으로 알고 있습니다. 그를 새 주인으로 섬겨도 괜찮은 것입니까?"

사수는 조승의 말에 미소를 지었다. 그 미소 속에서 기어이 노여움이 뿜어 나왔다. 그 순간 사수의 머리에서 알 수 없는 기운이 아지랑이처럼 나오면서 여러 갈래로 갈라져 조승의 얼굴과 목을 휘어 감았다. 그와 함께 조승은 겁에 질린 얼굴로 자신의 목을 움켜쥐었다. 지금까지 참아 온 사수의 분노가 염력으로 분출되기 시작한 것이다.

"조승, 자네의 쌍한도법은 고구려에서도 알아줄 만한 훌륭한 것이네. 하지만 자네는 자네의 칼을 믿는 것보다 소시모리의 현신을 믿는 게 더 좋을 것이야. 그 분은 소시모리의 기운을 받아들인 천승의 아들이며 우리의 수광태월이시다. 나를 비롯한 천승군의 당주들은 분명 그것을 확인했고, 새로운 주인으로 인정하지 않을 수 없게 된 것이야. 그 분은 주리님의 봉기가 일어났을 때 함부로 행동하지 않았네. 그 이유는 주리님의 봉기에는 감정이 너무 앞서 있다는 우려를 하셨기 때문이었다. 그분은 지금까지 이십여 년을 인내하며 묵묵히 보위를 기다려 온 우리 상천의 새로운 태왕폐하란 말일세."

사수는 그렇게 말을 마치면서 자신에게서 뿜어져 나오는 살기를 풀었다. 조승은 겨우 트인 숨통에 숨을 몰아쉬면서 두려운 눈으로 사수를 바라보았다. 말로만 듣던 사수의 신비로운 힘! 천승군에는 어기수와 같은 전인電人이 있는가 하면, 사수와 같은 염력을 구사하는 기인氣人들이 실존하고 있었던 것이다.

바로 그 순간 사수는 놀라운 도약으로 문을 발로 차면서 밖으로 나갔다. 그러나 밖에는 아무것도 보이지 않았다. 전보다 비바람이 더욱 강하게 몰아치고 있었다.

"무슨 일입니까?"

"분명 누군가 있었다!"

천양이 묻자 사수는 주변을 살피면서 대답했다.

"혹시 비바람 때문에 착각하신 것은 아니신지?"

바로 그때 문 안쪽으로 다섯 정도의 사내들이 들어섰다. 그들은 행사인 홍장과 그의 동료들이었다. 사수는 그들을 보면서 의아한 표정을 지었다.

"내가 말한 자는 저 놈들처럼 겁대가리 없는 놈들이 아니네. 우리를 은밀히 지켜본 자는 분명 혼자였으니까. 하지만 우리를 찾은 저 놈들을 살려 둬서는 안 될 것 같네. 뭔가 냄새를 맡고 온 위왕원 행사들임에 틀림없다. 나는 이곳을 지켜야 하니 자네들 둘이 저 놈들을 처리하도록 하게."

사수가 홍장 일행을 보며 그렇게 말하자 조승이 앞으로 나섰다.

"그럼 저 위왕원 행사들을 상대로 몸이나 좀 풀어 보겠습니다."

조승은 사수와 천양이 지켜보는 가운데 천천히 앞으로 나섰다.

"나리들은 뉘신데 이곳을 찾으셨소이까?"

조승은 능청을 떨며 위왕원 행사들에게 다가섰다. 홍장은 대단히 신중한 사람이었다. 왜소하고 구부정한 외모의 상대가 범상치 않은 무예의 고수임을 느낄 수 있었다.

"우선 우리와 함께 가야겠다. 관에 가면 모든 것이 밝혀질 것이다."

"무엇을 밝힌다는 것이냐? 밝히고 싶다면 우리를 어디 한 번 끌고 가 보시지!"

조승이 가소롭다는 투로 소리쳤고, 위왕원 행사들은 동시에 칼을 뽑았다.

"조심해라, 보통 놈이 아니다!"

홍장의 말이 채 끝나기도 전에 행사들 넷이 조승에게 달려들었다. 아주 짧은 시간 단 두 번의 칼 부딪히는 소리가 짧게 들리더니 네 행사들이 쓰러졌다. 두 사람은 가슴에서 피를 뿜어 댔고 나머지 두 사람은 머리가 몸과 분리되었다. 홍장은 조승의 기막힌 동작에 할 말을 잃고 말았다.

"칼 쓰는 귀신이라 불리는 위왕원 행사들 넷을 그것도 단 칼에 베다니, 네 놈은 도대체 누구냐?"

"이렇게 말하면 기억하려나 몰라? 공포의 쌍한도!"

홍장은 조승이 거짓말을 하는 것이 아님을 알았다. 쌍한도에 관해서는 전부터 들어 왔지만, 그의 솜씨가 이 정도일 줄은 몰랐다. 홍장은 도저히 승산이 없음을 알았으므로 일단은 이곳을 피해 달아나야 한다는 것을 깨달았다. 홍장은 숨겨 두었던 비수를 기습적으로 던지며 달아나기 시작했다. 하지만 조승은 그를 쫓지 않았다. 조승이 고개를 돌려 천양을 바라보았다. 천양이 씩 웃으며 활에 살을 먹였다. 홍장은 이제 통나무 울타리만 넘어서면 달아나는 데 성공하는 순간이었다. 그는 울타리 너머로 몸을 날렸다. 하지만 천양의 화살이 마치 붉은 불새가 날아가듯 빠르게 날아가 홍장의 뒷머리를 뚫고 지나갔다. 참으로 무서운 위력의 화조궁이었다. 홍장은 채 울타리를 넘지 못하고 뒤로 넘어졌다.

잠시 그 모양을 지켜보던 사수가 기운을 모으더니 시체들을 향해 무언가를 날렸다. 그러자 시체들이 떠올랐고 마치 폭풍에 날려 흩어지는 모래마냥 찢겨져 사방으로 흩어져 버렸다. 소름끼치는 장면 장면들이 한 순간에 일어났고, 위왕원 행사들은 흔적도 없이 사라지고 말았다.

이 장면을 지켜보는 노인이 있었으니 바로 지금까지 사수 일행의 뒤를 찰거머리처럼 따르고 있는 백발의 노인이었다. 사수는 누군가를 느끼고 있었지만, 상대방이 자신의 존재를 드러내지 않는 한 그것이 무엇인지는 여전히 알 수가 없었다.

평천보루는 유성 서쪽에서 유성을 지키는 전초 기지였다. 보루의 남쪽과 서쪽은 완만하면서도 넓은 지형으로 탁 트여 있었고, 북서쪽 사면과 북동쪽 사면은 깎아지른 절벽이었다. 그런 만큼 북쪽 방면은 적의 침입이 거의 불가능했고 굳이 병력을 배치할 이유가 없었다. 북동쪽 절벽 아래쪽 골짜기를 사이에 두고 또 다른 봉우리가 있는데 그 곳에서 은이 채굴되었다. 완만한 남쪽 능선에는 토벽을 쌓았고 그 앞에 다시 한 번 목책을 둘렀다. 물론 둘러쳐진 목책에서 서쪽과 남쪽에 다시 참호를 파서 적의 공격에 대비했다. 정남쪽에 단 하나의 출구가 있었는데 적이 포위할 경우 달아날 길은 동남쪽 능선밖에는 없었으므로 꼼짝할 수 없었다. 결국 보루까지 가자면 지키는 군사들이 항복하지 않는 한 그들을 모두 죽여야 했다.

보루의 서쪽에는 사병 숙소가 있었고, 숙소 오른쪽에는 제법 높다란 망대가 있었다. 망대는 유사시 봉화대로도 이용되었는데 북쪽 사면의 적은 관찰하기 힘든 구조였다. 장교 지휘소는 망대 바로 남쪽의 사병 숙소 옆에 있었다. 지휘소는 장교들 숙소로도 이용되었다. 숙소는 고구려 식 온돌 난방 덕분에 한겨울에도 병사들은 훈훈한 숙소에서 비교적 따뜻하게 생활할 수 있었다. 온돌은 고구려 최고의 난방 수단이었다. 물론 온돌은 고구려 이전 단군조선이나 부여시대부터 일반적으로 사용되었다.

어쨌거나 평천보루는 지리적인 이점을 넘어서 경제적인 가치가 충분한 은광도 있었기 때문에 고구려 처지에서는 제나라와의 경계를 이루는 매우 중요한 요충지였다. 문제는 이곳에서 사소한 문제들이 지속적으로 일어나고 있다는 사실이었다. 바로 고구려 병사와 쿠모시 족 병사들 사이의 반목과 갈등이었다. 그 갈등의 중심에 사간이 있었다.

사간은 병적으로 쿠모시 족을 차별하고 괴롭히는 일을 멈추지 않았다. 궂은 날일수록 사간의 히스테리적인 행패는 더욱 심해졌다. 그런 날이면 작업이 없는 경우라도 그는 일부러 작업을 만들어 일을 시켰다. 결과적으로 쿠모시 족 출신 위병들의 불만은 폭발 직전까지 가 있었다. 당령인 야르율은 사간 때문에 고생하는 동족 부하들을 생각하면서 아무 힘도 없는 자신의 위치에 대해 심각하게 회의에 빠져 있었다.

야르율은 혼자서 요새 아래쪽을 순행하고 있었다. 남쪽의 제나라 군영을 살피기 위해서였다. 드넓은 분지 너머에 두산頭山이 희미하게 보였다. 제나라의 군영은 그 산의 서쪽 사면에 세워져 있었다.

두산 서남쪽은 바로 대륙을 막아 세운 장성이 있었다. 제나라의 경원 군영은 장성과 두산 사이의 주요 길목을 막아 주는 역할을 하고 있었다.

'사나이 대장부 일찍이 창칼을 들었을 때는 나 뜻이 있어서였건만 그것도 생각처럼 쉽지 않구나. 허나 이대로 있다가는 부하들도 더는 견디지 못할 것이다. 반란을 일으켰다가 쫓기는 신세라도 된다면 우린 장차 어디로 가야 한단 말인가?'

야르율이 그렇게 중얼거리며 한숨을 쉬고 있을 때 가까운 곳에 말 탄 사내 둘이 나타났다. 그들은 동행한 나귀 다섯 마리에 소금을 잔뜩 싣고 있었다. 바로 능원을 통해 평천을 지나던 범양왕 고소의와 고보령이었다. 그들은 마치 운명이기라도 하듯 생각보다 쉽고 자연스럽게 조우할 수 있었다.

야르율은 본능적으로, 그러나 노골적이지는 않게 방어 태세를 취했다. 상대는 두 명이었으므로 여차하면 무기를 뽑아야 했다.

"당신들은 제나라 사람들인가?"

"정확히 말씀드리자면 제나라의 상인입죠."

고보령은 상대를 안심시키려는 듯 조아리는 듯한 태도로 말했다.

"소금 장사치인가?"

"뭐든 다 사고팝니다. 때로는 사람을 사고팔기도 하지요."

고보령의 말에 기분이 상했는지 수상한 생각이 들었는지 야르율이 장도를 뽑아 들었다.

"수상한 놈들이구나. 일단 조사부터 해야겠다. 군영으로 가자."

고보령이 씩 웃으며 답했다.

"웃어? 네 놈 명줄이 몇 개 되는 모양이구나."

고보령의 웃음은 그렇잖아도 우울하던 야르율의 심기를 건드렸다.

"보아 하니 하시는 일이 뜻대로 되지 않아 비분강개하는 것 같소만, 그렇다고 우리에게 괜한 트집을 잡으시면 곤란합지요."

"뭐라고?"

야르율은 상대를 혼쭐 정도 내주면 알아서 기겠거니 생각하며 칼의 옆면으로 고보령의 쇄골을 후려쳤다. 분명 살의는 없었다. 하지만 고보령은 그의 칼을 어렵지 않게 피하면서 야르율에게 달려들었고 둘은 동시에 말에서 떨어졌다. 야르율의 등이 먼저 땅바닥에 닿았다. 야르율은 충격으로 칼을 놓치고 말았다. 고보령이 야르율을 일으켜 세웠다. 야르율은 고보령에게 더 이상 저항할 수 없었다. 고보령의 완력은 야르율이 도저히 감당할 수 없는 것이었다. 멱살이 틀어 잡힌 야르율의 온몸에서 소름이 돋았다.

"아마도 자네는 야르율일 것이야. 평천보루를 지키는 쿠모시 용병의 우두머리지. 나는 네게 관심이 아주 많다. 이를테면 점찍어 두고 있었다고나 할까? 하하하."

야르율은 정신이 없는 가운데서도 초면인 괴력의 사내가 자신을 알고 있다는 사실에 놀랐다. 그는 겨우 입을 열어 되물었다.

"다 당신은 누구요?"

"더 이상 숨길 것이 무엇이겠는가? 솔직히 말하지. 본관은 제나라 범양군 대원수 고보령이다. 자네와 자네의 종족이 무도한 고구려 놈들에게 수모를 당하고 있다는 사실을 알고 있다. 본관은 이미 뜻을 잃고 절망에 빠져 방황하는 장수에게 빛을 주고자 한다. 어떤가? 내 뜻에 따르겠는가? 아니면 헛된 삶을 구걸할 텐가?"

야르율의 머릿속에 순간 많은 생각들이 스쳐 지나갔다. 자신 앞에 있는 범양군 대원수라는 사람은 분명 지금까지 자신을 지켜봐왔으며 의도적으로 접근한 것이 틀림없었다. 그는 고구려 군영에서 쿠모시 족이 당하는 치욕에 대해서도 모두 알고 있는 것이다. 어쩌면 부하들과 그들의 가족들이 훨씬 좋은 처우를 받으며 살아갈 기회가 찾아온 것인지도 몰랐다. 능원의 당주 달달가우를 배신하는 것이 마음에 걸렸지만, 야르율은 당장에 부하들이 당하는 고초를 생각하지 않을 수 없었다.

"왜, 배신이라는 굴레 때문에 이렇게 뜸을 들이는 건가?"

고보령의 말에 야르율은 여전히 입을 열지 못했지만, 눈빛은 이미 모든 것을 받아들이겠다는 뜻이 역력했다.

"좋아, 자네 마음은 이해하네. 하지만 배신이란 것은 상대방과의 관계에 따라서 결정된다는 것이 내 생각인데, 내 생각이 틀렸나?"

고보령의 말에 야르율은 그 자리에 주저앉고 말았다.

그런 야르율의 모습을 보고는 고보령이 고소의에게 눈짓을 했다. 범양왕은 고보령의 눈짓을 보고는 일이 어렵지 않게 성사되었음을 알 수 있었다. 범양왕은 슬쩍 미소로 답했다. 드디어 고구려의 평천요새가 제나라 쪽으로 기우는 순간이었다.

갈등

본기本紀의 기자가 고구려의 이십오 대 임금인 평원태왕(평강상호태왕)을 평하기를 담력이 있고 활쏘기를 잘했다고 했다. 고구려에서 제왕이 되는 첫 번째 조건은 바로 큰 담력과 뛰어난 무예였으니 평원태왕이야말로 그 조건에 딱 맞는 인물이었다. 평원태왕은 아버지인 양원태왕(양강상호태왕)의 장남으로 이름은 양성이었고 확실한 태자 적임자였다. 하지만 주씨 집안과 동맹을 맺은 부씨 집안의 반대에 부딪혀 태자에 책봉되기까지 매우 힘들었던 경험이 있었다. 양쪽 집안은 양성왕자의 어미가 미력하고 이름 없는 집안 출신의 여자라는 이유로 극렬하게 반대했었다.

평원태왕의 모후인 여령태후는 부씨 집안과 주씨 집안의 주장처럼 국씨 집안 소생이었는데 그들은 절노부 출신이 아니었던 것이다. 고구려 왕실은 주로 절노부 출신에서 왕후나 태자비를 간택했던 것이다. 과연 여령이 양성왕자와 국혼하여 장자를 낳았지만, 귀족들이 나서서 집안의 혈통을 들어 반대를 했던 것이다. 그럼에도 양원태왕은 지금까지 고구려의 권세를 좌지우지했던 외척의 힘을 견제하고자 의도적으로 양성을 태자로 책봉한다는 조서를 내렸다.

양원태왕의 조서가 내려지자 곳곳에서 부씨 집안과 주씨 집안을 추종하는 세력들이 들고 일어났다. 주위에서 반대하는 호응이 크게 일어나자 양원태왕의 두 번째 왕후였던 주씨부인 정옥과 주씨 집안은 정옥이 낳은 달성을 태자로 책봉해야 한다는 표문을 올렸다. 집요할 정도로 많은 상소가 태왕의 심기를 어지럽게 했다. 주씨 집안의 노력에 결정적 도움을 준 것이 바로 부씨 집안이었다. 지금이나 그때나 고구려의 왕권은 오부 귀족들의 강력한 견제를 받고 있는 상황이었으므로 양원태왕도 그들의 의견을 대놓고 무시할 수는 없었다.

그렇게 궁지에 몰린 양원태왕을 돕고자 발 벗고 나선 것이 그의 친동생이자 상부 고씨 집안의 영수인 고추가 고승성이었다. 고승성은 재력과 군사력을 겸비한 봉황성의 연씨 집안을 동맹자로 끌어들이며 오부의 귀족들과 대결 구도를 이끌어 갔다. 연씨 집안을 대표하는 인물이 바로 연광이었다. 동생의 도움으로 힘을 얻게 된 양원태왕은 결국 자신의 의지를 굽히지 않을 수 있었고, 외척들과 대등한 상황에 이르는 분위기를 연출할 수 있었다. 실로 근래에 없었던 일이었던 만큼 귀족들은 당황하는 한편으로 강력 반발하는 세력이 나타났다.

양원태왕이 뜻을 굽히지 않은 가운데 강한 힘으로 밀어붙이자 부씨 집안은 상황의 불리함을 들어 슬쩍 발을 뺐다. 만약 태왕의 세력과 충돌했다가 패할 경우 고구려 최고의 집안이라는 권세와 명예를 잃을 수도 있기 때문이었다. 갑작스런 부씨 집안의 배신으로 주씨 집안은 외로운 신세가 되고 말았다. 주씨 집안은 결국 가문의 모든 것을 걸고 반란을 일으켰다. 환도성의 사병들과 평양성의 추종 군부를 결집시키며 군사를 일으켰던 것이다.

평양성을 중심으로 한 주씨 집안의 추종 군부 세력은 연광의 선제 공격에 단번에 무너졌고, 평양의 군사들을 규합하러 갔던 어기수는 달아나야 했다. 환도성의 반란군들만 외로이 진군하다가 오골성에서 교전을 벌이게 되었지만, 중앙군의 공격에 적절히 대응하지 못하며 대패, 평정되고 말았다. 목숨을 건진 주씨 집안 사람들은 고구려 곳곳으로 숨어들었고 이름을 바꿀 수밖에 없었다. 주씨 집안으로서는 절치부심하며 부씨 집안의 배신을 잊지 않았다. 당시 백성들은 반란 주동자였던 주리를 소시모리의 현신으로 추앙하며 따르기도 했었다. 그는 민심을 얻고자 창고를 열었고 재산을 백성들과 군사들에게 나누어 주었던 것이다.

어쨌거나 주리의 반란이 평정되는 상황에서 당시 반란 토벌의 일등 공신은 놀랍게도 태자로 등극한 양성 본인과 연씨 집안의 연자유였다. 이 일을 계기로 양성태자와 연자유의 보이지 않는 인연이 근사라나의 백제 원정 이후 지속되게 되었다. 결론적으로 본다면 양성은 주씨 집안의 반란군을 직접 나서 토벌하면서 자신의 보위를 스스로 지켜 낸 셈이었다. 따라서 양성은 태왕의 보위에 오르면서 그만큼 당당할 수 있었으니 그가 바로 평원태왕인 것이다.

평원태왕은 이렇듯이 자신의 입지를 굳힐 수 있었고, 고구려의 왕으로서는 보기 드물게 강력한 왕권을 행사할 수 있었던 것이다. 지금에 와서 숙부의 세력인 상부 고씨와는 멀어진 상태였지만, 아직도 연씨 집안과 반란을 토벌하는 데 공을 세운 평양성 세력이 그를 보위하고 있었다.

연씨 집안은 주리의 환도성 반란 이전에 있었던 현성왕자의 반란 때부터 그 훈공이 높았다. 그 공적으로 신진 귀족의 반열에 오를 수 있었다. 그 이전에는 전쟁보다는 장사꾼으로 이름이 높았던 연씨 집안이었지만, 이제는 고구려의 중심 세력으로 성장한 것이다. 연씨 집안의 이러한 갑작스런 성장은 상대적으로 상부 고씨의 위축을 의미하는 것이기도 했다.

평원태왕이 보위에 오른 이후 상부 고씨와 그 수장인 고추가 고승성의 입장에서는 태왕이 상대적으로 자신의 집안보다는 연씨 집안을 가까이하는 것으로 보일 수밖에 없었다. 연씨 집안은 평양성의 신 군벌들과도 가까이하며 세력을 키워 갔다. 평양성의 새로운 세력은 근사라나를 대표로 하는 경당인 선당 세력으로 이미 장수태왕의 평양 천도 이후 이백삼십 년 동안이나 평양에 뿌리를 내려온 세력이었다. 이렇게 구 패권 귀족 상부 고씨와 신흥 연씨 집안은 피할 수 없는 경쟁과 상쟁의 소용돌이로 빠져들고 있었다.

어렵게 보위에 오른 평원태왕은 고난의 세월을 보낸 만큼 생각이 많았다. 그는 두 집안의 힘을 적절하게 이용하고 있는지도 몰랐다. 연씨 집안은 상부 고씨와 그를 추종하는 세력에 비해 아직 힘이 약했다. 태왕은 자신의 왕권과 연씨 집안을 하나로 묶어 상부 고씨 집안과 힘의 균형에 유지하고 있었다. 평원태왕은 주리의 반란에서 중심축 역할을 했던 이복동생 달성과 그의 가솔들을 숙청하지 않아 이미 통이 큰 인물로 알려져 있었다. 하지만 정가의 호사가들은 태왕의 그런 정치적이고 정략적인 사고방식이 그런 기이한 상황을 낳았다며 입방정을 떨었다. 태왕은 그런 정가의 호사가

들을 향해 이렇게 말하고는 했다.

"내가 동생을 죽이지 않은 것은 첫째 부왕의 뜻이 있어서였고, 둘째는 그를 사랑했기 때문이었으며, 무엇보다도 그를 두려워하지 않았기 때문이다."

평원태왕의 발언은 그의 후덕한 얼굴이나 장대한 체구[64]와 잘 맞아떨어져서 백성들은 그의 발언을 믿었다. 태왕에 대한 백성들의 지지는 역대 태왕들에 비해서도 유달랐다. 그것은 태왕이 백성을 사랑한다는 자신의 생각을 행동으로 보였기 때문이었다. 새로운 도성인 장안성 축성 과정에서도 태왕의 그런 애민 태도가 잘 나타났다.

오랜 부역으로 백성들이 힘들어하자 태왕은 부역을 줄이는 대신 공기를 늘렸다. 더불어 군역을 줄여 병력을 최소화했으며 그 노동력을 농사일에 집중시켰다. 태왕은 이어 가뭄이 계속 들자 백성들과 고통을 나누고자 스스로 음식을 줄이고 산천에 나아가 기도하기를 게을리하지 않았다. 태왕은 그때 왕후를 잃었다. 백성들은 무리한 기도를 하다가 왕후마저 잃은 태왕을 사랑하지 않을 수 없었다. 백성들은 태왕을 성군이라며 열렬히 따르기 시작했다. 태왕은 지금 많은 외세가 고구려를 위협하고 있지만, 스스로 동원령을 자제하지 않을 수 없었다. 그는 백성들의 지속적인 지지를 바라고 있었던 것이다.

대덕 팔 년 사월 초순, 태왕은 오늘도 봉황궁 편전에서 국사에 여념이 없었다. 태왕은 대단히 정력적이어서 오랜 시간 집중해서

---

64)사서를 살펴보면 고구려의 왕들이 키가 크고 체격이 좋았음을 알 수 있다.

일을 해도 지치지 않았다. 어쩌면 그는 사랑하는 왕후의 일을 잊고자 더욱 국사에 전념하는지도 몰랐다. 그때였다. 상시 가국유원이 달성왕의 방문을 알렸다. 달성왕은 정옥왕후 주씨의 소생으로 주씨 집안의 꿈이었던 인물이다. 주씨 집안과 부씨 집안이 연합 세력으로 버티고 있을 적에는 누가 뭐래도 달성왕은 금상 태왕의 가장 커다란 정적이었으나 지금은 실패한 왕족일 뿐이었다.

선왕인 양원태왕은 장남은 낮을 비추라는 뜻에서 양성陽成이라 이름 지었고, 비록 이복동생이지만 차남은 밤을 비추라는 뜻에서 달성達成이란 이름을 지어 주었다. 양성은 태양을 뜻하는 이름이었고, 달성은 달을 뜻하는 이름이었던 것이다. 달성이 주리 집안의 후원으로 한참 세력을 발휘할 때에는 많은 왕후장상과 공경대부들이 그의 집에 문전성시를 이뤘었다. 그러나 그것은 다 흘러간 영화일 뿐, 지금은 개미새끼 한 마리 얼씬하지 않았다. 격세지감이 따로 없었다. 사람들은 태왕의 생각을 떠나 위왕원이나 중정대에서 달성왕을 감시하고 있다는 것을 알고 있었다. 그래서일 가능성이 크지만 대신들 가운데 더러는 장차 근심거리가 될지도 모를 달성왕을 죽이라는 상소를 쉬지 않았다. 하지만 태왕은 요지부동 생각을 바꾸지 않았다. 북부 탕취 지역의 유배에서 돌아온 달성왕은 자신의 충성을 확인시키고자 태왕에게 이런 제안도 했었다.

"폐하, 황천의 은혜에 감읍할 따름입니다. 다만 신을 도성 가까이에 두시어 혹시라도 신의 주변을 배회할지도 모를 도적의 무리들을 경계하여 주소서."

달성왕은 일말의 오해라도 두려워하고 있었다. 그런 한편으로는 일리가 있는 말이기도 했다. 태왕은 그런 달성의 뜻을 받아들여 그를 평양성의 안학궁 가까운 곳에 기거하도록 했다. 달성은 태왕의 배려에 감사하는 뜻에서라도 조용히 살고 있었다. 과거의 맹상군처럼 많은 식솔들을 거느렸던 달성왕은 이제 고구려에 없었다. 달성왕은 이후 태왕의 봉황성 행궁령이 내려지자 스스로 짐을 챙겨 태왕을 따랐다. 연씨 집안은 그런 달성왕의 거처를 태왕을 위해 지은 봉황궁 근처에 마련해 주기까지 했다. 달성은 의도적으로 자주 태왕을 배알하고는 했는데, 자신이 여전히 충성하고 있음을 확인시키는 정치적 태도이기도 했다.

편전을 찾은 달성왕은 세파에 찌들어 지낸 탓인지 많이 왜소해졌고 약해 보이는 얼굴을 하고 있었다. 어떻게 보면 병색이 있어 보이기까지 했다. 감당할 수 없는 큰일을 치렀음을 확인시키기라도 하듯 달성왕은 이복형보다도 확실히 더 나이가 들어 보였다.

"건강이 좋아 보이질 않는구나."

"황공합니다. 폐하의 은덕으로 전보다는 많이 좋아졌습니다."

"달성왕의 주변이 조용하여 짐이 시름을 덜었다. 그것은 혹시라도 달성왕이 좋지 않은 누명이라도 쓸까 봐 솔직히는 노심초사하고 있었기 때문이다."

"신과 같은 역신에게 왕호는 당치 않나이다. 그냥 달성이라 불러주소서. 폐하께서는 지금 이때까지 부족한 신을 보살피느라 근심이 많으셨음에도 아직도 그 업을 떨치지 못하시니 황공할 따름입니다. 신이 바라보건대 지금까지 이루신 폐하의 치세는 가히 역대의 성군들과 견주어도 모자람이 없사옵니다. 허나 산천에는 아직도 역심을 품은 도적들의 아우성이 그치지 않으니 안타까울 뿐이지요."

"도적들의 아우성이라?"

"지금 서쪽에는 제나라의 적당들과 해적들이 우리의 변경을 어지럽히고 있습니다. 또 북방의 속말부에서는 젊고 사나운 추장이 일어나 다시 전란의 분위기가 무르익고 있다 들었습니다. 무엇보다도 서북쪽에는 라란을 물리친 강대국 투르크가 다시 크게 일어나 사방으로 세력을 떨치고 있으니 근심이 아닐 수 없습니다. 이렇듯 대외적인 변화로 말미암아 폐하의 심기가 어지러운 상황임에도 내지에서 이제까지 기회를 노리던 도적의 잔당들이 다시 고개를 들 수도 있으니 신은 그것이 걱정입니다."

하지만 달성의 우려에도 태왕의 표정은 여전했다.

"제나라는 그 서방의 주나라와 다투느라 여념이 없으니 신경 쓰지 않아도 될 것이요, 내해의 해적들은 우리의 비사함대에게 곧 토포될 것이니 근심거리가 아니다. 속말부에 젊은 추장이 용맹을 떤다고 호들갑이지만 북방의 모든 길을 든든한 부여성과 용담성이 막아 끊고 있으니 과한 걱정은 하지 않아도 된다. 그러나 초원의 새로운 지배자가 된 투르크 문제만큼은 결코 그냥 보아 넘길 사안이 아니다. 해서 짐을 대신하여 지략이 뛰어난 연자유가 몸소 먼 길을 찾아갔으니 그 또한 크게 걱정할 일이 아니라 생각하는데?"

태왕의 자신만만한 표정에 달성은 부끄러운 얼굴이었다. 자신의 진심어린 충언에도 별다른 내색을 않는 이복형이 섭섭한 것 같았다. 어떻게 보면 대안이 없는 낙천주의자 같지만 단순히 그렇게 보기에도 무리가 있었다. 그는 태자가 된 이후 태왕의 위에 등극하기까지 수많은 고초를 극복한 입지전적인 인물이었다. 그는 분명 보이지 않는 방법으로 어려운 문제들을 잘 극복해 왔던 것이다.

"과연 신이 지난 과거를 돌이켜 보니 모든 일이 폐하의 뜻대로 이루어진 것 같습니다."

"그것은 짐이 뛰어난 때문이 아니다. 사실 좌우에 훌륭한 대신들이 짐의 날개가 되어 주지 않았다면 힘들었을 것이다. 어때? 오랜만에 한 잔 할까?"

태왕은 모처럼 동생과 회포도 풀 겸 술자리를 제안했다. 그러나 달성은 손사래를 치며 답했다.

"아니옵니다. 그냥 차나 한 잔 주십시오."

달성의 청에 태왕은 시봉부 내관들로 하여금 고급 차를 내오도록 했다. 차향이 편전에 은은히 퍼지는 가운데 태왕이 다시 입을 열었다.

"우리 세 형제는 정말로 대단했었다. 우리는 고구려 최고의 선인이 되고자 낙랑벌을 경쟁하며 달렸었지. 우리 형제는 삼 년 연거푸 서로 한 번씩 낙랑 축제의 주인공으로 등극했었어. 그렇게 해서 우리는 당시 고구려를 대표하는 조의선인으로 우뚝 설 수 있었다. 달성왕의 수박 솜씨와 기창 능력은 누가 뭐라 해도 당금 본국의 최고일 거야. 지금 당장 들판으로 달려 나가 너와 기사를 다투고 싶구나. 물론 상부왕도 함께라면 더욱 좋겠지."

태왕이 상부왕을 언급하자 달성의 낯빛이 약간 변했다. 상부왕 맥성은 주리의 반란 이후 달성왕을 형으로 대우하지 않았다. 달성왕 또한 상부왕에게 너무나 많은 군권이 집중되는 것이 못마땅한 상황이었다.

"상부왕은 여전히 신을 믿지 않으며 또한 형으로 여기지도 않고 있습니다. 물론 신이 지은 죄는 용서받을 수 없는 것입니다만."

"너도 알겠지만, 네가 이렇게 된 마당에 상부왕은 태자 다음 가는 고구려 삼위三位의 인물이라 할 것이다. 말하고 싶어도 밀할 수 없고 듣고 싶어도 듣지 말아야 할 일들이 많을 것이니 상부왕 역시 속에 담아 두고 있는 것들이 많지 않겠느냐? 상부왕은 달성왕을 형으로 생각하지 않는 것이 아니라 오히려 달성왕을 위해 조용히 있는 것인지도 모른다."

태왕은 일찍부터 동생들을 많이 위해 주는 성품이었다. 그것은 친동생이건 이복동생이건 가리지 않았다.

"과연 폐하의 생각은 하해와 같습니다. 그렇다고는 하나 상부왕에게 너무나 많은 군권이 주어지는 것은 우려할 만하지 않겠습니까."

달성왕은 민감한 사안이었지만 용기를 내어 말했다. 달성왕의 말에 태왕의 눈빛이 미세하게 흔들렸다. 그는 진심으로 세 형제가 함께 어울렸던 시절을 회고하는 것 같았다.

"모두 상부왕의 힘을 두려워하나 짐은 그렇지 않다. 믿음이 없어지는 순간 그 틈은 더욱 벌어지는 법이지. 짐은 달성왕에 대한 주변 시선도 마음에 들지 않아. 이제부터는 누구도 달성왕을 의심하거나 강압하지 못할 것이다. 이제 달성왕은 자유다. 내가 맥성을 아리주 군왕에서 상부왕의 작위로 승격시켰듯 다시금 달성왕에게 왕의 작위를 내릴 것이다. 물론 시간이 좀 더 필요할 것이다."

태왕은 그렇게 감추어 두었던 생각까지 달성왕에게 말했다. 과거

모반에 연루되었던 인물에게 다시금 훈작을 내리는 일은 쉽지 않았다. 태왕의 말에 달성왕은 대꾸하지 않았다. 다만 눈가가 촉촉이 젖어드는 것까지 감출 수는 없었다.

두 사람의 대화가 무르익어 갈 무렵 승봉원 도승령인 수려막지가 태왕을 접견하러 왔다는 가국유원의 목소리가 들려 왔다.

"오랜만에 함께한 자리인데 아쉽구나."

"성군은 원래 한가로울 수 없는 법입니다."

태왕은 이복동생에게 아쉬운 표정을 지었지만, 달성은 바쁜 형을 책하지 않았다. 제왕은 국사를 우선에 두어야 하는 신분이었다.

"어쨌든 달성왕 자네가 지금처럼 조용히 지낸다면 무슨 근심이 있겠는가? 부왕께서 동생에게 하셨던 말씀을 기억하는가?"

태왕의 말에 달성이 미소를 지었다.

"선왕 폐하께서는 폐하를 낮을 밝히라는 뜻으로 양성이라는 이름을 주셨고, 신에게는 밤을 밝히라는 뜻으로 달성이라는 이름을 주셨습니다. 신에게 이렇게 말씀하셨지요. 항상 밤을 밝히는 아름다운 달빛이 되어야 할 것이다."

태왕은 크게 웃었다.

"달성왕은 이제 밤을 밝히는 자유로운 달빛이 될 것이다. 짐은 그것을 믿어 의심치 않는다."

밤을 밝히는 자유로운 달빛! 태왕은 이복동생에게 새로운 자유를 주겠다는 선언하고 있었다. 달성왕은 태왕을 바라보며 뒷걸음으로 편전을 벗어났다. 달성왕의 표정은 편전에 들어설 때보다 훨씬 밝았다. 하지만 달성왕은 당분간은 앞으로도 주어진 거처에 머무르며 조용히 지내야 함을 잘 알고 있었다. 잠시 산천을 주유하더라도 꼭 태왕께 알려야 하는 것이다. 장차 확실한 자유의 상징인 왕호가 내려올 때까지는 말이다.

수려막지는 왕을 배알하러 들어오다가 편전을 나가는 달성왕과 마주쳤다. 수려막지는 달성왕한테 작은 목례를 올릴 뿐 더 이상의 관심을 두지 않았다. 달성왕은 수려막지의 목례에 답례한 후 조용히 편전을 나갔다.

"폐왕 달성이 무슨 일로 폐하를 배알하였사옵니까? 소신이 듣기로 요즘 폐왕이 자주 폐하와 접견한다는 소문입니다?"

"달성왕을 궁으로 부른 것은 짐이다. 과거에 죄가 있는 사람은 그 죄로 인해 군주를 두려워하는 법이지. 군주가 과거의 죄를 잊고 있다는 사실을 알려 두려움을 없애 주는 것도 죄인이 딴 생각을 품지 못하게 하는 방편인 것이다. 어쨌거나 이제 짐은 달성왕에게 자유도 주었다. 그러니 승봉원이나 위왕원 등에서도 더 이상 그를 감시하지 말아야 할 것이야."

"귀족들의 반발이 있을 것입니다. 그는 위험 인물이옵니다."

태왕은 도승령의 말에 피식 미소를 지었다. 도승령인 수려막지는 자신의 애기가 소용없음을 알고는 편전을 찾은 까닭을 아뢰었다.

그는 특별히 위왕원65)에서 상주한 표문을 태왕께 바치고자 어전에 든 것이었다. 위왕원은 특성상 왕에게 좋은 소식을 전하는 기관이 아니었다. 도승령이 표문을 읽기 시작했다.

---

65) 왕의 비서 기관의 하나로 왕을 근위하고 숙위하며 국내외의 중요 사항에 관하여 직접 감찰하는 일종의 정보기관이다. 승봉감이 겉으로 드러난 조직이라면 위왕원은 감춰져 있다고 할 것이다.

신들은 위왕원을 세우신 폐하의 유지를 받들고 충성을 다하고자 이 표문을 상주합니다. 폐하께서는 보위에 오르신 후 나라의 안녕과 평안을 위해 졸본에서 봉선(封禪)[66]하시고 전국을 순수하셨습니다. 백성들은 폐하께서 몸소 백성들을 돌아보심에 크게 감복하고 있습니다. 온 나라에 성군의 은의가 마치 햇살처럼 가득합니다. 많은 신하들은 그러한 폐하의 뜻을 받들어 성스러운 소도(神殿)와 사직을 보위하고자 노력하고 있으며 군사들은 사해에서 출몰하는 적당들과 싸우며 피를 아끼지 않고 있습니다. 그러나 몇몇의 왕후장상과 공경대부들은 자신의 권세와 안위를 위해 폐하의 대의에 역행하고 있으니 참람할 따름입니다. 지금 몇몇 대부들은 지난 대가회의 결정에 불복하려는 불손한 의도로 병을 핑계 대며 봉황성으로의 등청을 거부하고 있습니다. 왕명을 거역한 그들의 행위는 가히 역모라 할 수 있으니 하늘이 노하고 땅이 놀랄 일이라 할 것입니다.

이에 위왕원에서는 그 소임을 다하고자 등청하지 않는 대부들의 행적을 은밀히 살폈습니다. 놀랍게도 그들은 무리를 지어 사냥하며 산천을 돌고 있었습니다. 폐하의 뜻을 거스르는 무리들이 당을 지어 사냥한다 함은 역당의 행위와 다를 바 없는 불충일 것입니다. 더욱 놀라운 사실은 그들의 괴수가 상부고

66) 황제가 즉위하게 되면 하늘과 땅에 제사를 지내게 되는데 그것을 봉선이라 한다. 기록상으로는 최초로 중국을 통일한 진나라 시황제 때부터 봉선 의식이 있었다고 보고 있으나, 그 이전부터 하늘과 땅에 제사하는 행사는 우리나라에서도 있어 왔다. 봉封이란 옥으로 만든 판에 기원문을 적어서 돌로 된 상자에 봉하여 천신에게 비는 일이었고, 선禪이란 토단을 만들어 지신에게 비는 일이었다.

추가대의원상좌태대형 고승성과 남영아리주대당주남영도원수 태대형 상부왕 고맥성이라는 사실입니다. 그들은 막강한 군권의 소유자들입니다. 자칫 나라의 안위에 위해를 가할 수도 있으니 가벼이 넘길 일이 아닌 것으로 사료됩니다.

태왕은 조금 전에 다녀갔던 달성왕의 말이 생각났다. 달성왕은 상부왕에게 군권이 너무나 많이 집중되는 것을 우려하고 있었다. 힘이 생기면 생각이 달라지는 법이다. 하지만 그러한 생각에도 태왕의 표정은 무덤덤하기만 했다.

도승령은 태왕이 노할 줄 알았으나 오히려 편안한 표정을 보이는 것에 놀라면서도 아직 끝나지 않은 표문을 계속 낭독했다.

지금 나라 안에서는 또 하나의 불길한 징후가 보이고 있습니다. 누군가 소금을 매점매석한 뒤 그것을 빼돌리고 있어 그 가격이 천정부지로 치솟고 있습니다. 그런가 하면 지금 공방에서는 쇠가 부족하여 무기는 물론 농기구도 만들 수 없고 수리할 수레바퀴는 산더미로 쌓이고 있다 합니다. 그것은 환도성과 비사성에서 사들인 쇠들 역시 누군가가 유성과 북방으로 넘겨 빼돌리고 있기 때문이라 합니다. 소금은 은자가 되는 원천이고, 쇠는 무기를 만드는 원료입니다. 달리 보면 누군가 군자금과 군수물자를 비축하고 있음을 의심해야 한다는 것입니다. 왕명을 거역하는 대부들, 나라의 은자를 빼돌리는 자들, 수상한 자들이 파당을 지어 다니는 작금의 일들은 일종의 징

조가 아니겠습니까? 반란의 징조가 보입니다. 분명 대부들과
도 관련이 있을 것이니 모두들 잡아 죄를 물을 일이라 아니
할 수 없습니다.

위왕원에서 반란의 조짐이 보이니 대비해야 한다는 표문을 상주
한 것이다. 위왕원은 표문을 통해 반란 세력들이 조정에 반감을 품
은 대부들과 줄을 대고 있을지도 모른다는 우려를 직접 피력하고
있었다. 표문 낭독이 계속 이어졌다.

"더욱이 지금 속말부67)는 새로운 대인을 맞이하면서 주변을
통합하는 등 심상치 않습니다. 반란의 무리들이 그들과 세를
규합한다면 일은 난관에 봉착할 것입니다. 물론 이것은 단순
한 추측이 아닙니다. 수상한 무리들이 속말부와 쉬웨이 족으
로 왕래하는 사실이 이미 포착되고 있는 상황입니다. 중정대
가 전하는 소식에 따르면 서역의 상황은 더욱 좋지 않습니다.
제나라는 등주에서 수군을 양성하고 장성 근처에서는 은밀히
양병을 하고 있다는 첩보입니다. 수군은 수백 척의 전투선을
수리하거나 새로 건조하고 있고, 이런 상황이 지속된다면 수
륙군 합쳐 족히 십만은 될 것이라는 전언입니다. 간명하게 말
씀드리자면 우리 고구려는 작금 내우외환의 겹난을 당하고 있
음을 아셔야 하는 것입니다. 폐하께서는 조정의 중신들을 지

---

67) 예濊(말갈))족을 이루는 일곱 개의 큰 부족 중 하나로 보나 사실은 고구려의 지파
로 보는 것이 맞다. 송화강 북쪽과 흑룡강 중류에 걸쳐 살았다.

엄하게 다스리시어 나라에 확고한 법도가 있음을 알려주소서."

위왕원 도사 도량

태왕은 위왕원에서 상주한 표문 낭독이 끝났음에도 여전히 묵묵부답이었다. 태왕은 봉황성 행궁 이후 등청하지 않는 대신들을 오히려 걱정해 오던 터였다. 그들이 병을 이유로 댄 만큼 그 경중이 궁금했던 때문이다. 하지만 어쩌면 그것은 순진한 생각이었다. 공경대부들이 작당한 뒤 무리지어 사냥을 하다니! 그것은 다름 아닌 역도들이 자신들의 세를 시위하는 전형적인 모습이 아니던가.

그것은 대가회의에서 결정된 사항에 따르지 않음은 물론이요, 태왕의 위엄을 무시하겠다는 의도와 다를 바 없었다. 하지만 당장에 역정을 내며 정죄하기도 쉬운 일이 아니었다. 상대는 오부 귀족 권력의 핵심이라 할 수 있는 상부 고씨와 그들을 추종하는 대가들이었다. 어쩌면 현재 사해의 곳곳에서 출몰하고 있다는 수상한 무리들과도 관련이 있을지 모를 일이었다. 태왕은 현성왕자의 반란이나 주리의 반란과 같은 일이 다시는 일어나지 않았으면 하는 바람이었다. 하지만 태왕의 얼굴에는 여전히 아무런 변화가 일지 않았다.

"폐하, 오늘날 고구려의 왕후장상들과 공경대부들은 권세를 내세워 참람한 행동을 마다하지 않고 있나이다. 그들은 심지어 폐하의 성의를 꺾으려 하고 있습니다. 감히 병을 핑계 대고 등청을 꺼리며 산천에서 놀다니요. 이번 일을 그냥 지나치신다면 망측한 행태는 앞으로도 계속될 것입니다. 그들에게 죄를 주어 다시는 이런 일이 없도록 일벌백계하소서."

수려막지는 점점 격앙된 어조로 말했지만, 태왕은 오히려 지긋이 웃으며 바라보다가 가볍게 물었다.

"짐이 그들을 어떻게 했으면 좋겠는가?"

태왕의 말에 수려막지가 다시 입을 열었다.

"상부왕과 고추가는 그렇다고 하더라도 그 밖의 조신들은 폐하와 상부 고씨의 눈치를 살피고 있을 것입니다. 폐하께서는 대가회의에 반하는 왕후장상들을 급히 봉황성으로 불러들여 그들과의 자리를 정중히 청하십시오. 일부는 두려움에 일부는 폐하께서 혹시 성의를 굽히시는 것이 아닐까 하여 올 것입니다. 폐하께서는 그렇게 모두 모인 자리에서 폐하의 엄정한 뜻을 알려야 할 것입니다. 그렇게 되면 그들 사이에서는 아마도 자중지란이 일어날 것이니 일석이조 아닙니까?"

태왕은 수려막지의 말에 엷은 웃음을 지으며 말했다.

"좋은 생각이다. 짐은 도승령의 말에 따라 그렇게 할 것이다. 숙부께서는 그렇다고 해도 상부왕까지 그럴 줄은 솔직히 몰랐지. 혈육인 상부왕마저 어의를 어둡게 한다고 하니 안타깝구나. 물론 상부왕은 그 나름대로 뜻이 있을 것이다. 차츰 밝혀지겠지."

태왕은 수려막지의 생각을 받아들여 일을 추진했다.

태왕은 의결 기구였던 의정원 수장인 막리지 왕산악을 중심으로 태왕의 숙부요 고추가인 대의원상좌 고승성, 상부왕 남영대당주 고맥성, 대의원장좌 재부령 부영돈, 대의원장좌 내부령 국만화, 대의원장좌 예부령 국소화, 그리고 대의원장좌 형부령 은음 등을 불러들였다. 그들은 모두 평양성의 대가회의에 참석했던 공경대부들로 고구려의 제일가는 세력가들이었다. 태왕은 의도적으로 친왕파였던 병부령 연광과 태사 유망을 모임에서 제외시켰다. 다만, 막리지 왕산악은 동석시켰는데 그를 제외한다면 태왕이 소집한 사람들은 투르크와의 개전을 주장했던 주전파이자 항왕 세력인 셈이었다.

봉황성 행궁의 편전인 소광전은 안학궁의 편전보다는 규모가 작았지만 화려하면서도 아기자기하게 잘 지어진 건물이었다. 소광전 주변으로 멋진 회랑들이 길게 뻗어 있었는데 규칙적으로 심어진 소나무들과 잘 어울렸다. 양성태왕은 사치를 멀리한 까닭에 소광전 내에 있는 그의 집무실은 낡은 가구들과 책장들로 가득했다. 물론 태왕이 즐기는 활만은 값비싼 귀한 것으로 예사롭지 않음을 한 눈에 알아볼 수 있는 것이었다.

그러나 고구려 사회의 고관 귀족들은 일반적으로 멋스럽고 화려한 것을 좋아했다. 그들의 집에는 백제의 도검류나 가구, 중국에서 수입해 온 각종 도자기와 비단으로 된 휘장, 서역의 금, 은, 옥과 같은 귀금속과 보석 등이 가득했다. 화려함은 가문의 힘을 상징하는 것이기도 한 만큼 귀부인들은 다른 고관의 집을 방문했다가 낯선 고급 외제 물품들을 보면 당장 남편에게 말했고 어떻게든 그것을 구하려고 노력했다. 값이 많이 나가서 구하기 어려운 것은 서쪽의 내해[68]를 통해서 밀수되어 들어오는 경우도 많았다.

조정에서는 사치품들을 제한해서 수입하도록 조치를 취했지만 귀족들은 수단과 방법을 가리지 않았다. 태왕은 스스로 솔선수범해서 귀족들의 사치를 막아 보려 했지만 소용없었다.

---

68) 고구려 사람들은 황해를 서쪽 내해라고 불렀다. 그 곳은 백제와의 각축장이었다.

태왕과 탁자를 놓고 둘러앉은 대신들에게는 다과가 돌려졌다. 다과에는 얼마 전 진나라 사신이 진상하고 간 고급 차가 포함되어 있었다. 태왕은 아껴 두었던 그것을 꺼내어 오랜만에 고급스런 기호품을 고관들에게 대접했다. 정말 오랜만에 고상한 차향이 방안을 은은하게 적시고 있어 좋은 분위기를 연출했다. 하지만 그들을 부른 태왕이나 부름을 받은 대신들의 얼굴은 밝지 않았다. 서로 마음에 걸리는 무언가가 있었기 때문이었다. 하지만 동상이몽이랄까?

태왕은 칭병하고 등청하지 않으면서 무리지어 사냥을 즐긴 고관들의 죄를 물으려 하고 있었다. 반대로 상좌 고승성은 자신들의 곧은 직언을 받아들이지 않은 태왕의 사과를 받겠다는 결의를 숨기지 않았다. 다만 왕산악은 항상 미소 짓는 듯 부드러운 얼굴로 조용히 차를 마시고 있었다. 고승성은 태왕보다도 왕산악이 더 미웠다. 그들의 눈총을 의식했는지 왕산악이 먼저 입을 열었다.

"사절단에 앞서 투르크에 파견했던 사자들도 돌아왔고 연자유 대사로부터의 전서구도 날아왔습니다. 그들은 사나운 타타르 도적 떼를 만나기도 했지만 무사히 외투겐에 도착한 모양이에요. 투르크에서의 분위기는 굉장히 호의적이라는 것으로 봐서 아마도 병부령 연광 경의 예상이 맞는 것이 아닌가 하는 판단이올시다. 물론 카간과의 접견을 지켜봐야겠지만 말이외다. 어쨌거나 일찍부터 총명했던 연 대사가 무칸카간과의 담판도 잘해 내리라 믿소이다만."

고승성은 계루부의 왕족으로 역시 태왕에 못지않은 좋은 풍채의 소유자였다. 그는 느긋하게 차 한 모금으로 입술을 적셨다. 고승성은 왕산악의 발언에 역시 표정이 일그러져 있었다. 그는 왕산악 쪽으로는 시선을 두지 않은 가운데 태왕을 향해 말했다. 그것은 더 이상 대꾸하기도 싫다는 의중을 피력하고자 함이었다.

"신은 아직도 받아들일 수 없습니다. 투르크는 과거 우리의 강역을 짓밟고 위협하는 등의 천인공노할 만행을 저지른 대적입니다. 그들에게 사절단을 파견하심은 당치도 않은 일이었습니다. 신이 생각하기에 아직도 늦지 않았으니 폐하께서는 당장에 사절단을 소환하시어 우리의 강한 의지를 적도들에게 알려야 할 것입니다."

태왕은 숙부가 여전히 자신의 고집을 꺾을 생각이 없음을 알 수 있었다. 대의원 상좌 고승성의 얘기는 아직도 끝나지 않았다.

"더불어……"

그는 중요한 발표를 앞두고는 좌중을 둘러본 뒤 태왕을 정면으로 응시하며 말했다.

"폐하, 차일피일 미루어온 상부 고씨와의 국혼을 서둘러 주옵소서."

상부 고씨와의 국혼! 그것은 태왕이 의도적으로 피하고 있는 문제였다. 만약 왕실이 상부 고씨와 국혼을 맺는다면 그것은 상부 고씨 집안에 날개를 달아 주는 격이었다.

듣고 있던 왕산악이 다시 온화한 표정으로 입을 열었다.

"고추가 전하, 어찌 전하의 충정을 모르겠습니까? 하지만 투르크에 사절단을 보내는 문제는 대가회의에서 결정된 것입니다. 게다가 사절단도 이미 현지에 가 있으니 이제는 결과를 지켜보는 것이 상책 아니겠습니까. 그와 더불어 왕실과 상부의 국혼 문제 역시 이제 양가의 결정만을 남겨 두고 있으니 이곳에서 새삼스럽게 거론할 문제는 아니라 생각합니다."

왕산악은 짐짓 예를 갖춘다는 듯 고승성에게 목례를 한 번 더 건네고는 발언을 이어 갔다.

"거듭 과거 투르크 족이 침공한 사실만을 강조하여 말씀하시는 관계로 그 부분에 대한 신의 생각을 잠간 피력하겠습니다. 투르크가 우리 고구려를 침공한 것은 이미 알고 계신 것처럼 우리의 동맹국이었던 라란 제국과의 물러설 수 없는 싸움 때문 아닙니까? 그들은 라란 제국과 동맹 관계였던 우리 고구려가 부담될 수밖에 없었을 것입니다. 일리카간은 고구려의 병력 이동을 견제하려고 일군의 병력을 출병했던 거였고 결과적으로 일이 잘못되어 교전까지 벌어진 것이지요. 각설하고 본론을 말씀드리겠습니다. 우리 고구려는 이제 천하의 대국으로 과거의 해묵은 감정에 얽매일 수는 없습니다. 이 자리에는 없지만 병부령께서는 투르크가 키타이를 공격한 사실을 통하여 중요한 사실을 간파했지요. 만약 병부령의 생각이 사실이라면 우리는 양국 평화의 중요한 기로에 놓여 있다고 생각할 수 있습니다. 만약 일이 잘되어 우리가 투르크와 동맹을 맺을 수 있다고 생각해 보십시오. 그들은 우리의 숙적인 제나라와의 싸움에도 커다란 도움을 줄 것이요, 무엇보다도 서방으로의 무역로를 열어 줄 것이니 우리 고구려는 더욱 창대해질 것입니다. 병부령이 그토록 투르크와 동맹을 맺고자 함은 어쩌면 통일될지도 모를 서쪽 오랑캐(중국)를 대비함이기도 할 것입니다."

왕산악은 얄미울 정도로 부드러운 말투로 고승성을 다독였다. 하지만 왕산악이 조리 있게 얘기하면 할수록 고승성의 마음은 이상한 심술로 요동치고 있었다.

"서하(중국)의 무리들이 통일된다니 별안간 그 무슨 뚱딴지같은 말씀이오? 사실 이제까지 그들이 어떻게 해오건 우리 고구려는 천 년 동안이나 누구의 간섭 없이 세상을 지배해 왔소이다. 그것이 무슨 상관이란 말이오?"

고승성은 그렇게 불만의 뜻을 전했지만 왕산악의 얼굴에는 미동도 없었다. 고승성은 마치 벽에 대고 소리를 지르는 느낌을 받을 정도였다. 왕산악이 그 표정 그대로 입을 열었다.

"조금만 생각해 보면 쉽게 알 수 있습니다. 지금 서하의 무리들이 갈라진 지도 사백 년이 넘었지만 그들은 꾸준히 통일을 꿈꾸고 있소이다. 만약 그들에게 새 영웅이 나타나 통일의 대업을 이룬다면 과거 진이나 한 같은 강대한 나라를 세울 수 있다는 뜻이외다.

연나라 왕 노관의 부하로 조선 사람이었던 위만[69]이 번조선왕 기준을 속이고 그의 나라를 도적질하지 않았었소. 하지만 조선의 왕후장상들은 당장에 위만이라는 도적을 쫓아내지는 못했습니다. 왜냐? 당시 서방을 통일한 한나라가 은밀히 위만을 돕고 있었기 때문 아니겠습니까. 그러나 위만의 손자인 우거가 중계무역으로 이익을 독식하자 한나라 임금인 유철[70]은 우거에게 이익을 분배하자는 요구를 했소이다. 하지만 우거는 그 제안을 거절했고 유철은

---

69) 고대 조선의 세 나라 가운데 하나였던 위만조선의 창건자.
70) 중국 전한前漢의 7대 황제로 재위 기간은 BC 141년~BC 87년이다. 『사기』에는 무제가 위만조선의 우거왕과 전쟁을 벌여 승리한 것으로 되어 있지만, 그렇게 보기 어려운 점이 있다. 위만조선과 협상자로 나섰던 위산과 제남태수 공손수가 처형되었고 공격에 나섰던 좌장군 순체와 누선장군 양복도 종전 후에는 참형을 당하거나 파면되었던 것이다. 이것은 그들 스스로가 패배했음을 기록에 남긴 것이다. 천하의 무제도 사실은 큰 실패를 했었고 그것을 몰래 감추려 했던 것이다.

자연 우거를 괘씸하게 생각하지 않을 수 없게 되었던 것이오. 결국 양국의 관계는 악화되어 갈 수밖에. 한나라 임금 유철은 조선을 쳐 없애려고 북쪽의 흉노[71]를 선공했고, 결과적으로 훗날 동방 원정에 성공했지요. 물론 그들이 이겼다 할 수는 없겠지만 조선의 위씨 왕조가 망한 것은 사실이 아닙니까."

왕산악의 설명은 거침이 없었다. 그럴수록 고승성의 표정은 일그러져 갔다.

"이제 서이西夷(중국)가 통일 제국을 이룬다면 그들의 국력은 상상을 초월하게 되오. 우리 고구려가 강국이라 하나 인구가 많고 물자가 풍부한 그들을 어찌 혼자서 감당할 수 있겠소이까. 장차 우리에게는 강력한 동맹국이 필요한 것이오. 지금 초원을 지배하고 있는 강대한 유목 제국인 투르크가 바로 우리가 동맹을 맺어야 할 대상이란 말씀을 드리는 것이외다. 무칸카간이 현명한 군주라면 역시 그 사실을 모를 리 없을 것이라 보오. 그는 키타이를 공격해서 우리 고구려에 만나자는 신호를 보냈던 것이고 병부령은 그것을 간파하셨던 것입니다. 그는 그 위험한 임무를 자신의 아들에게 맡겼소. 바로 살신성인이 그것 아니겠소? 어떻게 보면 조금은 굴욕적으로 보일 수도 있는 외교가 훗날의 반석이 된다면 그보다 좋은 일이 또 있겠소이까?"

고승성은 짜증 섞인 투로 왕산악의 말을 되받았다.

"에잉, 그저 말은 청산유수올시다 그려! 되지도 않을 말을 지어내어 폐하의 혜안을 어지럽히니 참으로 답답하오."

---

71)흉노 제국.

그렇게 논의가 벽에 부딪히자 태왕은 숙부에 대한 예우를 지켜 주고자 슬쩍 화제를 바꾸었다.

"막리지께서는 서이의 통일을 말씀하셨는데 그것이 가능하다고 생각하십니까?"

"그것은 말도 안 되는 소리올시다!"

태왕이 막리지에게 질문을 던졌지만 상좌 고승성은 앞 뒤 가리지 않고 무작정 끼어들었다. 그것은 고승성이 숙부라고는 하나 태왕의 신하로써 분명 무례한 모습이며 불충이었다. 안하무인이라 했던가? 이제 태왕은 자신의 조카가 아니라 고구려국의 지존임을 상좌 고승성은 잊고 있는 것 같았다. 상좌의 뜻을 따르는 대신들은 물론 상부왕조차도 얼굴이 굳어졌다.

"당치도 않단 말이오!"

왕산악의 입술 끝에서는 작은 미소가 번져 흘렀다. 그것은 상좌의 무례한 행동에 대한 승리의 미소였다. 그는 상좌가 흥분하여 스스로 무덤을 파고 있는 모습이 흥미로운 표정이었다.

"서방의 한족 무리들이 미개하다고는 하지만 주나라 이후 장구한 시간 동안 통일되고 분열되는 역사를 되풀이하였소. 그들에게도 지사가 있고 영웅이 있으니 분명 언젠가는 통일을 이루고 말 것이오. 한때 서쪽 진나라의 부견은 저족 출신의 왕이었으나 한족으로 북해 출신인 왕맹을 중용하여 나라를 크게 일으켰소. 부견의 나라는 한때 동으로 창해72), 서로는 구자73), 남으로 양양74), 북으로는 대

---

72) 발해와 황해.
73) 돈황 북쪽으로 트루판을 지나서 존재했던 나라로 쿠차라고도 불리었다.
74) 중국 형주.

막75)에 이르렀고 주변의 예순 나라가 조공할 정도로 강국이 되었습니다. 하지만 부견은 무리하게 통일 사업을 이루지 말라던 재상 왕맹의 유언을 듣지 않아 결국 자신의 대국을 모두 잃고 말았소. 어쨌거나 그것은 통일에 대한 저들의 강한 의지를 반영하는 것이 아니겠소? 사실 주나라 무천진 출신76)의 군벌들 가운데에는 지략이 있고 용맹한 자가 많소. 비록 세상을 뜨긴 했으나 양충이나 독고신과 같은 인물들이 있었고 지금은 그들의 뜻을 자손들이 받들고 있소. 근자에 천문을 살펴보니 서쪽을 상징하는 벌성伐星77)의 자리에서는 요성妖星의 기운이 일어나고 있었소. 지금 요성들이 하나로 합쳐질 기미가 보이니 이것은 셋으로 나누어진 서이가 곧 하나로 통일된다는 뜻이 아니겠소?"

고승성은 왕산악이 천문까지도 운운하는 바람에 결국에는 기가 죽고 말았다. 그러자 고승성의 기를 살리기 위함인지 재부령 부영돈이 왕산악을 비웃었다.

"막리지께서 사천대司天臺 일관日官78)들이 찾아야 할 천문의 도에 그토록 조예가 깊으시니 그들이 곧 자리를 잃어 쫓겨나게 생겼소이다. 빈손이 된 그들이 막리지를 원망할까 두렵소이다 그려, 하하하."

---

75) 몽골 남부의 사막 지대.
76) 음산산맥 남북에 걸친 방어 기지인 옥야진·회삭진·무천진·무명진·유현진·회황진 등 여섯 개의 진이 있었는데 그 중에 하나가 무천진이다.
77) 삼벌육성參伐六星 또는 서쌍삼성西雙三星으로도 불리었던 세 개의 별로 오리온자리에 해당된다.
78) 사천대는 지금의 국립 천문대로 당시는 고위의 관부였다. 일관은 그 곳에서 종사하는 사람의 통칭으로 보면 된다. 당시에는 천문에 관심이 많았다. 농경문화가 발달하면서 천문에 관심이 커진 것은 당연한 것이었다.

왕산악의 부드러운 시선이 부영돈에게 갔다.

"재부령의 말씀이 참으로 이상하게 들립니다. 예부터 우리 고구려 백성들은 하늘의 움직임에 관심이 많아 누구나 해와 달, 별들을 살펴왔음을 잘 아실 텐데요? 오죽하면 분묘에마저 천문도를 그려 세세히 그려 넣었겠소. 그것은 늘 하늘의 뜻을 올바르게 받들고자 하는 소도의 뜻을 백성들이 받들려는 의도가 아니겠소? 방금 말씀 드린 천문에 관한 사실은 고구려의 삼척동자도 아는 간단한 내용인데, 그것으로 일관들의 자리를 빼앗는다 하시니 잘 이해가 되지 않는구려. 본관이 생각하건대 재부령께서는 본국의 일관들을 너무 낮게 보시는 것이 아닌가 하오만? 다만 들리는 말이 너무 많아 재부령께 한 가지 충고 드리리다. 대신의 집은 조용한 것을 미덕으로 삼아야 할진대, 재부령 댁은 문턱이 낮아 언제나 문전성시를 이루니 언젠가는 그것이 올무가 될지도 모르겠소."

부영돈은 괜한 말을 꺼냈다가 본전도 챙기지 못한 꼴이 되고 말았다. 내부령 국만화는 조용히 있다가 용기를 내어 입을 열었다. 국씨 집안의 대부들은 태왕의 외숙들로 이제는 절노부 못지않은 고구려의 유력자들이 되었다.

"한족의 통일은 근거 없는 막연한 논설이고 벌써부터 그것을 핑계로 투르크와의 동맹을 말하는 거야말로 비약이오. 어쨌거나 지금까지 나온 논의들은 이미 대가회의의 결정을 거쳐 끝이 난 것들이고, 이미 병부령의 아들이 투르크에 파견되었으니 그것으로 시간을 소진할 필요는 없을 것입니다. 폐하께서는 신들을 특별히 부르신 까닭이 있을 것이니 이제 그 본의를 말씀해 주셨으면 하옵니다."

태왕은 국만화의 말을 옳게 여겼는지 고개를 끄덕였다. 태왕은 잠시 생각하더니 근엄한 표정으로 바꾸며 말했다.

"과연 내부령 말씀이 옳소. 짐이 공경대부들을 따로 부른 것은 그 어떤 것보다도 우선되는 일 때문이오. 바로 우리 본국에서 벌어지는 참람한 일 때문이외다!"

공경대부들은 태왕의 말 속에서 뼈 같은 것을 느꼈다. 불길한 느낌이었다.

"짐은 얼마 전 위왕원으로부터 표문을 상주 받았소."

대신들의 얼굴색은 더욱 나빠졌다. 위왕원은 태왕 직속의 감찰 기구로 중정대가 국외 문제를 주로 다룬다면 그 곳에서는 국내 문제를 담당하고 있었다. 위왕원은 이를테면 귀족 중심에 있던 중정대에서 독립된 관부로서 부패한 관리들이나 모반 조짐을 살피고 있었다. 위왕원이라는 말에 고승성은 얼굴을 찌푸리며 감히 태왕의 말을 가로챘다.

"또 그 놈들이로군!"

그는 다시 한 번 불경한 언사로 주변을 당황하게 만들었다. 상부 왕 고맥성도 이제는 양부에게 눈짓을 할 정도였다. 웬만한 일로는 표정에 변화가 없었던 왕산악마저도 질책의 눈빛이 일었다. 그러자 고승성도 자신의 태도에 문제가 있었음을 알았는지 마른기침을 하면서 고개를 돌려 버렸다. 놀라운 것은 그러한 신하의 태도에 태왕의 표정은 오히려 담담했다는 것이다.

"군신 간에도 서로 갖추어야 할 예의가 있는 법이니 서로 오해가 없었으면 하오."

태왕은 보위에 오른 이후 지금까지 자신을 반대하는 세력들도 함께 끌어안아 왔다. 반란의 우두머리였던 달성을 살려주었을 뿐 아니라 뒤늦게 반란 세력과 결별한 부씨 집안도 용서했었다. 그 부씨 집안은 그런 태왕의 온의를 잊고 있었지만, 태왕은 이제 새로운 적대 세력으로 부상하고 있는 상부 고씨를 다스려야 했다.

모두들 긴장한 가운데 다시금 태왕의 입이 열리기를 기다렸다.

"짐은 이제까지 조정의 공경대부들을 전적으로 신임했었소. 그러나 지금은 짐의 생각이 옳았는지에 대한 의문이 생겼소. 이제까지 우리 고구려 권부의 전통과 관행은 대가회의를 통해 결정된 일들은 설사 그것이 자신의 생각과 다르다고 해도 따르는 것이 관례였소. 그런데 이 자리에 있는 공경대부들은 그런 기본적인 율령도 알지 못하는 것 같아 답답한 심정이오. 그것도 고작 하는 행동이라는 것이 칭병을 가장한 등청 거부라니! 그대들은 이 나라의 간성이라 할 수 있건만 지금의 행동들은 도적떼와 다를 바가 없소. 어쩌면 이 자리에 동석한 대신들 가운데서도 도적의 무리들과 내통하고 있는 자가 있을지도 모르지!"

태왕이 힘주어 던진 마지막 말은 폭탄과도 같았다. 도적이라니! 그것은 이 자리에 역적이 있다는 뜻이 아닌가? 주변은 금방 웅성거렸다. 태왕은 헛기침을 하여 주변을 정리하였다. 그는 마음을 가다듬고 다시 입을 열었다.

"짐의 말이 지나쳤다면 사과하겠소. 하지만 늘 그래 왔던 것처럼 역도들은 지금도 여전히 왕실의 안위를 위협하고 있소. 소금의 산지인 유성에는 소금이 없고 철의 산지인 졸본에서는 쇠를 구할 수 없는 실정이니, 이것은 하나의 징조라 하니 할 수 없을 것이외다. 이제 안시성으로 개칭한 환도성은 겉으로 조용한 것 같지만 수상한 무리들이 배회하고 북방의 오랑캐들 역시 평소와는 다른 움직임이오. 발해에는 해적이 큰 무리로 우리의 관선들과 상선들을 습격, 약탈하고 제나라는 우리를 침공하고자 막강한 병력을 증강시키고 있다는 소식이오. 짐은 이 자리의 공경대부들이 무위도식, 국록을 축내는 게으른 신하가 되지 않기를 바라는 바이오."

조정의 분열로 말미암아 막다른 길에 몰린 태왕이었지만, 그는 하늘을 흔드는 권세를 지닌 공경대부들을 오히려 강하게 질타하고 있었다. 태왕이 화해를 요청할 것으로 알고 왔던 공경대부들은 역도들과 한패가 아니라면 국록을 축내지 말고 열심히 국정에 임하라는 태왕의 일갈에 당황하는 얼굴들이었다. 태왕은 지금까지 가슴속에 담아 두었던 분노를 한꺼번에 분출시키고 있었다. 운이 없었는지 형부령 은음이 시선 둘 곳을 찾지 못하다가 우연히 태왕의 눈과 마주쳤다. 형부령은 화들짝 놀라며 입을 열었다.

"폐 폐하, 어찌 그런 눈으로 신을 보십니까? 신은 아직 정치를 잘 몰라 대부들이 하자는 대로 했을 뿐입니다!"

태왕은 장인이기도 한 형부령 은음이 역모를 꾸밀 정도의 인물이 아님을 알고 있었다. 은씨 집안은 절노부의 혈통으로 왕후를 배출할 자격이 있었지만 오랫동안 그러지 못했었다. 은음은 딸 영화가 새 왕후로 간택되자 거기에 합당한 높은 작위를 받는 동시에 관리가 되었으며 승승장구하여 지금의 형부령에 이르렀다. 물론 대신의 자리에 오르기까지 많은 부당한 방법을 아끼지 않았다.

하지만 태왕은 장인인 형부령의 책임 없는 발언에 화가 났다.

"형부령께서는 그것을 말씀이라고 하시오? 아무 생각 없이 단지 대부들이 하자는 대로 했다니, 그것이 지각 있는 대부의 말씀이라 생각하시는 겁니까?"

은음은 등줄기에서 식은땀이 흐르는 것을 느꼈다. 그는 당장 궁지에 빠진 자신을 구하고 싶었다.

"폐하, 황공합니다. 하오나 신을 비롯 이곳에 모인 신하들은 모두 충직한 대부들입니다. 어찌 폐하의 부름을 받고 달려온 충신들은 호되게 탓하시면서, 가까이에 있는 역적의 괴수는 의심하지 않으십니까?"

형부령의 말에 태왕이 의문스런 표정을 지었다. 은음은 태왕의 표정에 자신감을 얻었는지 자신의 말을 이었다. 하지만 공경대부들은 은음이 혹시 실수라도 하지 않을까 노심초사하는 얼굴들이었다.

"그 자를 모르십니까? 폐하께서는 어떻게 환도성 반란의 괴수였던 달성을 모르십니까? 그는 겉으로는 폐하를 따르는 척하나 실은 뒤로 새로운 역모를 꾸미고 있습니다."

혹시나 했던 태왕은 형부령의 말에 실망의 빛을 감추지 못했다.

"선왕 폐하께서는 왕실과 외척을 비롯한 귀족들의 암투와 피바람을 원치 않으셨소. 벌써 백 년 넘게 이어지는 비극이 아니겠소? 선왕께서는 귀천하시기 전 형제들을 죽이지 말라는 유지를 남기셨소이다. 짐이 달성을 죽이지 않은 첫째 이유는 바로 부왕의 유지 때문이오. 하지만 그것이 다는 아니오. 환도성의 반란은 주씨 집안의 주도로 일어난 것일 뿐, 달성왕은 그 일에 크게 관여하지 않았다는 사실이오. 허나 무엇보다도 짐이 동생을 죽이지 않은 것은 짐이 그를 두려워하지 않기 때문임을 왜 모르신단 말입니까. 짐은 이 자리에서 분명히 말하겠소. 달성은 무죄요! 더불어 짐은 달성에게 새로운 왕작을 주어 봉할 작정이오. 그러니 더 이상 달성왕의 문제를 가지고 왈가왈부하지 않았으면 하오. 이것은 경고임을 명심하여야 할 것이외다.

그렇다면 형부령은 어떻소? 형부령의 집안은 지금까지 다른 외척들이 그래 왔던 것처럼 천하의 권세를 모두 가지려 한다는 사실을 삼척동자들도 다 알지 않소? 형부령과 왕후가 부씨 집안의 사람들을 끌어들여 암중모색한다는 사실은 이미 공공연한 사실이라 이겁니다. 형부령은 짐의 장인이오. 다시 말씀드리지만 앞으로 경거망동하지 말아야 할 것은 물론이요, 죄 없는 사람을 무고하지 말아야 할 것입니다!"

태왕은 형부령 은음과 재부령 부영돈의 좋지 않은 모습들을 싸잡아 질책했다. 부영돈은 태왕의 직격에 얼굴을 붉혔지만 더 이상의 반박은 하지 못했다. 태왕의 질책은 계속되었다.

"형부령께서는 짐의 장인으로 그 동안 칭병하시면서 평양의 자택에서 무엇을 하셨습니까? 무리 지어 사냥이라도 하셨소? 그래 사냥하시며 무엇을 의논하셨습니까?"

그 질문은 동석한 모든 대신들에게 던지는 것이기도 했다. 왕산악은 태왕의 질문에 아무 말도 하지 못하는 대신들의 표정을 보면서 보일 듯 말듯 입가에 미소를 지었다. 은음은 청천벽력 같은 질문에 화들짝 놀라 안절부절 하지 못했다.

"사냥이라니 당치도 않사옵니다. 신은 병을 얻어 집에서 몸을 보전하고 있었는데, 병을 얻은 자가 어찌 사냥을 할 수 있겠습니까?"

태왕은 계속 은음에게 질문하고 있었지만 그것은 대신들 모두에게 하는 힐문이었다. 보다 못한 상부왕 고맥성이 침묵을 깨고 그제서야 앞으로 나섰다.

"폐하, 대부들이 칭병하고 조정에 등청하지 않은 것은 모두 신의 책임입니다. 죄를 주신다면 당연히 신이 그것을 받아야 할 것입니다. 다만, 그 전에 신의 뜻한 바를 살피시고 나서 죄를 물으소서."

태왕은 드디어 동생이 입을 열자 눈길을 돌렸다. 상부왕의 생각이야말로 태왕이 알고 싶었던 것이었다.

"상부왕은 자신의 생각을 말해 보라."

고맥성은 잠시 생각을 가다듬더니 다시금 입을 열었다.

"국초부터 고구려 제국의 시조 태왕과 오부의 대가들은 굳은 혈맹으로 단결하여 오늘날 대국의 바탕을 마련했나이다. 그로부터 왕실과 오부의 대가들은 항상 신의를 가지고 사직을 이끌어 왔습니다. 돌아보건대 군신 간에 신의가 굳을 경우에 나라는 부강했으나 그렇지 못할 경우 나라에는 변란이 그치지 않았으니, 당연한 일이라 할 것이옵니다. 지난 대가회의에서 신 등은 과거의 불신을 피하고자 폐께 충언을 했지만 결국 채택되지 않았습니다. 과연 인간은 생각보다 허약한 존재인지라 마음이 상하면 몸도 상하게 마련이지요. 폐하, 아무리 불충한 무리들이라 한들 어찌 거짓 칭병을 할 수 있겠습니까? 이번에 공경대부들이 모여 사냥한 것은 사실이나 그것은 어디까지나 심신을 다시 세우고자 함이었으니 통촉하여 주옵소서. 폐하께서는 단지 무리지어 사냥한 사실로 신 등을 역도로 여기신다면 억울하고 슬픈 일이 아닐 수 없습니다. 분명 잘못된 방법이었으나 그 또한 충심에서 나온 것임을 헤아려 주소서. 지금 이 자리에 모인 대신들은 폐하가 보위에 오를 수 있도록 뜻을 모으고 힘을 더한 충신들입니다. 누가 감히 폐하의 뜻에 반하겠나이까? 굳이 죄를 주시고자 한다면 그 죄과는 바로 신이 받아야 할 것입니다."

태왕은 모든 책임을 자신에게 돌리는 동생의 모습이 안쓰러우면서도 보기에 좋았다. 그렇게 두 사람의 시선이 마주했다. 잠시 동안 침묵이 흘렀다. 마치 두 사람은 눈으로 대화하는 것 같았다. 이어 태왕이 입을 열었다.

"상부왕의 뜻은 잘 알았다. 짐도 이 자리에 동석한 공경대부들의 훈공을 어찌 모르겠는가? 그러나 지금은 나라 안팎에서는 상서롭지 못한 조짐들이 나타나는 급박한 상황이다. 이런 때에 공경대부들이 등청하지 않고 정국의 공백을 좌시한다는 것은 그 무엇으로도 대신할 수 없는 죄임을 말하고자 함임을 잊지 말 것이다."

태왕은 그렇게 상부왕에게 타이르듯 말한 뒤 다시 좌중을 둘러보며 입을 열었다.

"짐이 공경대부들을 이 자리에 부른 것은 경들의 죄를 묻거나 질책하기 위함이 아니오. 짐은 군신간의 소모적인 대립보다는 서로의 신의를 되찾아 나라의 위기를 구하는 것이 바람직하다는 것을 잘 알고 있소. 물론 차후에도 짐의 뜻을 꺾고자 이런 극단적인 방법을 동원한다면 그 때에는 좌시하지 않을 것이오. 그 죄를 물어 엄중히 다스릴 것임을 명심해야 할 것이외다."

결국 태왕은 자신이 일으킨 불을 그렇게 진화했다.

하지만 태왕의 숙부인 상좌 고승성의 얼굴에는 흥분한 기색이 가라앉지 않았고, 상부왕은 묵묵부답 고개를 숙이고 있었다. 반면 다른 대신들은 태왕의 의심이 사라졌다는 말에 한시름 놓았다는 표정들이었다. 태왕은 그러한 대신들의 표정을 보면서 내심 만족해 하고 있었다. 일종의 협박이 먹힌 셈이었다.

그러나 태왕은 이 정도의 협박으로 오랫동안 약효가 지속될 것으로 생각하지 않았다. 공경대부들은 언제든 태왕이 허점을 보일 경우 그의 뒤통수를 치고도 남을 위인들이었다. 한동안의 침묵을 깨고 고추가이자 대의원 상좌 고승성이 입을 열었다.

"신들은 이제야 폐하의 성지를 알았으니 그것을 받들고자 합니다. 그 전에 이미 올렸던 문제를 매듭짓고 싶습니다."

태왕은 상좌 고승성이 국혼 문제를 들고 나오려 함을 알았다.

"국혼 문제 말씀입니까?"

"평강공주마마께서는 금년에 벌써 열다섯입니다. 나이가 찼지요. 신의 손자 준수는 이미 오매불망 공주마마와의 혼사를 기다리고 있습니다. 용담의 아들놈이 정식으로 공주마마에게 초청장을 올렸으니 공주마마를 모실 수 있도록 윤허하여 주옵소서."

태왕의 입장에서 공주를 보내는 문제는 쉽지 않았다.

용담성은 부여성과 더불어 고구려의 북부를 상징하는 곳이었다. 그 곳은 상부 고씨의 아성으로 공주를 그 곳으로 보낼 경우 자칫 그 곳에서 볼모 생활을 할 수도 있었다. 하지만 양가의 혼사 문제는 부왕 때부터 나온 이야기였으므로 태왕의 입장에서도 쉽게 거절할 수 없는 상황이었다. 어쨌거나 상좌 고승성은 왕실의 힘을 끌어들이기 위한 마지막 승부수를 던진 셈이었다.

"왕숙의 말씀이 틀리지 않소이다. 그 문제는 조속히 결정해서 윤허하도록 하겠소. 다만……."

태왕은 전부터 혼사 문제를 생각해 오던 터였으므로 마지막 달아날 길을 모색하고 있었다.

"남녀의 문제라는 것이 집안의 뜻으로만 되는 것이 아니니 그 점은 이해하셨으면 합니다."

태왕의 말 속에는 공주가 신랑감을 마음에 들어 하지 않을 경우에는 억지로 혼사를 이루지 않겠다는 뜻이 담겨 있었다. 고승성 역시 태왕의 의중을 알았지만 그의 얼굴에는 자신감이 넘쳐흐르고 있었다.

손자인 고준수는 당대에 고구려에서 알아주는 미남자였고 용맹 또한 남달랐다. 모든 고관대작들이 사위를 삼고자 하는 당대의 신랑감이었던 것이다. 고승성은 입가에 엷은 미소를 띠며 태왕한테 예를 표했다.

"그럼 폐하의 뜻을 알았으니 신 등은 물러가겠나이다. 더불어 빠른 시간 안에 등청하여 산재한 나랏일을 속히 처리토록 하겠나이다."

태왕은 대신들의 귀가를 허락했다.

고승성이 나가자 나머지 대신들도 눈치를 보며 따라 나섰다. 상부왕 고맥성은 맨 마지막으로 나갔다. 형과 동생은 잠시 동안 눈이 마주쳤다. 두 사람 다 눈빛에서 묘한 기운이 뿜어져 나와 마주쳤다. 태왕이 동생을 향해 미소를 지어 보였지만, 상부왕은 별다른 표정 없이 곧 고개를 돌리고는 다른 대신들의 뒤를 따라 나섰다. 상부왕은 태왕인 형의 자신감 넘치는 미소를 보면서 머릿속이 복잡해졌다. 형제의 시선을 왕산악은 놓치지 않고 보았다.

편전에는 태왕과 왕산악만이 남았다.

"이제 짐 곁에는 막리지만이 남았습니다. 동생도 숙부도 장인도 모두 가고 말았습니다. 저들은 이제 짐을 형이나 조카, 사위로 생각하지 않고 오직 정적으로만 생각하나 봅니다."

그는 언제나 당당하고 자신감에 차 있었지만 지금은 그저 고독한 권좌의 태왕일 뿐이었다.

"저와 한 잔 하시겠습니까?"

태왕의 말에 왕산악은 환하게 웃어 보였다. 막리지 왕산악은 태왕보다 삼십 년 이상 연배가 많았지만 늘 가까운 친구와도 같은 신하였다.

"성은이 망극하옵니다!"

"상시 가국유원은 서둘러 주안상을 들이라!"

태왕은 가벼운 마음으로 가국유원을 불렀다.

— 2권으로 이어집니다.

부록 1 평천보루 주변 약도

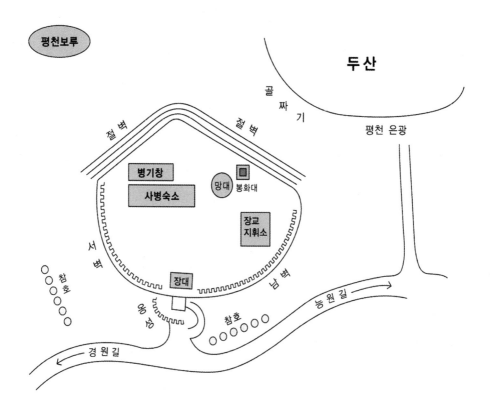

고구려의 접경 도시이자 국제도시인 유성을 방어하기 위한 외곽의 전초기지로 천혜의 지형 조건을 갖추었을 뿐 아니라 당시 국제 통용 화폐인 은의 대량 매장이 확인됨에 따라 경제적으로도 고구려가 반드시 사수해야 할 보루였다. 반면 유성 일대를 확보함으로써 숙부에게 빼앗긴 제나라의 황권을 되찾으려는 범양왕 고소의로서는 유성을 장악하기 위한 선결 요건으로 평천보루 장악에 나서게 된다.

부록 2 연자유 사절단의 투르크행 초원길과
비단길(천산남북로, 서역남도)

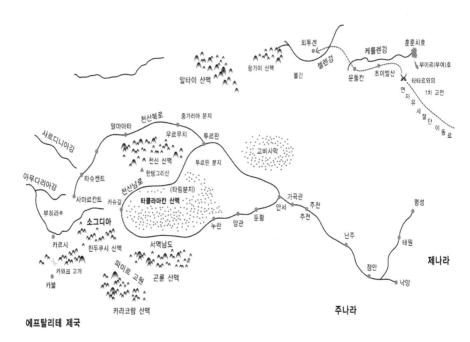

투르크에 사신으로 파견된 연자유의 고구려 사절단은 행궁인 봉황성을 출발하여 다이흥안링(대흥안령) 산맥을 넘어 타타르 기마병의 기습을 이겨내고 운둘칸을 거쳐 투르크의 무칸카간이 기다리는 외투겐에 다다른다. 그 길이 말과 낙타 등을 이용하여 사람이 오가고 대규모의 교역이 이루어진 '초원길'이다. 그에 비해 중국 장안을 기착점으로 하는 '비단길'은 타클라마칸 사막과 천산산맥이라는 험준한 자연의 장애물을 에돌아 다녔기 때문에 말과 낙타 등을 이용한 왕래가 쉽지 않았고, 그런 만큼 대규모 교역이 이루어질 수 없는 조건이었다.

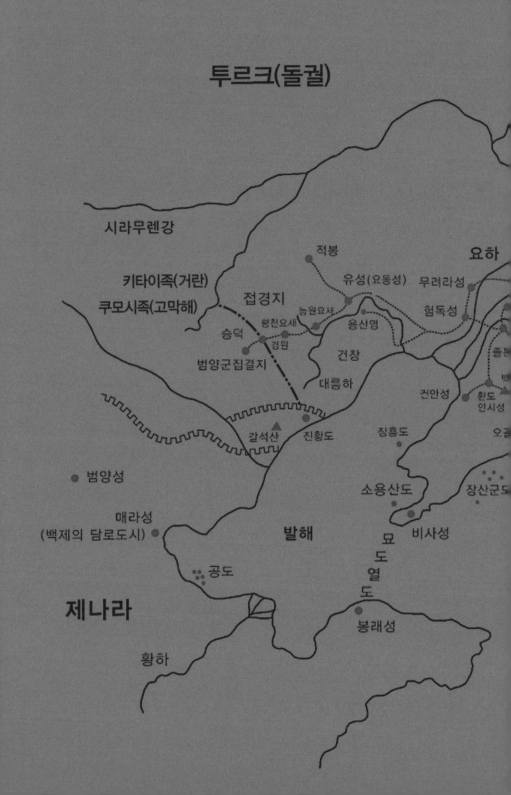

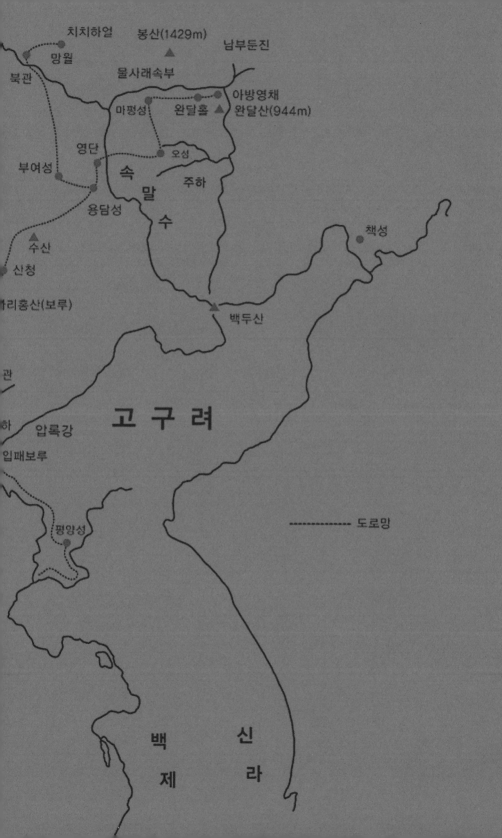